Klotz

KIRAN MILLWOOD HARGRAVE

VARDØ

KIRAN
MILLWOOD
HARGRAVE

VARDØ

Nach dem Sturm

Roman

Aus dem Englischen
von Carola Fischer

DIANA

FSC
www.fsc.org
MIX
Papier aus verantwortungsvollen Quellen
FSC® C014496

Penguin Random House Verlagsgruppe FSC® N001967

Taschenbucherstausgabe 10/2021

Die Originalausgabe erschien 2020 unter dem Titel
The Mercies bei Picador, London

Redaktion: Antje Nissen
Umschlaggestaltung: Geviert, Grafik & Typografie, Christian Otto
unter Verwendung eines Motives von Trevillion Images
© Magdalena Russocka © Zoltan Toth
Satz: Leingärtner, Nabburg
Druck und Bindung: GGP Media GmbH, Pößneck

Printed in Germany
ISBN 978-3-453-36105-8

www.diana-verlag.de

Im Namen des Königs

Jeder Zauberer oder Gläubige, der Gott sowie sein heiliges Wort und das Christentum opfert und einen Bund mit dem Teufel eingeht, soll mit dem Tode bestraft und auf dem Scheiterhaufen verbrannt werden.

Aus dem Dänisch-Norwegischen Trolddom
(Zauberei) Dekret von 1617,
1620 in Finnmark in Kraft getreten

Sturm

Vardø, Finnmark,
nordöstliches Norwegen
1617

Letzte Nacht hat Maren geträumt, dass ein Wal auf den Felsen vor ihrem Haus gestrandet war.

Sie kletterte die Klippen zu seinem wogenden Körper hinunter, blickte ihm direkt ins Auge, schlang ihre Arme um den großen, stinkenden Leib. Mehr konnte sie nicht für ihn tun.

Die Männer kamen die schwarzen Felsen hinuntergehastet wie dunkle, flinke Insekten, glänzend und gestählt mit langen Messern und Sensen. Sie begannen die Klingen zu schwingen und zu schneiden, noch bevor der Wal tot war. Er bockte, und alle zerrten verbissen, als würden sie Netze über einem Fischschwarm festziehen, während ihre Arme – lang und stark – um ihn griffen, so groß und heftig war ihre Umarmung, bis sie nicht mehr wusste, ob sie ein Trost oder eine Bedrohung für ihn war und es ihr gleich war, bis ihr Auge nur noch sein Auge ansah, ohne zu blinzeln. Schließlich blieb er still liegen, sein Atem verflüchtigte sich, während sie hackten und sägten. Sie roch den Tran, der schon in den Lampen brannte, lange bevor er aufhörte, sich zu regen, lange bevor sich die leuchtende Bewegung seines Auges unter ihrem Blick trübte.

Sie versank zwischen den Felsen, bis sie auf dem Meeresgrund stand. Die Nacht über ihr war dunkel und mondlos, die Wasseroberfläche von Sternen gezeichnet. Sie ertrank und tauchte keuchend wieder aus dem Schlaf auf, Rauch in der Nase und in der dunklen Kehle. Der Geschmack von brennendem Fett haftete unter ihrer Zunge und würde nicht mehr fortgespült werden.

I

Der Sturm kommt heran wie ein Fingerschnipsen. So werden sie in den darauffolgenden Monaten und Jahren davon sprechen, wenn er nicht mehr nur ein Schmerz hinter ihren Augen und ein ersticktes Schluchzen tief in ihren Kehlen ist. Wenn er sich endlich in Geschichten einfügt. Selbst dann erzählt er nicht, wie es wirklich war. Es gibt Arten, wie Worte hinunterfallen: Zu schnell geben sie eine Form, leichtfertig. Und was Maren sah, besaß keine Anmut und keine Leichtigkeit.

An jenem Nachmittag ist das beste Segel wie ein Laken auf ihrem Schoß ausgebreitet, *mamma* und Diinna sitzen an seinen Enden. Ihre kleineren, geschickteren Finger nähen mit kleineren, ordentlicheren Stichen die Risse, die der Wind geschlissen hat, während Maren Flicken auf die Löcher setzt, die durch die Befestigung des Stoffs am Mast entstanden sind.

Neben dem Feuer liegt ein Stapel Heidekraut zum Trocknen, das ihr Bruder Erik im Mittelgebirge auf dem Festland geschnitten und heimgebracht hat. Morgen, nach dem Sturm, wird *mamma* ihr drei Handvoll für ihr Kissen geben. Sie wird das Heidekraut auseinanderreißen, Moos dazutun und alles in den Überzug stopfen, der Honigduft beinahe Übelkeit erregend nach Monaten des schalen Geruchs nach Schlaf und ungewaschenen Haaren. Sie wird es zwischen die Zähne nehmen und schreien, bis ihre Lungen den süßlichen Geschmack nach Erde pfeifend ausatmen.

Jetzt bemerkt sie etwas, hebt den Kopf und blickt zum Fenster hinaus. Ein Vogel, dunkel in der Dunkelheit, ein Geräusch? Sie steht auf, um sich zu strecken, die Bucht zu beobachten, flaches Grau und dahinter das offene Meer, die Wellenkämme glitzern wie zerbrochenes Glas. Die Boote heben sich vage durch die zwei kleinen Lichter ab, Bug und Heck, ein spärliches Flackern.

Sie glaubt, sie könne *pappas* und Eriks Boot von den anderen unterscheiden, das zweitbeste Segel fest an den Mast geschlagen. Die ruckartige Bewegung, das Anhalten und sofortige Ansetzen ihres Ruderns, mit dem Rücken zum Horizont, wo die Sonne lauert, jetzt seit einem Monat außer Sicht und auch noch für einen weiteren. Die Männer werden die konstanten Lichter von Vardøs Häusern sehen, verloren in ihrem eigenen Meer schwach erleuchteten Landes. Sie sind schon weit draußen hinter Hornøya Eiland, beinahe an dem Ort, wo früher am Nachmittag der Fischschwarm gesichtet wurde, den ein Wal in helle Aufregung versetzt hatte.

»Er wird weitergezogen sein«, sagte *pappa. Mamma* hat große Angst vor Walen. »Sich vollgefressen haben, bis Erik es mit seinen dünnen Gräten geschafft hat, uns dorthin zu bringen.«

Erik neigte nur den Kopf, damit *mamma* ihn küssen und seine Frau Diinna einen Daumen auf seine Stirn pressen konnte, denn die Sámi sagen, dass dadurch ein Faden gesponnen wird, der die Männer draußen auf See wieder nach Hause holt. Einen Moment lang legte er seine Hand auf ihren Bauch, und die Wölbung zeichnete sich deutlich unter ihrem Oberteil ab. Sie schob seine Hand weg, entschieden, aber sanft.

»Es ist noch zu früh. Lass das.«

Später wird Maren sich wünschen, sie wäre aufgestanden und hätte sie beide, *pappa* und Erik, auf die rauen Wangen geküsst. Sie wird sich wünschen, sie hätte sie in ihren zusammengenähten Seehundfellen zum Wasser gehen sehen, der weit ausholende Schritt des Vaters und Erik schlurfend hinterdrein. Wünschen, dass sie überhaupt etwas gefühlt hätte über ihren Weggang, etwas anderes als Dankbarkeit für die Zeit allein mit *mamma* und Diinna, die Ungezwungenheit mit den anderen Frauen.

Denn mit zwanzig und ihrem ersten Heiratsantrag drei Wochen zuvor betrachtete sie sich endlich als eine von ihnen. Dag Bjørnsson war dabei, aus dem zweiten Bootshaus seines Vaters ein Heim für sie beide zu bauen, und noch vor Winterende wäre es fertig und sie verheiratet.

Im Inneren, erzählte er ihr, während sein heißer, kratziger Atem keuchend an ihr Ohr drang, würde es eine gute Feuerstelle und eine eigene Speisekammer geben, sodass er nicht mit seiner Axt durch das Haus laufen müsste wie *pappa*. Das böse Glitzern, selbst in *pappas* behutsamen Händen, ließ die Galle in ihr hochsteigen. Dag wusste das, und es war ihm wichtig.

Er war blond wie seine Mutter, mit feinen Gesichtszügen, die andere Männer für Schwäche hielten, aber ihr war das gleich. Sie hatte nichts dagegen, dass sein breiter Mund ihren Hals streifte, als er ihr von dem Laken erzählte, das sie für das Bett weben sollte, das er ihnen bauen würde. Und obwohl sie nichts bei seinem zögerlichen Streicheln ihres Rückens fühlte, zu zart und zu weit oben, als dass es durch ihr blaues Winterkleid hindurch viel bedeutete, rief dieses Haus, das ihres sein würde – diese Feuerstelle und dieses Bett –, ein Pochen in ihrem Unterleib hervor. Nachts presste sie ihre Hände auf die Stellen, wo sie die Wärme spürte, die Finger kalte Stäbe über ihren Hüften und taub genug für die Illusion, nicht ihre eigenen zu sein.

Nicht einmal Erik und Diinna haben ihr eigenes Haus: Sie wohnen in dem schmalen Raum, den Marens Vater und ihr Bruder an die Rückseite ihrer Außenwand angebaut haben. Ihr Bett füllt die gesamte Breite aus, drückt sich direkt an Marens, nur die Trennwand dazwischen. In ihren ersten gemeinsamen Nächten legte sie die Arme um den Kopf, atmete das moderige Stroh ihrer Matratze ein, hörte jedoch nicht einmal einen Atemzug. Es war ein Wunder, als Diinnas Bauch sich rundete. Das Baby würde zur Welt kommen, wenn der Winter gerade vorüber wäre, und dann wären sie zu dritt in diesem schmalen Bett.

Später wird sie denken: Vielleicht hätte sie auch nach Dag Ausschau halten sollen.

Doch stattdessen holte sie das beschädigte Segeltuch, breitete es über ihren Knien aus und sah nicht auf, bis der Vogel oder das Geräusch oder die Veränderung in der Luft sie zum Fenster riefen, um die über das dunkle Meer gleitenden Lichter zu beobachten.

Ihre Arme knacken: Sie legt einen vom Nähen rauen Finger an den anderen und schiebt ihn unter den wollenen Ärmelaufschlag, spürt, wie sich die Härchen aufstellen und die Haut darunter sich zusammenzieht. Die Boote rudern noch, immer noch gleichmäßig in dem flimmernden Licht, flackernde Lampen.

Dann erhebt sich das Meer, und der Himmel schwenkt nach unten aus, und grünliches Licht schlingt sich über alles, blitzartig wird die Dunkelheit zu einer leuchtenden, schrecklichen Helligkeit. *Mamma* wird ans Fenster geholt von dem Licht und dem Lärm. Das Meer und der Himmel stoßen zusammen wie ein sich spaltender Berg, sodass sie es durch ihre Sohlen im ganzen Körper spüren kann, während Marens Zähne sich in ihrer Zunge vergraben und heißes Salz ihre Kehle hinunterläuft.

Und dann sind sie beide vielleicht am Schreien, aber es ist kein Laut zu hören, bis auf das Meer und den Himmel, und alle Bootslichter sind verschlungen, und die Boote blitzen auf, und die Boote wirbeln herum, die Boote fliegen, drehen sich, sind verschwunden. Maren stürzt nach draußen in den Wind, vornübergebeugt wegen ihrer augenblicklich durchnässten Röcke. Diinna ruft sie zurück, während sie die Tür hinter sich zuzerrt, damit das Feuer nicht ausgeht. Der Regen ist eine Last auf ihren Schultern, der Wind schleudert sie zurück, die Hände, fest zusammengepresst, greifen nichts. Sie schreit so laut, dass ihr Hals noch tagelang wehtun wird. Um sie herum stürzen sich andere Mütter, Schwestern, Töchter in das Unwetter: dunkle, regennasse Gestalten, unbeholfen wie Seehunde.

Der Sturm lässt nach, bevor sie den Hafen erreicht, zweihundert Schritte von zu Hause, seine leere Mündung klafft zum Meer hin. Die Wolken ziehen nach oben, die Wellen senken sich, alles bleibt an seinem Horizont, sanft wie eine sich niederlassende Vogelschar.

Die Frauen von Vardø sammeln sich an der ausgehöhlten Seite ihrer Insel, und obwohl einige von ihnen noch schreien, klingt Schweigen in Marens Ohren. Vor ihr ist der Hafen glatt gestrichen wie ein Spiegel. Ihr Kiefer sitzt in seinen eigenen Gelenken fest, von ihrer Zunge tröpfelt warmes Blut ihr

Kinn hinunter. Ihre Nadel ist in das Gewebe zwischen Daumen und Zeigefinger eingefädelt, die Wunde ein exakter roter Kreis.

Während sie hinsieht, erleuchtet ein letzter Blitzstrahl die hassenswert ruhige See, und aus der Dunkelheit steigen Riemen und Ruder empor und ein ganzer Mast mit sorgsam verstauten Segeln, wie ein entwurzelter Unterwasserwald. Von ihren Männern ist nichts zu sehen.

Es ist Heiligabend.

2

Über Nacht wird die Welt weiß. Schnee häuft sich auf, Schnee füllt die Fenster und die Türöffnungen. Die Kirche bleibt dunkel an diesem Weihnachten, diesem ersten Tag danach, ein Loch zwischen den erleuchteten Häusern, das Licht schluckt.

Drei Tage lang werden sie eingeschneit, Diinna in ihrer schmalen Kammer, Maren ebenso unfähig vom Bett aufzustehen wie *mamma*. Sie essen nur altes Brot, das ihnen wie Steine im Magen liegt. Für Maren fühlt sich die Nahrung in ihr so fest an und ihr Körper drumherum so unwirklich, dass sie in ihrer Vorstellung nur von *mammas* alten Broten auf der Erde festgehalten wird. Wenn sie nichts isst, wird sie zu Rauch werden und sich im Dachgesims ihres Hauses sammeln.

Sie hält sich selbst zusammen, indem sie ihren Bauch füllt, bis er schmerzt, und indem sie so viel wie möglich von sich in die Wärme des Feuers rückt. Überall, wo es sie berührt, ist sie real. Sie hebt ihre Haare, um ihr schmutziges Genick herzuzeigen, spreizt ihre Finger, damit die Wärme zwischen ihnen leckt, sie hebt ihre Röcke, sodass ihre Wollstrümpfe zu sengen und zu stinken beginnen. *Da und dort und dort.* Ihre Brüste, ihr Rücken und zwischen ihnen ihr Herz sind in ihrem Winterleibchen gefangen, eng zusammengeschnürt.

Am zweiten Tag geht, zum ersten Mal seit Jahren, das Feuer aus. *Pappa* hat es immer entfacht, und sie haben es nur in Gang gehalten, haben es nachts mit Asche bedeckt und jeden Morgen die Kruste zerbrochen, um sein heißes Herz atmen zu lassen. Innerhalb von Stunden sind ihre Decken mit einer Frostschicht überzogen, obwohl Maren und ihre Mutter im selben Bett schlafen. Sie sprechen nicht miteinander, sie kleiden sich nicht aus. Maren wickelt sich in *pappas* alten Seehundfellmantel. Das Fell ist nicht ordentlich abgehäutet und stinkt ein wenig nach verfaultem Fett.

Mamma trägt Eriks Mantel aus der Zeit, als er noch ein Kind war. Sie hat stumpfe Augen wie ein geräucherter Fisch. Maren versucht sie dazu zu bewegen, etwas zu essen, aber ihre Mutter rollt sich nur auf ihre Bettseite und seufzt wie ein Kind. Maren ist dankbar für die weiße Leere am Fenster, denn so ist das Meer außer Sicht.

Diese drei Tage sind ein Abgrund, in den sie stürzt. Sie beobachtet, wie *pappas* Axt in der Dunkelheit blinkt. Ihre Zunge wird dick und belegt, die weiche Stelle, auf die sie während des Sturms gebissen hat, schwammig und geschwollen, mit etwas Hartem in der Mitte. Sie beißt darauf herum, und das Blut macht sie durstiger.

Sie träumt von *pappa* und Erik, wacht schweißnass auf, mit frierenden Händen. Sie träumt von Dag; als er den Mund öffnet, ist er voller Nägel für ihr gemeinsames Bett. Sie fragt sich, ob sie und ihre Mutter hier sterben werden, ob Diinna schon tot ist, ob das Baby aber noch in ihrem Bauch strampelt, immer langsamer. Sie fragt sich, ob Gott zu ihnen kommen und ihnen befehlen wird zu leben.

Beide stinken sie, als Kirsten Sørensdatter sie am dritten

Abend freischaufelt. Kirsten hilft ihnen, Holz aufzuschichten und endlich das Feuer wieder anzuzünden. Als sie den Weg zu Diinnas Tür freiräumt, sieht Diinna beinahe wütend aus, das Fackellicht fängt den matten Schein ihrer gespitzten Lippen ein, die Hände fest an die Seiten ihres geschwollenen Bauchs gepresst.

»*Kirke*«, sagt Kirsten zu ihnen allen. »Es ist Sabbat.«

Selbst Diinna, die nicht an ihren Gott glaubt, widerspricht nicht.

Erst als sie alle in der Kirche versammelt sind, begreift Maren: Fast alle ihre Männer sind tot.

Toril Knudsdatter zündet die Kerzen an, jede einzelne, bis der Raum so hell strahlt, dass Marens Augen brennen. Sie zählt stumm. Früher gab es dreiundfünfzig Männer, jetzt sind ihnen nur dreizehn geblieben: zwei im Arm gehaltene Babys, drei Alte, der Rest sind Jungen, noch zu klein für die Boote. Sogar den Pfarrer haben sie verloren.

Die Frauen sitzen in ihren angestammten Bankreihen, zwischen ihnen Lücken, wo ihre Ehemänner und Söhne saßen, aber Kirsten beordert sie nach vorn. Alle bis auf Diinna gehorchen, dumpf wie eine Herde. Sie besetzen drei der sieben Bankreihen in der Kirche.

»Schiffbrüche hat es schon früher gegeben«, sagt Kirsten. »Wir haben überlebt, wenn Männer ertrunken sind.«

»Aber noch nie so viele«, sagt Gerda Folnsdatter. »Und nie war mein Mann unter ihnen. Niemals deiner, Kirsten, oder Sigfrids. Niemals Torils Sohn. Sie alle …«

Sie fasst sich an den Hals, verstummt.

»Wir sollten beten oder singen«, schlägt Sigrid Jonsdatter vor, und die anderen blicken sie böse an. Sie waren drei Tage lang eingeschlossen, und das Einzige, was sie sich wünschen, worüber sie sprechen können, ist der Sturm.

Die Frauen von Vardø, sie alle, suchen nach Zeichen. Der Sturm war eines. Die Leichen, die erst noch angespült werden, betrachten sie als ein weiteres. Doch jetzt spricht Gerda von der einzelnen Seeschwalbe, die sie über dem Wal kreisen gesehen hat.

»In Form einer Acht«, sagt sie, ihre roten Hände ziehen Bögen durch die Luft. »Einmal, zweimal, dreimal, sechs Mal habe ich gezählt.«

»Acht mal sechs hat keine besondere Bedeutung«, sagt Kirsten geringschätzig. Sie steht neben der Kanzel mit dem geschnitzten Sockel von Pastor Gursson. Ihre großen Hände liegen darauf, und der breite Daumen, der die geschnitzten Formen entlangfährt, ist das einzige Anzeichen ihrer Nervosität oder Trauer.

Ihr Ehemann ist unter den Ertrunkenen, und all ihre Kinder wurden begraben, bevor sie atmeten. Maren mag sie, hat viele Arbeiten mit ihr zusammen erledigt, aber jetzt sieht sie Kirsten so wie die anderen sie schon immer gesehen haben: als eine Frau abseits der anderen. Sie steht nicht hinter der Kanzel, aber es könnte so sein: Sie betrachtet sie mit dem Blick eines Geistlichen.

»Der Wal aber«, sagt Edne Gunnsdatter, dicke Schwellungen im Gesicht vom Weinen, die wie Prellungen aussehen. »Er schwamm mit der Unterseite nach oben. Ich habe seinen weißen Bauch zwischen den Wellen glänzen gesehen.«

»Er war am Fressen«, sagt Kirsten.

»Er hat die Männer geködert«, sagt Edne. »Er hat den Fischschwarm sechs Mal in die Nähe von Hornøya getrieben, um sicherzugehen, dass wir das sehen.«

»Ich habe das gesehen«, sagt Gerda und bekreuzigt sich. »Ich habe das auch gesehen.«

»Hast du nicht«, erwidert Kirsten.

»Ich habe das Blut gesehen, das Mattis vor einer Woche auf den Tisch gehustet hat«, sagt Gerda. »Es ließ sich nicht wegschrubben.«

»Ich kann das für dich abschmirgeln«, sagt Kirsten sanft.

»Der Wal war falsch«, sagt Toril. Ihre Tochter schmiegt sich so fest an ihre Seite, dass sie mit Torils berühmten ordentlichen Nadelstichen an ihrer Hüfte festgemacht sein könnte. »Wenn es stimmt, was Edne sagt, wurde er gesandt.«

»Gesandt?«, fragt Sigfrid, und Maren sieht, wie Kirsten ihr in dem Glauben, eine Verbündete gefunden zu haben, einen dankbaren Blick zuwirft. »Ist so etwas möglich?«

Aus den hintersten Reihen der Kirche dringt ein Seufzer, und der ganze Raum wendet sich Diinna zu, aber sie neigt ihren Kopf nach hinten, die Augen geschlossen, die braune Haut ihres Halses schimmert golden im Kerzenlicht.

»Der Teufel wirkt auf finstere Weise«, sagt Toril. Ihre Tochter drückt ihr Gesicht unter die Schulter ihrer Mutter und schreit angsterfüllt auf. Maren fragt sich, welche Angst Toril in den vergangenen drei Tagen ihren zwei Kindern eingeflößt hat, die noch am Leben sind. »Seine Macht steht über allem, nur nicht über der von Gott. Er könnte so etwas gesandt haben. Oder es könnte gerufen worden sein.«

»Schluss damit.« Kirsten bricht das Schweigen, bevor es tiefer werden kann. »Das hilft nichts.«

Maren möchte ihre Gewissheit mit ihr teilen, aber sie muss immerzu an die Gestalt, an das Geräusch denken, das sie zum Fenster gehen ließ. Sie hatte gedacht, es sei ein Vogel gewesen, aber jetzt taucht das Wesen bedrohlich groß und schwerfällig vor ihr auf, fünf Flossen und mit der Unterseite nach oben. Unnatürlich. Man kann es unmöglich davon abhalten, in die Ecke ihres Sichtfelds einzudringen, auch nicht im heiligen Licht der Kirche.

Mamma erwacht, wie aus dem Schlaf, obwohl sich die Kerzen in ihren starren Augen widerspiegeln, seit sie sich hingesetzt haben. Als sie spricht, kann Maren den Tribut hören, den das Schweigen ihrer Stimme abverlangt.

»In der Nacht, als Erik geboren wurde«, sagt *mamma*, »war ein roter Lichtpunkt am Himmel.«

»Ich erinnere mich«, sagt Kirsten leise.

»Und ich«, sagt Toril. *Und ich*, denkt Maren, obwohl sie erst zwei war.

»Ich folgte ihm über den Himmel, bis er ins Meer fiel«, sagt *mamma*, die Lippen bewegt sie kaum. »Das ganze Wasser leuchtete rot. Er war gezeichnet – von dem Tag an war es bestimmt.« Sie stöhnt und bedeckt das Gesicht mit den Händen. »Ich hätte ihn niemals aufs Meer hinaus lassen sollen.«

Ihre Worte rufen eine neue Welle des Wehklagens hervor. Nicht einmal Kirsten kann etwas dagegen tun. Die Kerzen flackern, als ein kalter Windstoß in den Raum weht und Maren sich gerade rechtzeitig umdreht, um Diinna aus der Kirche eilen zu sehen. Alles, was Maren sagen könnte, während sie den Arm um *mamma* legt, wäre nur ein schwacher Trost: *Für ihn gab es nichts anderes als das Meer.*

Vardø ist eine Insel, der Hafen ist wie ein an einer Seite abgebissenes Stück Land, die anderen Ufer sind zu hoch oder zu felsig, um dort Boote zu Wasser zu lassen. Maren kannte Netze, bevor sie Schmerz kannte, Wetter, bevor sie Liebe kannte. Im Sommer sind die Hände ihrer Mutter mit den

Sternchen von Fischschuppen gesprenkelt, Fischleiber werden zum Salzen und Trocknen aufgehängt wie weiße Stoffwindeln oder andernfalls in Rentierfelle gewickelt und vergraben, um zu verfaulen.

Pappa sagte immer, dass das Meer ihrem Leben Gestalt gebe. Sie haben immer von seiner Gunst gelebt, und lange schon sterben sie draußen auf dem Meer. Doch durch den Sturm ist es ein Feind geworden, und kurz wird darüber gesprochen, wegzugehen.

»Ich habe Angehörige in Alta«, sagt Gerda. »Dort gibt es genug Land und Arbeit.«

»Ist der Sturm nicht bis dorthin gekommen?«, fragt Sigfrid.

»Wir werden es bald erfahren«, sagt Kirsten. »Ich denke, aus Kiberg werden wir Nachricht bekommen, sicherlich hat der Sturm dort auch gewütet.«

»Meine Schwester wird mich benachrichtigen«, sagt Edne und nickt. »Sie hat drei Pferde, und es ist nur ein Tagesritt.«

»Und eine raue Überfahrt«, sagt Kirsten. »Das Meer ist noch stürmisch. Wir müssen ihnen Zeit lassen.«

Maren hört zu, während die anderen von Varanger, oder noch fremdartiger, Tromsø reden, als ob irgendjemand von ihnen sich ein Leben in der Stadt, so weit weg von hier, vorstellen könnte. Es gibt eine kleine Meinungsverschiedenheit darüber, wer die Rentiere zum Transport nutzen darf, denn sie gehörten Mads Petersson, der zusammen mit Torils Mann und Sohn ertrunken ist. Toril scheint zu glauben, dass sie deshalb über ihnen steht, doch als Kirsten verkündet, dass sie sich um die Herde kümmern werde, erhebt niemand Einwände. Maren kann sich nicht vorstellen, Feuer zu machen, ganz zu schweigen davon, den Winter über eine Herde reizbarer Tiere zu hüten. Wahrscheinlich denkt Toril das Gleiche, denn sie lässt ihren Anspruch so schnell fallen, wie sie ihn erhoben hat.

Schließlich gerät die Unterhaltung ins Stocken, versiegt dann ganz. Nichts ist beschlossen, außer dass sie auf Nachricht aus Kiberg warten oder jemanden hinschicken werden, wenn sie bis Ende der Woche nichts hören.

»Bis dahin ist es am besten, wenn wir uns täglich in der *kirke* treffen«, sagt Kirsten, und Toril nickt eifrig, ausnahmsweise einverstanden. »Wir müssen aufeinander aufpassen. Die Schneefälle scheinen weiterzuziehen, aber man weiß nie.«

»Haltet nach Walen Ausschau«, sagt Toril, und das Licht fällt auf ihr Gesicht, sodass Maren die Kieferknochen unter der Haut mahlen sehen kann. Sie sieht unheilvoll aus, und Maren möchte lachen. Sie beißt sich auf die weiche Stelle ihrer Zunge.

Niemand spricht mehr davon, fortzugehen. Während sie den Hügel hinunter heimwärts läuft und *mamma* sich so fest an ihren Arm klammert, dass es wehtut, fragt sich Maren, ob die anderen Frauen sich auch so fühlen wie sie: an diesen Ort gebunden, mehr denn je. Wal oder kein Wal, ein Zeichen oder keines, Maren war die Zeugin des Todes von vierzig Männern. Jetzt ist etwas in ihr an dieses Land gefesselt, so gefesselt, dass sie gefangen ist.

3

Neun Tage nach dem Sturm, kurz nach dem Jahreswechsel, werden die Männer zu ihnen gebracht. Beinahe vollständig, beinahe alle. Ausgebreitet wie Opfergaben in der kleinen schwarzen Bucht oder andernfalls hochgetrieben von der Flut bis zu den Felsen unter Marens Haus. Sie müssen klettern, um sie zu holen, und benutzen dazu die Seile, die Erik fest verknotet hat, um die Eier aus den Vogelnestern in der Felswand zu klauben.

Erik und Dag sind unter den Ersten, die zurückkommen, *pappa* unter den Letzten. *Pappa* hat einen Arm verloren, Dag ist verbrannt, eine schwarze Linie zieht sich von seiner linken Schulter bis zum rechten Fuß, was *mamma* zufolge bedeutet, dass er vom Blitz getroffen wurde.

»Es muss schnell gegangen sein«, sagt sie, ohne ihre Bitterkeit zu verbergen. »Es muss leicht gewesen sein.«

Maren presst die Nase gegen die Schulter und atmet sich selbst ein.

Ihr Bruder sieht aus, als schliefe er, doch seine Haut ist von diesem schrecklichen grünen Licht erfüllt, das sie schon von anderen Leichen kennt, die die Flut angetrieben hat. *Ertrunken.* Nicht so leicht.

Als Maren an der Reihe ist, die Klippen hinunterzuklettern,

birgt sie Torils Sohn, der wie Treibholz an den scharf gezackten Felsen hängt. Er ist in Eriks Alter, und sein Körper rutscht in seinen Knochen herum wie zerlegtes Fleisch in einem Sack. Maren streicht ihm das dunkle Haar aus dem Gesicht, nimmt einen Seetangfaden von seinem Schlüsselbein. Edne und sie müssen ihn an Taille, Rippen und Knien zusammenschnüren, damit sein Körper nicht auseinanderfällt, als er zu seiner Mutter hinaufgezogen wird. Maren ist froh, dass sie Torils Gesicht nicht sehen kann, als sie zu ihrem Jungen gebracht wird. Obwohl sie die Frau nicht mag, stechen ihre Totenklagen wie winzige Nadeln in Marens Brust.

Der Boden ist zu hart, um die Toten zu begraben, deshalb einigen die Frauen sich darauf, dass sie vorerst im ersten Bootshaus von Dags Vater bleiben, wo die Kälte sie ebenso gefroren hält wie den Grund. Es wird noch Monate dauern, bis sie die Oberfläche aufbrechen und ihre Männer beerdigen können.

»Wir können das Segel als Leichentuch verwenden«, sagt *mamma*, nachdem Erik in den Bootsschuppen gebracht wurde. Sie betrachtet das geflickte Segel, das in der Mitte auf dem Boden liegt, als ob Erik bereits darunter wäre. Es liegt genau an der Stelle, wo sie es zwei Wochen zuvor fallen gelassen haben. Maren und *mamma* sind im weiten Bogen drumherum gegangen, keine von ihnen mochte es anfassen, doch nun hebt Diinna es auf und schüttelt den Kopf.

»Verschwendung«, sagt sie, und Maren ist froh: Sie kann den Gedanken nicht ertragen, dass ihr Vater und ihr Bruder mit einem weiteren Teil des Meeres am Körper unter die Erde gebracht werden. Diinna faltet das Segel mit flinken Bewegungen und legt es auf ihren Bauch, in ihrer Entschlossenheit entdeckt Maren etwas von dem lachenden Mädchen, das im letzten Sommer ihren Bruder geheiratet hat.

Doch einen Tag, nachdem Dag und Erik zurückgebracht wurden, verschwindet Diinna. *Mamma* ist außer sich, dass sie fortgegangen ist, um ihr Kind bei ihrer Sámi-Familie aufzuziehen. Sie sagt schlimme Dinge, von denen Maren weiß, dass sie sie nicht so meint. Sie nennt Diinna eine Lappin, eine Hure, eine Wilde, Dinge, die Toril oder Sigfrid sagen könnten.

»Ich habe es immer gewusst«, schluchzt *mamma*. »Ich hätte nie zulassen dürfen, dass er eine Lappin heiratet. Sie sind nicht loyal, sie sind nicht wie wir.«

Maren kann sich nur auf die Zunge beißen und *mamma* den Rücken reiben. Es ist wahr, dass Diinna ihre ganze Kindheit hindurch umhergezogen ist, und selbst im Winter unter wechselnden Sternen gelebt hat. Ihr Vater ist ein *noaidi*, ein angesehener Schamane. Bevor die Kirche sich fest in Vardø etabliert hatte, gingen ihr Nachbar Baar Ragnvalsson und viele andere Männer zu dem *noaidi* und baten um einen Zauber gegen das schlechte Wetter. Das hat erst vor Kurzem aufgehört, seit neue Gesetze solche Handlungen verbieten, doch Maren sieht immer noch die kleinen Knochenfiguren auf den meisten Türschwellen, die, wie die Sámi sagen, vor Unglück schützen sollen. Pastor Gursson hat stets darüber hinweggesehen, obwohl Toril und ihresgleichen ihn gedrängt haben, härter gegen solche Bräuche vorzugehen.

Maren weiß, dass Diinna nur aus Liebe zu Erik eingewilligt hat, in Vardø zu leben, aber sie glaubt nicht, dass Diinna einfach so gehen würde, nicht wenn sie schon so viele Menschen verloren haben. Nicht mit Eriks Baby in ihrem Bauch. Sie würde nicht so grausam sein, dass sie ihnen den letzten Teil von ihm wegnimmt.

Noch in der gleichen Woche erhalten sie Nachricht aus Kiberg. Ednes Schwager teilt mit, dass sie dort, abgesehen von zahlreichen im Hafen vertäuten Booten, nur drei Männer verloren haben. Als die Frauen sich in der Kirche versammeln, um die Nachricht zu hören, wächst ihrer aller Unbehagen.

»Warum haben sie nicht gefischt?«, fragt Sigfrid. »Hat man in Kiberg den Schwarm nicht gesehen?«

Edne schüttelt den Kopf. »Den Wal auch nicht.«

»Er war also uns gesandt worden«, flüstert Toril, und ihre Angst verbreitet sich in raunenden Wellen über die Bankreihen.

Das Gespräch ist zu ungezwungen für einen heiligen Ort, voller Omen und Ausschmückungen, doch niemand kann der Gelegenheit zu klatschen widerstehen. Ihre Worte sind wie Schlingen, an die sie Tatsachen hängen können, die sich bei jedem Erzählen fester zusammenziehen. Vielen von ihnen scheint es egal zu sein, was wahr ist und was nicht, sie brauchen nur dringend einen Grund, eine gewisse Ordnung, um ihr Leben umzustellen, selbst wenn sie von einer Lüge herrührt. Dass der Wal mit der Unterseite nach oben schwamm, steht jetzt außer Frage, und obwohl Maren versucht, sich gegen die schleichende Angst zu stemmen, die das Gerede mit sich bringt, kann sie sich nicht wie Kirsten behaupten.

Kirsten ist in Mads Peterssons Haus gezogen, um die Rentiere besser versorgen zu können. Maren blickt sie an, wie sie unerschütterlich neben der Kanzel steht. Sie haben kaum miteinander gesprochen, seit Kirsten sie aus dem Schnee freigeschaufelt hat, haben nur ein paar Trauerworte ausgetauscht, als ihre bereits verwesenden Männer aus dem Meer gezogen wurden. Maren nimmt sich vor, mit ihr zu sprechen, als die

Zusammenkunft in der Kirche sich dem Ende zuneigt, doch Kirsten ist schon aus der Tür und läuft mit großen Schritten auf ihre neue Heimstätte zu, gegen den Wind gebeugt.

Diinna ist zurück an dem Tag, als sie *pappa* finden. Das Erste, was Maren von ihrer Rückkehr mitbekommt, ist Geschrei beim Bootshaus, und während sie hinläuft, stellt sie sich alles Mögliche vor: ein neuer Sturm, obwohl sie selbst sehen kann, dass der sonnenlose Himmel ruhig ist, oder ein Mann, der noch lebend gefunden wurde.

Eine Schar Frauen ist an der Tür, Sigfrid und Toril vorn, die Gesichter wutverzerrt. Vor ihnen steht Diinna mit einem anderen Sámi: ein kleiner, stämmiger Mann, der die Frauen kühl ansieht. Es ist nicht Diinnas Vater, aber er hat eine Schamanentrommel an der Hüfte. Diinna und der Mann halten ein zusammengerolltes Stück silberglänzenden Stoffs in ihren Händen. Als Maren näher kommt, schwindelig von der Anstrengung des Laufens, sieht sie, dass es Birkenrinde ist.

»Was ist los?«, fragt sie Diinna, und Toril antwortet.

»Sie will sie da drin begraben.« Ihre Stimme klingt beinahe hysterisch. Spucke bespritzt ihr Kinn. »So wie *sie* es machen.«

»Macht keinen Sinn, Stoff zu benutzen, nicht für so viele«, sagt Diinna. »Das hier ist ...«

»Ich will das nicht in der Nähe meiner Jungen haben.« Toril keucht heftiger als Maren und sieht die Trommel an, als wäre sie eine Waffe. Sigfrid Jonsdatter nickt zustimmend, während Toril weiter wettert. »Und auch nicht in der Nähe meines Ehemannes. Er ist ein frommer Mann, und ich werde euch nicht zu ihm lassen.«

»Ich kann mich nicht erinnern, dass du etwas gegen meine

Hilfe einzuwenden hattest, als noch ein Baby in dir wachsen sollte«, sagt Diinna.

Toril legt ihre Hand flach auf ihren Bauch, obwohl ihre Kinder schon lange geboren sind. »So etwas habe ich nicht getan.«

»Ich weiß genauso gut wie alle anderen hier, dass du das getan hast, Toril«, sagte Maren, unfähig, angesichts dieser Lüge still zu bleiben. »Und du auch, Sigfrid. Viele von euch sind zu ihr gekommen oder zu ihrem Vater.«

Toril verengt die Augen zu Schlitzen. »Ich würde niemals zu einem lappischen Zauberer gehen.«

Allgemeines Fauchen. Maren macht einen Schritt nach vorn, aber Diinna hält sie mit ihrem ausgestreckten Arm zurück.

»Ich sollte ein Loch in deine Zunge machen, Toril. Vielleicht würde dann etwas von dem Gift abfließen.« Jetzt ist Toril an der Reihe zurückzuweichen. »Und es ist keine Zauberei, und es ist auch nicht für eure Söhne und Männer.«

Diinna dreht sich zu Maren. Sie ist wunderschön in dem bläulichen Licht, das markante Gesicht, die vollen Wimpern. »Es ist für Erik.«

»Und meinen Vater.« Marens Stimme bricht. Sie kann es nicht ertragen, die beiden zu trennen, und *pappa* hat Diinna geliebt, war stolz auf die Verbindung von seinem Sohn und der Tochter eines *noaidi* gewesen.

»Ist er zurückgekommen?« Maren nickt, und Diinna fasst sie an der Schulter. »Und für Baar Ragnvalsson natürlich auch. Wir werden bei ihnen wachen. Und bei allen anderen, die das ebenfalls möchten.«

»Und wird deine Mutter glücklich darüber sein?«, fällt Toril über Maren her, aber sie ist zu erschöpft, um mehr zu tun, als nur zu nicken, und der Kopf auf dem Hals fühlt sich schwer an.

Schließlich einigt man sich darauf, dass alle Männer von denen, die sich die Sámi-Riten wünschen, ins zweite Bootshaus gebracht werden, das einmal Marens Heim werden sollte. Nur zwei Männer werden gleich nach Erik und *pappa* dorthin getragen: der arme Mads Petersson, der keine Familie hat, die für ihn sprechen könnte, und Baar Ragnvalsson, der häufig im Mittelgebirge verschwand und Sámi-Kleidung trug.

Das zweite Bootshaus wäre ein schönes Heim gewesen. Allein der Eingangsbereich des Schuppens ist so groß wie Diinnas und Eriks Kammer, und der Hauptraum konkurriert mit dem im Haus von Dags Vater, dem größten im Dorf. Die Bretter für ihr Bett liegen dort, bereit, dass Dags sorgsame Hände sie zusammenbauen.

Sie nehmen das Holz für ihr Feuer und legen ihren Vater und Erik auf den nackten Boden. Maren muss Dag in dem ersten Bootshaus zurücklassen: Seine Mutter, Fru Olufsdatter, hat kein Wort mit ihr gesprochen, ist nicht gewillt, sie anzusehen.

Hastig greift Maren nach einer Locke von Eriks gefrorenen Haaren und verstaut sie sorgfältig in ihrer Rocktasche. Nachdem sie Diinna und den *noaidi* in dem stillen Raum zurückgelassen hat, läuft sie um das erste Bootshaus herum. Sie sieht, dass eine der Frauen ein Kreuz über die Tür genagelt hat, und es fühlt sich weniger wie ein Segen für jene drinnen als eine Abwehr derer draußen an.

Als sie nach Hause kommt, schläft *mamma*, den Arm über die Augen gelegt, als weiche sie vor einem Albtraum zurück.

»*Mamma*?« Maren möchte ihr von dem *noaidi* erzählen und dem zweiten Bootshaus. »Diinna ist zurück.«

Keine Antwort. *Mamma* scheint kaum zu atmen, und Maren widersteht dem Drang, ihre Wange über den Mund der Mutter zu halten, um zu sehen, ob sie noch lebt. Stattdessen holt sie die Locke aus ihrer Tasche, hält sie vor das Feuer. Es kräuselt Eriks feines Haar. Sie macht einen Schnitt in ihr Kissen und legt die Locke zu dem Heidekraut.

Jeden Tag nach der Kirche geht Maren zu dem zweiten Bootshaus, aber sie kann sich nicht dazu durchringen, dort wie Diinna und der Mann mit der Trommel zu schlafen. Er spricht kein Norwegisch und verrät ihr auch keine einfache Version seines Namens, deshalb nennt Maren ihn Varr, wachsam, denn das klingt ein bisschen wie der Anfang des Namens, den er ihr nennt, bevor der Rest auf ihrer ungeübten Zunge verloren geht.

Jedes Mal, wenn sie ihren Vater und Erik besucht, wartet sie draußen und lauscht Varr und Diinna, wie sie zusammen in ihrer Sprache sprechen. Stets verstummen sie in dem Moment, wenn sie ihre Hand an die Tür legt, und Maren hat das Gefühl, als ob sie sie bei etwas Unanständigem gestört hätte oder auch bei etwas sehr Privatem. Das Gefühl, dass sie etwas zerbrochen hat und ihre Ungeschicktheit sich auf ihre bloße Anwesenheit gründete.

Maren spricht Norwegisch mit Diinna, und Diinna übersetzt für Varr, ihre Sätze sind immer kürzer, als ob sie bessere und exaktere Wörter für das haben, was Maren zu sagen versucht. Wie muss das sein, zwei Sprachen im Kopf, im Mund zu haben? Wenn man eine wie ein dunkles Geheimnis tief in der Kehle verstecken muss? Diinna hat immer zwischen Vardø und anderen Orten gelebt, hin und wieder in der Nähe, seit Maren ein Kind war, dann lief sie neben ihrem schweigsamen Vater her, der kam, um Netze zu reparieren oder Zauber auszusprechen.

»Wir lebten hier«, erzählte Diinna Maren damals, als Maren noch etwas Angst vor ihr hatte: ein Mädchen in Hosen und einem mit Bärenfell gesäumten Mantel, Fell, das sie selbst gehäutet und angenäht hatte.

»Ist das euer Land?«

»Nein.« Der Tonfall des Mädchens war so streng wie ihr Blick.

Manchmal kann Maren die Trommelschläge hören, regelmäßig wie ein Herzschlag, und in diesen Nächten schläft sie leichter ein, obwohl die strikten Kirchgängerinnen viel deswegen murren. Diinna erzählt ihr, dass die Trommel den Weg für die Seelen frei mache, damit sie sich ordentlich von den Körpern lösten und keine Angst hätten. Aber Varr spielt nie, wenn Maren in der Nähe ist. Das Instrument ist breit wie ein Trog, die Haut straff über eine flache Schale aus hellem Holz gespannt. Seine Oberfläche ist von kleinen Mustern durchsetzt: Ein Rentier mit Sonne und Mond im Geweih, in der Mitte Männer und Frauen, deren Hände wie Glieder einer Kette ineinandergreifen, und im unteren Teil schlängelt sich ein Knäuel von scheußlichen Beinahe-Menschen, Beinahe-Bestien über den Boden.

»Ist das die Hölle?«, fragt sie Diinna. »Und das der Himmel, und wir sind in der Mitte?«

Diinna übersetzt nicht für Varr. »Es ist alles hier.«

4

Als der Winter seinen Griff um Vardø lockert und ihre Vorratskammern beinahe leer sind, hievt die Sonne sich näher zum Horizont hin. Wenn Diinnas und Eriks Baby zur Welt kommt, werden die Tage lichtdurchflutet sein.

Maren spürt, wie ein beklommener Rhythmus Vardø erfasst, ihre eigene Zeit nimmt Gestalt an. Kirche, Bootshaus, Hausarbeit, Schlafen. Obgleich die Linien zwischen Kirsten und Toril, Diinna und den anderen allmählich deutlicher gezogen werden, halten sie zusammen wie Männer in einem Ruderboot. Eine Nähe, die aus der Not heraus geboren wurde: Sie brauchen einander mehr denn je, vor allem seit die Nahrungsmittel knapp werden.

Sie bekommen Getreide aus Alta, ein wenig *tørrfisk* aus Kiberg. Manchmal halten Seemänner im Hafen, rudern mit Seehundfellen und Waltran ans Ufer. Kirsten scheut sich nicht, mit ihnen zu reden, und macht gute Geschäfte, aber den Frauen gehen die Dinge aus, die sie tauschen könnten, und es ist offensichtlich, dass sie keine Hilfe erhalten werden, wenn die Zeit kommt, die Saat auszubringen.

Maren nutzt ihre wenige freie Zeit am Tag, um die Landzunge abzulaufen, wo sie und Erik als Kinder spielten und wo sich nun das kümmerliche Heidekraut nach einem sonnenarmen Winter allmählich erholt. Bald schon wird es kniehoch sein, und die Luft wird so süß von seinem Duft sein, dass ihre Zähne schmerzen.

Nachts ist die Trauer schwerer zu bewältigen. Als sie zum ersten Mal eine Nadel in die Hand nimmt, stellen sich die Härchen auf ihrem Arm auf, und sie lässt sie fallen, als wäre sie glühend heiß. Ihre Träume sind düster und voller Wasser. Sie sieht Erik in verstöpselten Flaschen gefangen und das klaffende, vom Meer ausgespülte Loch, wo der Arm ihres Vaters war: seine weißen, weißen Knochen. Der Wal kommt auch meistens vor, der dunkle Rumpf seines Körpers stürzt durch ihre Gedanken und hinterlässt nichts Gutes, nichts Lebendes in seinem Kielwasser. Manchmal verschluckt er sie ganz und gar, und manchmal ist er gestrandet und sie liegt neben ihm, Auge an Auge, sein Gestank in ihrer Nase.

Maren weiß, dass auch *mamma* Albträume hat. Doch sie bezweifelt, dass ihre Mutter mit Salz auf der Zunge aufwacht, dass der Meeresdunst ihren Atem sprenkelt. Manchmal fragt sich Maren, ob sie diejenige war, die dieses Leben über sie gebracht hat, weil sie sich Zeit allein mit Diinna und *mamma* gewünscht hatte. Denn wenngleich Kiberg nahe ist und Alta nicht sehr weit entfernt, ist kein Mann gekommen, um sich bei ihnen niederzulassen. Maren wollte Zeit mit Frauen, und jetzt verbringt sie alle ihre Tage mit ihnen.

Die Vorstellung keimt in ihr auf, dass Vardø für immer so weitermachen könnte: ein Ort ohne Männer, der dennoch überlebt. Die Kälte lockert ihren Griff, und im Gegenzug werden die Leichen weich. Sobald der Boden wurzeltief aufgetaut ist, werden sie ihre Toten beerdigen, und vielleicht könnten einige Gräben mit zugeschüttet werden.

Maren sehnt sich nach dem Gefühl von Erde unter ihren

Fingernägeln, dem Gewicht eines Spatens in ihrer Hand, danach, dass Erik und *pappa* endlich ruhen, in ihren Leichentüchern aus silberglänzender Birke. Jeden Tag überprüft sie das Gemüsebeet vor ihrem Haus, kratzt mit den Fingernägeln über den Erdboden.

Vier Monate nach dem Sturm, an dem Tag, an dem ihre Hand in die Erde sinkt, rennt sie in die Kirche, um den anderen mitzuteilen, dass sie endlich graben können. Doch die Worte bleiben ihr im Hals stecken: Ein Mann steht auf der Kanzel.

»Das ist Pastor Nils Kurtsson«, sagt Toril mit ehrfürchtiger Stimme. »Er wurde aus Varanger geschickt. Gott sei gelobt, wir wurden schließlich doch nicht vergessen.«

Der Geistliche richtet seine blassen Augen auf Maren. Er ist schmächtig wie ein Junge.

Von ihrem angestammten Platz verdrängt, rutscht Kirsten in die Bank neben Maren und *mamma* und beugt sich am Ende des Gottesdienstes vor, um Maren ins Ohr zu flüstern.

»Ich hoffe, seine Predigten sind nicht so schwach wie sein Kinn.«

Doch das sind sie, und Maren denkt, dass er etwas Schreckliches getan haben muss, um nach Vardø versetzt zu werden. Pastor Kurtsson ist kraftlos, offensichtlich ist er das Leben am Meer nicht gewöhnt. Er hat keine tröstenden Worte für ihre besonderen Heimsuchungen und scheint ein wenig Angst vor dem Raum voller Frauen zu haben, die jeden Sabbat seine Kirche füllen. Nach dem letzten Amen läuft er hastig in sein Haus nebenan.

Die Kirche ist wieder ein heiliger Ort, daher gehen die Frauen dazu über, sich mittwochs im Haus von Dags Vater zu treffen, wo Fru Olufsdatter zu einem Flüstern in den Räumen ihres zu großen Hauses geschrumpft ist. Das Geschwätz ist das gleiche, doch die Frauen sind vorsichtiger. Wie Toril sagte, sind sie nicht vergessen worden, und Maren ist sicher, dass nicht nur sie allein Unbehagen darüber verspürt, was das bedeuten könnte.

In der Woche seiner Ankunft setzt der Pfarrer ein Schreiben mit der Bitte um zehn Männer aus Kiberg auf, Ednes Schwager ist unter ihnen, und Maren befällt ein unerwarteter Neid, als sie kommen, um die Toten endlich zu begraben. Sie brauchen zwei Tage, um die Gräber zu schaufeln, und da die Dunkelheit abnimmt, arbeiten sie bis tief in die Nacht. Sie sind laut und lachen zu viel für ihre Aufgabe. Sie schlafen in der Kirche und stützen sich auf ihre Spaten, um den vorbeilaufenden Frauen nachzublicken. Maren hält ihren Kopf gesenkt und läuft dennoch stündlich an der Stelle vorbei, um ihren Fortschritt zu beobachten.

Die Gräber liegen auf der Ostseite der Insel, ein dunkles Loch neben dem anderen, so viele, dass sich Maren der Kopf dreht. Die Erde ist daneben aufgehäuft, und während Maren aus sicherer Entfernung zuschaut, stellt sie sich den Schmerz in ihren Armen vor, der Geschmack nach Erde wie eine Münze in ihrem Mund, und der Schweiß bricht ihr aus den Poren. Nach allem, was die Frauen gesehen haben, nachdem sie ihre Männer von den Felsen aufgesammelt haben und den ganzen Winter über sie gewacht haben, fühlt es sich nicht richtig an zuzusehen, wie jemand anderer die Gräber schaufelt. Maren denkt, dass Kirsten ihrer Ansicht wäre, aber sie will nicht viel Aufhebens machen. Sie will, dass *pappa* und ihr Bruder unter die Erde kommen, dass der Winter vorbei ist und die Männer aus Kiberg verschwinden.

Am Morgen des dritten Tages werden ihre Männer aus

dem ersten Bootshaus getragen, sie riechen schon ein wenig, die Bäuche geschwollen in ihren gewebten Leichentüchern, die Toril genäht hat. Sie werden neben die offenen Gräber gelegt, schneeweiß gegen die frisch umgegrabene Erde.

»Keine Särge?«, fragt ein Mann und zupft an einem Leichentuch.

»Vierzig Tote«, sagt ein anderer. »Eine Menge Arbeit für ein Dorf voller Frauen.«

»Ein Leichentuch bedeutet mehr harte Arbeit als ein Sarg«, sagt Kirsten kühl, und Torils Wangen röten sich vor Überraschung. »Und ich wäre Ihnen dankbar, wenn Sie meinen Mann nicht anrühren würden.«

Kirsten sitzt an der Grabkante, und bevor Maren begreift, was sie da tut, hat sie sich fallen lassen, sodass nur noch ihr Kopf und ihre Schultern herausragen, mit ausgestreckten Armen.

Die Männer verständigen sich lautlos untereinander, also packt Kirsten selbst ihren Mann, verschwindet aus dem Blickfeld, während sie ihn herunterhebt. Im nächsten Moment sieht man, wie sie sich hinaufzieht, ihre bestrumpften Beine blitzen auf, als sie aus dem Grab klettert.

Toril schüttelt missbilligend den Kopf und dreht sich weg, und einer der Männer lacht, doch Kirsten nimmt nur eine Handvoll von dem Erdhaufen und lässt sie auf ihren Mann fallen. Dann geht sie geradewegs an Maren vorbei, nah genug, dass Maren die Tränen auf ihren Wangen sehen kann. Maren sollte die Hand nach ihr ausstrecken, etwas sagen, doch ihre Zunge fühlt sich so nutzlos wie ein Kieselstein an.

»Also hat sie ihn wirklich geliebt«, murmelt *mamma*, und Maren muss sich eine Antwort verkneifen. Jeder Narr hatte sehen können, dass Kirsten ihren Mann liebte. Sie hatte die beiden oft gesehen, wie sie zusammen spazieren gingen und wie Freunde gemeinsam lachten. Er nahm sie mit auf die Felder und manchmal auch mit aufs Meer hinaus. Wenn sie am Tag des Sturms mit ihm hinausgefahren wäre, wären die Frauen von Vardø noch verlorener, als sie es jetzt schon sind.

Pastor Kurtsson tritt vor, um das Grab zu segnen. Sein Kinn ist angespannt, und Maren vermutet, dass ihm Kirstens Mutbezeugung vor diesen Männern peinlich ist. »Gottes Gnade sei mit dir«, skandiert er mit seiner schwankenden Stimme und sagt nicht viel mehr über den Mann, den er nie gekannt hat.

»Das hätte Kirsten nicht tun sollen.« Diinna taucht neben Maren auf und beobachtet den Pfarrer. Ihre Hand ruht auf ihrem Bauch. Das Baby kann jeden Tag zur Welt kommen, und Kummer schnürt Maren die Kehle zu: Ihr Bruder unter die Erde gebracht, noch bevor sein Kind atmet. Plötzlich hat sie den Wunsch, den Arm auszustrecken und Diinna zu berühren, ihren warmen Bauch mit dem Baby im Inneren zu fühlen, doch nicht einmal die alte Diinna hätte das toleriert. Diese neue Diina ist so hart wie Stein, und Maren wagt nicht zu fragen.

Keine andere Frau mischt bei der Beerdigung ihrer Angehörigen mit. Die Männer arbeiten methodisch: Zwei reichen eine Leiche hinunter zu zweien im Grab. Die Familien treten vor, um Erde zu streuen, Pastor Kurtsson segnet das Grab, es wird zugeschaufelt. Keine Wehklagen, niemand fällt auf die Knie. Die Frauen sind müde, blutleer, erledigt. Toril betet unentwegt, die Worte steigen und fallen im Wind.

Der Zyklus wiederholt sich, bis es Zeit ist, das zweite Bootshaus zu räumen, und beim Anblick der silberglänzenden Leichentücher aus Birke hebt Pastor Kurtsson eine blasse

Augenbraue. *Mamma* zupft an *pappas* Birkenhülle herum, blickt erst zum Geistlichen und dann zu Maren.

»Vielleicht sollten wir Toril fragen …«

»Ich habe keinen Stoff mehr übrig«, sagt Toril.

»Ich habe ein Segel …«

»Auch keinen Faden«, sagt Toril, dreht ihnen den Rücken zu und geht nach Hause, ihren Sohn und ihre Tochter im Schlepptau. Sigfrid folgt ihr, und Gerda. Maren ist sicher, dass Diinna, *mamma* und sie sich selbst überlassen sein werden, wenn ihre Toten an der Reihe sind, doch die anderen Frauen bleiben da und sehen zu, wie erst Mads, dann *pappa*, anschließend Erik und zuletzt Baar ins Grab hinuntergelassen und zugeschaufelt werden.

An diesem Abend, nachdem die Männer aus Kiberg weggegangen sind, läuft Maren mit Eriks Haarlocke in der Rocktasche zu den Gräbern, in der Absicht, sie dort mit ihm zu begraben. Sie hat beschlossen, dass die Locke ein makabres Andenken ist, dass vielleicht sie es ist, die ihre Träume vergiftet und das Meer in sie eindringen lässt. Die Nächte sind nicht länger winterdunkel, und in der Düsterheit erscheinen ihr die Gräber wie eine Walherde am Horizont, buckelig und bedrohlich. Sie stellt fest, dass sie nicht näher hingehen kann.

Sie weiß, was dort ist: heiliger Boden, von einem Mann Gottes gesegnet, der nichts mehr als die Überreste ihrer Männer birgt. Doch hier, mit dem Wind, der durch die offenen Kanäle der Insel pfeift, und den erleuchteten Häusern im Rücken, scheint es genauso verhängnisvoll, darauf zuzulaufen, wie von einer Klippe zu springen. Sie stellt sich vor, wie sie sich aufbäumen und hinuntersausen, und die Welt unter ihren Füßen scheint zu wanken. In ihrer Verwirrung lockert sie den Griff um Eriks Haarlocke. Der Wind zupft sie von ihren trägen Fingern und wirbelt sie fort.

Später in der Nacht weckt ein Türgeräusch Maren auf. *Mamma* liegt wie eine Schnecke in ihrem Haus zusammengerollt auf den Decken und haucht übel riechenden Atem in ihr Gesicht. Sie hat darauf bestanden, dass sie weiter das Bett teilen, obwohl Maren dann schlechter schläft.

Maren setzt sich auf, ihr ganzer Körper zittert, als sich die Tür schließt. Sie kann niemanden sehen, sie kann nur jemanden spüren. Ächzen erklingt, eine schnelle Abfolge von beinahe tierischen Atemzügen. Es hört sich an, als würde eine Handvoll Erde verschluckt werden.

»Erik?«

Sie fragt sich, ob sie ihn zu sich gerufen hat, ihn mit ihren Träumen und Gebeten herbeibeschworen hat, und die Vorstellung macht ihr solche Angst, dass sie schnell über ihre Mutter zu *pappas* Axt klettert. Dann vernimmt sie Diinnas leisen Schrei, eine Schmerzenswelle zwingt sie in die Knie, und Maren kann ihre Umrisse erkennen. Ein Geist würde keine Tür öffnen, schilt Maren sich selbst, und eine Axt würde dagegen auch nicht helfen.

»Ich hole Fru Olufsdatter.«

»Die nicht«, bringt Diinna schwer atmend hervor. »Du.«

Sie führt Diinna zu ihrem Kaminvorleger. *Mamma* ist wach und entfacht das Feuer, bringt Decken und erhitzt Wasser, holt einen Lederriemen für Diinna zum Draufbeißen, macht besänftigende Geräusche.

Sie benötigen den Riemen nicht – bis auf ihr Keuchen macht Diinna kaum Lärm. Sie klingt wie ein mit Füßen getretener Hund: Sie winselt und beißt sich auf die Lippe. Maren bleibt bei ihrem Kopf, und *mamma* zieht ihr die Unterwäsche aus. Die Sachen sind nass, und der ganze Raum riecht nach Diinnas Schweiß. Er bricht ihr aus allen Poren, und Maren wischt mit einem Tuch über ihre Stirn, versucht, nicht auf den dunklen Hügel zwischen Diinnas Beinen zu sehen, wo die Hände ihrer Mutter geschickt hantieren. Noch nie hat sie die Geburt eines Kindes miterlebt, nur von Tieren, die oft schon tot waren. Sie versucht, die Gedanken an schlaffe Zungen, die zwischen weichen Kinnbacken heraushängen, zu verdrängen.

»Es ist schon fast da«, sagt *mamma*. »Warum hast du uns nicht früher geholt?«

Diinna ist ganz benommen vor Schmerzen, doch sie flüstert: »Ich habe an die Wand geklopft.«

Maren tupft ihr das Gesicht ab und wispert in Diinnas Ohr, froh über die Nähe, die Diinnas Schmerzen ihnen ermöglichen, wie in alten Zeiten. Bald treffen die Strahlen, die durch das dünne Gewebe der Vorhänge vor dem Fenster fallen, auf den Feuerschein, und sie werden alle in ein nebliges weißes Licht getaucht. Maren fühlt sich in Meeresdunst eingehüllt, während sich Diinna an sie klammert, als wäre sie ein Anker, der sie in den Gezeiten des Schmerzes festhält. Maren drückt einen Kuss auf ihre Stirn und schmeckt Salz.

Als es endlich Zeit ist zu pressen, zappelt Diinna wie ein Fisch an Land, ihr Körper krümmt sich auf dem Boden. »Halt sie fest«, sagt *mamma*, und Maren gibt ihr Bestes, obwohl sie nie stärker als Diinna gewesen ist und nicht hoffen kann, dass es jetzt anders sein wird. Sie sitzt hinter Diinna, damit diese sich an sie lehnen kann, und spricht besänftigend an ihrem Hals. Marens eigene Tränen treffen sich mit Diinnas, als sie noch einmal eine heftige Wehe erfasst und endlich ein durchdringender Schrei als Antwort auf das Klagen zwischen ihren Beinen ertönt.

»Ein Junge.« In *mammas* Stimme klingt helle Freude und ein Anflug von Schmerz. »Ein Junge. Darum habe ich gebetet.«

Diinna fällt zurück, und Maren bringt sie behutsam zu Boden. Maren hält sie in den Armen, küsst ihre Wangen, lauscht dem Weinen des Babys, dem Klappern von Metall, als ihre Mutter eine Klinge zur Hand nimmt, um die Nabelschnur durchzuschneiden, und dann mit einem Lappen das Blut aufwischt. Diinna klammert sich an sie, weint heftiger, ihre Körper zittern, feucht, erschöpft, bis *mamma* Maren mit ihrem Ellbogen zur Seite stupst und Diinna das Baby auf die Brust legt.

Er ist winzig, zerknittert, voller schleimiger Nachgeburt. Seine Wimpern sind dunkel auf seinen weißen Wangen. Maren erinnert sich an ein Vogeljunges, das aus seinem Nest auf das bemooste Dach gestoßen wurde, die Haut so dünn, dass sie das Zucken seines Auges unter dem geschlossenen Lid sehen konnte, der Herzschlag ließ seinen ganzen Körper erbeben. Sobald sie es berührt hatte, daran dachte, es zurück in sein Nest zu bringen, hörte es auf, sich zu bewegen.

Wenn er schreit, ziehen sich seine schmalen Schultern nach oben, sein kleiner Mund regt sich. Diinna zieht ihr Nachthemd nach unten, legt ihre dunkle Brustwarze in seinen Mund. Vernarbtes Gewebe ziert ihr eines Schlüsselbein, eine Verbrennung, die, soweit Maren weiß, von einem Topf mit kochendem Wasser herrührt, obwohl sie sich nicht erinnern kann, wer ihn geworfen hat. Sie möchte auch diese Stelle küssen, die Haut glätten.

Mamma hat Diinna sauber gemacht. Sie weint, richtet sich

auf, um sich an Diinnas anderer Seite auszustrecken, legt eine Hand dorthin, wo Diinnas Hand auf seinem Rücken ruht. Maren zögert nur noch einen kurzen Moment, bevor auch sie eine Hand dort hinlegt. Er ist überraschend warm und riecht nach frischem Brot und sauberen Tüchern. Ihre Brust zieht sich zusammen, schmerzt vor Verlangen.

3. Juni 1618

An den sehr verehrten Mr. Cornet,

ich schreibe Ihnen in zwei Angelegenheiten.
Zunächst möchte ich Ihnen für Ihren großmütigen Brief vom 12. Januar dieses Jahres danken. Ihre Glückwünsche weiß ich in höchstem Maße zu schätzen. Meine Ernennung zum Lensmann über Finnmark ist eine große Ehre und, wie Sie es so treffend ausdrücken, eine Gelegenheit, unserem Herrgott in diesem geplagten Landstrich zu dienen. Des Teufels Atem stinkt hier, und es gibt eine Menge Arbeit zu erledigen. König Christian IV. setzt sich für eine Konsolidierung der Position der Kirche ein, doch Hexengesetze wurden erst im vergangenen Jahr erlassen, und obwohl sie die Dämonologie zum Vorbild haben, sind sie doch höchst ungenügend im Vergleich mit dem, was unser König James in Schottland und auf den Äußeren Hebriden durchgesetzt hat. In meinem Lensmann-Bezirk wurden sie noch nicht einmal erlassen. Natürlich werde ich diesen Missstand beheben, wenn ich meinen Posten dort nächstes Jahr antrete.
Das bringt mich zu meinem zweiten Punkt. Wie Sie sicher wissen, bewundere ich zutiefst Ihre Handhabung des Kirkwellprozesses gegen die Hexe Elspeth Reoch, die Kunde davon

ist sogar bis zu uns vorgedrungen. Wie ich damals schrieb: Während der Geck Coltart alles öffentliche Lob erntete, ist mir bewusst, wie sehr Sie ihn unterstützt haben und dass es Ihrem beherzten Handeln zu verdanken war, dass der Vorfall zu einem frühen Zeitpunkt aufgedeckt wurde. Genau diese Zügigkeit ist in Finnmark erforderlich: Männer, die der Lehre der Dämonologie so weit zu folgen vermögen, dass sie »jene, die ein Malefizium ausüben, erkennen, überführen und hinrichten können«.

Ich biete Ihnen demzufolge einen Platz an meiner Seite an, um diese besonderen Übel auszurotten. Viele dieser Schwierigkeiten rühren von einem Teil der lokalen Bevölkerung her, die hier in Finnmark heimisch ist – ein Wandervolk, Lappen genannt. In gewisser Weise ähneln sie den Zigeunern, nur dass ihre Zauber sich mit dem Wind und anderem Wetter befassen. Wie bereits erwähnt, wurde die Gesetzgebung gegen ihre Hexerei schon eingeführt, aber nur wenig durchgesetzt.

Sie sind ein Mann der Orkney-Inseln, ich muss Ihnen nichts über die Eigentümlichkeiten von Witterungen oder Jahreszeiten erzählen, die es an einem Ort wie diesem gibt. Doch ich muss Sie warnen, die Situation ist ernst. Seit dem Sturm von 1617 (Sie werden sich erinnern, darüber wurde sogar in den Zeitungen von Edinburgh berichtet: Ich war damals selbst auf See, und der Sturm reichte bis nach Spitsbergen und Tromsø) wurde Weibervolk sich selbst überlassen. Die barbarische Bevölkerung der Lappen durchmischt sich mit den Weißen. Im Wesentlichen müssen wir gegen ihre Zauberei und ihre Magie vorgehen. Ihre Wetterzauber sind sogar von Seemännern gefragt. Aber ich glaube, dass wir mit Ihnen und einer kleinen Anzahl weiterer fähiger, gottesfürchtiger

Männer die Dunkelheit sogar hier, in dem ewig dunklen Winter, zurückschlagen können. Selbst in Finnmark, am Rande der Zivilisation, müssen Seelen gerettet werden.
Natürlich würden Sie für Ihre Mühen entschädigt werden. Ich denke daran, Sie in einer geräumigen Wohnstatt in Vardø zu etablieren, nahe der Burg, wo der Sitz meiner Macht sein wird. Nach fünf Jahren hier würde ich Ihnen ein Empfehlungsschreiben ausstellen, das Sie zu allen Aufgaben befähigt, die Sie anzustreben wünschen.
Vielleicht sollten Sie dieses Angebot für sich behalten: Ich habe keinen Zweifel, dass Coltart es herausbekommen würde, aber er ist nicht von dem Schlag Mann, den ich brauche.
Denken Sie darüber nach, Mr. Cornet, ich erwarte Ihre schriftliche Antwort.

John Cunningham (Hans Køning)
Lensmann über den Bezirk Vardøhus

5

Als ihr Neffe geboren wird, ist Marens Körper etwas, das sie mit Mühe, Mitleid und einer Art Abscheu trägt. Er ist hungrig, ungehorsam. Wenn sie steht, ist es, als hätte sie Blasen zwischen den Knochen, und sie platzten in ihren Ohren.

Kummer nährt nicht, obwohl er einen ausfüllt. Das haben sie ignoriert, doch als Kirsten Sørensdatter um Erlaubnis bittet, in der Kirche sprechen zu dürfen, volle sechs Monate nach dem Sturm, sieht Maren es an der schlaffen Haut um ihr Kinn und an *mammas* stark hervortretenden Adern auf ihren Armen. Vielleicht bemerken die anderen das auch, denn sie sitzen nicht mehr eingesunken da, wie wenn sie einer Predigt lauschen, sondern richten sich gerade auf und blicken sie aufmerksam an.

»Es wird sich nicht ändern, wenn wir noch länger warten«, fängt Kirsten an, als setzte sie eine Unterhaltung fort. Sie zieht die Stirn über ihren kleinen blauen Augen kraus. »Unsere Nachbarn sind gut zu uns gewesen, aber wir alle wissen, dass Gefälligkeit nicht ewig währt. Wir müssen für uns selbst sorgen.« Kirsten richtet sich auf: Sie beginnen zu verstehen. »Das Eis ist getaut, wir haben die Mitternachtssonne und vier seetüchtige Boote. Es ist Zeit, auf Fischfang zu gehen. Wir brauchen zwanzig Frauen, vielleicht genügen auch sechzehn. Ich bin dabei.« Sie sieht sich um. Ihr Blick im Kerzenschein ist durchdringend.

Maren erwartet, dass einige der anderen, Sigfrid oder Toril oder vielleicht Pastor Kurtsson, etwas sagen, einen Einwand erheben. Doch auch der Pfarrer ist schmaler geworden, und er hatte schon vorher nur herzlich wenig Speck auf den Rippen. Es ist vernünftig, was Kirsten sagt, wie kurz sie sich auch fassen mag. Marens Hand fährt zusammen mit zehn anderen in die Höhe. Als sie die Hand hebt, hat sie das gleiche taumelnde Gefühl, wie wenn sie sich gegen den Wind lehnt, und sie spürt, wie es nachlässt, sobald sie das Gleichgewicht wiederfindet. *Mamma* sieht sie an und sagt nichts.

»Sonst niemand mehr? So haben wir nur Mannschaften für zwei Boote«, sagt Kirsten. Die Frauen senken die Blicke und rutschen in den Bankreihen hin und her.

Sie dachten, es wäre entschieden. Doch obwohl der Pfarrer in der Kirche keine Einwände macht, überbringt Toril am nächsten Mittwoch die Nachricht, dass Pastor Kurtsson seine Stimme wiedergefunden und einen Brief geschrieben hat.

»Wie schlau von ihm«, sagt Kirsten, ohne von ihrer Arbeit aufzublicken: Sie fertigt ein Paar Handschuhe aus Seehundfell an, um die Riemen besser fassen zu können, vermutet Maren.

»An den Mann, der bald Vardøhus übernehmen soll«, sagt Toril, und da hält sogar Kirsten inne und blickt auf.

»Die Festung? Hier?«, fragt Sigfrid und bekommt bei dem Gedanken leuchtende Augen. »Bist du sicher?«

»Kennst du noch eine andere?«, fährt Toril sie an, aber

Maren kann die Frage nachvollziehen. Die Festung steht schon ihr ganzes Leben lang leer.

Nicht nur Maren, auch Diinna und *mamma* haben ihre Arbeit niedergelegt. Die drei Frauen waren dabei, ein altes Netz zu flicken, Diinna hatte es sich auf den Schoß gelegt, unter Baby Erik in seinem Tragetuch. Sie neigt den Kopf so weit nach unten, dass sie wie eine Vogelmutter aussieht, die ihre Jungen füttert.

Es ist unmöglich, das letzte Mal zu vergessen, als die drei zusammen etwas ausgebessert haben, und die Nadel fühlt sich bösartig an. Maren legt ihre Hand auf den feinen Faden, damit sie die Stelle, an der sie arbeitet, nicht aus den Augen verliert. Dags Mutter, Fru Olufsdatter, hat Bänke an die Wände ihres Kochraums gestellt, und sie sitzen darauf, als ob man sie auf der Kante eines viereckigen Boots verteilt hätte. Im Licht des Feuers scheint der Boden zu wanken.

»Wir werden dort einen Lensmann haben, Hans Køning. Er untersteht dem direkten Befehl von König Christian und wird viele Veränderungen vornehmen, sagt Pastor Kurtsson, mit neuen Regeln für den Kirchenbesuch.« Toril sieht Diinna direkt an. »Und er beabsichtigt, die Lappen sesshaft zu machen und sie zu Gott zu führen.«

Diinna, die neben Maren sitzt, wird unruhig, doch sie hält Torils Blick stand.

»Das wird er mit Männern wie Nils Kurtsson nicht erreichen«, sagt Kirsten. »Dieser Mann könnte keine Kuh auf die Weide führen.«

Diinna schnaubt verächtlich und widmet sich wieder ihrer Näharbeit.

»Pastor Kurtsson hat mir gesagt, dass die nächste Predigt euch dazu anhalten soll, an Land zu bleiben«, sagt Toril zu

Kirsten, während sie mit zusammengekniffenen Augen auf Diinnas Kopf blickt. »Der Lensmann wird Fischen nicht für anständig halten.«

»Noch ist er nicht unser Lensmann. Und Anstand ernährt uns nicht«, entgegnet Kirsten. »Fisch aber wohl. Ich werde mich nicht darum kümmern, was ein Schotte sagt.«

»Er ist Schotte?« Sigfrid zieht die Augenbrauen in die Höhe. »Warum kein Norweger oder ein Däne?«

»Er war viele Jahre lang in der dänischen Flotte«, sagt Kirsten, den Blick auf ihre Näharbeit gerichtet. »Hat die Piraten aus Spitsbergen vertrieben. Der König selbst hat ihn ausgewählt und in Vardøhus eingesetzt.«

»Woher weißt du das?«, fragt Toril.

Kirsten sieht nicht auf. »Du bist nicht die Einzige, die Ohren hat, Toril. Ich spreche mit den Seeleuten, die in unseren Hafen kommen.«

»Ich sehe, dass du das tust«, erwidert Toril. »Das ist höchst unpassend.«

Kirsten beachtet sie nicht. »Und was auch immer Pastor Kurtsson uns am nächsten Sabbat zunuscheln mag, ich werde ihn über mein Magenknurren hinweg nicht hören können.«

Maren unterdrückt ein Lachen. Wenn irgendjemand anderes als Kirsten den Vorschlag gemacht hätte, mit den Booten aufs Meer hinauszufahren, wäre keine von ihnen darauf eingegangen. Doch sie war immer schon eine sehr zuverlässige Frau, stur und stark, und am Sabbat können Pastor Kurtssons zornig vorgetragene, halbherzige Warnungen sie nicht aufhalten. Er hat noch keine Antwort vom Lensmann erhalten, deshalb besteht Kirsten darauf, dass sie auf Fischfang gehen.

Statt bei ihrem Mittwochstreffen, versammeln sich acht Frauen am Rand des Hafens. Einige Freiwillige sind abgesprungen, nachdem die Nachricht von dem Brief des Lensmanns bekannt wurde, sodass sie letztlich nur ein Boot nehmen werden.

Die Frauen haben die Seehundfelle und Mützen ihrer verstorbenen Männer angezogen, die Hände stecken unbeholfen in dicken Handschuhen, die Ruder befinden sich über ihren Köpfen, während sie das Durcheinander von geflickten Netzen betrachten, unentwirrbar wie das Haarknäuel, das Maren täglich aus *mammas* Fischgrätenkamm zieht.

»Also gut.« Kirsten presst ihre breiten Hände aufeinander. »Wir brauchen drei von uns. Maren? Hilf mir.«

Obwohl ihre Hände groß sind, stellt sie sich geschickter an als Maren, deren Finger sich an dem dünnen Netzgewebe aufscheuern und hängen bleiben. Es ist ein guter Tag, der Himmel hell, aber bewölkt, frei von der beißenden Kälte, die sich so viele Monate um ihre Knochen legte.

Sie breiten drei Netze zur Hafenseite hin aus, und die anderen müssen sie mit glatten schwarzen Steinen beschweren. Dann, während sie je eines in die Hand nimmt, zeigt Kirsten ihnen, wie sie die Netze zusammenlegen müssen, damit sie später leicht geöffnet werden können.

»Woher weißt du das?«, fragt Edne.

»Mein Mann hat es mir beigebracht.«

»Warum?«, fragt Edne, mit offensichtlicher Bestürzung in ihrer dünnen Stimme.

»Er hat es einfach getan«, fährt Kirsten sie an. »Jetzt das nächste.«

Sie werden von allen umliegenden Fenstern aus beobachtet, und am genauesten vom Eingang der Kirche aus. Hinter

Pastor Kurtssons schmaler Gestalt sind der helle Schein der Kerzen und das düstere Holzkreuz erkennbar. Sie werden beurteilt, nachteilig in diesem Fall.

Schließlich laden sie die Netze in das Boot und steigen selbst hinein. *Mamma* hat Maren eine Mahlzeit bereitet, so wie sie es früher für Erik und *pappa* tat, knuspriges Brot mit Leinsamen und einem Streifen Kabeljau von *pappas* letztem Fang. Das hat sie Maren stolz erzählt, als wäre es ein Segen und kein Omen, für das Maren es hält. Ein Trinkschlauch mit hellem Bier spritzt über ihr Herz.

Bevor sie in das Boot steigt, tut Maren etwas, das sie nun schon seit Monaten vermieden hat: Sie blickt direkt aufs Meer, das unbekümmert gegen die Kante von Mads Boot klopft. *Wellen*, korrigiert sich Maren. Das Meer hat keine Finger oder Hände, oder einen Mund, der sich öffnen und etwas verschlucken kann. Es beobachtet sie nicht, denkt rein gar nichts über sie.

Sie nimmt ein Ruder und beginnt, zusammen mit Edne auf der anderen Seite, zu rudern. Keiner, von denen, die sie beobachten, ruft oder winkt ihnen zu, und sobald die Frauen unterwegs sind, drehen sie ihnen den Rücken zu.

Kirsten hat sie der Größe entsprechend zugeordnet. Edne und Maren sind etwa gleich groß und gleich alt, wobei Edne etwas dünner ist. Maren muss ihren Schlag zügeln, um sich ihr anzupassen, und an dem schwankenden Hin und Her ihres Kurses sieht sie, dass die anderen die Notwendigkeit, nachsichtig zu sein und sich auf den Rhythmus ihrer Partnerin einzustellen, noch nicht erfasst haben. Die Berechnungen lenken sie so stark ab, dass Maren sich kaum darum kümmert, dass das Land immer weiter zurückweicht, wie schnell sie die Hafenmündung erreichen und dass dahinter das richtige

Meer liegt, voller Wale, Seehunde und Stürme und ertrunkenen Männern, die nie zurückkamen.

Ihre Arme schmerzen innerhalb von Minuten. Obgleich keine von ihnen eine Müßiggängerin ist, ist dies eine andere Art Bewegung, dieses Vorneigen und kraftvolle Zurückziehen, nur in den Schultern und den Armen, ist ungewohnt, und der Schweiß läuft ihnen den Nacken und den Rücken hinunter, der Sitz unter den Oberschenkeln steinhart. Vögel beginnen zu kreisen, scheinen so tief auf das Boot zuzufliegen, dass Edne kreischt.

Marens Atmung klingt wie ein Lied, ein Keuchen, das sie bis in ihre Lungen hinunterverfolgen kann und das schale Luft hinaufbringt, die wie Staub schmeckt. Ihr Haar ist schweißnass, und Gischt benetzt ihren Mantelrücken, ihr Gesicht ist schon taub vor Kälte, die Lippen um den verpesteten Atem sind aufgesprungen. Kein Wunder, dass die Männer lange Bärte hatten: Mit ihrem nackten Gesicht kommt sie sich so ungeeignet für das Meer vor wie ein Neugeborenes.

Sie gelangen zur Hafenmündung und sind plötzlich draußen auf dem offenen Meer. Der Wind geht heftiger, sobald sie die Bucht verlassen haben und einige Frauen schreien auf, als stärkere Wellen gegen das Boot schlagen.

»Das erste Netz«, sagt Kirsten mit immer noch fester Stimme. Edne und Maren entfalten es, während die anderen weiterrudern. Sie breiten das Netz aus, als würden sie ein Bett mit frischen Laken beziehen, und werfen es hoch. Es bleibt wie eine Decke über den Wellen liegen und sinkt ein, die in regelmäßigen Abständen befestigten Korkpfropfen halten es an der Oberfläche. Mit Seilen ziehen sie es hinter dem Boot her und werfen das zweite Netz auf der anderen Seite aus.

»Anker werfen«, sagt Kirsten. Magda und Britta hieven

ihn über Bord und lassen das schwere Metall in die Tiefe fallen. Die Männer würden vollständig ablegen und weiter hinausfahren, um mehr zu fangen, doch sie wollen nicht gern weiter als bis zum Vorsprung von Hornøya Eiland hinausfahren. Der Schmerz in Marens Arm ist zu einer bleiernen Schwere geworden, und sie muss sich sehr zusammennehmen, nicht zu dem Brandungspfeiler zu blicken, kaum hundert Fuß entfernt.

Als das Boot gesichert und die Netze im Wasser sind, durchströmt sie alle eine Art Glücksgefühl. Magda lacht über die herabstürzenden Vögel, und ein Echo entfährt Marens Mund. Sie werden sofort wieder still, aber für einen Moment hatte sich etwas gelöst. Sie ducken sich wieder in die Wölbungen des Boots und teilen ihr Essen untereinander. Die Wolken reißen auf, und obwohl sie die Wärme nicht spüren kann, wird Marens Nase allmählich rot in der Sonne. Sie ist müde und glücklich und denkt überhaupt nicht mehr an den Wal.

Nach etwa einer Stunde zieht ein Schatten über die Sonne, die Wolken treiben schneller, und das Meer schwillt noch einmal an. Eine schreckliche Stille kommt auf, aber sie können nichts tun, außer zu warten. Spitsbergen, wo der Lensmann Kirsten zufolge die Piraten zurückschlug, liegt hinter einem schillernden Horizont aus Eis. Möglich, dass sie von hier aus bis zum Ende der Welt blicken können.

»Netze«, sagt Kirsten. »Macht schon.«

Maren weiß, dass es ein guter Fang ist, sobald sie anfangen, das Netz einzuholen. Es ist schwer und zerrt an ihren schmerzenden Armen, aber als die erste Ladung Fische durch die grünliche Wellendecke bricht, kreischen ihre kratzigen Kehlen freudig auf. Sie ziehen fester und schneller, und bald schon schütten sie ein halbes Netz voll auf den Boden des Boots.

Neben Kabeljau und Weißfisch, der sich für *tørrfisk* eignet, liegen dort Heringe, so fein und silbern wie Nadeln, und Lachse, die zappeln, bis Kirsten sie aufhebt, einen nach dem anderen, und ihre Köpfe gegen die Bootskante schmettert. Edne schreckt zurück, doch Maren und die anderen jubeln. Das andere Netz ist beinahe genauso voll: ein einzelner Rotbarsch zappelt zwischen dem Kabeljau. Maren hebt ihn beinahe zärtlich hoch und umklammert fest seinen Schwanz. Das Knacken seines Kopfs, als er auf die Bootskante aufschlägt, jagt einen Schauer durch ihren schmerzenden Körper.

»Gut gemacht«, sagt Kirsten, eine Hand auf ihrer Schulter, und einen Moment lang meint Maren, sie würde ihr die Wangen mit Blut beschmieren, wie einem Mann nach der Jagd.

Es ist noch hell genug, die Netze noch einmal auszuwerfen, aber sie wollen ihr Glück nicht herausfordern. Sie wenden in Richtung Heimat und blicken jetzt auf das offene Meer, das nur von der Insel Hornøya und ihrer Felsansammlung unterbrochen wird. Edne betet im Flüsterton, und Maren schließt die Augen, atmet tief die Luft ein und spürt den Zug ihres Ruders.

Die Ruderstrecke nach Hause vergeht wie im Flug, alle finden sich leichter in das Tempo der Partnerin ein, als sängen sie eine wohlbekannte Melodie. Niemand erwartet sie, als sie einfahren. Kirsten springt an Land, um das Boot festzumachen. Maren beobachtet das dunkle Wasser und denkt, dass der Wal ihnen vielleicht die ganze Zeit gefolgt ist und nun nach oben schießen wird, um das Boot auf seinem Rücken zu zerschmettern.

Doch kurz darauf wird ihr auf die Hafenkante geholfen, der Boden wackelt unter ihren Füßen. Land ist ihr fremd geworden, nach nur einem halben Tag auf dem Meer: Maren fragt sich, wie Seeleute es aushalten, an Land zu gehen. Die anderen Frauen kommen herbeigelaufen, als sie den Fang zu den Trögen bringen, Toril an der Spitze. Verhaltene Freudenrufe, als die Netze geleert werden, und Maren kann kaum glauben, wie viele Fische sie dort liegen sieht.

»Gott versorgt die Seinen«, sagt Toril, aber der Schmerz in Marens Armen sagt ihr, dass nicht Gott, sondern sie und die anderen Frauen diesen Fang nach Hause gebracht haben.

Mamma kommt wie eine Invalidin zum Hafen, auf Diinna gestützt, und Maren kann die Mütze des kleinen Erik über ihrer Schulter erkennen. Diinna schürzt die Lippen. Sie mag es nicht, mit *mamma* allein zurückgelassen zu werden: In letzter Zeit ist *mamma* häufig geistesabwesend. Sie steht im Weg und macht Fehler bei der Hausarbeit, stopft bereits ausgebesserte Strümpfe, vergisst, die Deckel auf die Gläser zu tun, sodass der Inhalt verdirbt. Diinna würde lieber mit auf dem Boot sein, als zu Hause mit ihrem Kind und *mamma*, da ist sich Maren sicher.

Maren hilft, den Fisch zu sortieren, und zusätzlich zu ihrem rechtmäßigen Anteil gibt Kirsten ihr den Rotbarsch, den sie getötet hat. Sie denkt daran, *mamma* zu sagen, was sie getan hat, aber *mamma* schreckt vor dem toten Fisch und vor Maren zurück. Sie sagt: »Du hast Blut auf der Wange«, dann dreht sie sich um und folgt Diinna, schwer beladen mit ihrem Anteil des Fangs, zurück zum Haus und überlässt es Maren, den Blutfleck allein zu entfernen.

Als sie nach Hause kommt, lässt Maren Diinna ihr bei allem helfen, nur nicht bei dem Rotbarsch. Sie entschuppt ihn und zieht eine Linie von seinem zermatschten Kopf bis zu seinem schmalen Schwanz, dann nimmt sie ihn aus. Die

Eingeweide legt sie neben das Brett und verbietet Diinna, sie wegzuwerfen: Sie sind blau und rot und leicht durchsichtig. Stattdessen wirft sie die Innereien aufs Feuer und sieht zu, wie sie vollständig verbrutzeln.

Maren benutzt *pappas* Pinzette aus Walrossstoßzahn, um die feinen Gräten zu entfernen, und als sie fertig ist, kocht sie den Fisch unverzüglich, obwohl er geräuchert am besten geschmeckt hätte. Sie will ihn jetzt sofort essen, wenn er noch frisch ist, solange sie sich noch an das Gefühl des lebenden Fischs zwischen ihren Handflächen erinnern kann.

Mamma beobachtet sie vom Bett aus, Missbilligung kräuselt ihre Stirn. Sie will den Fisch nicht essen, will gar nichts essen an diesem Abend. Sie fragt Maren weder, wie die Fahrt im Boot verlaufen ist, noch sagt sie ihr, dass sie stolz auf sie ist. Sie dreht sich im Bett um und tut so, als schliefe sie.

Maren träumt wie immer von dem Wal. Sie hat Salz im Mund, und ihre Arme schmerzen vor Anstrengung. Doch der Wal schwimmt, ist nicht gestrandet, und obwohl er schwarz ist und fünf Finnen hat, fürchtet sie sich nicht vor ihm. Sie streckt den Arm nach ihm aus, und er ist so warm wie Blut.

6

Die nächsten Monate sind klar umrissen und formlos zugleich. Es wird nicht mehr darüber gesprochen, ob sie aufs Meer hinausfahren sollten: Sie tun es, jede Woche. Weitere Frauen schließen sich ihnen an, und bald schon sind es drei Boote, die regelmäßig hinausfahren, selbst als das Jahr auf dem Absatz kehrtmacht und die Dunkelheit sich in den Ecken des Himmels zu sammeln beginnt, wie Schatten in den Dachsparren eines mächtigen Gebäudes.

Pastor Kurtsson beobachtet alles von der schmalen Treppe vor der Kirche aus, hält immer eindringlichere Predigten über die Vorzüge, der Kirche und ihren Dienern zu folgen. Doch auch wenn seine Leidenschaft wächst, spürt Maren eine Veränderung, eine Wende bei den Frauen. Etwas Dunkles breitet sich aus, und sie findet es auch in sich selbst. Sie hat immer weniger Interesse an den Worten des Pfarrers und wird immer mehr von ihrer Arbeit in Anspruch genommen: fischen, Holz hacken, die Felder bestellen. In der Kirche stellt sie fest, dass sie abdriftet, wie ein nicht festgemachtes Boot, ihre Gedanken sind draußen auf dem Meer, Ruder in den Händen, Schmerzen in den Armen.

Sie ist nicht die Einzige, die das Interesse an den Geboten der Kirche verliert. Bei ihren Mittwochstreffen fragt Fru

Olufsdatter Diinna, wie die Sámi frische Quellen ausfindig machen, und lässt sich von Kirsten bei der Fertigung der Knochenfiguren helfen, um an ihren Mann und ihren Sohn zu erinnern. Wenn Maren die Gräber von Erik und *pappa* besucht, entdeckt sie schlecht gemeißelte Runensteine, die wie Trittsteine auf der festen Erde liegen. Mehr als einmal findet sie ein Fuchsfell an der Landzunge, das Fleisch wurde auf dem höchsten Punkt des Hügels abgelegt. Andenken, Zauber: Sie erinnert solche Dinge aus ihrer Kindheit.

In der Kirche beobachtet sie die Frauen, fragt sich, wer den Fuchs gefangen hat, wer ihn ausbluten ließ. Wer hat das Fell von seinem Fleisch gezogen und ihn ausgehöhlt, an dem Felsen festgemacht, ein dem Wind dargebrachtes Opfer. Als sie Diinna fragt, was ein gehäuteter Fuchs bedeute, zieht die nur verwundert die Augenbrauen hoch und zuckt mit den Achseln. Doch welche Hoffnung auch immer damit verbunden war, die Frauen von Vardø kehren zurück zu den alten Sitten und Gebräuchen, greifen nach allem, was ihnen Halt gibt.

Toril dürfte davon nichts mitbekommen haben, sonst hätte sie es dem Pfarrer erzählt. Sie und ihre »*Kirke*-Frauen«, wie Kirsten sie nennt, verbringen immer mehr Zeit in der Kirche, während der Winter herankommt und sie einschließt, und sie büßen für die Sünden, die ihnen ihre Männer genommen haben.

Trotzdem, die Kluft wird immer größer, unaufhaltsam wie ein Riss in der Wand, den unentwegt Finger abklopfen, besänftigt nur durch etwas vollere Bäuche. Doch sie sind immer noch hier, ermahnt Maren sich selbst. Immer noch am Leben. Sie haben ein System – wenn eine von ihnen Felle benötigt, geht sie zu Kirsten, tauscht gegen Stockfisch oder Näharbeiten, die wiederum mit Toril gegen Garn aus Darm oder frisches

Moos aus den nahe gelegenen Hügeln getauscht werden, wo Toril nicht hingeht, denn dort seien so viele Sámi, und früher sei das ein Hexentreffpunkt gewesen. Sie haben alle ihre Fähigkeiten, ihren Nutzen, ineinander verwoben und errichtet wie eine Leiter, ganz aufs Geratewohl, eine stützt sich auf die andere.

»Es ist so etwas wie ein Triumph«, sagt Kirsten eines Mittwochs. »Was würden unsere Ehemänner dazu sagen?«

»Nichts Gutes«, sagt Sigfrid. Sie hat sich vollends auf Torils Seite geschlagen, will aber auf den Klatsch am Mittwoch nicht verzichten. »Pastor Kurtsson sagt …«

»Hat Pastor Kurtsson sich schon etwas für die Predigt am Heiligabend überlegt?«, fragt Kirsten.

»Ich denke schon.«

»Ich würde gern ein paar Worte sagen«, sagt Kirsten. »Über den Sturm sprechen. Ich glaube, viele von uns möchten das. Es ist an der Zeit. Ich bin dazu bereit.«

Maren blickt sich im Raum um. Sie sieht keine geeigneten Kandidaten. Sie selbst hat nicht die richtigen Worte für das, was passiert ist, auch nicht ein Jahr danach. Inzwischen ist es für alle ein und dieselbe Erzählung des Sturms, sie ist über viele Zungen gegangen, bis ihre Ecken und Kanten so glatt geschliffen sind wie Meerglas.

»Maren?« Kirsten schaut sie an, wartet auf ihren Beistand. Doch Maren kann ihr keine Unterstützung geben, und es kommt auch keine von Edne oder Fru Olufsdatter.

Die anderen müssen, genau wie Maren, Trost darin finden, dass sie alle an derselben Stelle der flachen Seite der Bucht standen: Als ob man sie gesammelt und aneinandergereiht hätte, ein Auge hinter einem Auge hinter einem Auge, alle um denselben Sichtbereich herum gruppiert. *Der Sturm brach einfach so los.* Finger schnipsen. Sie kann sich nicht mehr erinnern, wer die Geste als Erste vollführt hat: Es könnte Toril gewesen sein, oder Kirsten. Vielleicht war sie es selbst. Sie einigen sich auf diese Erzählung, dieses Fingerschnipsen, wie zufällig, obwohl es auf gewisse Art feige ist. Maren ist sich sicher, dass die anderen sie dafür verachten, genauso wie sie sie dafür verachtet. Sie schieben es vor ihre Augen und über ihre Zungen, damit sie sich nicht wirklich erinnern müssen. Daran, dass die Boote dort auf dem Meer fuhren, und dann verschwunden waren.

Maren blickt zum Fenster. Die anhaltende Dunkelheit hat einen leichten Stich ins Graue: ein Nebel, der aus dem Norden heranzieht. Er kommt plötzlich, alles verschlingend, eine feuchte Kälte, die durch die Röcke, die Strümpfe dringt und den vertrauten Boden fremd und seltsam anmuten lässt. Da draußen, hinter der letzten Häuserreihe, liegt der Hafen. Sie beobachtet das Meer jetzt noch genauer. Durch die regelmäßigen Ausfahrten zum Fischfang lernt sie, nicht zu viele Gefühle aufkommen zu lassen. Doch der Jahrestag steht bevor, und sie merkt, dass sie nicht bei dem Verlust verweilen will, den das Meer ihnen zugefügt hat, und erst recht nicht will sie darüber in der Kirche sprechen.

Sie kann Kirstens Enttäuschung spüren und geht zu ihr, als Fru Olufsdatter die Lampen löscht und ihnen sagt, es sei Zeit, sich auf den Weg zu machen.

»Es tut mir leid«, sagt sie und berührt Kirstens Schulter. »Ich bin sicher, der Pastor würde dir erlauben, etwas zu sagen.«

»Ich brauche seine Erlaubnis nicht.« Kirsten kneift die blauen Augen zu Schlitzen zusammen. »Ich werde darüber nachdenken.«

Kirsten spricht nicht am Heiligabend, obwohl Maren sich wünscht, sie hätte es getan. Die Predigt von Pastor Kurtsson ist voller Plattitüden, eine nichtssagende Wiederholung der Worte, die er schon an den Gräbern ihrer Ehemänner und Söhne geäußert hat. Für Maren sind sie kein Trost, er sagt nichts über ihre verlorenen Männer, nichts über die Veränderung der zurückgebliebenen Frauen. Wie oft hat sie sich gewünscht, dass Erik und *pappa* noch leben würden? Pastor Kurtsson könnte das nie verstehen. Kein Mann könnte das.

Während sie beobachtet, wie er sich zu dem Fach unter seiner Kanzel hinunterbeugt und einen Brief mit Siegel und Quaste hervorholt, wird ihr klar, dass sie ihn ein wenig hasst: seine Schwäche, seine Macht über die Frauen. Sein ständiges Gerede von Gottes Gnade, dabei ist es für Maren offensichtlich, dass sie nicht so weit in den Norden hinaufreicht. Ruht Sein Auge auf ihr, im Inneren ihres Kopfs, während sie diese Gedanken hat? Sie hält den Atem an und beginnt, in ihrem Verstand zu suchen, als ob sie Gott dort fühlen könnte.

»Dieser Brief ist gestern gekommen«, sagt der Geistliche und öffnet das Schreiben. Das Siegel ist so schwer, dass es das Pergament beinahe entzweibricht, und Pastor Kurtsson muss es mit ausgestreckten Armen vor sich halten, sodass sein Gesicht dahinter nicht mehr zu sehen ist. »Unser Lensmann wird bald seinen Sitz in Vardøhus einnehmen, von wo aus er ganz Finnmark regieren wird.«

Toril wird unruhig auf ihrer Bank, sieht sich im Raum um, als wollte sie allen nochmals deutlich machen, dass sie ihnen diese Neuigkeit als Erste mitgeteilt hat.

»Und außerdem werdet ihr«, fährt Pastor Kurtsson fort, »das heißt, werden wir einen Kommissar bekommen, den der Lensmann bestimmen wird. Er wird hier bei uns auf der

Insel leben und die Aufsicht über den Ort haben. Er heißt Commissioner Cornet.«

»Aber Pastor Kurtsson«, wirft Kirsten ein, »ist das nicht die Aufgabe unseres Pfarrers, also Ihrer ehrwürdigen Person?«

»Es ist richtig, dass er mich in geistlichen Angelegenheiten unterstützen könnte«, erwidert Pastor Kurtsson stirnrunzelnd aufgrund der Unterbrechung, »doch ich bleibe euer Pfarrer.«

»Gelobt sei Gott«, sagt Kirsten, zu frohgestimmt für den Pfarrer, der nur finster dreinblickt.

Nachdem der Brief wieder zusammengefaltet wurde, knien die *Kirke*-Frauen nieder und reihen Gebet an Gebet, während Kirsten und Maren draußen warten. Es ist so dunkel, dass sie eng beieinanderstehen müssen, wie Tiere, die ihre Leiber aneinanderpressen, um sich zu wärmen. Kirstens Augen sind überschattet.

»Ein Kommissar«, sagt sie. »Aber nichts über seine Mission.«

»Vielleicht wird er eine Art Gouverneur sein, wie in Alta«, schlägt Maren vor.

»In einem so kleinen Ort wie diesem hier? In Alta leben viel mehr Menschen. Wozu brauchen wir einen Aufseher, vor allem, wenn Lensmann Cunningham bald seine Festung bezieht?«, fragt Kirsten.

Unwillkürlich schauen beide in Richtung Vardøhus, obwohl der Nebel so fest auf Marens Augen drückt, dass es schmerzt. Kirsten sieht wieder zu ihr, nachdenklich. »Möchtest du mit zu mir nach Hause kommen? Ich habe Bier und Käse.«

Maren würde sich gern, sehr gern sogar, ansehen, was Kirsten aus dem Haus von Mads Peterson gemacht hat. Oft schon hat sie sich gefragt, wie Kirsten dort zurechtkommt, ohne Landarbeiter, und sie würde gern die Rentiere sehen. Doch *mamma* wird zu Hause um *pappa* weinen und auf sie warten, daher schüttelt sie den Kopf.

»Danke, aber ich muss gehen.«

Kirsten nickt. »Dass wir heute, an diesem Tag, von dem Kommissar erfahren haben – bedeutet das etwas?«

Maren sieht sie überrascht an. »Ich hätte nicht gedacht, dass du abergläubisch bist.«

»Es ist ein Anfang, und ich frage mich, wovon.«

»Vielleicht ist es ein Ende«, sagt Maren, verunsichert durch Kirstens Tonfall. »Ein Kreis, der sich schließt.«

»Ein Kreis hat kein Ende«, sagt Kirsten und richtet sich plötzlich auf. »Ich sehe dich dann morgen.«

Sie wenden sich voneinander ab und werden vom Nebel verschluckt. Die Häuser sind still, als Maren von der Kirche an den Häusern von Fru Olufsdatter und von Toril vorbei zum Rand des Dorfs läuft, wo der Feuerschein in ihrem Haus schwach durch die Fensterritzen dringt und der Nebel ihn in ein unheimliches weißes Licht wandelt.

Maren möchte gern weiterlaufen, vorbei an dem leeren Haus von Baar Ragnvalsson bis zur Landzunge. Es kostet sie Mühe, ihre Hand auf die Haustür zu legen, in die stickige Wärme einzutreten. *Mamma* schürt das Feuer, während sie an einem Stück trockener Haut an ihrem Mundwinkel reißt, und Diinna hält Erik fest an ihre Brust gedrückt.

»Ich habe es ihr erzählt«, sagt *mamma*, ohne aufzusehen. »Das mit dem Kommissar.«

»Was denkst du darüber?«

»Nicht viel.« Diinna reibt Eriks Zahnfleisch mit Nelkenpaste ein. Sabber rinnt aus seinem Mund, rot im Schein des

Feuers. Maren möchte sie schütteln. Sie vermisst ihre früheren Unterhaltungen. Sie hatte gedacht, dass Diinna durch Eriks Geburt über den Tod ihres Ehemanns hinwegkommen würde, aber sie ist noch schweigsamer als je zuvor.

»Zumindest wird es jemand Neues sein«, sagt sie. »Noch einer, der mit anpacken kann.«

Mammas Zunge schnellt zu ihrer aufgerissenen Lippe, und sie verfallen in ein Schweigen, das bezeichnend ist für ihre Abende, und verlieren kein Wort mehr über den Kommissar.

Sie stellen sich vor, dass er wie der Pfarrer sein wird, dass er so wenig Wirkung haben wird wie Schnee, der aufs Meer fällt. Sie stellen sich vor, dass ihr Leben weitergehen wird, dass das Schlimmste hinter ihnen liegt. Sie stellen sich lauter dumme, belanglose Sachen vor, und alle sind sie falsch.

15. Januar 1619

An den sehr verehrten Kommissar von Vardøhus,
Mr. Cornet,

ich wünsche Ihnen alles Gute für das neue Jahr! Ich danke Ihnen für Ihren Brief vom 19. Oktober. Es bestärkt mich in meiner Entscheidung, dass er so schnell zu mir gelangt ist. Man weiß ja nie, wie die Schiffsfahrten verlaufen.
Mit Freuden lese ich von Ihrer Annahme meines Angebots und dränge Sie, nicht lange zu warten. Ich werde König Christian von Ihrer Einwilligung unterrichten – er schenkt mir sein Gehör, und Sie dürfen sicher sein, dass Ihr Name vernommen werden wird. Der Pfarrer in Vardø ist bereits benachrichtigt worden und wird alles für Ihre Ankunft vorbereiten. Es erwarten Sie hier große Aufgaben, und ich hoffe,

wir werden die Achtung unseres Herrn für uns Schotten gewinnen.
Ich lege diesem Schreiben Ihre Schiffspassage nach Bergen bei, von wo aus Sie weiter nach Trondheim und Vardø reisen können. Ich hoffe sehr, dass die Reise nicht zu mühsam wird.
Ihre Idee, sich eine norwegische Frau zu nehmen, gefällt mir, doch ich würde nicht so lange warten, bis Sie hoch im Norden angelangt sind. In Bergen gibt es sicherlich viele junge Frauen, die sich einen Ehemann von solchem Rang wünschen. Setzen Sie Ihren Titel und die beigefügte Summe ein, um eine Frau mitzubringen, die Ihnen das Bett wärmt. Vielleicht eine junge Dame mit einer schönen Stimme? Wir werden etwas Unterhaltung gebrauchen können.
Meine besten Grüße an Coltart; mir war nicht bewusst, dass er Ihre Briefe liest. So etwas wird es hier nicht geben.
Eine gute Reise, kommen Sie schnell.

Hans Køning
Lensmann über den Bezirk Vardøhus

Bergen, Hordaland,
südwestliches Norwegen
1619

7

Siv hat den Kamin im Empfangszimmer angemacht und die besten Vorhänge aufgehängt, daher weiß Ursa, dass es entweder einen Todesfall gegeben hat oder dass eine Hochzeit stattfinden wird.

»Oder vielleicht kommt ein Lord in unser Haus«, sagt Agnete, nachdem Ursa mit einem Krug voll heißem Wasser und den Neuigkeiten in ihr Zimmer zurückgekommen ist. »Oder eine Schauspielerin?« Agnete hat vor Kurzem von Schauspielerinnen erfahren, da ihr Vater für eine Theatergruppe eine Reise auf einem der ihm verbliebenen Schiffe nach Edinburgh organisiert hat.

»Dann ist es entweder ein toter Lord oder ein Lord, der gekommen ist, eine von uns zu heiraten«, sagt Ursa, während sie Wasser in einen Waschzuber gießt. »Das Gleiche gilt für die Schauspielerin, nur dass sie Vaters wegen hier ist.«

Agnete lacht und zuckt dann zusammen. Ursa kann die Flüssigkeit in ihren Lungen rasseln hören.

»Scht, ich hätte dich nicht aufregen dürfen.« Sie hilft Agnete, sich in ihren Kissen aufzurichten. Ihr steifes Bein bewegt sich schwerfällig, dann streicht Ursa die Laken glatt. »Siv wird mir nicht verzeihen. Hier.«

Sie legt ihre Hand auf Agnetes schmale Brust und beugt sie

über die Emailleschüssel vor. Unter ihren Handflächen rasseln die Lungen ihrer Schwester, während diese spuckt. Ursa bedeckt den Auswurf, ohne hinzusehen, so wie Siv es ihr gesagt hat: Sie weiß, welche Farbe er haben wird, denn die ganze Nacht lang ist schwere Atmung an ihr Ohr gedrungen.

Als Agnete fertig ist, hilft Ursa ihr aus ihrem Nachthemd. Es riecht nach Schweiß und Krankheit, ein Geruch, so typisch für Agnete, dass er Ursa kaum auffällt, es sei denn, der saubere, freundliche Geruch von Lavendelwasser erfüllt die Luft. Sie hilft Agnete in den Waschzuber, legt ihr schlimmes Bein über den Rand, genau da, wo eigens zu diesem Zweck ein Stück ausgeschnitten wurde.

Ihre Schwester ist immer noch dünn wie ein Kind, Taille und Hüften kerzengerade, wo Ursa schon mit dreizehn weibliche Rundungen besaß. Die Ärzte, die einmal im Monat kommen, messen und wiegen sie jedes Mal, doch niemand außer Ursa sieht sie nackt, sieht die hervorstehenden Knochen, den eingefallenen Brustkorb, das schlimme Bein, verschrumpelt wie altes Obst.

»Es ist bestimmt keiner mehr übrig, der noch sterben könnte«, sagt Agnete, als Ursa die Stange über den Zuber gelegt hat, damit sie sich dagegenlehnen kann, während sie sich einseift. »Also muss es sich um eine Hochzeit handeln.«

Ursa hatte den gleichen Gedanken gehabt und hofft, dass Agnete nicht das schmerzhafte Pochen ihres Herzens hören kann.

»Glaubst du das denn nicht, Ursa? Vater hat einen Ehemann für dich gefunden!« Ihre Stimme klingt hell und hohl wie eine Glocke. Obwohl sie beide sieben Jahre Altersunterschied trennen, denkt Ursa oft, dass Agnete so fühlt wie sie, wie man es von Zwillingen sagt. Nun legt Agnete sich die eingeseifte Hand auf die nackte Brust, genau auf die Stelle, wo es Ursa wehtut.

»Vielleicht.«

Das würde bedeuten, dass Agnete allein in diesem Haus wäre, meist im oberen Stockwerk bleiben müsste, nur mit Siv, die sich um sie kümmert. Ihr Vater kommt sie selten besuchen, außer um Gute Nacht zu sagen. Selbst wenn Ursas Verlobter aus Bergen wäre, würde Agnete lernen müssen, allein in diesem Zimmer zu schlafen, ihre Tage allein zu verbringen. Doch Agnete erwähnt nichts davon, nickt Ursa nur zu, sie möge ihr einen Krug Wasser über den Kopf schütten.

Als Ursa ihrer Schwester aus dem Zuber geholfen hat und Agnete nach dem Abtrocknen ein frisches Nachthemd trägt, hält sie Ursa davon ab, ihr die Haare zu kämmen, und sagt: »Komm, ich werde deine Haare flechten. Siv macht das immer so streng.«

Ihre Hände sind sehr sanft, während sie Ursas Haare zu einem dicken Zopf dreht und wickelt, der sich über ihren Hinterkopf bis hinunter zu ihrem Nacken windet und hinter beiden Ohren befestigt wird, und sie schaut sie mit solch unverhohlenem Stolz an, dass Ursa ganz verlegen wird.

Siv zieht eine Augenbraue in die Höhe, als sie hereinkommt, um Ursa anzukleiden: Sie ist eine so strikte Lutheranerin, wie es nur irgend geht, und trägt nur Braun und eine weiße gestärkte Haube auf dem grauen Haar. Sie rümpft die Nase, als sie das blassrosa Baumwollkleid forträumt, das Ursa heute anziehen sollte, dann geht sie hinüber zu dem wuchtigen Schrank, den sie früher mit ihrer Mutter geteilt haben.

Er ist aus Kirschholz, von einem Schiff, das aus New England kam, in einem dunklen Braunton lackiert, der die Farbe aus dem Holz zieht: ähnlich wie Sivs Kleider es mit ihr machen.

Doch an seinen Scharnieren und den abgenutzten geschnitzten Formen seiner Füße ist das Holz von einem tiefen, sanften Rot.

Siv holt Mutters Lieblingskleid heraus: Gelb und mit gerafften Ärmeln. »Dein Vater möchte, dass du das hier trägst«, sagt sie widerstrebend. »Du wirst einen Gentleman kennenlernen.«

»Einen Gentleman!« Agnete lehnt sich in die Kissen zurück und klatscht in die Hände. »Und dazu in Mutters Kleid, Ursa. Ich könnte vor Neid platzen.«

»Weder Neid noch das Ausspucken sind Tugenden, Agnete.«

»Wer ist der Gentleman, Siv?«, fragt Ursa.

»Das weiß ich nicht. Nur, dass er ein guter Christ ist. Dein Vater fand es angemessen, mir das mitzuteilen. Er ist kein Papist.«

Agnete verdreht die Augen, während Siv sich umdreht, um die Knöpfe aus den Seidenösen zu befreien. »Hast du irgendetwas Wichtiges herausgefunden, Siv?«

»Ich kann mir nichts Wichtigeres vorstellen als das, was ich bereits sagte.«

»Aber, ist er groß oder reich oder hat er einen Bart?«

Siv schürzt die Lippen. »Das Kleid wird etwas zu klein sein, aber ich habe keine Zeit mehr, es zu ändern.« Sie bedeutet Ursa, in die Hocke zu gehen, und zieht ihr das Kleid über den Kopf.

Während Sivs Hand nach ihr sucht, wartet Ursa in der raschelnden Düsterheit der Stofflagen, regungslos, ohne zu helfen. Sie atmet tief durch, hofft, dass der Fliederduft ihrer Mutter in der Dunkelheit zu ihr kommt. Doch das Kleid riecht nur nach Staub.

Die Tür zum Empfangszimmer steht offen, als sie hereingerufen wird, der Feuerschein erleuchtet den Teppich im Gang. Sie haben ihn kommen gehört, sind zum Fenster geeilt, um einen schwarzen Hut mit breiter Krempe unter dem Fensterbrett zu erspähen, der gerade in dem Moment abgesetzt wurde, als sich die Tür öffnet und der Kopf im Dunkeln verschwindet. Agnete drückt Ursas Hände.

»Du musst dir alles gut merken.«

Das Treppengeländer ist sehr glatt und verströmt den Duft von Bienenwachs. Siv hat es nicht vollständig wegpoliert. Sie hofft, dass sie sich nicht werden berühren müssen. Natürlich werden sie das nicht. Dennoch malt sie sich aus, er würde seine Hand nach ihrer ausstrecken und augenblicklich abrutschen, wachsverschmiert. Er hat kein Gesicht, und ihr wird bewusst, dass er bald eines haben wird. Und einen Körper, eine Stimme, einen Geruch.

Es ist ihr erstes Treffen mit einem Verehrer, und sie wünscht sich, dass ihr Vater zu ihr gekommen wäre und ihr etwas über ihn erzählt hätte, wie er ihn kennengelernt hat oder ob es jemand ist, den sie bereits kennt. Herr Kasperson zum Beispiel, der Angestellte ihres Vaters, mit seinen rosigen Wangen und dem schüchternen Lächeln. Er ist fünfundzwanzig, nur fünf Jahre älter als Ursa. Sie glaubt, dass sie einen Mann wie ihn mögen könnte, obwohl er die seltsame Angewohnheit hat, mit dem Daumen über seine Lippe zu reiben, was ihn irgendwie verschlagen aussehen lässt. Sie könnte ihn bitten, das zu unterlassen, wenn sie verheiratet wären. Er scheint ein Mann zu sein, der auf sie hören würde.

Die ausgebesserte Stufe knarzt. Sie sieht nach oben, wo ihre Schlafzimmertür angelehnt ist, stellt sich vor, wie Agnete mit angehaltenem Atem lauscht. Ursa hat so viele Kerzen wie möglich angezündet, bevor sie herunterkam, dennoch wird Agnete von der Dunkelheit verschluckt. Es ist ein langer Winter gewesen, der sich bis in den Frühling hineinzog und die Fenster zufrieren ließ. Aber andererseits war dieses Haus in den Ecken immerzu dunkel, selbst im Sommer, selbst wenn alle Vorhänge aufgezogen waren und das Licht so hell hereinschien, dass Ursa niesen musste. Vielleicht wird sie keine weitere Jahreszeit mehr in diesem Haus verbringen. Wird sie das Haus vermissen oder nur die Menschen, die dort leben?

Sie wendet sich von der Treppe fort und strafft die Schultern. Das Gehen in den engen Seidenschuhen fühlt sich merkwürdig an, dazu noch das Gewicht des Kleides ihrer Mutter, das an den Schultern hin und her rutscht.

Tiefe Stimmen flackern im Schein des Feuers. Es ist nicht die Stimme von Herrn Kasperson, die ihrem Vater antwortet, oder irgendeine andere ihr bekannte Stimme. Es wird nicht einmal Norwegisch gesprochen, bemerkt sie, als sie sich anschickt einzutreten. *Englisch*, denkt sie und holt die Sprache aus dem schmerzhaften hintersten Winkel hervor, wo sie alle Erinnerungen an ihre Mutter aufbewahrt. Ihre Mutter konnte Englisch weder lesen noch schreiben, doch als Tochter eines Kaufmanns hatte sie es sprechen gelernt und brachte es auch ihren Töchtern Ursa und Agnete bei. Sie sprachen Englisch beim Abendessen, arbeiteten an ihren Akzenten, bis sie weich klangen und kaum mehr hörbar waren. Jetzt schnalzt Ursa mit der Zunge, einmal, zweimal, und tritt über die Türschwelle.

Er ist so groß wie ihr Vater und breitschultriger als jeder andere Mann, den sie kennt. Er verbeugt sich, als Vater seine Hand fest auf ihren Rücken drückt und sie ins Zimmer schiebt, sodass sie sein Gesicht noch nicht gesehen hat, als sie sich hinsetzt.

Die Männer haben nebeneinander in den scharlachrot gepolsterten Sesseln mit den geschnitzten Armlehnen gesessen, und sie nimmt auf dem verbleibenden Stuhl ihnen gegenüber Platz, achtet darauf, mit geradem Rücken dazusitzen, die Hände im Schoß gefaltet.

»Ursula. Nach der Heiligen, nehme ich an.« Sie muss genau hinhören, um seinen Akzent zu verstehen, obwohl er nicht schnell spricht. Wenn überhaupt, spricht er zu langsam und verzerrt die Worte. Er hat sich in seinem Sessel dem Feuer und ihrem Vater zugewandt. Seine Stimme senkt sich und wird zu einem Schnarren. Sie spürt, wie ihr Röte ins Gesicht steigt.

Ihr Vater wendet ruckartig den Kopf. Sie soll antworten, obwohl sein Tonfall keinen Hinweis auf eine Frage enthielt.

»Ja, mein Herr. Und wie die Sterne.«

»Sterne?«

Vater hustet verlegen. »Ursula, das ist Herr Cornet.«

»Commissioner Cornet«, korrigiert ihn der Mann. »Absalom.«

Sie braucht einen Moment, um zu begreifen, dass das sein Vorname sein muss, denn er spricht ihn wie ein Halleluja oder ein Amen. Beherzt blickt sie auf.

Er ist groß, dunkeläugig. Sein Alter kann sie nicht einschätzen: nicht so jung wie Herr Kasperson, nicht annähernd so alt wie ihr Vater. Er ist gut aussehend, auf seine Weise. Seine strenge, gut geschnittene Kleidung kann nicht darüber hinwegtäuschen, dass er etwas Speck auf den Rippen hat, wenn auch nicht so viel wie sie selbst. Ursa betrachtet sein Profil, sein ausgeprägtes Kinn und die kräftige Stirn. Die gerade Nase und das dunkle, leicht gelockte Haar verleihen seinem Gesicht einen feinen Zug.

»Commissioner Cornet ist aus Schottland gekommen«, sagt Vater. »Er wird einen angesehen Posten in Vardøhus übernehmen.«

»Ich wurde von John Cunningham persönlich geschickt, der in den Diensten Ihres Königs steht«, sagt Cornet stolzerfüllt. Sie hat weder von John Cunningham noch von Vardøhus je gehört. »Und ich brauche eine Frau.«

Es dauert einen Moment, bis sie begreift, dass dies ein Heiratsantrag ist.

»Die Ehefrau eines Kommissars«, sagt Vater freudig. »Ursula?« Sie kann die Frage in seiner Stimme hören, weiß, dass sie aufblicken und lächeln sollte, um ihm zu versichern, dass auch sie sich freut. Sie horcht in sich hinein, blickt auf ihren Schoß. Ihre Fingerknöchel sind weiß. »Wir werden sofort alles in die Wege leiten.«

Das Gespräch geht hin und her, Vater fragt nach Cornets Auftrag, und dieser will wissen, ob es so hoch im Norden wirklich keine Bäume mehr gibt. Sie werden auf einem von Vaters Schiffen reisen, und Ursa lauscht dem anschwellenden Rauschen in ihren Ohren. Siv hat sie so fest eingeschnürt, wie es nur geht, und sie kann nicht richtig durchatmen. Sie denkt an Agnete, ihren feuchten Atem. Gen Norden. Ursa hätte nie daran gedacht, dass eine Heirat sie so weit fort führen könnte. Sie malt sich eine eisige Landschaft aus und Dunkelheit. Schließlich scheint Vater sich an ihre Anwesenheit zu erinnern und erlaubt ihr zu gehen. Sie erhebt sich so schnell, dass ihr schwindelig wird, und trippelt aus dem Zimmer.

Die Ehefrau eines Kommissars. Sie weiß, sie könnte sich nichts Besseres wünschen, dennoch bekommt sie vor Nervosität eine Gänsehaut. Seit Mutters Tod hat Vater eine schlechte Entscheidung nach der anderen getroffen: Das erkennt sie daran, dass er alle Angestellten bis auf Herrn Kasperson und alle Bediensteten bis auf Siv entlassen hat, die Besuche der Ärzte von einmal wöchentlich auf einmal im Monat reduziert hat. Sie sieht es daran, dass das Empfangszimmer für alle verschlossen bleibt und nur noch für die feinsten Gäste und an Weihnachten geöffnet wird, an den herabhängenden Schultern ihres Vaters und an seinem Bieratem. Das hier ist eine gute Heirat, bringt vielleicht sogar etwas Geld ins Haus.

Sie geht am Kleiderständer vorüber und beugt sich zu Cornets Mantel. Er riecht nach nassen Blättern, und es juckt ihr in den Fingern, in die Taschen zu greifen, aber sie kann sich nicht überwinden, ihn zu berühren.

Ursa wendet sich der Treppe zu, läuft eilig und geräuschvoll hinauf. Agnete sieht sie erschrocken an, als Ursa die Tür hinter sich schließt und sogleich beginnt, die Knöpfe aufzumachen.

»Was ist los? War er hässlich?«

Das Kleid muss herunter. Sie kann darin nicht atmen. Sie wächst darin, oder es schrumpft, und ihr Kopf wird von dieser Frisur festgehalten, sie muss sich von alldem freimachen: von dem sorgfältig geflochtenen Zopf ihrer Schwester, dem Kleid ihrer toten Mutter. Wie ist er hierhergekommen? Wie hat er sie hier gefunden, in diesem ruhigen Haus in einer turbulenten Straße in Bergen?

»Kannst du mir helfen?«

Sie sitzt neben Agnete auf dem Bett, und ihre Schwester kämpft sich in eine Sitzposition, fummelt an den Verschlüssen herum, doch es ist zu eng geschnürt um die Taille. »Wir brauchen Siv.«

Das Kleid drückt Ursa am ganzen Körper, und ihr wird

übel. Sie geht zum Fenster und hält nach ihm Ausschau, will den Moment nicht verpassen, wenn er das Haus verlässt. Ihr Herz schlägt laut.

»Ursa? Was ist passiert?«

Die Tür wird geöffnet, und ihr Verlobter tritt auf die Straße. Er ruft keinen Wagen. Sie beobachtet, wie sein Kopf mit dem schwarzen Hut in der Menge anderer schwarzer Hüte verschwindet.

»Ursa?«

Absalom Cornet. Der Name klingt nicht wie ein Gebet, sondern eher wie ein Grabgeläut.

8

Ursa meint, sie müsse sich am nächsten Morgen anders fühlen, aber nichts deutet darauf hin, dass dies ein besonderer Tag ist. Siv weckt sie früh auf, wie gewöhnlich, schiebt die Vorhänge beiseite, obgleich das Licht bereits durchscheint, seitdem die schweren Vorhänge gegen den günstigeren Baumwollstoff getauscht wurden. Ursa erinnert sich noch an die feinen blauen Samtvorhänge, mit denen sie aufwuchs, wie sie sich in den bodenlangen Stofffalten versteckte, während ihre Mutter an ihrer Frisierkommode saß und sich das dicke blonde Haar bürstete, das ihre beiden Töchter von ihr geerbt haben. Doch die Vorhänge, wie auch die Frisierkommode und die versilberten Bürsten, mussten vor fünf Jahren verkauft werden, als ihr Vater eine weitere Fehlinvestition tätigte. Das Zimmer, das früher einmal der Ankleideraum ihrer Mutter war, dient nun ihr und ihrer Schwester als Schlafzimmer, und das oberste Stockwerk ist verwaist.

»Das ist unsinnig, besonders für Agnete«, sagte Vater zu ihr, als Ursa sich darüber beschwerte, dass sie aus ihrem großen Zimmer ausziehen musste. »Die vielen Stufen. Und es ist zu kostspielig, überall ein Feuer brennen zu haben oder die vielen Möbel in den leeren Zimmern stehen zu lassen. Ich werde Etliches davon verkaufen, vielleicht werden wir die Zimmer auch vermieten.«

Ursa ist froh, dass es diesen Untermieter noch nicht gibt. Sie möchte nicht, dass ein Fremder in ihrem Haus schläft. Und jetzt muss sie sich nie wieder darüber Gedanken machen, denn bald schon wird sie neben einem Fremden in ihrem eigenen Haus schlafen. Wenn sie daran denkt, zittern ihre Hände. Sie hofft, dass Absalom Cornet ihr nicht lange unvertraut bleiben wird.

Siv stellt ein Frühstückstablett vor Agnete hin. Es ist dasselbe Silbertablett, auf dem sie gestern den Tee serviert hat, und Ursa lächelt sie an, als sie ihre gute Absicht bemerkt. Agnete hat wieder eine schlechte Nacht gehabt, und die Laken sind um ihre Beine verheddert. Ursa streicht sie glatt und hilft ihrer Schwester, sich aufzusetzen, während Siv ihre Spuckschüssel forträumt, Sorgenfalten auf der Stirn.

»Nach dem Frühstück solltest du noch einmal inhalieren, denke ich.«

»Nein, bitte nicht, Siv«, erwidert Agnete. Ihre Stimme ist heiser, ihr Atem geht pfeifend. »Mir geht es gut, wirklich.«

»Ihre Nase ist noch vom letzten Mal wund«, sagt Ursa. »Können wir heute nicht darauf verzichten?«

»Wir haben Anweisungen vom Arzt«, sagt Siv. »Du weißt, dass es hilft.«

»Es tut weh«, sagte Agnete, als Siv weggegangen ist, um die Dampfschüssel zu holen. Sie berührt die empfindliche rote Stelle unter ihrer Nase, wo die Haut aufgesprungen und gereizt ist.

»Ich weiß«, sagt Ursa und streicht Agnetes Haare zurück. Obwohl sie gebadet hat, ist es schon wieder schweißdurchtränkt. »Wir können deine Nase mit einem von Mutters Seidentüchern bedecken.«

»Mit dem blauen?«

Augenblicklich steht Ursa auf und geht zum Schrank ihrer Mutter. In dem Regalfach über der Kleiderstange steht eine Holzkiste mit Tüchern und anderen persönlichen Dingen, die Vaters Säuberungen entgangen sind, und Ursa holt Agnetes Lieblingstuch heraus. Sie bindet die Haare ihrer Schwester zurück, während Agnete das Tuch auf ihr Gesicht drückt und ihre Finger den Seidenstoff befühlen.

»Iss, Agnete.«

»Wir sollten Englisch sprechen«, sagt Agnete. »Damit du in Übung bleibst.«

»Er ist Schotte.«

»Aber er spricht doch Englisch, oder?«

»Ja.«

»Also bitte.«

»Also bitte«, sagt Ursa auf Englisch. »Iss, Agnete.«

Agnete knabbert an dem Knäckebrot. »Es ist so trocken.«

»Es gibt keinen größeren Segen als Brot«, sagt Ursa mit gespieltem Ernst im Tonfall ihrer Haushälterin. Doch es wird immer schwieriger, Agnete zufriedenzustellen, wenn ihr immer mehr von ihren kleinen Freuden genommen werden. Vor etwa einen Monat haben die Ärzte ihr verboten, feuchte Nahrung zu sich zu nehmen, und sie hat immer noch Mühe, sich daran zu gewöhnen. Ursa hat den Verdacht, dass die Ärzte sich im Laufe der Zeit einen Gutteil von Agnetes Behandlung ausdenken. Sie glaubt nicht, dass zu viel Eintopf die Ursache für ihre schwache Lunge ist.

Siv kommt mit einem Stück Stoff und einer großen Schüssel mit dampfenden Wasser zurück sowie der kleinen Flasche, die ihnen der Arzt gegeben hat. Sie beginnt, den Deckel aufzumachen, doch Ursa streckt eine Hand danach aus. »Ich mach das schon, danke, Siv.«

Siv sieht sie an. »Sieben Tropfen, hat der Doktor gesagt. Sieben Tropfen, sonst nützt es nichts.«

»Das weiß ich.«

Die Haushälterin stellt die Flasche auf ihre ausgestreckte Handfläche, drückt Agnete einen raschen Kuss auf die Stirn und geht aus dem Zimmer.

»Du tust doch nicht sieben Tropfen hinein, oder? Einer genügt«, sagte Agnete und blickt sie ängstlich an. Ursa schüttet vier Tropfen in die Schüssel und schwenkt sie hin und her, damit sich die gelbe Farbe auf dem Wasser verteilt. Der Geruch steigt ihr in die Nase, und ihre Augen fangen an zu brennen. Sie stellt die Schüssel auf den Tisch neben Agnete, hilft ihr, sich aufzusetzen, damit sie sich über den Dampf beugen kann, das Seidentuch fest an die Nase gepresst.

Zur Unterstützung legt sie ihrer Schwester eine Hand auf die Stirn und zieht das Stofftuch über ihren Kopf, um den Dampf einzufangen.

»Atme tief ein.«

Sie legt die andere Hand flach auf Agnetes Rücken, hört und fühlt zugleich ihr langsames, schmerzhaftes Einatmen und den feuchten Schwall beim Ausatmen. Sie zählt laut bis einhundert Atemzüge, dann taucht Agnete mit hochrotem Gesicht unter dem Stofftuch über der Dampfschüssel hervor, mit tränenden Augen und tropfnassem Seidentuch. Sie hustet, spuckt in die saubere Schüssel, die Siv ihr auf dem Frühstückstablett mitgebracht hat.

»Was ist das für ein Gefühl?«, fragt Agnete, als Ursa die Schüssel mit dem Tuch bedeckt und sie beiseitestellt.

»Das wollte ich dich gerade fragen.«

»Es brennt, und es ist schrecklich, und ich wünschte, die Ärzte würden mir endlich zuhören, wenn ich ihnen das sage. Jetzt du.«

»Welches Gefühl meinst du?«

Agnete verdreht ihre triefenden Augen. »Wenn man verlobt ist und bald heiraten wird.«

Trotz ihrer Klagen kann Ursa hören, dass Agnetes Atem leichter geht. »Eigentlich wie immer. Möchtest du heute nach unten gehen?«

»Nein. Erzähl doch mal, wie ist er so?«

»Ich weiß noch nicht viel von ihm«, sagt Ursa. »Nur das, was ich dir gestern erzählt habe.«

»Erzählst du es mir noch einmal?«

Bevor der Tag zu Ende geht, hat sie ihre magere Geschichte bereits drei Mal erzählt. Ihr Vater schaut an diesem Tag nicht nach ihnen, auch nicht am nächsten, und Siv berichtet, dass er ausgegangen sei, um die Einzelheiten mit Absalom in dessen Herberge zu besprechen. Ursa bleibt allein mit Agnete zurück, die tief enttäuscht ist, dass Cornet nicht richtig um ihre Schwester geworben hat.

»Warum schreibt er dir nicht?«

»Wir haben uns erst vor zwei Tagen kennengelernt.«

»Trotzdem.«

»Wozu sollte ein Brief gut sein? Ich kann nicht lesen.«

»Dann eben ein Lied. Irgendetwas.«

Ursa zuckt die Achseln.

»Vielleicht ist es nicht wichtig«, sagt Agnete. »Vielleicht genügt es, dass er dein Gesicht gesehen hat und sofort den Wunsch verspürte, dich zu heiraten.«

Ursa nimmt an, dass das romantisch ist. Wenn ein Mensch einen anderen noch gar nicht kennt und doch schon liebt.

»Glaubst du, dass Vater an Mutter geschrieben hat?«

»Sie konnte auch nicht lesen.« Agnete macht ein langes Gesicht, und Ursa bekommt Mitleid mit ihr. »Vielleicht doch. Du solltest ihn fragen.«

Sie weiß, dass Agnete das nicht tun wird. Ebenso wenig wie sie. Ihr Vater wird trübsinnig, sobald der Name ihrer Mutter fällt, selbst nach all den Jahren noch. In letzter Zeit hat Ursa einen Ausdruck tiefer Traurigkeit in seinem Blick entdeckt – sie weiß, dass sie mit jedem Jahr ihrer verstorbenen Mutter ähnlicher sieht. Das mag der Grund sein, warum er sich dieser Tage so fern von ihr hält, wo er doch sonst sämtliche Angelegenheiten mit ihr besprochen hat. Früher waren sie sich sehr nah, und sein Schweigen jetzt ist ansteckend.

Ursa überlegt, wie anders dieser Moment gewesen wäre, wenn Mutter nicht bei der Geburt ihres Bruders gestorben wäre. Wenn beide am Leben geblieben wären und nun ein Junge durchs Haus laufen würde. Wenn ihr Vater nicht sein gesamtes Geld verloren hätte und sie alle drei sich in den Samtvorhängen verstecken und ihrer Mutter dabei zusehen würden, wie sie ihr blondes Haar bürstet. Doch Agnete wäre immer noch krank, und sie würde einen Fremden heiraten und mit ihm an einen Ort ziehen, von dem sie noch nie gehört hat.

Plötzlich streckt Agnete die Hand nach ihr aus.

»Du wirst mich doch vermissen?«

Ursa möchte mit Ja antworten. Sie möchte ihrer Schwester sagen, dass sie wie Luft zum Leben für sie ist, dass es für sie auf der ganzen Welt keine bessere Freundin geben könnte. Stattdessen nimmt sie Agnetes schmales Gesicht in ihre Hände und hofft, dass sie weiß, was das bedeutet.

Am Abend vor der Hochzeit tragen sie Agnete in ihrem Stuhl die Treppe hinunter, damit sie mit ihnen zusammen zu Abend essen kann, zum ersten Mal seit Monaten. Es ist eine unelegante Aufgabe, und allen läuft der Schweiß herunter, als sie es Agnete, in Schultertücher gewickelt, dicht beim Feuer bequem gemacht haben. Siv beobachtet sie, hält sich bereit, als könnte sie jeden Moment kentern wie ein aufgekantetes Boot.

Agnete aber sitzt aufrecht und hustet kaum, und Vater schenkt Ursa ein kleines Glas Aquavit ein. Es schmeckt so bitter wie Medizin, doch sie schluckt es hinunter, und das Brennen wird zu einer sanften Wärme in ihrem Bauch.

Ermutigt durch den Aquavit und Agnetes Anwesenheit, fragt Ursa ihren Vater, wie Absalom Cornet auf ihre Familie gekommen sei, und Agnete macht eine Pause beim Essen, um zuzuhören. Ursa weiß, dass ihre Schwester sich lauter fantastische Dinge ausgemalt hat.

»Ich habe ihn im Hafen getroffen«, sagt Vater, ohne Ursa anzusehen. »Er ist an mich herangetreten und hat mein Kreuz bewundert.«

Die Kette hängt glitzernd aus seiner Westentasche. Ursa weiß, dass er das Kreuz oft hervorholt und in der Hand hält, ohne überhaupt darüber nachzudenken: Frömmigkeit als nervöser Tick.

»Er erzählte mir von seinem Posten in Vardø, von Gottes Ruf, ihm dort zu dienen.«

»Ich dachte, der Lensmann hätte ihn berufen?«, fragt Ursa und zwinkert Agnete zu. Doch Vater bemerkt ihren Tonfall nicht, schenkt sich nur einen weiteren Aquavit ein.

»Der Lensmann untersteht dem König, und der König untersteht Gott.«

»Dein Ehemann muss wahrlich niedergeschmettert sein«, sagt Agnete und zwinkert zurück. Unter dem Tisch drückt Ursa die Hand ihrer Schwester. Sie ist so weich, dass sie sie am liebsten an ihre Wange legen, sie küssen und nicht mehr loslassen würde.

»Er brauchte ein Schiff, und eine Braut …«

»In dieser Reihenfolge?«, flüstert Ursa, und Agnete schnaubt so empört, dass sie wieder zu husten beginnt. Siv stürzt mit der Spuckschüssel heran, und Ursa hält ihre Hand fest umklammert, bis das Schlimmste vorüber ist. Vater trinkt seinen Aquavit aus und spricht mehr zu sich selbst als zu seinen Töchtern.

»Ich habe ihm einen guten Preis für die Passage gemacht.«

Und für mich, denkt Ursa.

Agnete muss nach oben getragen werden, und Ursa besteht darauf, das zu erledigen, schlägt ihre Röcke hoch, damit sie auf den Stufen nicht darüber stolpert. Ihre Schwester ist heiß und viel zu leicht, wie ein neugeborener Hund. Agnete schlingt ihre dünnen Arme um Ursas Hals.

»Nicht sehr romantisch, oder?«, murmelt sie mit rasselnder Brust.

»Es genügt«, sagt Ursa. Agnete zieht enttäuscht die Nase kraus.

Ausnahmsweise schläft Agnete, aber der Aquavit strömt durch Ursas Körper, sodass ihre Beine ganz kribbelig werden. Sie steht auf, um im Zimmer umherzugehen, drückt die Stirn gegen das kühle Fensterglas. Sie kann bis zum Hafen blicken, die Schiffe am Horizont sehen aus wie Spielzeuge. Dort sind immer Menschen zugange, eilen geschäftig hin und her. *Die Welt dreht sich weiter*, denkt sie, und unter dem Gewicht in ihrer Magengrube – eine Folge von Sivs Kochkünsten und ihrer Angst – ist sie froh, dass sie bald ein Teil von alldem sein wird.

Als sie am nächsten Morgen das Haus verlässt, hat sie das Gefühl, durch eine Traumlandschaft zu laufen: Alles ist ihr so vertraut und gleichzeitig so fremd durch die Tatsache, dass sie es – für lange Zeit – nicht wiedersehen wird. *Jemals?* Sie verscheucht den Gedanken. Sie ist die Tochter eines Schiffseigners, natürlich wird sie zurückkommen.

In der Diele hält ihr Vater sie auf und drückt ihre Hand, eine seltene Geste.

»Deine Mutter«, beginnt er mit stockender Stimme.

Sie denkt, er würde nichts mehr sagen wollen, das hofft sie, denn ihre Augen sind bereits geschwollen von den Tränen, die sie mit Agnete vergossen hat, trotz Sivs kalter Kompressen. Stattdessen zieht er sie in sein dunkles Arbeitszimmer, zündet eine Lampe an und macht die Tür zu.

»Du sollst das hier haben.«

Es ist ein Flakon, genau der, der immer auf der Frisierkommode ihrer Mutter stand, bevor sie verkauft wurde. Ursa nimmt das Fläschchen in die Hand und öffnet es, drückt den schalen Fliederduft auf ihre Handgelenke.

»Danke, Vater.«

Sie hofft, dass es einfacher für ihn sein wird, jetzt, da es eine weniger ist, die er kleiden und ernähren muss. Vielleicht kann er jemanden einstellen, der sich um Agnete kümmert. Denn obwohl keine Zeit geblieben ist, die Hochzeit auf den Gesellschaftsseiten der Zeitung anzukündigen, und auch wenn ihre Mitgift größtenteils aus ihrer Schiffspassage gen Norden, einem Parfüm und dem Kleid ihrer verstorbenen Mutter besteht, ist es eine gute Heirat. Ihr Ehemann ist ein Kommissar mit dem Schreiben eines Lensmanns in der Tasche.

Ihr Vater küsst sie auf die Stirn. Seine Hand zittert, und er riecht nach Bier: Hefe und Herbheit. Später küsst ihr Ehemann sie exakt auf dieselbe Stelle, um ihre Heirat zu besiegeln, und er riecht nach gar nichts. Rein wie Schnee.

9

Es ist noch früh, als Cornet die Tür zu dem Gasthaus für sie aufhält, wo er ein Bett reserviert hat, und zur Bar geht, während Ursa sich auf ihr Zimmer zurückzieht.

Sie bereitet sich so gut sie kann vor, drückt den Flakon mit dem Fliederwasser auf ihre Handgelenke und auf die Stelle, wo ihr Puls durch die dünne Haut unter ihrem Ohrläppchen zu sehen ist. Sie stellt sich vor, dass er sie dort küssen wird, und ihre Hände beben. Das Leinennachthemd, das sie von Siv zur Hochzeit geschenkt bekommen hat, kratzt an den Schultern und Brüsten. Es hat einen hochgeschlossenen Kragen und scheint nicht dafür gemacht zu sein, sich darin hinzulegen, aber vielleicht war genau das der Hintergedanke der strengen Lutheranerin.

Siv hat das Nachthemd selbst gestärkt, und Ursa weiß, dass es ein Luxus war, sich diese Zeit zu nehmen, den sie sich eigentlich nicht leisten konnte. Ursa roch die siedende Kartoffelstärke, sah Siv den Stoff drei Tage lang zwischen Verlöbnis und Hochzeit einweichen. Das Nachthemd riecht immer noch nach säuerlichem Wasser, obwohl Siv es über den Glättstein gezogen hat, um den Geruch zu entfernen; und es knirschte auch, als Ursa zum ersten Mal die Bänder auf der Vorderseite schnürte.

Agnete hat ihr das blaue Seidentuch geschenkt, ihr Lieblingstuch, das sie von ihrer Mutter geerbt hat. Es klimperte, als Ursa es in die Hand nahm. Fünf Schillinge waren darin eingewickelt, Agnetes Anteil von der Summe aus dem Verkauf von Mutters Sachen.

»Das kann ich nicht annehmen.«

»Du darfst nicht so weit fortgehen, ohne genügend Geld, um zurückzukommen.«

»Ich kann Absalom um Geld bitten.«

»Du solltest dein eigenes haben«, sagte Agnete, obgleich sie, ebenso wenig wie Ursa, keine Vorstellung von den Kosten solch einer Reise hatte. »Nur für den Fall.«

Ursas Augen wirken klein und niederträchtig in dem dunklen, schmierigen Fenster: Ihre Lippen zittern wie bei einem schmollenden Kind. Sie zieht die dünnen Vorhänge zu.

Ihr Ehemann ist, bei allem Stolz auf seinen Titel, offensichtlich kein Verschwender. Ihre Unterkunft liegt nahe dem Handelshafen mit seinem fortwährenden Gestank nach Tabak und Verwesung. Er dringt mit einem freudlosen kalten Luftzug durch die verfaulten Fensterrahmen, und sie presst ihr Handgelenk an die Nase.

Der Fliederduft bringt schönere Tage in Erinnerung, bevor ihre Mutter starb, als das Haus in kalten Wintern so hell erleuchtet war wie ein Weihnachtsbaum; er ruft lange, strahlende Sommer und vier Diener und eine Köchin wach, die sie ankleideten und bekochten. Mutter und Vater gaben Abendessen für andere Kaufleute und ihre bezaubernden Ehefrauen, und Ursa durfte bei ihnen im Empfangszimmer sitzen, bis die Gäste in den dunklen Glanz des Esszimmers hinabstiegen, wo sie ihre Gespräche fortsetzten.

Sie hatte sich nie viele Gedanken um ihr Hochzeitsfrühstück gemacht, aber doch immer angenommen, dass es so werden würde wie eine dieser Abendveranstaltungen. Auf jeden Fall hatte sie sich vorgestellt, dass mehr Gäste als nur Siv, Vater und eine wegen der kalten Luft atemlose Agnete anwesend wären. Sie hat zwar keine engen Freunde, da Vater sie in den vergangenen Jahren von der Gesellschaft ferngehalten hat, dennoch hat sie sich ausgemalt, dass auf ihrer Hochzeit Frauen zu Gast wären, mit denen ihre Mutter früher diniert hatte, Frauen mit langen, nackten Hälsen, gestützt von strahlenden Krägen, und mit kunstvoll geflochtenen goldenen Haaren. Und an deren Seite Männer in feinen Anzügen und Halskrausen wie hübsch gefiederte Vögel, die ihr gezuckerte Pflaumen und Seide als Geschenke überbrächten. Der Duft nach Pomade und Lavendel würde den Raum erfüllen, in der Mitte ein gedeckter Tisch mit gebratener Gans und Spinat mit Sahne, ein ganzer Lachs mit Zitrone und Schnittlauch mariniert, in Butter gedünstete Karotten. Kerzen verliehen der Szenerie einen kostbaren goldenen Glanz.

Die unterschiedlichsten Szenarien hat sie vor sich gesehen, aber nicht das Hinterzimmer der Gelfstadt Tavern, nahe der Kirche und dem Hafen, eine Flasche Brandy für die Männer, Vaters verschleierten Blick, tief in Erinnerungen versunken. Er sah alt aus im Schein des zugigen Feuers, durch dessen Kamingitter zischend Ruß und kalte Luft hereindrangen. Die Kerzen waren aus mehreren Resten zusammengeschmolzene Stummel: gelb und abgebrannt.

Als es Zeit war, sich zu verabschieden, wandte Cornet sich ab, als ob ihre Tränen unschicklich wären. Agnete hielt sich ohne Hilfe aufrecht, um zu zeigen, dass sie es allein konnte, lehnte sich nur leicht gegen Ursa, als sie zum Wagen gingen. Vater hatte zu viel getrunken, und sie hatten sich schon in seinem Arbeitszimmer voneinander verabschiedet. Es gab nichts, was Ursa zu Agnete hätte sagen können, aber die beiden klammerten sich aneinander, bis Siv sie sanft auseinanderschob.

»Passen Sie auf sich auf, Mistress Cornet.«

Dann waren sie fort.

Sie stellt sich ihren Ehemann unten an der Bar vor, der Ring an seinem Finger klirrt gegen das Glas, vielleicht trinkt er auf sie. Und da sie sich nach den Gepflogenheiten seines Landes richten, ist ihr Name von nun an Mistress Absalom Cornet. Sie selbst ist im Inneren seines Namens verschwunden.

Sie hofft, dass sie ihm alles recht machen wird, und sie weiß, dass ihre Aufgabe heute Nacht in diesem Zimmer mit dem übergroßen Bett beginnt, hier in diesem Gasthaus im Hafen von Bergen, während am Kai ihr Schiff nach Finnmark auf sie wartet, in so eiskaltem Wasser, dass sie hört, wie Männer Eis von seinem Rumpf schlagen. Eine vorwurfsvoll blickende Siv hat Ursa mit geröteten Wangen in wenigen Worten erzählt, was zu tun sei – *Nachthemd, Bett, sieh ihn nicht an, das wirkt wollüstig, bete, sobald es vorbei ist.*

Sie stellt den Nachttopf außer Sicht, schiebt die Wärmepfanne von einer Bettseite auf die andere. Die Matratze hat helle Flecken, und an einigen Stellen sticht Stroh durch den Bezug. Sie kann den Anblick des grauen Kissens nicht ertragen, daher wickelt sie es in ihr altes Nachthemd.

Sie legt sich so vorsichtig wie möglich hin, achtet darauf, dass ihre Haare auf den Schultern liegen, damit es, wie Agnete sagte, aussieht, als läge sie in einem strahlend gelben Weizenfeld. Von den Docks fällt unregelmäßig Licht herein, und durch die Holzwände hört sie raue Stimmen, die Englisch, Norwegisch, Französisch sprechen, und auch andere Sprachen, die sie nicht kennt. Das Stimmengewirr ist mit einem knarzenden Geräusch unterlegt, wie die Treppe in ihrem Elternhaus oder Vaters Knie, wenn er sich hinsetzt. Lange Zeit kann sie es nicht einordnen und fragt sich, ob es nur in ihrem Kopf töne. Doch dann begreift sie: Es ist das Eis, das sich wieder um die Schiffe schließt.

Bald wird sie sich auf diesem Meer befinden, immer weiter fort von Agnete, Vater und Siv, von ihrem Haus in der *Konge Gate*, fort von Bergen mit seinen breiten, sauberen Straßen und seinem geschäftigen Hafen. Sie wird die beste Stadt der Welt verlassen, alles, was sie im Leben kennt, und im Tausch wofür? Sie kann sich kein Bild von Vardø machen, dem Ort, an dem sie leben wird. Sie hat keine Vorstellung von dem Haus, das sie mit ihrem Ehemann teilen, von den Menschen, denen sie begegnen wird.

Das Knarzen schwillt an, bis es das Einzige ist, was sie hören kann. Sie presst sich ihre nach Flieder duftenden Handgelenke ans Gesicht und saugt Luft ein wie Wasser.

Eine knarrende Tür und flackernder Kerzenschein wecken sie auf, sie dreht sich im Bett um und streckt die Hand nach Agnete aus. Das Nachthemd ist unter ihrer Wange zerknittert, und ihre Hände auf den Laken sind eiskalt. Und im schwachen Schein der Kerze zieht Absalom – ihr *Ehemann* – seine Kleider aus, den schwarzen Haarschopf vorgeneigt, während er sich schwankend mit seinem Gürtel abmüht.

Sie rührt sich nicht. Sie atmet kaum. Im Schlaf hat sie das kunstvolle Arrangement ihres Haars zerstört: Es liegt ihr wie eine Schlinge um den Hals. Ihr Nachthemd ist ihr bis zur Taille hochgerutscht, aber sie wagt nicht, sich zu bewegen und es wieder glatt zu ziehen.

Absalom Cornet hat sich seiner Hose entledigt, und jetzt, da ihre Augen sich an das Dämmerlicht gewöhnt haben, sieht sie, dass er auch seine Unterwäsche ausgezogen hat. Er ist sehr blass unter seinen Kleidern, wie ein Meerestier, das man aus seiner Schale hervorgeholt hat. Sie schließt die Augen, als er auf das Bett zukommt, und das Stroh verbreitet einen schalen Geruch, sobald sein schwerer Körper darauffällt.

Ein kalter Luftzug kriecht unter die Laken, als er sich zu ihr legt, und ihre Wangen erröten, weil sie begreift, was er sehen kann: ihr Nachthemd, mit Bändchen wie bei einem Kind. Der Raum ist von einem scharfen Geruch nach Alkohol und Rauch erfüllt. Sie hatte ihn nicht für einen Trinker gehalten. Ihr Herzschlag schmerzt in ihren Ohren.

Eine Weile lang passiert nichts, und sie fragt sich, ob er eingeschlafen ist. Sie hebt ein Augenlid und sieht, dass er mit weit geöffneten Augen an die Decke starrt. Er tut tiefe Atemzüge, seine Hände umklammern die Decke mit weißen Fingerknöcheln, und ihr geht auf, dass er vielleicht nervös ist. Deshalb hat er so viel getrunken und ist so spät ins Zimmer gekommen. Wahrscheinlich ist es das erste Mal für ihn. Sie will gerade den Arm nach ihm ausstrecken und ihm sagen, dass auch sie sich scheue, als er den Kopf wendet und sie anblickt.

Sie kennt diesen Ausdruck seiner Augen, hat ihn an Männern beobachtet, die aufrecht und mit klarem Blick zur Abendgesellschaft erschienen und später torkelnd das Haus verließen. Sein Blick wird durchdringend, als er sich auf die Seite dreht. Sie erinnert sich an Sivs Anweisung, ihm nicht in die Augen zu sehen, und mit einer beinahe schmerzhaften Eile fassen ihre Hände ihr Nachthemd und ziehen es herunter.

Plötzlich wälzt er sich auf sie, so ungeschickt und schwerfällig, dass ihre Brüste gequetscht werden. Sie hat kaum noch eine Möglichkeit zu atmen, und erst als sie ihn schon hart auf ihrem Oberschenkel spürt, denkt sie daran, Luft zu holen, ein Keuchen, das sich zu einem Schrei steigert. Er fummelt an den Bändern, dann tiefer am Saum. Er zieht: Der Stoff gibt nach. Er bewegt sich auf ihr, aber ihr Körper gibt nicht so leicht nach.

Noch ein Schrei, ein Laut, den sie noch nie zuvor aus ihrem Mund gehört hat. Der Schrei jagt ihr noch mehr Angst ein als dieser Mann. Er hat sie aufgeschnitten, denkt sie verzweifelt, er hat sie durchstochen. In ihr gibt es einen Mittelpunkt, von dem sie nichts wusste: ein heftig pulsierender Ort, der sich so wund anfühlt, dass sie weinen könnte.

Sein Gesicht liegt auf dem Kissen, und er haucht bitteren Atem in ihr Ohr und ihre Haare. Seine Arme hat er zu beiden Seiten ihrer Schultern aufgestützt und seine Brust stößt mit ungemeiner Kraft gegen ihre. Als er weiter in sie eindringt, lenkt sie ihr Bewusstsein fort von der heißen, schmerzenden Stelle in ihrem Unterleib, hin zu den heftigen Krämpfen in ihren Beinen, die unter seinen gefangen sind. Sie versucht sich zu bewegen, und er erhebt sich etwas, dann legt er einen Arm flach über ihre Schlüsselbeine, und sie weiß, dass sie stillhalten soll.

Das Bett gibt ein unbändiges Quietschen von sich, wie ein Tier in der Falle, und schließlich kommen ihr heiße Tränen; der Akt ist demütigend, etwas in ihr zerreißt. Sein Körper bäumt sich auf. Ein Stöhnen dringt an ihr Ohr.

Das Herausziehen ist fast ebenso schmerzhaft wie das Eindringen.

Er steht schwankend da und pisst in den Nachttopf: Sie

kann hören, dass er danebenzielt. Sie spürt etwas Warmes zwischen ihren Beinen: Blut und dann noch etwas, das nicht zu ihr gehört.

Nachdem er sein Hemd ausgezogen, sein Nachthemd übergestreift und die Kerze ausgeblasen hat und ins Bett gefallen ist, ohne sie zu berühren, dreht sie sich auf die andere Seite, zieht die Beine an den Bauch und versucht, den Schmerz zu lindern.

Sie hätte dieses dumpfe Wissen, das Ehefrauen in sich tragen, nicht erraten können: dass ihre Ehemänner sich einen Platz in ihren Körper reißen. Ist das wirklich die Art, wie man Babys macht? Sie beißt sich auf die Hand, um nicht laut zu weinen. Wie soll sie Agnete irgendetwas davon erzählen – wie soll sie sie warnen, dass es keine Sicherheit gibt, selbst nicht mit einem zum Kommissar ernannten Mann, dessen Bart nach reinem Schnee riecht und der so inbrünstig betet wie ein Geistlicher? Im frühen Morgenlicht, das durch die dünnen Vorhänge dringt, öffnet Absalom Cornet neben ihr den Mund und beginnt zu schnarchen.

10

Die Hierarchie auf einem Schiff ist strenger als in den vornehmsten Häusern, ähnlich einem heiligen Bund. Und trotz ihrer begrenzten Kenntnis der Welt kommt Ursa zu dem Schluss, dass kein Land härter oder besser regiert wird als ein Schiff.

An unterster Stelle stehen die Schiffsjungen, zwölf oder dreizehn Jahre alt. Im Affentempo klettern sie die Takelage hinauf und schrubben die Decks: selbst die Schiffskatze wird besser behandelt. Sie nehmen Anbrüllen und Prügel hin wie Pferde und sind ebenso zu bemitleiden. Dann sind da noch die Matrosen, ältere, rauere Kerle. Sie sind erfahren, aber ungehobelt, und sie verrichten ihre Aufgaben in einem für Ursas Augen unergründlichen Rhythmus. Der Kapitän scheint höher als der König zu stehen, wenn auch unter Gott. Das Meer ist ihr Gott, es schenkt Gnade oder es übt Gewalt aus, und immer sprechen sie von ihm mit gedämpfter, ehrfürchtiger Stimme. Ursa ist sich nicht sicher, wo ihr Ehemann und sie in dieses Bild passen – sie nimmt an, gar nicht.

Warum ein Mann das Leben zur See wählt, kann sie beim besten Willen nicht begreifen. Von dem Augenblick an, als sie an Bord der *Petrsbolli* geht, möchte sie umkehren und sofort wieder zurück an Land. Alles an diesem Schiff, von dem dunklen Holz bis zu der glitschigen Reling, kommt ihr bedrohlich und abschreckend vor.

Es ist ein einfaches Schiff, das erkennt selbst das ungeübte Auge. Doch es ist nicht so, dass Vater sich keine Mühe gegeben hätte: Die Koje ist mit frischen Leinenlaken bezogen, für sie als Ehebett auf das Doppelte vergrößert, und daneben steht eine kleine Kiste aus Kirschholz, wie Mutters Kleiderschrank, mit einem Messingschloss, für das nur sie einen Schlüssel besitzt. Darin bewahrt sie das Fliederwasser ihrer Mutter und das blaue Seidentuch sowie Agnetes Geld auf. Doch diese schönen Dinge machen es nur noch schlimmer für sie. Es ist dunkel, der Fußboden ist rutschig von einer unbekannten Schmiere, und die Kabine ist winzig – ihr Mann könnte mit ausgestreckten Armen die Wände berühren, und wenn sie sich hinlegen, baumeln seine Füße über dem Ende der Koje.

Sie weiß, dass das hier das Beste ist, was ihnen möglich war. Eine Passage auf einem besseren Schiff können sie sich nicht leisten. Sie fragt sich, ob Absalom das Angebot ihres Vaters bereut. Das hier ist nicht einmal ein Kaufmannsschiff, das edle Waren transportiert: Ihre Ladung ist Holz, das in den Wäldern von Christiania geschlagen und zum Fjord transportiert wurde, um auf dem Wasserweg nach Norden gebracht zu werden, wo es keine Bäume gibt. Dieser Gedanke ist ihr so fremd wie das Meer: Überall um Bergen sind Wälder.

Wieder einmal ist sie froh, dass sie nicht Vaters Sohn ist und daher nicht das Reedereigeschäft lernen musste. Wenn man immer schwankenden Boden unter den Füßen hat, glaubt man beim Teetrinken mit dem Kapitän in dessen Kajüte, trotz des flackernden Lichts der Hornlampe und der zwischen die Lippen gepressten Tassen, damit sie nicht vom Tisch rutschen, man befände sich in anständiger Gesellschaft – und im nächsten Moment wird die Welt zur Seite gekippt.

Und dann sind da noch die Geräusche. Nicht nur vom Meer, davon hatte sie schon in der Nacht in der Gelfstadt Tavern einen Eindruck bekommen, sondern die Geräusche anderer Menschen. Die Geräusche so vieler Männer: ihre schweren Schritte auf den Planken über und unter ihr; ihr Gelächter, immer zu laut und zu lang; das Ächzen männlicher Anstrengung, wenn sie an Seilen ziehen oder Decks schrubben oder Ladung umschichten. Die Ladung muss jeden zweiten Tag umgedreht und auf faules Holz überprüft werden, die Schiffskatze wird losgelassen, die Ratten zu vertreiben.

Dieses Schiff ist nicht für Passagiere gemacht und nicht für sie geeignet. Für ihre Kabine wurde eine Ecke des Schlafraums der Männer mit dünnen Wänden aus billigem Holz abgetrennt, die schwanken und in den Fugen ächzen. Es gibt nur einen Durchgang, links geht es zur Kabine, rechts zum Raum der Männer. Sie wartet mit dem Aufstehen, bis die meisten Männer oben an Deck bei der Arbeit sind, aber auf einem Schiff schlafen niemals alle gleichzeitig, deshalb erhascht sie immer wieder einen flüchtigen Blick auf Hängematten, die wie Riesenkokons längsschiff hängen, zwei oder drei der Männer schlafen so dicht beieinander wie eine Schar Fledermäuse im Dunkeln. Doch das Schlimmste sind die nächtlichen Geräusche, das Schnarchen und andere Körperaktivitäten, manchmal auch Laute, bei denen ihre Wangen sich röten und ihr Körper angespannt wird.

Die Männer sprechen sie, trotz ihrer derben Art, stets mit »Mistress Cornet« an, wenn sie unter Deck aneinander vorübergehen, aber im Bett weiß sie, wo sie wirklich hingehört. Zuerst denkt sie, sie müsse etwas falsch machen. Obwohl ihr

Ehemann ihr nach der ersten gemeinsamen Nacht Zeit lässt, die Wäsche abzulegen, und sie lernt, die Beine offen zu halten, um sich nicht so vollkommen gefangen zu fühlen, und obwohl sie ihr Haar zurücksteckt, damit es sich nicht in seinen Händen verfängt, hat sie immer Schmerzen. Nicht immer blutet sie anschließend, doch es bleibt das Gefühl des Wundseins. Als drei Tage nach Reisebeginn ihre monatlichen Blutungen einsetzen, lässt er sie in Ruhe, doch sobald ihre Binden sauber sind, liegt er wieder auf ihr.

Morgens, abends und nach jeder Mahlzeit fällt er auf die Knie und betet so inbrünstig, dass sie ihn wohl nicht einmal davon abbringen könnte, wenn Flammen an seinen Sohlen züngelten. Er betet mit einer Gewissenhaftigkeit und Aufmerksamkeit, die er vor ihr verbirgt, seine Lippen bewegen sich, seine Stirn drückt sich gegen die gefalteten Hände. Insgeheim verflucht sie Agnetes romantische Geschichten, Mutters zärtliche Blicke zu Vater, das derbe Gelächter der Küchenmädchen, als sie noch welche hatten, wenn der Milchjunge vor der Tür stand.

Wussten all diese Menschen, was Liebe war, und erzählten Lügen?

Um zu überleben, bleibt sie auf Distanz. Schon bevor Agnete geboren wurde, sehnte Ursa sich nach Nähe, folgte auf Schritt und Tritt ihrem Vater oder spielte im selben Zimmer wie Mutter, erzählte laut und fröhlich, obgleich sie dann riskierte, in das Spielzimmer zu ihren Puppen und Holzklötzchen geschickt zu werden. Jetzt verwandelt sie sich in vollkommenes Schweigen.

Sie spricht nur wenig, macht den Mund gerade weit genug auf, um kleine Stückchen hartes Fleisch und verschrumpelte

Karotten zu essen, Haferbrei oder Fisch, garniert mit frischen Kräutern, die sofort welken und braun werden. Sie bemüht sich, unsichtbar zu werden, sitzt bei dem förmlichen Essen, das sie einmal am Tag zusammen mit dem Kapitän einnehmen, vollkommen still, ihr Mund nurmehr eine dunkle Linie wie ein geschlossenes Scharnier. Selbst wenn sie mit ihrem Ehemann zusammen betet, die Knie auf dem harten Holzfußboden, achtet sie darauf, ihre Stimme nicht über ein geflüstertes Amen hinaus zu erheben.

Manchmal führen Kaptein Leifsson und Absalom eine lange Unterhaltung, ohne sie auch nur anzusehen. Der Kapitän spricht Englisch mit starkem Akzent, und Ursa muss wie bei Absalom genau hinhören. Ihr Ehemann prahlt häufig mit seiner Ernennung zum Kommissar: Auf diese Weise lernt sie ihn besser kennen. Er erzählt gern, dass er mit vierunddreißig Jahren der jüngste Kommissar sei, den der Lensmann ausgewählt habe, dass er aus der gleichen Gegend in Schottland stamme wie Cunningham, auch wenn er von niedrigerem Stand sei. Und dass sein Name dem König gegenüber erwähnt wurde.

»Und warum versetzt er sie so hoch in den Norden?«, fragt Kaptein Leifsson. »Es ist ein weiter Weg von Schottland.«

»Wir müssen die Kirche tiefer in dem Land dort verwurzeln«, sagt Absalom mit der gleichen Leidenschaft, mit der er betet. »Und ihre Feinde vernichten.«

»Sicherlich werden Sie nicht viele davon finden«, sagt Kaptein Leifsson und nippt an seiner Tasse. Ursa entdeckt ein leichtes Lächeln in seinen Mundwinkeln. »Dort lebt fast niemand.«

Sie behält all diese Informationen gut im Gedächtnis. Sie

will so viel wie möglich von ihrem Ehemann in sich aufnehmen, ohne im Gegenzug zu viel von sich selbst hergeben zu müssen – sie spürt, dass sich das Blatt irgendwann zu ihren Gunsten wendet, dass bald auch sie über Macht in dieser Beziehung verfügen wird. Es ist unverkennbar, dass er sie begehrt, doch von Zärtlichkeit scheint er so weit entfernt wie ihr Zielhafen. Vielleicht werden sie sich näher sein, wenn sie das Ende der Welt erreicht haben, aber andererseits ist sie sich nicht mehr sicher, ob sie das überhaupt möchte.

Sie wünscht sich, sie betet für etwas Kontrolle. Die findet sie nur, wenn sie allein in ihrer Kabine ist, die auf See ihre ganze Welt ist. Sie will nicht hinausgehen, obwohl ihr in den ersten beiden Tagen von dem ständigen Schaukeln schlecht war. Tagsüber geht ihr Ehemann woandershin. Er ist genau so, wie seine Gesichtszüge es sie in Vaters Empfangszimmer ahnen ließen. Grobschlächtigkeit, die durch eine Spur Feinheit und gute Manieren annehmbar wird.

Die Reise wird von Zwischenstopps in verschiedenen Häfen unterbrochen. Sie werden mehr als einen Monat auf See sein – »Vielleicht zwei«, sagt Kaptein Leifsson achselzuckend, unbekümmert, während Ursa fühlt, wie sie blass wird –, obwohl die Reise auf einem anderen Schiff, das nicht in jedem Hafen anlegt, sicherlich sehr viel schneller gegangen wäre. Ursa vermutet, dass ihr Vater jede Gelegenheit, Handel zu treiben, ausnutzen muss.

Jeden Morgen kleidet sie sich sorgfältig an, obwohl sie den Tag größtenteils allein verbringt. So wie Siv es ihr beigebracht hat, schließt sie die Knöpfe ihres Kleides mit einer eigens für diesen Zweck angefertigten Kralle. Siv muss auch so eine haben, denkt sie, um sich allein anzuziehen – oder werden ihre Kleider vorne geschlossen? Ursa zieht die Nase kraus, versucht sich zu erinnern. Sie möchte kein Detail von zu Hause vergessen. Die Monotonie ihres Tages wird gelegentlich von Übelkeit durchbrochen, die sie lindert, indem sie sich auf das Bett legt und dabei einen Fuß auf den Boden stellt.

Es ist zehn Tage her, seit sie Bergen verlassen haben, und sie hat sich gerade zurechtgemacht, als es an der dünnen Tür klopft. Kaptein Leifsson steht in geduckter Haltung in der niedrigen Tür und lächelt.

»Wir werden bald in den Christiansfjord einfahren, Mistress Cornet, und steuern auf Trondheim zu. Das Wetter ist schön, und man hat gute Sicht auf die Küste. Möchten Sie an Deck kommen und es sich ansehen?«

Seine Stimme klingt wie die eines Geistlichen oder eines Richters. Eine Stimme, die einen Vorschlag in einen Befehl wandelt, unmöglich, dem nicht zu folgen. Er ist einen Kopf kleiner als ihr Ehemann, und sein Bart ist dünner, blond, wohingegen Absaloms dunkel ist. Er hat auch freundlichere Augen. Sie wünscht sich, Absalom würde sie so anblicken, und fragt sich sogleich, ob sie von nun an alle Männer in Körpergröße und Umfang mit ihrem Ehemann vergleichen wird.

Er wartet, während sie ihren Mantel überstreift und ihm dann folgt. Im Durchgang herrscht wie immer geschäftiges Treiben, Männer bleiben an der Seite stehen, um sie vorbeizulassen, bevor sie wieder im Dunkeln verschwinden.

»Ich hoffe, die Reise ist für Sie komfortabel?«, fragt Kaptein Leifsson.

»Sehr komfortabel, vielen Dank, Kaptein. Ich hoffe, wir fallen Ihnen nicht allzu sehr zur Last.«

»Das ist die Charter Ihres Vaters.« Ihr fällt auf, dass er nicht sagt, es sei das Schiff ihres Vaters. »Es ist schön«, fährt er fort, vielleicht um seine Aussage zu mildern, »dass ich jetzt einen Grund habe, die Lampen in meiner Kajüte anzuzünden, und ich weiß, dass der Koch die Herausforderung, kulinarische Köstlichkeiten für eine Dame aus Bergen zu kreieren, gern annimmt.« Er wendet sich kurz zu ihr, ein angedeutetes Lächeln in seinem Bart. »Außerdem bin ich schon seit meiner Zeit als Walfänger nicht mehr so weit oben wie Vardø gewesen. Wir sind da. Möchten Sie zuerst hinaufsteigen?«

Die Leiter ist steil, steht kaum schräg. Sie würde gern vorausgehen, damit jemand hinter ihr ist, wenn sie den Halt verliert, aber in ihrem Kleid wäre das unschicklich. Sie bedeutet ihm, voranzugehen. Die Sprossen sind glatt, und die Kälte zieht sofort durch ihre Handschuhe und ihre dünnen Schuhsohlen. Hätte Vater ihr nicht Stiefel besorgen können?

Kaptein Leifsson wartet oben an der Leiter und hilft ihr herauf, hält sie fest, als sie auf der vereisten obersten Stufe leicht ins Stolpern gerät. Seine Berührung ist sanft, und dennoch fühlt es sich für sie, selbst durch die Kleidung, wie eine Prellung an: Sie kann es nicht ertragen, von einem Mann berührt zu werden, sei es auch gut gemeint. Er führt sie zu dem erhöhten Deck am Heck.

Der Tag ist unglaublich hell: Diese Art kristallener Klarheit, die daher kommt, dass das Eis noch in der Luft schwebt. Sie haben die enge Öffnung des Fjords bereits passiert, und zu beiden Seiten ragen steil die Kliffs auf, sicherlich hundert Fuß, das schwarze Felsgestein ist mit hellgrauen Linien durchzogen. Das Meer ist grün und glitzert vor Eissplittern, und sobald der beißende Wind ihr ins Gesicht bläst, ihr die Röte in die Wangen steigt und ihre Lungen eiskalt werden, fühlt sie sich besser als in der ganzen Zeit, seit sie ihr Zuhause in Bergen verlassen hat.

»Die Kliffs sind prachtvoll, finden Sie nicht auch?«

»Das sind sie«, sie atmet tief durch, und die Heftigkeit ihrer Stimme macht sie verlegen. »Obgleich Sie noch gewaltigere Felsen gesehen haben müssen, Kaptein?«

»Ich betrachte jeden Anblick für sich allein, Mistress Cornet. Kommen Sie.«

Er bietet ihr seinen Arm an. Sie sieht sich nach ihrem Ehemann um, kann ihn aber nirgends entdecken. Das Deck ist voller Männer, die sich zu beiden Seiten des Schiffs weit hinauslehnen und in einer Stimmenkette dem zweiten Steuermann Hinsson zurufen, der am Heck den Kolderstock betätigt. Über ihnen befindet sich das Segel und peitscht im Wind wie eine Stoffwolke: Schiffsjungen huschen die Takelage hinauf und hinunter, während kräftigere Matrosen rittlings auf den Bäumen sitzen und die Segel trimmen, um die Geschwindigkeit zu kontrollieren.

Ursa fühlt sich gut inmitten dieses Treibens. Sie will nicht unhöflich erscheinen, deshalb nimmt sie den dargebotenen Arm, und sie setzen sich in Bewegung. Ihre Beine sind steif und weich zugleich, tragen widerwillig und dankbar ihr Gewicht.

»Sie sollten öfter hier heraufkommen«, sagt er. »Sie könnten am Heck spazieren. Das ist auch allein schicklich, und niemand würde Sie belästigen.«

»Ich werde darüber nachdenken«, erwidert Ursa. Es klingt schroffer, als sie es meint, und sie fügt eilig hinzu: »Danke, Kaptein.«

»Sind Sie jemals zuvor auf See gewesen, Mistress Cornet?«

»Noch nie.«

»Das erstaunt mich«, sagt er. »Ihr Vater war so oft auf dem Meer unterwegs. Das Reisen schien seine große Leidenschaft zu sein. Ich hätte gedacht, dass er sie mit seinen Kindern teilt, ob Mädchen oder Jungen.«

»Vater ist seit Jahren nicht mehr zur See gefahren«, entgegnet sie überrascht. »Er hat damit aufgehört, als ich geboren wurde, und als meine Mutter …« Sie zögert. In der klaren Luft spricht sie mühelos Vertraulichkeiten aus, der Wind schnappt sich unverzüglich jedes ihrer Worte, sodass sie nicht das Gefühl hat, etwas verheimlichen zu müssen. »Als meine Mutter kränklich wurde, wollte er sie nicht allein lassen.«

»Ja, ich habe gehört, dass Merida verstorben ist. Ich habe mehrmals versucht zu schreiben …« Er macht eine vage Geste, und sie glaubt zu verstehen, was er sagen will. Auf einem Schiff fühlt man sich wie in einer anderen Welt. »Sechs Jahre?«

»Neun. Verzeihen Sie, ich wusste nicht, dass Sie so gut mit meinen Eltern bekannt waren.«

Er bleibt stehen. »Erkennen Sie mich denn nicht wieder, Ursula?«

Als sie zum ersten Mal seit zehn Tagen ihren Namen nicht in Verbindung mit dem ihres Ehemannes hört, ist das ein Schock für sie. Doch sie erkennt nichts Vertrautes in seinem Gesicht und schüttelt den Kopf.

»Es tut mir leid, Kaptein. Sollte ich denn?«

»Ich habe mehrmals im Haus Ihrer Eltern zu Abend gegessen, als Merida noch lebte. Sie haben oft im selben Zimmer gespielt, sind zwischen unseren Füßen herumgetollt. Manchmal habe ich Ihnen etwas Essen unter den Tisch gereicht, wie einem Hund …« Er hält inne und wendet sich ihr zu. Hat die Augen weit aufgerissen. »Ich hatte nicht die Absicht, Sie zu kränken, aber Sie waren ein sehr aufgewecktes Kind.« Doch sie lächelt ihn beruhigend an und drückt leicht seinen Arm.

»Ich bin nicht gekränkt, Kaptein.«

»Du bist schon auf, Gattin.« Absalom Cornet steht vor

ihnen, so plötzlich wie eine Windböe, er lehnt an der Reling, den Blick auf sie gerichtet. Wie anständig er aussieht. Doch ihr Herz klopft vor Angst. Sie lässt sich nichts anmerken, aber ihr Augenlid beginnt ebenso aufgeregt zu flattern wie ihr Herz.

»Es war der Wunsch des Kapitäns, Gatte. Er wollte mir den Christiansfjord zeigen.«

Absalom betrachtet die Kliffs, als würde er erst jetzt begreifen, wie sehenswert sie sind. »Nach Ihrem König benannt, nehme ich an.«

»Das ist ein strittiger Punkt«, erklärt Kaptein Leifsson mit fester, aber sanfter Stimme.

»Dass die Felsen nach ihm benannt sind?«

»Dass er unser König ist. Manche von uns beanstanden den Vertrag.«

»Er ist Gesetz«, erwidert ihr Ehemann, ohne einen Funken Humor, wie er in der Stimme des Kapitäns anklang. »Sicherlich gibt es nichts zu beanstanden, oder?«

»Natürlich nicht.« Der Kapitän verbeugt sich höflich. Ursa bemerkt, dass sie sich immer noch an ihn klammert, und sie lockert ihren Griff. Absaloms Kiefermuskeln mahlen. »Wir machen einen Spaziergang über das Deck, wenn Sie sich uns anschließen mögen.«

Absalom schüttelt kurz den Kopf und wendet den Blick ab. Ihr fällt auf, dass seine Hände die Reling umschließen, und sie fragt sich, ob er gebetet hat.

Schweigen breitet sich zwischen ihnen aus. Das kurze Gespräch mit ihrem Ehemann hat sie an das Gefühl ständiger Angst erinnert. Ein eiskalter Schauer läuft ihr über den Rücken, als sie den Geruch des Eises in der Luft erhascht: das reine Nichts. Das Gefühl, einen Stein im Magen liegen zu haben, erfasst sie wieder, auch als sie sich von Absalom fortbewegen. Der Fjord wirft einen mächtigen Schatten über den Kapitän und sie, und sie versucht, sich im Kühlen zu entspannen.

»Sie erinnern sich also nicht mehr?« Kaptein Leifssons Stimme ist sanft, als ob er von ihrer Panik wüsste.

Diese Abendgesellschaften gab es nur bis zu ihrem elften Lebensjahr. Auch ohne den Schleier der Vergangenheit waren die Gesichter der Erwachsenen damals für sie alle gleich, Prunk, Schnurrbärte, Alter. Sie hat sie sich niemals gründlich angesehen, war nur glücklich, in dieser Welt aus Gelächter und Qualm dabei sein zu dürfen. Sie kann sich kaum daran erinnern, dass sie sich unter dem Tisch versteckte. Das kann nur ein- oder zweimal vorgekommen sein, wenn ihr Vater zu sehr ins Gespräch vertieft war, um es zu bemerken, und ihre Mutter ein Auge zudrückte.

»Es tut mir leid.«

»Muss es nicht, nein.« Doch sie ist sicher, dass sie ihn auf irgendeine Weise enttäuscht hat. Sie möchte ihn umstimmen und sucht nach einer Frage, die sie ihm als Nächstes stellen kann.

»Sind Sie schon einmal in Vardøhus gewesen, Kaptein?«

Er bejaht mit einem kurzen Nicken.

»Ist es eine Burg, wie alle sagen?«

»So in der Art. Es ist zweifellos ein ansehnliches Gebäude, dafür, dass es so weit weg von allem anderen errichtet wurde.«

Das Entsetzen muss ihr deutlich anzusehen sein, denn er fährt fort: »Ich habe aber gehört, dass es unter Lensmann Køning größer und bedeutender werden soll. Der König hört auf ihn, und es heißt, er habe große Pläne für Finnmark. Was hat Ihr Ehemann Ihnen darüber erzählt?«

»Sehr wenig.«

»Dann vielleicht Ihr Vater? Ich weiß, dass er früher Walfangboote bei Spitsbergen hatte. Ist er noch weiter gen Osten als Vardø gekommen?«

Sie beißt sich auf die weiche Innenseite der Wangen. »Darüber hat er nicht mit mir gesprochen, Kaptein.«

Sie nähern sich dem Ruderstock, wo der zweite Steuermann Hinsson grüßend seine fleischige Hand hebt. Vor ihm entwirrt ein dünner Schiffsjunge in Agnetes Alter ausgefranste Enden der Takelage.

»Würden Sie mir etwas über Finnmark erzählen?«

»Ich kenne es nur vom Meer her.«

»Ich kenne es überhaupt nicht. Ich bin nicht einen Tag meines Lebens nördlicher als Bergen gewesen.«

Sie sind am Heck angelangt, wo eine grob geschnitzte Holzfigur von St. Peter, auf dessen Namen das Schiff getauft wurde, am hintersten Mast befestigt ist. Berge an Tauen sind fest aufgerollt, teils fasshoch. Der Kapitän lässt ihren Arm los, lehnt sich gegen die Taue und blickt über das Heck hinaus. Hinter ihm zieht das Schiff lange Schaumlinien. Der Kapitän nimmt eine fleckige Pfeife aus seiner Jacke.

»Stört es Sie?«

Sie schüttelt verneinend den Kopf. Er holt einen kleinen Tabakbeutel hervor und stopft die Pfeife, schlägt seinen Feuerstein und schützt ihn mit der Hand vor dem Wind. Das plötzliche Aufleuchten des brennenden Tabaks macht ihr deutlich, dass es bereits wieder dunkel und das bläuliche Licht zu einer dunkleren, marineblauen Einheit wird. Bald werden die ersten Sterne am Himmel stehen. Sie hat sie seit Wochen nicht mehr gesehen.

Er nimmt einen langen Zug und stößt weißen Rauch aus. »Was möchten Sie gern wissen?«

Ursa überlegt. »Was ist der am weitesten entfernte Ort, an dem Sie je waren?«

»Von wo aus?«

Ursa errötet. »Von Bergen aus.« Sie hat vergessen, dass Bergen nicht für jedermann das Zentrum der Welt ist.

»Spitsbergen, wie ich schon sagte.«

»Ist das sehr weit weg?«

Er gluckst, ein kehliger Laut, der durch den Rauch in seinem Mund weicher klingt. »Es ist der am weitesten entfernte Ort, den Schiffe im Norden ansteuern.«

»Und Vardø ist nicht so weit weg?«

»Nein, nicht ganz so weit.«

Das beruhigt sie ein wenig. »Was gibt es dort?«

»Wale. Eis. Und Sámi, die im Winter das Eis überqueren, um dort den Sommer zu verbringen, und zurückkehren, wenn das Meer wieder zugefroren ist.«

»Sámi? Sie meinen die Lappen?«

»Nein, ich meine Sámi«, erwidert Kaptein Leifsson mit fester Stimme.

»Haben Sie sie kennengelernt?« Die feine Haut an ihren Augenwinkeln brennt.

»Einige von ihnen.«

»Wie sind sie? Sind sie schrecklich wild?«

»Nicht mehr als jeder andere auch.« Die Stimmung zwischen ihnen schlägt um. Er scheint verärgert, und Ursa sucht verzweifelt nach Worten, mit denen sie sein Vertrauen zurückgewinnen kann.

»Und hinter Spitsbergen, gibt es da etwas?«

Er schnieft und reibt seine Nase. Das Unbehagen ist vorbei. Seine Pfeife ist schon ausgegangen, er leert die verbrannten Reste aus und stopft sie ein weiteres Mal. Einen Moment lang fragt sie sich, wie es wäre, mit so einem Mann verheiratet zu sein, der so selbstverständlich mit ihr spricht und so sanft ihren Arm nimmt. Er schlägt den Feuerstein, und der Tabak flackert im Dunkel seiner hohlen Hand auf.

»Gebildete Menschen behaupten, dass es dort einen schwarzen Felsen gibt. Einen Berg, so hoch wie der Himmel, magnetisches Gestein, und das ist der Grund, warum unsere Kompassnadeln nach Norden zeigen. Manche denken, dass auch das Meer einen dorthin zieht, je näher man dem Felsen kommt. Wenn man den Golfstrom überquert, sagen sie, wird man auf seiner Strömung bis zu dem schwarzen Felsen fortgetragen.«

»Und dann zerschellt das Schiff dort?«

»Es wird in die Tiefe gezogen.« Er nimmt einen langen Zug. »Sie glauben, dass das Meer vorher aufhört, hinabfällt wie ein Wasserfall, geradewegs auf den Grund der Erde. Aber ich glaube nicht daran«, sagt er, richtet sich gerade auf und strafft die Schultern. »Die Sámi erzählen nichts dergleichen, und sie fahren weiter hinaus, als irgendein Norweger es je getan hat.«

»Was ist Ihrer Meinung nach dort?«

»Vielleicht ist dort ein schwarzer Felsen. Es ist richtig, dass es einen Grund geben muss, warum die Kompasse in diese Richtung zeigen. Aber ich glaube nicht, dass das Meer erst zu einem Fluss und dann immer weniger wird. Ich denke, es fließt immerzu umher.« Der Pfeifenkopf wird glühend rot. »Und diese Vorstellung allein ist schon erschreckend.«

Er klopft die Pfeife aus, holt einen anderen Tabakbeutel aus einer anderen Jackentasche hervor, löst die Schnur und hält ihn ihr hin: »Anissamen?«

»Was ist das?«

»Kräutersamen aus Asien. Sie sind süß.« Ursa hält ihm ihre Handfläche hin, und er schüttelt einen kleinen grünen Samen darauf. Als sie daraufbeißt, schmeckt es bitter, und sie verzieht das Gesicht. Kaptein Leifsson lacht.

»Man muss sie lutschen. Schauen Sie her.«

Er legt einen Samen in seinen Mund. Seine Wangen wölben sich nach innen. Ursa wendet sich ab, um den Samen in ihre Hand zu spucken, und wirft ihn ins Meer. Der Kapitän gibt ihr einen neuen, und sie lutscht daran, wohl wissend, dass seine Augen auf ihrem Mund ruhen.

»Gattin.« Das Wort ist kurz, eine Aufforderung. »Kaptein, wir sollten uns zum Abendessen fertig machen.« Ihr Ehemann steht mit ausgestreckter Hand da. »Komm mit.«

Ihr war nicht bewusst, wie nah der Kapitän und sie beieinandergestanden hatten. Sie tritt einen Schritt zur Seite.

»Vielen Dank für Ihre Gesellschaft, Kaptein.«

»Es war mir ein Vergnügen, Mistress Cornet.«

Als Absalom ihre Hand nimmt, ist sein Griff zu hart. Sobald sie außer Hörweite sind, neigt er den Kopf zu ihr.

»Sprich in meiner Gegenwart kein Norwegisch mit ihm. Ein Mann sollte verstehen, was seine Frau sagt.« Er lässt ihre Hand los. Sie folgt ihm mit dem größtmöglichen Abstand, den einzuhalten sie sich traut, und sie machen sich schweigend fürs Abendessen fertig.

Seine schlechte Laune scheint schnell vorbei zu sein. Er nennt sie schön, als sie sich beide umgezogen haben, sie mit frisch gekämmtem und neu gestecktem Haar. Er legt seine Hand auf ihren Rücken, als sie zur Kajüte des Kapitäns gehen, und am Tisch setzt er sich dicht neben sie.

»Ich habe nachgedacht, Kaptein. Ich würde gern weitere Anstrengungen unternehmen, um Norwegisch zu lernen. Ich höre ständig, wie Sie meine Sprache verhunzen. Es ist nur fair, wenn ich das mit Ihrer probiere.«

»Zweifellos«, erwidert Kaptein Leifsson heiter. »Ich spreche mit Dr. Rivkin, ich glaube, er verfügt über Erfahrung im Unterrichten.«

Ursa hat das Gefühl, dass sich eine Schlinge um ihren Hals legt. Bald wird sie sich nirgendwo mehr verstecken können, nicht einmal mehr in ihrer Muttersprache. Noch früh am Abend entschuldigt sie sich und überlässt die Männer ihrem Gespräch im Schein der Lampe. Sie fühlt sich, wieder einmal, allein.

11

Sie erreichen Trondheim in der Dunkelheit. Ihr Ehemann ist immer noch nicht ins Bett gekommen, er muss noch in der Kajüte des Kapitäns sein, und entgegen ihrer Art wünscht sie sich, dass er, dass irgendjemand bei ihr wäre, während sie dem ohrenbetäubenden Lärm des Hafens lauscht.

Sie versucht zu schlafen, doch noch bevor die Morgendämmerung anbricht, gibt sie auf. Der Schlafraum der Männer ist leer, die Hängematten baumeln schlaff im spärlichen Licht. Die Laternen im Durchgang sind nicht angezündet, aber von ihren Spaziergängen mit dem Kapitän an Deck weiß sie, dass sie zur Leiter gelangt, wenn sie immer geradeaus geht. Die Angst vor der Dunkelheit ist so groß, dass sie bereits umkehren will, aber in ihrem Kopf hört sie Agnetes Stimme, die sie drängt weiterzugehen.

Sie tastet sich an den rauen Holzwänden entlang und versucht, sich einen Weg zu der Luke zu bahnen, wo es zum Deck hinaufgeht. Die Geräusche leiten sie, und bald erreicht sie die Leiter. Die Falltür ist geschlossen, und um sie herum herrscht nahezu vollkommene Schwärze, dennoch beginnt sie, die Sprossen hinaufzuklettern. Auf halbem Wege wird es plötzlich hell, und ein lautes Krachen dringt nach unten, als die Falltür geöffnet wird.

Ein nackter Fuß tritt auf die oberste Sprosse.

»Halt«, ruft sie. »Ich komme gerade hinauf.«

Ein schmales Gesicht blickt nach unten, und sie erkennt den Jungen, der gestern an Deck die Tauenden sortiert hat.

»Entschuldigen Sie, Miss!« Eilig macht er das Leiterende frei, und als sie oben ankommt, streckt er seine Hand aus. Still dankt sie dem Himmel für ihre Handschuhe und ergreift die dargebotene Hand.

»Danke dir.« Sie glättet ihre Röcke. »Hast du meinen Ehemann gesehen? Commissioner Cornet?«

»Er ist an Land gegangen, Fru Cornet.«

»Mistress Cornet«, korrigiert sie ihn und blickt sich um. Trondheim ist hell erleuchtet, und eine Winsch wird über dem tiefer liegenden, steinernen Hafen auf sie zugerollt, das Schiff ist bereit zum Ausladen. Der Hafen umschließt das Schiff fast vollständig. Von hier aus sieht die Stadt ähnlich aus wie Bergen, und sie fasst sich ein Herz. »Ist Kaptein Leifsson in der Nähe?«

Der Junge schüttelt den Kopf. »Nein, Mistress. An Land.«

»Weißt du, wo er hingegangen ist?« Sie hat gedacht, dass einer von ihnen hier sein würde.

»Nein.«

»Dann werde ich auch an Land gehen. Könntest du jemanden bitten, mich zu begleiten?«

Er nickt kurz und saust los. Der Himmel wird heller, und sie kann sehen, dass die Häuser entlang des Hafens genauso bunt angemalt sind wie in Bergen.

Der Junge kommt zurück. »Der zweite Steuermann Hinsson sagt, ich solle Sie begleiten, Mistress.«

»Gibt es denn niemand anderen?«

»Niemand, der jetzt abkömmlich ist.« Er lispelt leicht,

und sie fragt sich, ob er nicht jünger als Agnete ist und noch seine Milchzähne verliert.

»Kennst du Trondheim?«

»Nein, Mistress Cornet.«

»Na gut«, sagt sie und widersteht dem Bedürfnis, entgeistert die Hände in die Luft zu werfen. »Gehen wir?«

Er führt sie die schmale Gangway entlang, läuft mit nackten Füßen voraus. Sie hätte ihn zumindest bitten sollen, Schuhe anzuziehen – der Boden muss eiskalt sein.

Sie hastet hinter ihm her, das Schiff schwankt während des Entladens. Die Männer auf der Gangway bleiben stehen, damit sie hinübergehen kann, doch sobald sie auf das nasse Holz tritt, wirft ein Windstoß sie zur Seite. Sie greift so fest nach dem Seil, dass ihre Handflächen schmerzen, erlangt wieder das Gleichgewicht, aber die Nadeln sind ihr aus dem Haar gefallen, und jetzt peitscht es ihr ins Gesicht.

Mit klappernden Zähnen bewegt sie sich langsam vorwärts, bis sie den Hafenrand erreicht. Der feste Boden lässt sie straucheln, und zum zweiten Mal an diesem Morgen gibt ihr eine kleine, schmutzige Hand Halt. »Vorsichtig, Mistress.«

»Geht es Ihnen gut?« Ein Mann steht in gebührender Entfernung, eine Hand halb ausgestreckt, als wolle er ihr seine Hilfe anbieten.

»Alles in Ordnung.« Sie ringt sich ein Lächeln ab. »Könnten wir irgendwo etwas zu essen bekommen?«

Er deutet auf eine schmale, in unregelmäßigem Gelb gestrichene Holzhütte. Ein trübes Schild mit einer Glocke darauf schaukelt sanft im Wind. Sie nickt dankend und geht, den Jungen hinter sich, mit unsicheren Schritten auf den Eingang der Hütte zu. Die offene Kloake davor ist zugefroren, und sie wendet die Augen ab, als sie über die Planke läuft und sich in das Gasthaus hineindrängt.

Es ist beinahe voll, auch zu dieser frühen Morgenstunde, aber der Junge findet einen kleinen Tisch in der Ecke für sie, weit weg vom Feuer. Ein paar elegant gekleidete Damen stechen aus der Menge hervor, sie sind in Begleitung ihrer Ehemänner, und Ursa weiß, dass es ungebührlich von ihr ist, ohne Absalom dort zu sein. Doch sie fühlt sich kämpferisch nach ihrer schlaflosen Nacht und schickt den Jungen mit einem Schilling von Agnetes Geldgeschenk an die Bar, um helles Bier und einen Teller Essen zu kaufen.

Er kommt mit ihrem Wechselgeld und einem Teller *raspeball* zurück. Die Klöße sind heiß und schmecken überraschend gut; sie sind mit stark gesalzenem Fleisch gefüllt, die Kartoffel ist gut gegart und wärmt ihr Inneres. Der Junge bleibt unsicher stehen, während sie zu essen anfängt, und sie muss ihn auf den Stuhl neben sich ziehen und einen Kloß in seine schmierige Hand legen, erst dann wagt er zu essen. Sie lächelt ihn an, und er sieht sie so erstaunt an, dass sie sich fragt, welchen Ausdruck ihr Gesicht bis zu diesem Moment hatte. Um ihn zu beruhigen, fragt sie ihn nach seinem Namen, und er sagt ihr, er heiße Casper.

»Wie bist du zu der Arbeit auf dem Schiff gekommen?«

Er zuckt die Achseln, sieht die Kartoffelklöße an, und sie schiebt ihm dem Teller zu. Mit Schweigen ist sie einverstanden.

Als sie gehen, öffnet ihnen ein Seemann mit einer gespielten Verbeugung die Tür, und obwohl sie die Geste nicht würdigt, verlässt sie das Gasthaus mit einem Lächeln auf den Lippen.

»Wie die mich angestarrt haben«, sagt sie zu Casper. »Man könnte meinen, sie hätten noch nie zuvor eine Dame gesehen.«

»Da drinnen waren Damen«, erwidert Casper. »Aber nicht dieselbe Art Damen wie Sie.«

»Dieselbe Art?«

»Die Art Dame, die Sie sind, Mistress.«

Sie erinnert sich an die mit Rouge geschminkten Wangen, die leuchtenden Farben ihrer Kleider. Endlich begreift sie, errötet und fragt sich, ob die Seeleute auch sie für eine Dirne gehalten haben und ob diese Frauen zumindest etwas Geld für ihre Schande bekommen.

Sie laufen durch die langsam zum Leben erwachende Stadt. Die Straßen sind eng, und die schiefen Häuser neigen sich vor, als würden sie sich miteinander verschwören. Die Stadt ist natürlich nicht so schön wie Bergen, obwohl sie die Hauptstadt ihres Landes ist.

Auf einem großen Platz findet ein Markt statt, und Ursa kauft Stiefel und eine Sonnenmaske, und, obwohl er protestiert, ein Paar Handschuhe für Casper.

»Ich habe gesehen, wie du jedes einzelne Tau entwirrt hast. Mit den Handschuhen bleiben deine Hände beweglich.«

Sie möchte ihm auch Stiefel schenken, aber er weigert sich, welche anzuprobieren, worüber der Schuster erfreut zu sein scheint. »Es ist besser, barfuß zu gehen, Mistress, solange ich noch wachse. Die Stiefel werden mir in einem Monat zu klein sein. Das sagt der zweite Steuermann Hinsson.«

Als sie wieder beim Schiff angelangt sind, wartet ihr Ehemann oben an der Gangway. Er gibt Casper einen leichten Klaps auf den Hinterkopf, und der Junge verschwindet in dem emsigen Treiben des Schiffs, aus dem eine große Menge Holz entladen wurde, sodass es jetzt höher im Wasser schwimmt. Absalom wirft einen finsteren Blick auf ihre Pakete.

»Dies ist der erste Tag, an dem uns eine Kirche zur Verfügung steht. Ich glaube, es ist genau die Kirche, wo euer König gekrönt wurde. Und du nutzt diese Gelegenheit, um *irgendwelche* Sachen zu kaufen.« Ruckartig wendet er den Kopf zu ihren beladenen Armen. »Woher hast du das Geld dafür?«

»Meine Schwester hat mir ein paar Münzen gegeben.«

»Ein Ehemann sollte von dem Geld seiner Frau wissen«, sagt er und richtet seine dunklen Augen auf sie. »Das hätte dein Vater dir beibringen sollen.« Er hält ihr seine Hand hin, und nach einem Moment des Zögerns streckt sie ihre aus, doch er zuckt zurück. »Das Geld, Gattin.«

Später, als er neben ihr schnarcht, wird sie ihre Fingernägel in die weiche Stelle unter ihren Ohren graben und sich verfluchen, dass sie ihm das Geld ausgehändigt hat. Denn obwohl die Lüge ihr leicht über die Lippen gekommen wäre – »Es tut mir leid, Gatte, aber ich habe alles ausgegeben« –, spricht sie sie nicht aus. Etwas in ihm setzt sie unter Zwang, auch wenn es sie abstößt. Sie langt in ihren Gürtel und reicht ihm Agnetes Münzen.

Er dreht sich um und führt sie die Leiter hinunter in den Durchgang. Da er in der Kirche war und dieser Tag demzufolge eine Art Sabbat ist, fragt sie sich, ob er an diesem Abend nicht mit ihr zusammenliegen wird. Doch das tut er, und es ist, als würde er versuchen, etwas in ihr einzubetten, ihre Buße tief in ihr einzupflanzen.

Ursa überlegt häufig, was sie zu Agnete sagen würde, wenn sie hier wäre. Sie findet keine Worte für ihre Verwirrung: Wie sollte sie beschreiben, dass ihr Körper ein unheimischer Ort geworden ist und dass sie bereits gelernt hat, Schweigen als Waffe zu benutzen.

Sie zieht sich wieder von Kaptein Leifsson zurück, obwohl

er immer freundlich zu ihr war, ihr sogar ein Beutelchen Anissamen geschenkt hat. Sie kann ihre Gedanken niemandem anvertrauen, mögen sie auch ängstlich und beschränkt sein. In ihrem Inneren sind sie sicher wie in einer verschlossenen Schatztruhe, viel sicherer als in der Kirschholzkiste, die ihr Vater ihr geschenkt hat. Sie braucht ihre Gedanken, jedes Wort, für sich selbst.

Doch endlich hat sie einen Ort, an den sie gehen kann. Am Tag nach ihrer Abfahrt aus Trondheim, zieht sie sich so warm wie möglich an. Sie legt sich einen Anissamen auf die Zunge, schlüpft in die Stiefel, klemmt sich die Maske unter den Arm und öffnet die Kabinentür.

Die Falltür ist geschlossen, deshalb klopft sie so lange, bis sie aufgemacht wird, nimmt aber nicht die dargebotene Hand. Sie hält nach Casper Ausschau, aber er ist nicht an Deck, zumindest kann sie ihn nicht von den anderen Schiffsjungen unterscheiden, die in Decken gehüllt die Takelage hinaufklettern und die Segel der *Petrsbolli* setzen, damit das Schiff nach Norden fährt.

Es ist ungewohnt, sich ohne Kaptein Leifssons stützenden Arm an Bord zu bewegen, aber sie stolpert nicht mehr, wie es ihr auf der Gangway passiert ist. Sie geht wieder zum Heck des Schiffs, hinter den Mast, wo St. Peter seine beschwichtigende Hand ausstreckt. Als sie zu den dicken, zu einer Art Sitz aufgerollten Tauen kommt, blickt sie sich prüfend um, ob jemand in der Nähe ist oder sie beobachtet, dann zieht sie sich rasch hinauf.

Die Füße ordentlich auf eine weitere Taurolle gelegt, sitzt sie in ihren Mantel eingewickelt und mit der Sonnenmaske auf dem Gesicht da, der feste Biss ihrer Zähne auf den Knopf an der Innenseite der Maske ist so wohltuend wie ein Bonbon.

Die schmalen Augenschlitze geben ihr das Gefühl, das Geschehen besser lenken zu können. Sie fragt sich, ob sich so ein Pferd mit Scheuklappen fühlt, das nur geradeaus blicken kann. Sie kann den zweiten Steuermann Hinsson sehen, am Kolderstock, doch er schenkt ihr keine Aufmerksamkeit. Als sie weiter in den Norden kommen, richtet sie ihre Gedanken nach vorne, auf den Rand der Welt.

12

Baby Erik ist fast elf Monate alt, als Pastor Kurtsson einen zweiten Brief vom Lensmann erhält, in dem steht, dass Commissioner Cornet seine Reise in Schottland angetreten habe und sie in Vardø das zweite Bootshaus fertig machen sollen. Es soll die Heimstatt des Kommissars werden. Bei der nächsten Zusammenkunft geht Pastor Kurtsson zur Überraschung aller auf Kirsten zu und bittet sie um Hilfe.

»Er meinte, meine Anwesenheit würde beruhigend auf die anderen wirken«, sagt Kirsten zu Maren und *mamma*, als sie das Haus von Fru Olufsdatter verlassen. »Ich frage mich, was wohl in ihn gefahren ist?«

»Wahrscheinlich sucht er nach Verbündeten, bevor der Kommissar hierherkommt«, sagt Maren.

»Toril wird darüber nicht erfreut sein«, sagt Kirsten lächelnd.

»Toril kann kein Haus fertig machen. Unser Pastor auch nicht«, erwidert Maren. »Aber du kannst das, Kirsten. Toril weiß, dass ihr geliebter Pastor Kurtsson nicht für die gleiche Verlässlichkeit sorgt wie du.«

Kirsten tut das Kompliment mit einem Achselzucken ab. »Wir werden Hilfe von Männern aus Kiberg bekommen, aber der Kommissar bringt eine Ehefrau aus Bergen mit, und sie wird ein paar Annehmlichkeiten benötigen. Es gibt ein wenig Geld, und Lensmann Køning hat Holz geschickt. Ich soll so viel Tiere schlachten, dass es den Sommer über reicht, und ich dachte, vielleicht könntest du die Felle zusammennähen?«

Maren schaut erstaunt zu ihr auf.

»Toril ist die Beste für eine solche Aufgabe«, sagt *mamma*.

»Vielleicht«, sagt Kirsten. »Aber Toril wird wahrscheinlich neben hübschen Mustern tiefe Bitterkeit mit in die Felle einarbeiten, und ich würde das Geld lieber dir geben.«

Sie vereinbaren, dass Maren die Felle in der kommenden Woche abholen kommt und dass das Fleisch in dem Schuppen gesalzen und geräuchert wird, den Dag gebaut hat.

»Sehr gut«, sagt Kirsten. »Wir beide zusammen werden dieses Bootshaus so herrichten, dass es einem Kommissar genügt.«

Das zu hören versetzt ihr einen Schlag, auch wenn das Bootshaus niemals Maren gehört hat. Dags Mutter erwies ihnen eine Gefälligkeit, als sie Maren und den anderen erlaubte, ihre Toten dort aufzubahren. Maren hat keinen Anspruch darauf, und doch führt ihr Weg sie daran vorbei, sooft es geht, sie berührt die geschnitzten Runen im Türrahmen und auch die Schnitzereien von Herrn Bjørn darunter. In blauen Nächten, wenn sie nicht schlafen kann, weil Erik weint oder *mamma* weint oder Diinna vorwurfsvoll schweigt, läuft sie immer noch das ganze Haus an seinen Außenmauern ab. Jetzt ist es endgültig für sie verloren.

»Was ist mit dem Fischfang?«, fragt Maren.

Ein sorgenvoller Ausdruck huscht über Kirstens wettergegerbtes Gesicht. »Vorerst nicht mehr, denke ich. Nicht, solange die Lage sich nicht vollkommen beruhigt hat.«

Maren nickt und unterdrückt einen Seufzer der Enttäuschung. »Ich komme die Felle nächste Woche holen.«

Kirsten winkt ihnen zum Abschied, dann dreht sie sich um und geht nach Hause.

»Wir haben unseren Platz in der Welt vergessen«, bemerkt *mamma*, als sie in die andere Richtung gehen. »Diese Kirsten Sørensdatter sollte vorsichtig sein. Sie hält sich für unseren Lensmann, ich kann sehen, dass sie sich das anmaßt.«

»Das war sie, auf gewisse Weise«, sagt Maren, als sie am zweiten Bootsschuppen vorbeikommen. »Kirsten hat uns am Leben erhalten. Sie ist ein besserer Lensmann als der Mann, der bald in Vardøhus residieren wird.«

»Lensmann wovon? Einem Ort voller Frauen. Wir sind nicht mehr als ein Satz Spielkarten für diesen Mann. Er hat uns erlaubt, dass wir uns höher stellten, als wir es je gedacht hätten, aber er könnte jederzeit beschließen, alles wieder umzustoßen.«

So viele Worte hat *mamma* seit Wochen nicht gesagt. Ihr Kummer scheint nicht enden zu wollen, und manchmal möchte Maren sie schütteln, um sie aus ihrem ewigen Weinen zu reißen. Während der langen Winternächte, die nun glücklicherweise vorüber sind, als *mamma* sich an sie klammerte wie ein kleines Kind an seine Mutter, sehnte sich Maren danach, *mammas* Hand von sich wegzustoßen, sie aus dem Bett zu schmeißen. Ihre Enttäuschung wird durch ihren eigenen Schmerz verschärft, das weiß sie: den Schmerz, den *mamma* nicht zu begreifen scheint, nämlich dass Maren genauso viel verloren hat, und außerdem noch einen Beinahe-Ehemann und ihr eigenes Haus.

Maren ist dankbar, dass ihre Mutter ihre Stimme wiedergefunden hat, doch sie hält ihre Sorge für unangebracht. Niemand wird herausfinden, dass sie aufs Meer hinausgefahren sind, und wenn doch, kann man ihnen ihr Bestreben, sich selbst zu ernähren, nicht zum Vorwurf machen. Die erwartete Ankunft von Commissioner Cornet stellt einen Wendepunkt dar: Es werden Arbeit und Mühe in das Dorf gesteckt. Sie sind also doch nicht vergessen worden; ob das gut oder schlecht für sie ist, wird sich bald zeigen.

Diinna ist draußen vor dem Haus und fährt mit einem Glättstein über die hölzernen Stufen. Maren kann Baby Erik im Haus wimmern hören, und eine plötzliche Unruhe erfasst sie.

»Er weint«, sagt *mamma* und stürzt zum Haus.

»Er hatte einen Splitter«, sagt Diinna. »Ich habe ihn entfernt.«

»Aber es tut ihm immer noch weh«, sagt *mamma*. »Du solltest ihn trösten.«

»Ich glätte die Stufen, damit es nicht wieder passiert.« Diinna blickt nicht einmal zu ihnen auf. Sie ist tief über den Glättstein gebeugt, tief in ihre Arbeit versunken.

Mamma murmelt etwas, das Maren nicht versteht, und tritt absichtlich über Diinna hinweg, den Fuß sehr nah an ihrer Hand. Zwischen den beiden herrscht eine Anspannung wie bei einem nicht gut ausbalancierten Ruder in der Dolle: Sie sind kurz davor, das Gleichgewicht zu verlieren. Es bleibt Maren überlassen, eine Brücke zwischen ihnen zu schlagen, und sie ist nahe dran, mit beiden die Geduld zu verlieren.

Sie hat Mitleid mit Baby Erik, der den unausgesprochenen Schmerz anscheinend nicht lindern kann. Wenn Toril mit ihrem gut auf der Hüfte festgebundenen Kind umherläuft, sieht es so mühelos aus, als trüge sie einen Korb, wohingegen Erik auf Diinnas schmalem Körper wie eine Last wirkt oder eine Geschwulst. Diinna nennt ihn auch nicht Erik, worauf *mamma* bestanden hat, sondern Eret, wie der Name in der Sprache der Sámi heißt.

Diinnas Umgang mit ihrem Sohn hat etwas Unnatürliches an sich. Maren findet, dass Diinna ihn mit ihren zusammengekniffenen Augen mustert wie ein Wolf einen anderen Wolf: Er gehört zur Familie, aber sie ist wachsam. Es scheint, als nähme er etwas von ihr, das sie ihm nicht geben will, von ihrer Brust, von ihren Armen, mit seinen Händen, die an ihren Haaren ziehen. Sie schreit ihn nie an, aber sie beobachtet ihn genau. Es liegt keinerlei Grausamkeit in ihrem Blick, aber auch nur sehr wenig Wärme, ganz anders als in den stillen Nächten, wenn Maren durch die dünne Wand hören kann, wie Diinna ihm vorsingt, immer das gleiche Lied.

»Was ist das für ein Schlaflied?«, fragte Maren sie einmal.

»Das ist sein *joik.*« Diinna verengte die Augen zu Schlitzen. »Das ist kein Schlaflied. Das ist sein Lied, das Lied, das ich mir für ihn ausgedacht habe.«

»Hast du auch einen *joik*?«

»Jeder von uns hat das.«

»Ich auch?«

»Nein.« Sie fügte nichts mehr hinzu, und Maren suchte bei sich nach einer Entschuldigung für Diinnas brüske Antwort: *Ich bin schließlich keine Sámi, das ist alles.* Doch Diinnas konstante Ablehnung ihrer familiären Verbindung schmerzt sie: Maren hatte ihre Bindung für enger gehalten, geglaubt, dass sie auch ohne ihren Bruder fortbestehen würde. Sie hat sich in so vielen Dingen geirrt, dass sie jetzt das Gefühl hat, ihr Leben jeden Tag neu bewerten zu müssen. Manchmal schnallt Diinna ihren Sohn in einen Tragegurt aus Rentierfell und geht fort – Maren sieht ihr dann nach, wie sie die Straße nimmt, die zum Festland führt, oder manchmal sogar ein Boot zu der Mittelgebirgslandschaft, und wenn sie zurückkommt, riecht sie nach Heidekraut und klarer, kalter Luft, wie es sie nur dort gibt.

Maren liebt den Jungen mit einer Heftigkeit, die etwas Gewaltsames hat, obwohl sie sich sorgt, dass etwas nicht mit ihm stimmen könnte, dass sie ihn bei seiner Geburt verletzt haben. Er lächelt nicht, er schreit nicht, wirft nicht zornig mit Sachen umher. Wenn Diinna ihn bei *mamma* und Maren lässt, sitzt er meist still in einer Ecke des Hauses, wo *mamma* Decken und Felle ausgelegt hat, und beobachtet stumm die Umgebung.

Erik hätte seinen Sohn geliebt. Manchmal überlässt sich Maren dem tiefen Schmerz, was alles hätte sein können, wenn sie das Baby mit seiner Spucke zwischen seinen rosa Lippen Blasen machen sieht oder es seine Ärmchen nach ihr ausstreckt, weil es von ihr gehalten werden will.

»War der Splitter schlimm?«, fragt sie Diinna, während sie dabei zusieht, wie sie weiter die Stufe glättet. Erik hat bereits aufgehört zu weinen: Offensichtlich wollte er mehr Aufmerksamkeit erregen, als dass er Schmerzen hatte.

Diinna schüttelt den Kopf. »Ein Kratzer.«

»Wir waren bei Fru Olufsdatter«, sagt Maren.

»Ich weiß. Es ist Mittwoch.«

»Kirsten sagt, dass wir einen Kommissar bekommen, der in Vardø wohnen wird. Der Lensmann, der bald in Vardøhus residiert, hat ihn dazu beauftragt.«

Diinna fährt weiter mit dem Stein hin und her: Das Geräusch ist laut inmitten ihres Schweigens. Die Stufe gibt unter dem Druck nach.

»Er soll in dem zweiten Bootshaus wohnen. Er ist frisch verheiratet.«

Endlich lehnt sich Diinna zurück. Sie sitzt in der Hocke, was dank ihrer langen Röcke gerade eben noch anständig wirkt, dennoch wünscht Maren sich, ihr Verhalten würde Magda und Toril keinen Anlass zu tuscheln geben. Diinna spricht zu ihr mit der Offenheit, die sie schon als Kind besaß.

»Das Haus von dir und Dag?«

Maren erfüllt ein warmes Gefühl, dankbar denkt sie, dass Diinna vielleicht versteht, wie schwer das für sie ist. Diinna nickt noch mal energisch und steht auf.

»Das scheint vernünftig. Es ist ein guter Ort. Ein gutes Zuhause.«

Diinnas offene Haare fallen ihr ins Gesicht. Sie beugt sich vor, um der Stufe den letzten Schliff zu geben, und Maren blickt ihr entgeistert hinterher, als sie den Glättstein hochnimmt und sich zum Gehen wendet. Doch anstatt ins Haus, tritt sie durch ihre eigene Tür und überlässt es *mamma*, sich um das Baby zu kümmern.

Maren verspürt kein Bedürfnis, ins Haus zu gehen. Einen Moment lang hat sie geglaubt, Diinna würde sie fragen, wie sie sich fühle. Sie hat geglaubt, dass sie miteinander sprechen würden, wie sie es getan haben, als Erik und Diinna frisch verheiratet waren – wie Schwestern.

Lange Zeit steht sie auf der abgeschliffenen Stufe und überlässt sich dem stechenden Schmerz in ihrer Brust. Sie geht nicht ins Haus, erst als sie starr vor Kummer und Kälte ist und nichts mehr fühlen kann.

Wie versprochen, geht Maren acht Tage später zu Mads Peterssons Hof. Für sie ist es immer noch sein Haus, obwohl es beinahe eineinhalb Jahre her ist, dass Kirsten dort einzog. Maren weiß, dass es Zeit ist, die Felle zu holen, denn am Vorabend wehte ein heftiger Wind von Osten, und sie hörte die panische Angst der Rentiere, als Kirsten diejenigen auswählte, die geschlachtet werden sollten. Maren summte unmelodisch vor sich hin, um die Klagelaute zu übertönen, aber Diinna ging mit Erik hinaus und stellte sich auf die Stufe vor dem Haus, während die Schreie der Tiere wie Steine gegen die Fenster flogen.

Maren nimmt den schnellsten Weg, durch die Ortsmitte. Das wärmere Wetter lockt die Frauen nach draußen, sie sitzen auf Stühlen, in Tücher gewickelt, und verstummen, als sie an ihnen vorbeigeht. Dann schnieft Toril hörbar und sticht ihre Nadel für alle sichtbar in den Kissenbezug, den sie gerade ausbessert. Zweifellos ist die Neuigkeit, dass Kirsten Maren gebeten hat, sich um die Felle zu kümmern, zu Toril vorgedrungen. Maren macht sich ein Vergnügen daraus, die Frauen freudestrahlend anzulächeln.

Von Marens Haus aus gesehen liegt der Hof von Mads Petersson am gegenüberliegenden Ende des Dorfs, sein Land erstreckt sich über eine Mischung aus Saatfeldern und Buschland bis hin zum Meer. Maren entdeckt die auf dem Abhang grasenden Rentiere noch bevor sie das Haus sieht, ihr weißgraues Fell ist deutlich zu erkennen, jetzt wo der Boden grün wird und allmählich das Heidekraut sprießt. Auch der Geruch der Rentiere dringt zu ihr, muffig und streng, er folgt den gleichen Windströmungen wie die Schreie der geschlachteten Tiere am Vorabend.

Das Haus liegt ein Stück vom Dorf entfernt, die Eingangstür und die Fenster gehen aufs Meer hinaus. Maren weiß nicht, wie Kirsten das aushält: Als sie vor der Tür steht, um zu klopfen, befindet sich Hornøya mit seinen Hunderten von kreischenden Vögeln und seinem Felsvorsprung direkt in ihrem Rücken. Mads Petersson hatte wahrscheinlich den besten Blick von allen auf den Wal.

Als Kirsten öffnet, ist sie rot im Gesicht, und sie riecht nach Blut. Unter ihren Fingernägeln sind dunkelrote Halbmonde zu sehen, als sie Maren hereinwinkt.

»Bin fast fertig. Hab sechs geschlachtet, das müsste genug für das Bett und den Fußboden sein.«

Der Raum ist hell und vollgestopft mit Sachen, fast so groß wie das zweite Bootshaus. Wild hängt von der Decke: Kaninchen, denen das Fell abgezogen wurde, jetzt so blass wie nackte Babys. Eine Seitentür steht offen, und dahinter kann Maren die Herde über die Wiese laufen sehen und in nächster Nähe die dunkelrote und gelbliche Masse der gehäuteten Rentiere. Maren erinnert sich an die Füchse auf der Landzunge, aber sie sieht keine Anzeichen irgendwelcher Knochenfiguren, wie Fru Olufsdatter sie besitzt.

Sie sieht etwas anderes: Kirsten in Hose. Sie bleibt direkt hinter der Tür stehen und starrt auf Kirstens Kleidung.

»Was ist?« Kirsten blickt an sich hinunter. »Ach, komm schon, Maren. Du wirst nicht gleich in Ohnmacht fallen, oder?«

»Natürlich nicht«, antwortet Maren. Sie hat schließlich schon Sámi-Frauen in Hosen gesehen. Diinna trug ihre ganze Kindheit hindurch eine Hose. Doch etwas an Kirstens Art, wie sie breitbeinig dasteht wie ein Mann, lässt sie nervös werden.

»Die ist von Petersson«, sagt Kirsten und zieht Maren ins

Haus, damit sie die Tür schließen kann. »Ich glaube nicht, dass er etwas dagegen hätte.«

»Du solltest vorsichtig sein, Kirsten«, sagt Maren. »Was wäre, wenn jemand anderes als ich vor der Tür gestanden hätte? Was meinst du, würde passieren, wenn es Toril oder Pastor Kurtsson gewesen wären?«

»Die wären wahrscheinlich in Ohnmacht gefallen«, erwidert Kirsten unbeschwert. »Es ist nicht wichtig, Maren. Möchtest du Bier? Es gibt auch Käse. Hab ich im vergangenen Monat gemacht.«

Maren nickt zu beidem, trägt dann ihre Mahlzeit nach draußen, um Kirsten beim Abziehen der Haut zuzusehen. Immer noch klebt Fett in gelblichen Streifen an der weichen Unterseite des Fells, und Kirsten kratzt mit einem Seehundmesser darüber.

»Keine Zeit zum Gerben.« Kirsten schenkt ihrer Arbeit keinen Blick. Sie sieht aufs Meer hinaus, ihre kräftigen Gesichtszüge ähneln einem Falken. Sie ist in *mammas* Alter, aber ihre Haut ist wettergegerbt wie die eines Mannes. So sieht sie älter und gleichzeitig alterslos aus. Das Leben auf dem Hof scheint ihr gut zu bekommen, und das Bier, das Maren probiert, schmeckt gut: ohne den bitteren Nachgeschmack, den *pappas* Gebräu immer hatte.

Kirsten war schon oft Gegenstand des Dorfklatschs, daher weiß Maren, dass sie vier Kinder verloren hat, die sie allein zur Welt brachte, bevor sie vollends entwickelt waren. Aber Maren kann sie sich eh nicht als Mutter vorstellen. Sie ist auch nicht wirklich eine Freundin: Maren hat die gleichen Gefühle für sie, die sie einst für ihren früheren Geistlichen hatte, Pastor Gursson, der im selben Boot ertrank wie ihr Vater und ihr Bruder. Er besaß die gleiche ruhige Kraft, war ein ebenso fester Ruhepol. Er hatte auch die gleichen durchdringenden blauen Augen wie Kirsten, in die Maren nicht blicken kann, ohne zu erröten. Wenn Kirsten ein Mann wäre, denkt Maren, wäre sie mehr als die inoffizielle Führerin ihres Dorfs, bestimmt eher ein Geistlicher oder ein Gesetzeshüter, vielleicht sogar ein Kommissar.

»Pastor Kurtsson hat mir noch mehr Neuigkeiten erzählt«, sagt Kirsten. Maren zieht erstaunt die Augenbrauen hoch. »Ich weiß. Er hat mich nach der *kirke* abgepasst. Toril schwebte wie ein Falke über uns. Ich glaube, du hattest recht damit, dass er Verbündete sucht. Ich denke, er ahnt, dass es zum Streit mit diesem Commissioner Cornet kommen könnte.«

»Wirst du dich für ihn starkmachen?«

Kirsten schnaubt verächtlich. »Ich werde mich für mich selbst starkmachen. Und für dich. Aber ich habe das Gefühl, dass der Kommissar ein robusterer Mann sein wird als Kurtsson. Er ist Schotte, wie Lensmann Køning. Und seine Frau ist die Tochter eines Schiffseigners aus Bergen.«

Marens Augenbrauen ragen noch weiter in die Höhe, und Kirsten erlaubt sich ein heiseres Lachen, ahmt Marens Gesichtsausdruck nach, während sie mit einem lauten Ritschen den nächsten Fettstreifen vom Fell abzieht. »Ich weiß. Es gibt nicht viele Töchter von Schiffseignern in Finnmark, stimmt's? Meist bleiben sie in Tromsø oder wenigstens in Alta.«

»Ich frage mich, was der Lensmann einer Dame alles versprochen hat, dass sie ihr Stadtleben aufgibt.«

»Vielleicht ist ihr Ehemann sehr gut aussehend.« Kirsten blickt sie verstohlen an, und Maren sieht Blutspritzer auf ihrem Kinn. »Findest du es schade, dass er eine Frau mitbringt?«

Maren runzelt die Stirn. »Wieso das?«

»Er hätte sich doch hier eine Frau nehmen können.«

Maren fühlt, wie sie errötet, und streift mit den Händen über ihre Wangen, als könnte sie die Röte so leicht abwischen wie Blut. »Ich glaube nicht, dass er mich genommen hätte, selbst wenn er ohne Ehefrau gekommen wäre.«

»Dag Bjørnsson wollte dich heiraten«, sagt Kirsten, und ihre Stimme klingt sanfter.

»Ja.« Maren schluckt. »Ich nehme an, die meisten Männer würden eine Frau aus der Stadt vorziehen.«

»Du bist eine gute Frau, Maren. Gut genug für jeden Mann.«

Maren kann ihr nicht in die Augen blicken, spürt, wie sie immer röter im Gesicht wird. »Ist er ein Seemann, wie der Lensmann?«

»Ein frommer Mann.«

»Ein Geistlicher?« Maren saugt die Wangen ein. »Kein Wunder, dass Pastor Kurtsson sich Sorgen macht.«

Kirsten steckt die Klinge neben ihre Füße in den Boden und taucht ihre Hände in einen Eimer neben sich, dessen Wasser durch das Blut die Farbe von Rost bekommen hat. »Er gehört nicht zum geistlichen Stand, aber er verbreitet Gottes Botschaft.«

»Ein frommer Mann, der heiraten kann? Toril wird erfreut sein. Die Frau sollte sich gut vorsehen.«

Kirsten schnaubt und steht auf, um sich zu strecken, ihre Hände zeigen hoch in den Himmel. »Sie werden in wenigen Tagen hier sein. Die Anwesenheit des Lensmanns hingegen macht sich in Varanger und Alta bereits bemerkbar. Ebenso in Kirkenes. Dort hat es Verhaftungen gegeben.«

»Verhaftungen?«

»Hexerei«, sagt Kirsten. Ihre Stimme klingt bitter. »Sámi.«

Marens Herz pocht, als sie an Diinna denkt. »Weshalb?«

»Windzauber, Trommeln.«

Maren schluckt. »Windzauber sind für Seeleute.«

»Und Trommeln?« Kirsten sammelt die Felle ein, stapelt sie übereinander, sodass Fell auf Fell und Haut auf Haut liegt. »Mach dir keine Sorgen, ich werde ein Auge auf das Wetter haben.«

»Toril hat eine lose Zunge«, sagt Maren. »Vielleicht sollte ich sie bitten ...«

»Bitte sie lieber um gar nichts«, sagt Kirsten und hält ihr die Felle hin. »Mit so einer Frau kann man nicht vernünftig reden. Das geht wieder vorbei. Der Lensmann will nur seine Macht demonstrieren. Aber wir tun alle gut daran, auf uns selbst aufzupassen.«

»Du bist diejenige von uns, die lernen muss, auf sich selbst aufzupassen«, sagt Maren und blickt auf Kirstens Hose.

Kirsten antwortet nicht, und Maren streckt die Hand nach den Fellen aus, doch ihre Finger wischen das verschmierte Blut von Kirstens Kinn. Die Geste überrascht sie beide gleichermaßen, und Maren kann ihrer Freundin nicht in die Augen sehen, als Kirsten ihr die Felle gibt. Sie sind schwer und riechen streng nach rohem Fleisch und der süßlichen Luft des nahenden Sommers.

»Eine Schande, dass wir keine Zeit zum Gerben haben.« Ein paar Tropfen fallen neben ihre Füße auf den Boden. »Mehr als Abschaben konnte ich nicht tun.«

»Das reicht vollauf.« Kirsten führt sie ums Haus herum. Schimmerndes Meer umspült die hohen Felsen. Maren möchte sie fragen, ob ihr das Angst macht, ob sie nachts von dem Wal träumt. Doch als sie Kirsten ansieht, wie sie mit den Händen in den Hosentaschen dasteht, denkt Maren, dass sie bestimmt so tief schläft wie Baby Erik.

»Du solltest dich nicht so sehen lassen«, sagt sie. Kirsten lacht und steckt Maren eine Locke hinters Ohr, die sich im Wind gelöst hat.

»Und du solltest dir nicht so viele Sorgen machen.«

Maren spürt, dass Kirstens Blick auf ihr ruht, als sie, mit den Fellen beladen, nach Hause geht. Hellrote Flecken sprenkeln den Boden und hinterlassen eine Spur auf ihrem Weg wie Trittsteine.

13

Seit Ursa einen Platz für sich an Deck gefunden hat, kann sie die Situation unter Deck besser ertragen. Sie hätte niemals vermutet, dass sie draußen an der frischen Luft am glücklichsten sein würde: Sie war sich sicher, dass sie für das Leben im Salon erzogen wurde. Und obwohl das Heck des Schiffs nur ein größeres Gefängnis als ihre Kabine ist, weht dort doch freie, klare Luft hindurch, und es fällt ihr leichter sich vorzustellen, dass beliebig viele Dinge möglich sind.

Die Sonne steht allmählich immer höher am Himmel, und sie fühlt die Wärme auf ihrer Haut um die Augen, da, wo die Maske ihr Gesicht nicht bedeckt, so wie sie früher nachts Agnetes schweren Atem spürte. Sie fragt sich, ob Absalom das Meersalz auf ihrer Haut schmeckt, ob er den geröteten Streifen um ihre Handgelenke bemerkt, wo Mantelärmel und Handschuhe nicht nahtlos ineinander übergehen.

Die *Petrsbolli* bleibt nahe dem Festland, an klaren Tagen ist es in Sichtweite. Am Horizont weichen die glatten Ebenen rund um Trondheim wilden Bergformationen, die so steil wie Wellen am Meeresrand aufragen. Als sie in das Gebiet des nördlichen Polarkreises einfahren, verändert sich die Aussicht kaum. Bäume ducken sich an den engen Stellen der Fjorde, immer noch dick genug, dass Ursa Formen und Trollgesichter in ihnen ausmachen kann; die Berggipfel sind schneebedeckt. Sie sieht Inseln vorüberziehen, kühn hervorspringende Landspitzen.

Als das Schiff gen Osten dreht, sieht sie den ersten Eisberg, eine riesige weiße Wand, so hell, dass sie blau und grün schimmert, und so hoch wie ihr Haus in Bergen, die undurchdringlich wie Stein durchs Wasser gleitet. Kaptein Leifsson befiehlt, dass das Schiff den Eisberg in weitem Bogen umfahren soll. Er erzählt Ursa, dass sich die größte Gefahr unter Wasser verberge. Sie stellt sich vor, wie der Eisberg sie den ganzen Weg bis nach Vardø verfolgt.

Nachdem sie in mehreren kleinen Häfen angelegt haben, erreichen sie Tromsø. Ursa geht nicht an Land, aber von ihrem Platz an Deck aus beobachtet sie, wie sich das Schiff bei tosendem Wind und schäumender Gischt dem Hafen nähert. Geduckte Häuser auf einer felsigen Insel, die ebenso gegen das Wasser zu schlagen scheint wie die Wellen gegen ihr Ufer, grau auf grau. Sie bleiben lange genug dort, dass ihr Ehemann in der niedrigen Kirche beten und frischer Proviant für den letzten Teil der Strecke nach Vardø an Bord gebracht werden kann.

Im letzten Moment sieht sie Casper über die Gangway laufen, bevor sie hochgezogen wird. Er steht leicht gebeugt da, ein Bündel in den Händen und immer noch keine Schuhe an den nackten Füßen. Ursa setzt ihre Maske ab, lehnt sich über die Reling und ruft laut seinen Namen, doch er hat sich schon umgedreht und ist fort. Ein panikartiges Gefühl ergreift sie, wie eine glühende Scherbe in ihren Rippen. Sie geht zu dem zweiten Steuermann, pikst ihn wie ein junges Ding in die Schulter.

»Herr Hinsson, Casper ist zurückgeblieben.«

Der zweite Steuermann dreht sich um und sieht sie verständnislos an. »Mistress Cornet?«

»Casper. Der Junge, der immer die Taue entwirrt hat.«

»Entschuldigen Sie, Mistress Cornet. Ich bin nicht sicher, welchen Jungen Sie meinen.«

Sie deutet auf den Platz, wo er gewöhnlich saß. »Dort, er saß immer dort drüben.«

»Wir lassen die Jungen kommen und gehen, je nachdem wo es Arbeit für sie gibt. Nach dem Halt hier fahren wir nach Spitsbergen, und einige von ihnen sind nicht für die Walfanggründe gemacht.«

»Ich wusste nicht, dass dies ein Walfangschiff ist.«

Hinsson tritt von einem Fuß auf den anderen. »Wir machen alles, was Gewinn bringt. Bergen wird von Kabeljau überschwemmt, und Ihr Vater möchte noch etwas anderes im Angebot haben.«

Etwas an seinem Tonfall gefällt ihr nicht, aber sie lässt seine Worte unkommentiert. »Er wollte nicht auf Walfang gehen?«

»Oder er war dafür nicht geeignet. Nicht kräftig genug oder etwas in der Art.« Er blickt wieder zum Deck, und ihr wird bewusst, dass die Besatzung bereit ist und darauf wartet, dass er seinen Platz am Kolderstock einnimmt.

»Aber ich wusste nicht …« Sie schluckt die Worte hinunter. Den zweiten Steuermann Hinsson wird es nicht kümmern. Sie ist sich nicht sicher, warum es sie so sehr kümmert. Doch der Anblick von Caspers verwirrtem Gesicht, seinen nackten schmutzigen Füßen, die sich auf dem Hafenboden krümmen – er wirkte so erbärmlich. Der zweite Steuermann dreht sich von ihr weg, ihre Unterhaltung ist beendet, und sie schaut wieder zum Hafen. Es ist, als wäre der Junge niemals dort gewesen.

Auch wenn sie es nicht erklären könnte, bekümmert es sie, dass er sich nicht verabschiedet hat, obwohl sie sich seit ihrem gemeinsamen Tag in Trondheim nicht mehr unterhalten hatten. Sie hatte gedacht, mit einer tröstlichen Unbestimmtheit, dass er bei ihnen in Vardø bleiben und im Haus helfen könnte, und sie hatte Absalom danach fragen oder ihn zumindest auf die Idee bringen wollen. Der Gedanke war unvollendet geblieben.

Sie laufen jetzt aus dem Hafen aus. Sie kann das Schaukeln des Schiffs spüren, die Männer sind wieder an ihren angestammten Posten, die Köpfe blicken bereits aufs Meer hinaus. Bald werden sie in Vardø ankommen, und dann wird sie zurückgelassen werden.

Ein paar Tage, bevor sie den Hafen von Vardø erreichen sollen, spürt Ursa einen Schmerz in ihrem Bauch.

Er breitet sich über ihren Rücken bis in ihren Kopf aus, drückt seine stumpfen Enden in ihre Schläfen und dann die Rückseite ihrer Oberschenkel hinunter. Ein Krampf erfasst ihren Körper, und kalter Schweiß bricht auf ihrer Oberlippe und unter den Armen aus. Sie sieht sich nach Kaptein Leifsson um, wünscht sich, Casper wäre noch an Bord. Sie überlegt, ob sie den zweiten Steuermann Hinsson zu sich rufen soll, doch etwas in ihrem Inneren hält ihre Stimme zurück: ein tierischer Instinkt, der ihr sagt, sie solle niemandem von ihren Schmerzen erzählen.

Vorsichtig gleitet sie von den Seilen herunter, ein krampfartiger Schmerz durchzuckt ihren Rücken, so urplötzlich, dass sie sich auf die Lippe beißt. Wurde sie vergiftet? Sie richtet sich gerade auf, ihr Atem geht schnell, durch den Mund, stockt erst, als der Schmerz sich wieder aufbaut und plötzlich wie eine weißglühende Welle gegen ihren Unterleib schlägt.

Dieses Mal hütet sie sich davor, sich zu bewegen, bevor der Schmerz nicht abgeklungen ist. Sobald sie in der Lage ist, beginnt sie, langsam das Deck entlangzugehen. Ihre Zähne beißen fest auf den Knopf ihrer Maske, und niemand sieht, dass sie schwitzt, dass ihre Augen brennen und sich mit Tränen füllen.

Die Leiter ins untere Deck könnte auch ein Berg sein. Leise zählt sie von zehn bis eins runter, immer wieder, bis sie die Holzdielen unter ihren Füßen spürt. Sie schließt die Augen und stolpert den Gang entlang, vollends konzentriert darauf, während jeder Schmerzwelle ruhig zu atmen.

Inzwischen ist der Schmerz weniger verwirrend: Sie kann ihn bis zu seinem Ursprung verfolgen, kann seine Spur durch ihren Körper nachzeichnen. Er ist ein wenig wie ihre monatlichen Schmerzen, nur zehn Mal so stark. Sein Beginn ist der Ort, den ihr Ehemann in ihrem Inneren geschaffen hat, erst sendet er Schockwellen, die zunächst durch den unteren Rücken und die Beine hinunterwogen und irgendwann in ihrem Kopf anlangen. Sie hat das Gefühl, als würden ihre Eingeweide versuchen, nach draußen zu dringen, und sie fragt sich, ob ihr Ehemann etwas Lebenswichtiges zerrissen hat oder ob die kulinarischen Experimente des Schiffskochs sie letztlich umgebracht haben.

Sie fummelt am Schloss ihrer Kabine herum, ihre schweißnassen Finger rutschig und starr vor Kälte, endlich verriegelt sie die Tür hinter sich und kriecht zum Nachttopf. Er ist an diesem Tag noch nicht geleert worden, und eine gelbe Pfütze schwimmt auf seinem Boden. Der Schmerz verblasst und ebbt ab, wie Wasser, das sich beruhigt.

Schließlich blinzelt sie, und ihre Augen sind wieder klar. Sie ist zwischen Bett und Wand gequetscht, die Knie gegen den Holzrahmen gepresst, die Wirbelsäule flach an die dünne

Trennwand gedrückt. Sie fragt sich, ob sie Lärm gemacht hat: Sie kann sich nicht erinnern. Ihre Röcke fallen um den Nachttopf herum, und sie sieht nicht hin, als sie sich sorgfältig abwischt.

Sie wirft den Lappen über den Nachttopf, er fällt ein Stück hinein und ist blutdurchtränkt. Sie hält den Atem an, hebt den Lappen hoch und sieht hin. Unter dem Lappen liegt ein weicher Klecks. Sie hat genug von den Beschwerlichkeiten ihrer Mutter mitbekommen, um zu wissen, was das ist.

Sie sollte es wieder zudecken, die Tür entriegeln. Der Schlafsaal wird nahezu leer sein: Sie könnte zum Bullauge gehen und den Nachttopf leeren. Der Inhalt würde kaum Spuren im Wasser hinterlassen.

Doch sie kann ihn nicht tragen, kann den Topf nicht einmal berühren. Sie stellt ihn in die dunkle Ecke der Kabine, neben ihre Kirschholzkiste, dann legt sie sich vollkommen angezogen in die Koje, der Schlaf kommt zu ihr wie kabbelige Wellen.

Als sie aufwacht, hört sie Schnarchen durch die dünne Trennwand, und ihr Ehemann schläft schon an ihrer Seite. Panisch setzt sie sich auf und, sorgsam bedacht, ihn nicht aufzuwecken, rutscht neben die Kiste. Der Nachttopf ist leer. Ihr Herz rast, sodass es wehtut. Absalom muss ihn fortgebracht haben, und er hat sie schlafen lassen.

Eine wunde Rauheit breitet sich über ihrem Brustbein aus, und sie presst ihre Hand darauf. Sie schlüpft wieder ins Bett, rückt ein wenig näher zu seiner schlummernden Wärme hin. Er dreht sich um und lässt seinen Arm unter ihren Körper gleiten, dann zieht er sie nah an sich heran wie ein eingeholtes Segel.

Ankunft

14

Sie erreichen den Hafen, kurz bevor es zu regnen beginnt. *Mamma* hat Maren aus dem Haus geholt, um sich die Ankunft des Schiffs anzuschauen. Zusammen mit Baby Erik und Diinna gehen sie zum Hafenrand und bleiben neben Magdas Haus stehen, während das Schiff in ihre Richtung fährt. Im Hintergrund bildet sich eine große Wolkenwand, und dichte Graupelschauer verschlucken bereits den Horizont.

Magdas Sohn stampft mit den kleinen Füßen auf und klatscht in die Hände, dazu ruft er: »Der gibt's den Walfängern, der gibt's ihnen richtig!«, ohne darüber nachzudenken, dass das Wetter innerhalb der nächsten Stunde genauso gut auch sie in Mitleidenschaft ziehen wird.

»Die kommen da nicht rein«, sagt *mamma*, und es stimmt, dass das Schiff selbst aus dieser Entfernung unverhältnismäßig groß ist und die Hafeneinfahrt zu schrumpfen scheint, je näher es kommt.

Maren macht sich nicht die Mühe einer Antwort, sie beobachtet die über den Himmel jagenden Wolken. Das letzte Mal, als sie alle hier standen und aufs Meer hinausblickten, hatten diese geballten Wolken vierzig Männer vollkommen eingeschlossen. Sie beißt die Zähne zusammen.

Der Wind wird stärker, und das Schiff wirft den Anker vor der schmalen Öffnung des Hafens aus. Pastor Kurtsson verlässt mit großen Schritten die Kirche, eine dunkle Mütze auf dem Kopf. Er sieht aus wie eine Puppe, wie eine von Fru Olufsdatters Figuren, und Maren stellt sich vor, wie der Wind seine Kleider aufbläht und ihn zum Meer trägt. Er hat sich zu früh dem Unwetter ausgesetzt und steht jetzt unbeholfen auf der Hafenseite. Lange Zeit bewegt sich das Schiff überhaupt nicht. *Mamma* beginnt zu zittern.

»Du solltest reingehen«, sagt Maren, macht aber keine Anstalten, sie nach Hause zu begleiten.

Sie schämt sich dafür, aber sie bringt es kaum über sich, ihre Mutter zu berühren. *Mamma* trägt ihr Leid so offensichtlich zur Schau, dass es beinahe unanständig wirkt. Maren befürchtet, dass dieses Leid bei einer Berührung in ihre Haut sickern könnte. Sie möchte fort aus diesem Haus sein oder es für sich allein haben. Wenn es Baby Erik nicht gäbe, hätte sie das vielleicht bereits getan und wäre bei Kirsten eingezogen. Sie hat es wie beißenden Hohn empfunden, dass das zweite Bootshaus für Commissioner Cornet und seine Frau hergerichtet wurde.

Endlich herrscht Bewegung an Deck. Maren kann dunkle Gestalten vor dem grauen Himmel erkennen, und dann, unpassend wie die Sonne im Winter, birst helles Gelb aus den unteren Decks hervor. Eine Farbe, die Maren noch nie zuvor gesehen hat, und, beinahe begierig, heftet sie ihre Augen darauf.

Fünf Gestalten, darunter die in Gelb, werden langsam in einem Ruderboot hinabgelassen. Weiße Gischt spritzt auf, als das Boot auf die Wellen trifft. Die gelbe Gestalt macht eine ruckartige Bewegung, als ob sie gleich hinfallen würde.

»Das war knapp«, sagt Diinna. Erik döst über ihrer Schulter, mit einer Hand klopft sie in unregelmäßigen Abständen auf seinen Rücken.

Am Hafen stampft Pastor Kurtsson mit den Füßen und bläst in seine Hände. Er erzählt ihnen immer, dass die Liebe Gottes die einzige Wärme sei, die man benötige, um der Kälte zu trotzen, und Maren verspürt einen Hauch von Zufriedenheit, als sie ihn dort bibbern sieht. Auf dem Kai kommt Kirsten zu ihm und reicht ihm einen Mantel. Maren sieht den Widerwillen in seiner Körperhaltung, als er den Mantel entgegennimmt und anzieht.

In dem Boot haben zwei Gestalten Riemen in die Hand genommen und rudern jetzt in Richtung Land. Die gelbe Gestalt sitzt im Heck, der Wind bläst ihnen allen die Haare ins Gesicht, und jetzt, da das Boot näher kommt, sieht man, dass es die neue Frau aus Bergen ist. Ihre Kleidung ist geradezu absurd, besonders bei so scheußlichem Wetter.

Die Gestalt neben ihr, die ihr Halt gibt, muss ihr Ehemann sein: der Kommissar. Er ist stämmig und steht aufrecht, ihr leicht zugewandt. Zwischen den Ruderern sitzt ein weiterer Mann mit dem breiten Rücken zum Land. Als das Boot den Kai entlanggleitet und Pastor Kurtsson eine Hand zum Gruß erhebt, dreht er sich um, ohne die Geste zu erwidern.

Die Riemen gehen wie Flaggenmasten in die Höhe. Kirsten fängt das Seil auf und macht es an der Verankerung fest.

Mamma saugt ihre Wangen ein. »Sie sollte sich in Acht nehmen.«

Ausnahmsweise stimmt Maren ihr zu. Ihnen allen, auch Kirsten, ist bewusst, dass die Dinge sich ändern werden, da der Kommissar von Vardøhus ein Auge auf sie haben wird. Die Hierarchien müssen beachtet werden, und zwar diejenigen, an die die Welt gewöhnt ist, nicht die Hierarchien, die man in Vardø kennt. Als ihr der Gedanke kommt, Kirsten könnte den Passagieren beim Aussteigen behilflich sein wollen, beschleunigt ein Anflug von Panik Marens Herzschlag, doch Kirsten tritt zurück und lässt Pastor Kurtsson, aufgeplustert in seinem geliehenen Mantel, den Vortritt.

Der breitschultrige Mann verlässt mit schweren Schritten das Boot, das anschließend heftig zu schaukeln beginnt. Die Frau umklammert mit beiden Händen die Bootsränder. Maren steht noch zu weit weg, um das Gesicht des Mannes genau erkennen zu können, aber es sind ebenmäßige Züge, die untere Hälfte bedeckt ein dunkler Bart. Der Begleiter der Frau tritt flink aus dem Boot und schüttelt Pastor Kurtssons Hand, bevor er sich umdreht und ihr beim Aussteigen hilft. Sie schüttelt den Kopf, sagt etwas.

»Sie will schon wieder weg«, bemerkt Diinna trocken. »Es ist eine lange Fahrt zurück nach Bergen.«

Pastor Kurtsson macht Kirsten ein Zeichen, und sie neigt den Kopf vor, um zu hören, was er sagt. Dann schaut sie plötzlich zu den Häusern hinauf. Ihre Augen heften sich auf Maren, und obgleich Toril näher steht, beginnt sie auf sie zuzugehen.

»Was hast du getan?«, fragt *mamma*, doch Maren macht zwei Schritte auf Kirsten zu.

»Mantel«, sagt Kirsten, der Wind trägt ihre Stimme fort. Es ist unsinnig, dass Maren einen Mantel holen soll, da ihr Haus von allem am weitesten vom Hafen entfernt liegt, doch Kirsten blickt sie so durchdringend an, dass Maren sich einen Weg durch die Ansammlung von Frauen bahnt und zu ihrem Haus läuft, den Wind im Rücken. Sie nimmt ihren Wintermantel vom Haken, der mit dem Fell auf dem Festland gefangener Kaninchen gesäumt ist, trägt ihn nach draußen und schlägt die Tür hinter sich zu. Sie läuft gegen den Wind zurück, und als sie wieder auf ihren Platz schlüpft, fährt *mamma* zusammen.

Kirsten steht ein Stück entfernt, *mamma* beobachtet sie mit unverhohlener Abneigung. Maren legt sich den Mantel über den Arm und entfernt sich von der Gruppe Frauen. Ihre engen Röcke schwingen um ihre Knöchel.

»Was ist los?«, fragt sie, als sie bei Kirsten ankommt, die sich umdreht und wieder zum Hafen läuft.

»Die Frau macht sich Sorgen, dass ihre Röcke hochfliegen.« Ein Lächeln liegt in ihrer Stimme. »Und ich kann es ihr nicht verübeln.«

Die Frau in dem Boot blickt plötzlich zu ihnen auf, und obwohl das im Grunde unmöglich ist, hat Maren das Gefühl, sie habe sie gehört. Maren sieht ein rundliches Gesicht mit großen hellbraunen Augen und hellblondem Haar, das ihr ins Gesicht weht. Sie sieht einerseits zart aus, als würde sie an den Rändern verblassen und zu Gischt werden und andererseits viel zu groß, grell und aufdringlich in ihrem gelben Kleid.

»Ein Mantel, Fru Cornet«, sagt Pastor Kurtsson, nimmt ihn Maren weg und hält ihn der Frau mit ausgestreckten Armen hin. »Nicht so fein, wie Sie es gewöhnt sind …«

»Aber er ist sauber«, sagt Kirsten, und Marens Wangen brennen, als sich der breitschultrige Mann umdreht und sie beide ansieht. Aus nächster Nähe wirkt er abschreckend, sein Teint so dunkel wie der seiner Frau blass ist, mit großer Selbstverständlichkeit steht er da, genau wie Kirsten es tut. Sie hat das Gefühl, in sich zusammenzusinken, und macht die Schultern rund, um sich vor seinem prüfenden Blick zu schützen.

»Meine Ehefrau«, er spricht Norwegisch mit starkem

Akzent, »ist Kälte nicht gewöhnt. Und sie soll mit Mistress Cornet angesprochen werden.«

Das ist ihr Ehemann? Warum hat er nicht neben ihr gesessen und ihr seine Hand angeboten? Die Lippen der Frau zittern, ein wenig so, als wollte sie etwas zu ihrem Ehemann sagen, doch stattdessen sieht sie an Pastor Kurtsson vorbei direkt zu Maren.

»Vielen Dank.« Ihre Stimme ist fest, und plötzlich wirkt ihr weicher Kiefer angespannt, ein Muskel tritt an der Wange hervor.

Sie nimmt den Mantel entgegen, und der Mann, den Maren für ihren Ehemann gehalten hat, der aber, wie sie jetzt sieht, ihr Vater sein könnte, winkt Kirsten und Maren vorwärts. »Hierher, bitte.«

Sie stehen vor dem schaukelnden Boot, und der Mann macht den Ruderern Zeichen. Sie gehorchen sogleich, und Maren begreift, dass er ein wichtiges Glied in der Befehlskette sein muss, vielleicht sogar der Kapitän. Die Männer senken den Blick, ihre Schultern beben noch von der Anstrengung. Auf dem Rückweg werden sie Gegenwind haben.

»Geben Sie ihr den Mantel«, sagt der Kapitän zu dem Geistlichen, und Maren nimmt den Mantel von Pastor Kurtssons ausgestreckten Armen zurück. Die Wangen der Frau sind gerötet, als sie den Arm des Kapitäns ergreift, um in dem schaukelnden Boot das Gleichgewicht zu behalten und dann, mit der anderen Hand fest ihre gebündelten Röcke umfassend, schnell aufsteht. Kirsten schnellt vor, um die Sicht auf die Frau zu verdecken, deren Röcke im Wind wirbeln. Ihre weißen Finger umklammern den dargebotenen Arm, und ihre Lippen sind zu schmalen Strichen zusammengepresst.

Sie ist peinlich berührt, und auch Maren ist es unangenehm. Sie hat noch nie so viel Kleidung gesehen, müht sich damit ab, ihre zitternden Glieder in die Mantelärmel zu stecken, die durch das Kaninchenfellfutter ganz steif sind.

Die Frau ist kleiner, aber rundlicher als Maren, und der Mantel sitzt eng an ihrem Körper, die Arme stehen ab, und am Rücken spannt das Fell. Der benommene Ausdruck in ihren hellen Augen lässt sie wie ein Mädchen aussehen, obwohl sie den Körper einer Frau hat und ein Kleid trägt, das ihre Figur betont. Doch sobald ihr Maren bei den Mantelknöpfen geholfen hat, bedeckt das Kleid ihre Knie, und sie kann endlich das Boot verlassen.

»Vielen Dank«, wiederholt sie, und ihr heißer Atem berührt Marens Wange. Er hat etwas Süßliches an sich, das Maren so unerwartet trifft, dass ihr Mund zu kribbeln beginnt.

Maren nickt und hält ihre eigenen Lippen fest verschlossen. Selbst an Bord eines Schiffs hat diese Frau mehr auf sich geachtet als irgendeine der Frauen von Vardø, und bei dem Gedanken daran, welchen Anblick sie bietet, wird Maren rot. Eben noch hat ihr diese Frau leidgetan, und jetzt tut sie sich selbst leid in ihren schäbigen Röcken und *pappas* Mantel, der nach den Monaten der Meeresfahrten nicht angenehm riecht.

Der Ehemann der Frau hat die ganze Szene leidenschaftslos mit angesehen. Als seine Frau endlich mit beiden Beinen auf dem Kai steht, wendet er sich an Pastor Kurtsson. Seine Augen aber blicken nicht zu ihm: Sie schweifen über die Häuser, die sich um den Hafen gruppieren.

»Sie der Geistliche?« Maren ist sich nicht ganz sicher, ob er allein wegen seines sprachlichen Unvermögens so kurz angebunden ist.

»Ja, das bin ich, Commissioner Cornet. Willkommen in unserem …«

»Vielen Dank, Kaptein Leifsson, für die sichere Überfahrt.«

Er reicht dem kleineren Mann, der immer noch seine Frau am Arm hat, seine Hand.

»Nichts zu danken, Mr. Cornet. Es war mir ein Vergnügen.«

Commissioner Cornet nickt kurz und wendet sich wieder Pastor Kurtsson zu. »Das die *kirke*?«

»Das ist sie. Erlauben Sie mir …«

Doch der Mann lässt ihn nicht ausreden, dreht sich noch vorher auf dem Absatz um und geht in Richtung Kirche, der lange dunkle Mantel flattert hinter ihm her wie ein Krähenschwarm. Einen Moment lang schwankt Pastor Kurtsson, und Maren könnte schwören, dass er tatsächlich von einem Bein aufs andere tänzelt, wie ein Kind. Obwohl er keiner von ihnen ist, nicht im eigentlichen Sinne, spürt sie wieder Verlegenheit, und es gibt ihr einen Stich.

»Sie können schon gehen«, sagt Kirsten zu dem Geistlichen. »Wir bringen Mistress Cornet zu ihrem Haus.«

Pastor Kurtsson streckt sich und versucht, wieder die Kontrolle über die Situation zu erlangen. »Gut. Ich werde Commissioner Cornet die *kirke* zeigen, und ihr könnt euch um das Gepäck kümmern.«

Er geht dem Kommissar nach, und Maren vermutet, dass ihm nicht vollkommen bewusst ist, was er gerade gesagt hat. Kirsten schüttelt leicht den Kopf und blickt zu dem Kapitän.

»Ist das alles, Kaptein?«

Im Bug des Bootes lagern drei Reisetruhen, ein kleineres Paket und eine hübsche Kiste aus rötlichem Holz. Sie hat feine Schnitzereien und ein Messingschloss. Als die beiden

Ruderer beginnen auszuladen, läuft die Frau herbei. Sie hat eine Hand an den Mantel gepresst, ihre Stirn liegt in Falten, die Augen sind fest auf die Truhe geheftet.

Der Kapitän persönlich hebt die Kiste vorsichtig aus dem Boot, und die Männer tragen zu zweit die drei Truhen. Kirsten nimmt das kleine Paket, und Maren ist unsicher, ob sie ihnen folgen soll. Niemand gibt ihr ein Zeichen, und wie Pastor Kurtsson schwankt sie einen Moment zu lange. Die fünf verschwinden zwischen Torils und Magdas Häusern, Frauen und Kinder drehen sich um und sehen ihnen nach, die gerafften gelben Röcke flattern außer Sichtweite, als sie sich in Richtung des zweiten Bootshauses bewegen.

Die Frau des Kommissars blickt nicht zurück, und Maren ist sich nicht sicher, warum sie sich das wünscht. Sie fühlt eine Panik in ihrer Brust, fern und losgelöst von allem, und sie hofft, dass Kirsten freundlich sein wird.

Sie verlässt den Kai, ihre Füße knirschen über den harten, kalten Boden. *Mamma* ist verschwunden, aber Diinna steht noch hinter Magdas Haus, Erik über der Schulter, während ihre Hand diesen sinnlosen Rhythmus auf seinen Rücken klopft. Sie gehen zusammen nach Hause, und Diinna sagt kein Wort, bis sie dort angekommen sind.

»Das wird uns nichts Gutes bringen«, sagt sie schließlich, den Blick über Marens Kopf hinweg in Richtung des im Hafen schaukelnden Boots gerichtet. Sie neigt den Kopf, als ob sie lauschte, dann dreht sie sich um und verschwindet um das Haus herum. Maren hört die Tür zuschlagen, als Diinna ihren eigenen Raum betritt.

Einen Moment später öffnen sich über ihrem Kopf die Wolken, die dem Schiff gefolgt sind, und es beginnt zu regnen.

15

Maren hätte einen Vorwand, zum Bootshaus zu gehen, die Rentierfelle liegen fertig zusammengenäht neben der Tür, dennoch verbringt sie die drei Tage bis Sabbat damit, wie ein gefangenes Raubtier im Haus auf und ab zu laufen. Der heftige Regen verwandelt den weicher werdenden Grund in Schlamm, und sie möchte bei ihrem ersten Besuch nicht vollkommen durchnässt dort ankommen.

Alles ist grau und verschwommen in diesem Wetter, und die Frau des Kommissars hat eine Unruhe in ihr ausgelöst, deren Grund sie nicht benennen kann. Sie hat das Gefühl, dass sie sie kennen müsste. Das gelbe Kleid geistert durch Marens Tagträume: Wie besessen ruft sie es sich immer wieder in Erinnerung. Wie weich sich der gewebte Stoff auf ihren Handgelenken anfühlte, als sie den Mantel schloss, die leuchtende Farbe, die üppigen, locker fallenden Falten, genug Material, um drei Menschen darin einzuhüllen. Der süßliche Atem der Frau, ihre hellen, feinen Fingernägel.

Marens eigene Kleider sind steif und kratzig, ihr eigener Gestank ist so durchdringend, dass sie sich fragt, wie man es in ihrer Nähe überhaupt aushält. Sie wäscht sich in dem von der Hausarbeit gräulichen Wasser, versucht, ihre Haare ordentlich zusammenzubinden. Die Stelle, wo sich in der Nacht des

Sturms die Nadel in ihre Hand bohrte, ist vollkommen verblichen, doch sie zupft an dem dünnen Gewebe zwischen Zeigefinger und Daumen, bis es wieder wund ist und die Haut an ihren Händen schrumpelt. Ihre Fingernägel sind spröde und gräulich, ihr Mund pelzig, obwohl sie ihre Zähne mit einem Birkenzweig putzt, bis ihr Zahnfleisch schmerzt und sie kupferrotes Blut in den Schlamm spuckt. Sie fragt sich, ob sie jemals sauber sein wird, ob sie jemals sauber war. Sie gewöhnt sich an, auch Baby Erik öfter zu waschen, doch selbst er hat einen faulen Atem wegen Diinnas Muttermilch, und seine Hände sind vom Krabbeln schmutzig. Vielleicht sind sie dazu geboren.

Die Regenwolken werfen ein seltsames Licht auf ihr Haus; das strahlende Weiß des Schnees ist fort, drinnen ist es trist und dunkel. Früher freute sich Maren auf diese rastlose Zeit, wenn das gesamte Dorf sich nach dem Winter streckte und alles unter der niemals untergehenden Sonne bereit gemacht wurde, bevor sie wieder ihren langsamen Tanz aufeinander zu beginnen und die Kälte den einen wieder in die Tasche des anderen zwingt. Jetzt ist es nur eine Erinnerung daran, wie unterschiedlich ihre Leben geworden sind und eine Ahnung, wie sehr sie sich nochmals durch die Ankunft des Kommissars verändern werden. *Gerade als wir wieder Boden unter den Füßen hatten*, denkt Maren.

Als *pappa* und Erik noch lebten, fuhren sie tagelang mit dem Boot hinaus, und in dieser Zeit räumten Maren und *mamma* sämtliche Pelze und Decken aus dem Haus, klopften sie aus und streuten frische Binsen auf den Boden. Im letzten Sommer war Maren aufs Meer hinausgefahren, und das Haus war verschlossen und still geblieben, die Pelze hatten Staub gefangen, bis Maren sicher war, dass auch sie selbst Unmengen davon einatmete. Bald werden sie über das Meer zum

Mittelgebirge fahren, und Händler aus Kiberg und Varanger werden zu ihnen kommen. Doch der Regen hält sie gefangen, und obwohl *mamma* froh ist, wie er den Boden bereitet, Moos und Flechten wachsen lässt, langweilt sich Maren. Sie trennt den Saum der Rentierfelle auf und näht ihn wieder mit größerer Sorgfalt als zuvor zusammen, verbrennt die letzte getrocknete Heide und legt die Felle über den Rauch, um den Moschusgeruch zu vertreiben.

Die Morgendämmerung des Sabbat ist trocken und so hell, dass es beinahe schmerzt. Maren geht vor *mamma*, sie läuft dicht an dem zweiten Bootshaus vorbei, verlangsamt ihre Schritte in dem Versuch, den Kommissar und seine Frau im Inneren auszumachen. Das Haus ist still, das flache Sonnenlicht fällt auf die hohen Fenster, sodass sie nicht hindurchsehen kann. Sie läuft schneller, trotz des schlammigen Untergrunds.

Eine Gruppe Frauen hat sich schon vor dem Eingang der Kirche versammelt: Maren kann sehen, dass Kirsten in ihrer Mitte steht, sie ist einen Kopf größer als die anderen. Sie klatschen, das weiß sie, denn als sie sich nähert, werfen die Frauen einen prüfenden Blick über die Schulter, wer da kommt, bevor sie wieder die Köpfe zusammenstecken. Es ist kein warmer Tag, und sie müssen mit den Füßen scharren, damit der Schlamm nicht an den Schuhen klebt, doch keine von ihnen möchte die Ankunft von Commissioner Cornet und seiner Ehefrau verpassen.

»Und was hältst du von ihr?«, fragt Toril in dem Moment, als Maren zu der Gruppe tritt. »Was hat sie zu dir gesagt?«

»Nur ›Danke‹«, erwidert Maren. »Nicht genug, dass ich wüsste, was für ein Mensch sie ist.« Sie blickt zu Kirsten. »Was ist passiert, nachdem du sie zum Haus gebracht hast?«

Kirsten zuckt die Achseln. »Ich habe ihnen nur die Vorräte gezeigt und Feuer gemacht, länger bin ich nicht geblieben. Sie hat kein Wort gesagt. Der Kapitän war aber freundlich.«

»Und ihr Ehemann?«

»War noch nicht von der Kirche zurück, als ich ging.«

»Pastor Kurtsson hat gesagt, er habe stundenlang gebetet, bevor er nach Vardøhus gefahren ist«, sagt Toril mit übertriebener Bewunderung in der Stimme. »Er wird ein großer Gewinn für uns sein.«

Maren hat Mitleid mit seiner Frau, die allein in ihrem neuen Haus zurückbleibt, während ihr Ehemann betet.

»Hast du ihr die Felle gebracht?«, fragt Kirsten. Maren schüttelt den Kopf. »Ich habe ihr gesagt, dass sie mit dir rechnen soll.«

Maren fasst sich an die wunde Stelle zwischen Zeigefinger und Daumen und will gerade etwas über den Regen oder den Schlamm oder das erneute Nähen sagen, als plötzlich Schweigen eintritt. Eine breite Gestalt kommt in Sicht, gefolgt von einer kleineren, die in Marens Mantel gehüllt ist, um ihre Knöchel blitzt es dunkelblau.

Die Frauen treten auseinander: Maren senkt den Kopf, ohne recht zu wissen, wieso sie das tut. Die schlammigen Stiefel des Kommissars kommen in ihr Sichtfeld und verschwinden sogleich, die leichten Schuhe seiner Frau nur wenige Schritte hinter ihm.

Maren blickt gerade rechtzeitig auf, um einen hellen Haarkranz in dem von Kerzen erhellten Dunkel der Kirche verschwinden zu sehen. Sie wirkt so klein im Vergleich zu der massigen Gestalt ihres Mannes, dass Maren meint, sie würde in den Bauch eines Wals laufen. Kirsten folgt ihr ins Innere der Kirche, der Rest der Frauen zieht stumm hinterher.

Maren wartet noch einige Minuten auf *mamma*. Schließlich kommt sie schlecht gelaunt und mit ungekämmten Haaren angelaufen.

»Habe ich sie verpasst?«

»Es sind schon alle drinnen. Kommt Diinna nicht?«

»Sie sagt, sie fühlt sich nicht gut.« *Mammas* Missbilligung ist nicht zu überhören.

Pastor Kurtsson hat seinen Platz am Eingang verlassen und beugt sich vor, um mit Commissioner Cornet zu sprechen, der in der ersten Reihe sitzt. Maren dirigiert *mamma* durch die Reihen, bis sie schräg hinter ihnen sitzen, sodass sie sowohl ihn als auch seine Ehefrau gut im Blick hat. Die Reihen um die Neuankömmlinge sind dicht besetzt, obwohl sich die Dorfbewohner normalerweise auf alle Reihen verteilen. Die Kerzen flackern, als Toril ihrer angestammten Pflicht nachkommt und die Tür schließt, während Pastor Kurtsson seinen Platz auf der Kanzel einnimmt.

Maren bekommt kaum etwas von der Predigt mit. Ihre Augen sind auf den Kommissar und seine Frau gerichtet. Auch um sie herum drehen sich alle Köpfe zu ihnen, und als sie beten, fragt sich Maren, ob die anderen Frauen, wie sie selbst, versuchen, die Stimme der Ehefrau aus dem Chor aller herauszuhören.

Vollkommene Stille tritt ein, nachdem sie das letzte Amen gesprochen haben. Maren hat ihre Augen fest auf den Kopf des Kommissars geheftet, der noch eine volle Minute nach dem Gebet gesenkt bleibt.

»Er wird doch sicher etwas sagen?« *Mammas* Stimme ist so leise wie das Zischen einer Kerze.

Pastor Kurtsson hat den Platz auf der Kanzel frei gemacht und steht nun unsicher vor dem Kommissar. Seine Frau starrt stur geradeaus. Ihr hoher Kragen umschließt ihren blassen Hals, und ihre runde Wange leuchtet kupferfarben im Kerzenlicht. Sie hat die Art von Haut, die sich mit dem jeweiligen Lichteinfall ändert. Maren blickt wieder auf ihre aufgesprungenen Hände, rau und rot, *mammas* Hände neben ihr sind ebenso rissig.

Schließlich hebt Cornet seinen Kopf und steht auf. In der Kirche ist es so still, dass sie hören kann, wie Kleidung raschelt und er tief Luft holt, bevor er sich umdreht, um zu ihnen zu sprechen. Er stellt die Füße weit auseinander, verschränkt die Arme hinter dem Rücken, und sie fragt sich, ob er Seemann oder Soldat war. Wieder fühlt Maren diese Anziehungskraft bei ihm, die sie schon im Hafen gespürt hat, etwas Gewundenes und Magnetisches, das bei seiner Größe und bei seinem Gewicht beinahe bedrohlich wirkt.

Er trägt einen Anzug aus schwarzem Stoff, nicht so fein wie die Kleider seiner Frau, aber gut geschnitten: Und obgleich es düster ist, trägt er ihn wie ein Adliger. Er hat seinen Bart gestutzt und zeigt jetzt stark geschwungene Lippen und einen kräftigen Kiefer.

Maren findet, dass er gut aussehend ist, aber er hat auch etwas Ungestümes an sich. Er hält etwas zurück, das in einem unbeobachteten Moment seinem Gesicht einen grausamen Ausdruck verleiht. *Mamma* rückt näher an sie heran, und Maren rutscht nicht zur Seite.

»Ich habe nur wenige norwegische Worte. Pastor Kurtsson wird für mich übersetzen, falls notwendig. Mein Name ist Absalom Cornet, und ich stamme von den nördlichen Orkney-Inseln in Schottland. Das hier«, er zieht einen vom häufigen Lesen zerknitterten Brief aus seiner Tasche, »ist meine Beauftragung von Lensmann Cunningham. Darin steht, dass ich zum Kommissar über Vardø, und somit über euch alle, ernannt wurde.«

Er wechselt ins Englische. Maren kennt nur wenige Worte, nur das, was sie von den Walfängern, die von den Haupthandelswegen abkommen, oder von den Leuten aufgeschnappt hat, die sich in den größeren Orten der Umgebung niederlassen.

Sie hört aufmerksam zu, nimmt einzelne Worte wie Treibholz im Strom seiner Stimme auf. Pastor Kurtssons Übersetzung ist holprig, und Maren vermutet, dass sein Englisch nicht so gut ist, wie er den Kommissar glauben gemacht hat. Die Stirn vor Konzentration in Falten gelegt, gibt er den Worten keine besondere Betonung, sodass es ihnen überlassen bleibt zu entscheiden, was das Wichtigste ist.

Er erzählt ihnen, dass es nicht nur seine Pflicht sei, die Augen und Ohren von Lensmann John Cunningham zu sein, worin Maren Hans Kønings englischen Namen erkennt, sondern auch die Augen und Ohren Gottes.

»Heißt das, dass der Lensmann gar nicht zu uns kommen wird?«, fragt Maren Kirsten im Flüsterton, doch Kirsten ignoriert sie und blickt mit zusammengekniffenen Augen auf Commissioner Cornet. Er erzählt ein wenig aus seinem Leben in Orkney und später in Caithness, Orte, von denen Maren noch nie gehört hat, und er spricht über sein Mitwirken an einem Prozess gegen eine Frau. Er sagt, dass er deshalb nach Finnmark, nach Vardø gekommen sei. Er wisse, dass sie viele Männer im Sturm verloren hätten; ein Raunen geht durch das Innere der Kirche, ein gemeinsames Taumeln bei der Erwähnung ihrer Männer durch einen Fremden. Er sagt, dass er ein Register mit all ihren Namen anlegen wolle, einen Zensus, damit der Lensmann wisse, wie viele und wer sie seien.

»Das hätte schon früher geschehen sollen«, übersetzt Pastor Kurtsson, ohne den Stachel, der diesen Worten innewohnt, zu bemerken.

Commissioner Cornet bittet seine Frau aufzustehen; sie erhebt sich, wendet ihr Mondgesicht der Gemeinde zu und macht einen Knicks, der *mamma* laut schnauben lässt. Er stellt sie als Mistress Cornet vor, und Maren sagt den Namen leise bei sich, fragt sich, wie ihr Geburtsname lautete.

Die Frau hebt kaum den Blick. Die Haut unter ihrem Kinn bekommt Falten, wenn sie zum Dank nickt, die blassen Hände steif auf ihr Kleid gepresst. Ihr Haar ist ordentlich aufgesteckt, auch wenn es leicht schief sitzt, und Maren vermutet, dass sie an einen Spiegel gewöhnt ist, fragt sich, ob sie daran gewöhnt ist, sich selbst eine Frisur zu machen. Sie wünscht sich, dass die Frau aufschauen möge, dass sie sie sieht und als diejenige erkennt, die ihr den Mantel umlegte, doch Mistress Cornet setzt sich, sobald ihr Ehemann ihr ein Zeichen gibt, etliche Momente, bevor Pastor Kurtssons Übersetzung nachkommt.

»Betrachtet mich als eine Art Lensmann, einen Richter. Ihr könnt mir vertrauen, wie ihr eurem Pastor vertraut. Ihr seid viel zu lange ohne Führung gewesen. Ich bin hier, euch dies anzubieten, und ich muss euch bitten, wachsam zu sein.«

Commissioner Cornet kehrt zu seinem schwerfälligen Norwegisch zurück.

»Ich werde jetzt eure Namen aufschreiben. Und wenn Fragen und Probleme auftauchen, hoffe ich, ein Vermittler für euch zu sein.«

Was er beschreibt, ist in vielerlei Hinsicht die Aufgabe eines Geistlichen. Vielleicht hat Lensmann Køning erkannt, dass er einen schwachen Mann geschickt hat, und versucht nun, den Missstand abzustellen, indem er ihnen einen starken Mann schickt. Hände recken sich in die Höhe, und der Kommissar winkt zum hinteren Teil der Kirche. Torils Stimme ertönt laut hinter ihnen.

»Was ist mit denen, die nicht zur Kirche kommen? Sollen wir ihre Namen nennen?«

Sein Gesicht ist so regungslos, dass Maren sich fragt, ob er Torils Worte verstanden hat. Pastor Kurtsson denkt offensichtlich das Gleiche und will ihm ins Ohr flüstern, doch Commissioner Cornet dreht sich um und starrt ihn so durchdringend an, dass der Geistliche zurückweicht.

»Gibt es denn welche, die nicht zur Kirche kommen?«

Maren bemerkt feuchten Putz neben dem Kreuz, ein dunkler Fleck an der Wand.

»Nicht viele«, antwortet Pastor Kurtsson. »Lappen, einige Alte ...«

»Das wird es nicht mehr geben«, sagt der Kommissar und blickt nach hinten, zu Toril. »Nenn mir ihre Namen.«

16

Ursas Ehemann ist wütend. Schale Wut herrscht in ihrem Haus, stickige Anspannung ballt sich in ihm zusammen wie Gewitterwolken. Die Nachricht, dass sich Heiden unter den Menschen in seiner Verantwortung befinden, ist dabei nur die letzte einer Reihe der Enttäuschungen – es begann an dem Tag ihrer Ankunft, als er aus Vardøhus fortgeschickt wurde.

Man hatte den Anker ausgeworfen, und Ursa war beinahe zu ängstlich gewesen, zum Land hinüberzusehen. Die Festung war aus grauem Stein erbaut, von weit draußen auf dem Meer sichtbar, die hohen Mauern wirkten so bedrohlich wie ein Gefängnis, wozu der Bau, wie Kaptein Leifsson ihnen erzählte, auch oftmals benutzt wurde. Eine Häuseransammlung kauerte in unregelmäßigen Abständen entlang der Küste. Ohne Bäume sah das Land flach und eintönig aus wie ein unbeschriebenes Blatt.

Als sie in dem stürmischen Wind an Land ruderten, hätte Ursa am liebsten geweint. Kaptein Leiffson saß neben ihr, und sie heftete ihre Augen auf seine Knie, während der Wind gegen ihre Wangen peitschte.

Absalom war innerlich angespannt, obwohl er in den letzten Tagen beinahe freundlich zu ihr gewesen war, wenn auch nicht so, dass andere es bemerkt hätten. Er hatte angefangen, sie Ursula zu nennen anstatt »Gattin«, erkundigte sich auf Norwegisch nach ihrem Befinden, kleine Gesten der Bemühung, vielleicht sogar der Zuneigung. Seit der Nacht, in der es ihr schlecht gegangen war, hatte er sie nicht mehr angefasst, und als sie sich Vardø näherten, bat er sie, das gelbe Kleid anzuziehen, und legte seine Hand dicht neben ihre auf die Reling, sodass sie seine dunkle Wärme und seine Härchen durch ihre dünnen Handschuhe hindurch fühlen konnte.

Die Frauen, die ihr am Kai halfen, waren schneeverbrannt und rochen schlecht. Die größere Frau, die sich als Kirsten vorstellte, war schroff und unverschämt. Die andere, etwa im selben Alter wie Ursa, steckte sie in einen stinkenden Mantel. Diese junge Frau sah gequält aus, mit ihren Augen, so graublau wie das Meer, und ihren hohlen Wangen. Doch als man ihnen den Weg zu ihrem Haus zeigte, war Ursa dankbar für den geliehenen Mantel.

Haus. Das Wort brennt in ihrem Inneren, während sie ihren Mann unruhig in dem kleinen Raum umherlaufen sieht, wo sie schlafen, essen und auch sonst existieren – sie ist sich nicht sicher, ob ein Dasein hier die Bezeichnung Leben verdient. Sie hatte gedacht, dass ihre Lebensbedingungen in Bergen nach dem Tod ihrer Mutter mit nur einer Bediensteten und den vielen verschlossenen Räumen schlecht waren, aber das hier ist damit gar nicht zu vergleichen.

Das Haus hat nur vier hohe, kleine Fenster, durch die sie kaum hindurchsehen kann. Das Bett ist sehr groß und nimmt eine ganze Raumseite ein – darüber sind Balken und lange Seilschlingen befestigt, an denen grobe Vorhänge herunterhängen, um die Sicht zu verdecken. Auf der anderen Seite befindet sich das Feuer, zwei Pfannen und ein großer Topf stehen auf dem Treibholzregal. Auf dem Boden liegen keine Teppiche, nur ein paar lose Bretter bedecken den Schmutz. Der darunterliegende Boden strömt eine eisige Kälte aus, obwohl Kirsten, die Kaptein Leiffson und Ursa zum Haus brachte, sagte, sie hätten jetzt Sommer.

In der hinteren Ecke gibt es eine zweite Tür. Als Kirsten sie öffnete, wäre Ursa beinahe übel geworden. Große kopflose Tierleiber hingen dort, vom Hals bis zum Bauch aufgeschlitzt und wieder zugenäht.

»Das reicht bis zum Winter«, sagte Kirsten, bevor sie das Moos in der Feuerstelle anzündete. Kaptein Leifsson stellte Ursas Kiste in einer Ecke ab. Er konnte ihr nicht in die Augen sehen.

»Mistress Cornet, es war mir ein Vergnügen.«

Er machte eine höfliche kurze Verbeugung, und am liebsten wäre sie ihm um den Hals gefallen und hätte ihn nicht mehr losgelassen. Er hielt ihr einen schwarzen Beutel hin, und sie löste die Schnur.

»Noch ein paar Anissamen«, sagte er. »Ich weiß, dass Sie sie mögen.«

Sie traute sich nicht, etwas zu sagen, obwohl Absalom nicht da war, und nickte ihm nur dankend zu. Kurz fuhr es ihr durch den Kopf, ob er ihr anbieten würde, mit ihm zu gehen, ob er sie zurück nach Bergen bringen könne. Doch er ging mit Kirsten hinaus, ließ sie in dem Raum mit den kleinen Fenstern zurück, und sie blickte ihm nach, wie er fortging. Er drehte sich nicht um. Innerhalb der nächsten Stunde lichtete das Schiff den Anker und verschwand im vom Regen überzogenen Horizont. Sie sank auf die harte Bank neben dem Tisch, faltete die Hände im Schoß und wartete, dass Absalom käme.

Ohne Sonnenuntergang fühlt sich Ursa orientierungslos. Sie weiß nicht, wie lange sie dort an diesem ersten Tag gesessen hatte, als Absalom kam und sie auf der Bank vorfand, der Raum kaum erwärmt von der wenigen Glut eines beinahe verloschenen Feuers. Er tadelte sie nicht, schürte es erneut und fragte: »Hast du Hunger?«

Schaudernd schüttelte sie den Kopf und dachte an die geschlachteten Tiere in der Vorratskammer. Er nickte angespannt und blickte sich im Raum um. »Nicht so, wie du es gewohnt bist.« In seiner Stimme schwang beinahe so etwas wie eine Entschuldigung mit.

Sie fürchtete, er könnte sich über ihre Enttäuschung ärgern, doch stattdessen setzte er sich ihr gegenüber an den breiten Tisch und holte einen Brief hervor.

»Ich dachte, ich wäre ein gemachter Mann«, sagte er, nicht nur zu sich selbst. Sie wartete. »Ich war in Vardøhus. Der Lensmann hat sich dort noch nicht niedergelassen. Es war fast niemand da. Ich habe mit einem alten Mann gesprochen, der in der Festung Wache hält. Sie wissen nicht einmal, ob er überhaupt kommt, er könnte seinen Sitz auch an einem anderen Ort haben.« Er schlug mit der Faust auf den Tisch. »Davon hat er in seinen Briefen nichts erwähnt.«

Absalom blickte so plötzlich auf, dass Ursa zusammenzuckte, aber sein Gesicht war verschlossen und kummervoll, und beinahe hätte sie es über sich gebracht, ihm ihre Hand hinzustrecken.

»Ich bin in einem Haus wie diesem aufgewachsen«, sagte er. »Auf einer Insel, die nicht viel größer ist als Vardø. Sobald ich konnte, bin ich fort von dort und ging in die Stadt. Dort habe ich es zu etwas gebracht.« Seine Faust landete erneut auf dem Tisch. »Und jetzt bin ich wieder hier.«

Ursa wusste nicht, woher die Worte kamen, aber sie sagte: »Du könntest es weit bringen, hier.«

Absaloms Gesichtsausdruck änderte sich, als ob man in seinem Inneren ein Licht angezündet hätte. Er blickte sie an und schien sie zum ersten Mal tatsächlich zu sehen. Dann streckte er seinen langen Arm über den Tisch und nahm ihre Hand.

Sie saßen beisammen, während der Regen auf das Dach prasselte. Es war schon nach Mitternacht, als er sie zu sich ins Bett rief, obwohl das graue Licht draußen einer fortwährenden Dämmerung glich. Er war sanfter als je zuvor, dennoch konnte sie den starren Bettrahmen unter sich nicht vergessen, den heftig gegen die Wände trommelnden Regen – und deshalb schickte sie ihre Gedanken auf eine lange Reise.

17

In den drei Tagen bis Sabbat verlässt Absalom das Haus zweimal täglich für mehrere Stunden. Bei seiner Rückkehr ist er jedes Mal vollkommen durchnässt.

»Niemand da«, sagt er. »Nicht in der *kirke*, nicht in Vardøhus.« Ursa weiß, dass er Trost sucht, aber den kann sie ihm nicht geben. Dieser Ausdruck auf seinem Gesicht, als sie ihn an ihrem ersten Abend hier besänftigte, hat ihr Angst gemacht: Er lechzt nach ihrer Anerkennung, und sie weiß nicht, warum. Sie möchte wieder unsichtbar sein.

Sie spürt, wie seine Laune sich verdüstert, und als der Himmel am Sabbat aufklart, fühlt es sich an wie ein Zeichen, dass doch noch alles gut würde. Sie zieht ihr dunkelstes Kleid an und folgt ihrem Mann in den Schlamm hinaus.

Im Laufen erzählt er ihr, dass ihre nächste Nachbarin Fru Olufsdatter ist, die, wie so viele andere aus dem Dorf, Mann und Sohn im Sturm verloren hat. Ihr Haus ist ohne Zweifel das schönste: zwei Stockwerke auf Pfosten mit einer dicken Grasschicht auf dem silbrigen Birkenholzdach. Geschnitzte Holzpfeiler umfrieden den Vorbau, und durch die lichten Fenster sieht Ursa bunte Farben: Gelb und Rot schmücken die Wände. Sie überlegt, Absalom zu fragen, ob auch sie ihr Haus innen streichen könnten. Sie glaubt nicht, dass sie die kahlen Wände noch einen Tag länger ertragen kann. Die anderen Häuser sind viereckig und einstöckig, keines ist so groß wie ihres.

Die Kirche ist ein großes Gebäude von beträchtlicher Höhe wie ihr Elternhaus in Bergen. Sie ist reich verziert, beinahe prunkvoll, anders als die neuen lutherischen Kirchen in ihrer Heimatstadt. Sie sieht auch älter aus, dunkles Holz ragt in den Himmel wie ein altes Schiff, das an Land gebracht wurde. Eine Gruppe Frauen wartet davor, und weil sie sofort verstummen und auseinanderstieben, als Ursa und ihr Mann sich nähern, weiß sie, dass sie über sie geredet haben.

Sie sinkt in dem geliehenen Mantel in sich zusammen und spürt, wie alle Augen sie forschend mustern. Kirsten steht da und auch die junge Frau, die ihr in den Mantel geholfen hat. Ursa will die beiden anlächeln, überlegt es sich dann aber anders. Sie kommt sich lächerlich vor in ihren schlammverschmutzten Schuhen, sie hätte die Stiefel aus Tromsø anziehen sollen. Sie strafft die Schultern, als sie an ihnen vorübergehen, dann wünscht sie sich, sie hätte doch gelächelt. Sie wird hier Freunde brauchen, oder sie wird wahrlich verrückt werden.

Der unterwürfige Pastor begrüßt sie und führt sie zu der ersten Sitzreihe. Die Wand hinter dem Kreuz hat helle Stellen, als ob dort einmal etwas anderes gehangen hätte, und einen großen dunklen Fleck, in dem Ursa alle möglichen Muster erkennt. Während der gesamten Predigt herrscht um sie herum eine Erregtheit, ein prüfender Blick liegt auf ihr, den sie beinahe körperlich spüren kann.

Die Augen ihres Ehemannes sind mit einer Intensität auf den Geistlichen gerichtet, als würde er etwas in gewisser Entfernung fixieren. Seine Hand liegt regungslos auf seinem Knie, er scheint kaum zu atmen.

Sie gibt sich Mühe, einen munteren Blick aufzusetzen, als er sich erhebt, um zu der Gemeinde zu sprechen. Die Übersetzung von Pastor Kurtsson ist grob, und die Unstimmigkeit zwischen den zwei Berichten zerrt an Ursas Nerven, sodass sie beinahe ihr Stichwort verpasst, um aufzustehen und sich den Menschen von Vardø zu zeigen.

Ihr vereinter Blick trifft sie wie Steine. Sie sollte den Rücken durchstrecken und ihnen in die Augen sehen. Sie verneigt sich leicht, aus Höflichkeit, und nimmt ein schwaches Schnauben aus dem hinteren Teil der Kirche wahr.

Bevor Ursa sich wieder setzt, blickt sie sich kurz um: Die schmale Frau, die ihr den Mantel gegeben hat, sitzt neben einer älteren, die ihr ähnelt, nur dass sie dünner ist, zwei blaugraue Augenpaare sind auf sie gerichtet. Hat sie gerade aufgelacht? Ursa fühlt sich verraten, obwohl die Frau ihr nichts schuldig ist. Hitze steigt ihr in die Wangen und den Nacken hinauf, während sie darauf wartet, dass ihr Ehemann seine Ansprache beendet.

Es dauert eine ganze Stunde, bis alle Namen für den Zensus notiert sind, dabei sind sie nur wenige. Einige Frauen möchten unbedingt mit ihm sprechen, er schaut jede einzelne von ihnen unverwandt an und lässt sogar seine Zähne aufblitzen. Er hat sich für den Gottesdienst den Bart gestutzt und trägt den einen Anzug, in dem er Ursa kennengelernt und geheiratet hat. Die magere Kost auf dem Schiff hat ihn um die Mitte schmaler werden lassen, und das Morgengebet verleiht ihm einen weichen Zug um seinen kräftigen Kiefer. Nur als diejenigen erwähnt werden, die der Kirche fernbleiben, wird sein Ausdruck wieder hart, ansonsten schimmern rotgoldene Sprenkel in seinem Bart.

Für einen Moment kann sich Ursa in die Menschen in der

Kirche hineinversetzen und ahnt, wie sie ihren Mann sehen müssen. Ein Dorf voller Frauen, ein Geistlicher mit einem fliehenden Kinn und zwei alte Männer in der Gemeinde, die anderen sind Kinder: Ein Mann wie er ist hier willkommen. Als sie hinter ihm zurück zu ihrem Haus geht, erkennt sie, dass sie hier nicht willkommen ist. Sie beobachten sie wie ein Schwarm Raben: Sobald die Kirche außer Sicht ist, hört sie sie krächzen.

Bei bloßem Tageslicht sieht er älter aus, die Furchen auf seiner Stirn vertiefen sich. »Sechs nicht gekommen«, sagt er. »Wie kann der Pastor das zulassen?«

Ursas Lippen zucken: Sie weiß immer noch nicht, ob diese Fragen für sie bestimmt sind. Sie nimmt an, diese letzte nicht, denn er geht nicht langsamer oder bleibt gar stehen. Er kennt den Weg gut, da er ihn mehrmals täglich zum Beten oder auf seinen Wanderungen zur Festung zurücklegt, er führt an drei dicht beisammenstehenden Blockhütten vorbei, zwischen zwei größeren Häusern hindurch, deren Grundstücksgrenzen mit Steinen gezogen sind.

Ursa versucht, sich den Weg einzuprägen, ihn in ihrem Gedächtnis zu speichern. Das Dorf vermittelt das seltsame Gefühl, gleichzeitig zusammengezwängt und weit verstreut zu sein: Es drängt zusammen und lässt dann los, Land steht unbehaglich zwischen Gebäuden aus Holz und Stein, Gras und Schlamm. Absalom hatte ihr so gut wie gar nichts über den Ort erzählt, nur dass er am schlimmsten von dem Sturm betroffen war und jetzt nur noch Frauen dort leben. Sie hatte sich schwesterliche Verbundenheit ausgemalt, doch jetzt ist sie unsicher, ob sie jemals hier dazugehören wird. Eine einzelne Seeschwalbe kreist über ihr und steigt dann in den Himmel hinauf.

Vor dem Haus bleibt er so abrupt stehen, dass sie ausweichen muss und ihre Hüfte gegen ihn stößt.

»Gatte?«

Seine Augen sind schmal wie Schlitze. »Dort. Siehst du es?«

Ursa sieht es, weiß aber nicht genau, was es ist. Über dem Türsturz ist ein Wirrwar an Formen grob ins Holz geschnitzt. Ein Kreis mit davon ausgehenden wellenförmigen Linien. Eine Sonne? Und daneben ist ein Fisch, so einfach, wie ein Kind ihn malt. Diese Formen sind von weiteren Schnitzereien verdeckt. Zuerst denkt sie, dass jemand versucht hat, sie zu entfernen, aber das Durchstreichen ist zu regelmäßig, erfolgte mit Absicht.

»Runen«, keucht Absalom, und etwas in seiner Stimme klingt so fremd, dass sie es nicht sofort als das erkennt, was es ist. Seine Hände umklammern krampfhaft seine Jacke. Ihre eigene Angst wächst und wird so groß wie seine.

»Gatte?«

»Das sind Runen«, sagt er mit zitternder Stimme. Er dreht sich und mustert die umstehenden Häuser. Ursa schaut zu, wie er zu dem nächstgelegenen geht und an die Tür klopft. Niemand öffnet, wahrscheinlich tratschen sie noch vor der Kirche. Er kommt zurück.

»Es ist so, wie der Lensmann gesagt hat, vielleicht noch schlimmer.« Sein Blick ist fieberglänzend. Ursas Schuhe drohen vollends im Schlamm zu versinken, aber sie will nicht ins Haus gehen.

Hinter ihnen sind platschende Schritte zu hören, und zwei Gestalten kommen näher, eine stützt die andere. Ursa sieht, dass es die junge Frau ist, deren Mantel sie trägt, und die ältere mit den ähnlich schmalen Wangenknochen und Lippen: ihre Mutter.

»Ihr da«, sagt Absalom. Die Frauen hatten die Köpfe gesenkt und bleiben jetzt ruckartig stehen.

»Das da«, sagt er, und seine Angst hat sich in etwas aufgelöst, das Ursa besser versteht: Zorn. »Warum sind die da?« Er deutet auf die Zeichen über der Tür. »Runen, ja?«

Die junge Frau folgt seinem Finger. Sie nickt.

»Wer hat die dahin gemacht?«

»Diinna«, sagt die Mutter. Ursa blickt zu der jungen Frau.

»Bist du Diinna?«, fragt Ursa, und die junge Frau schüttelt den Kopf, ohne ihr in die Augen zu blicken.

»Das ist meine Tochter Maren«, sagt die Mutter. »Ich bin Freja, und die Witwe meines Sohnes, Diinna, hat die Zeichen gemacht.« Ursa fällt auf, wie distanziert sie von ihrer Schwiegertochter spricht. »Wir haben Ihnen gerade in der Kirche unsere Namen genannt.«

»War Diinna denn nicht in der Kirche?«, fragt ihr Ehemann. »Warum?«

»Sie ist krank«, antwortet die Tochter, Maren. »Sie hat einen kleinen Jungen, sie muss schnell wieder für ihn gesund werden.« Freja sieht sie durchdringend an.

»Was sollen die da?« Sein Finger schnellt durch die Luft, in seiner Stimme schwingt Empörung.

»Das war die Ruhestätte von meinem Vater und meinem Bruder«, sagt Maren. »Von ihrem Ehemann.« Ihr Blick wandert von Ursas Gesicht zurück zu Absalom, und sie begreift, dass sie sie nicht verstehen. »Nach dem Sturm haben wir sie hierhergebracht.«

Tot, denkt Ursa, und in ihrem Inneren zieht sich etwas zusammen. Ertrunkene Menschen haben in ihrem Haus gelegen, auf diesem Boden. Sie denkt an die aufgehängten Rümpfe in der Vorratskammer, und Galle steigt ihr die Kehle hoch. *Um Himmels willen, übergib dich bloß nicht.*

»Warum hat man uns das nicht gesagt?«

»Es war nur eine Ruhestätte.« Maren muss Gefahr wittern, denn ihre ganze Körperhaltung ändert sich. Sie macht sich kleiner, indem sie die Schultern hochzieht. »Commissioner Cornet, wir möchten Sie nicht beleidigen. Das hier war früher ein Bootshaus, der einzige Platz im Dorf, der groß genug für Sie ist und der Ihnen gebührt.«

Das hat sie wunderbar gemacht, denkt Ursa. Absaloms Haltung wird weicher angesichts der Ehrerbietung der jungen Frau, und sie wünscht sich, sie könnte sich auch so ihm gegenüber verhalten. Sie fühlt sich immer entweder zu dreist oder zu demütig.

»Wir hätten informiert werden sollen.« Er dreht sich um und blickt auf die Schnitzereien. »Das sind keine christlichen Symbole.«

»Diinna ist eine Sámi«, sagt Freja. Maren beißt die Kiefer zusammen, weiß zeichnet sich der Knochen gegen ihre blasse Haut ab, und Ursa erkennt, dass sie nicht wollte, dass ihre Mutter das preisgibt.

»Eine Lappin?« Er schüttelt den Kopf, wie ein Bulle, der eine Fliege abschüttelt. »Es wurden lappische Riten vollzogen?«

»Nein«, erwidert Maren und erntet noch einen scharfen Blick von ihrer Mutter. »Sie haben die Leichen nur bewacht. Sie haben ihnen keinen Schaden zugefügt.«

»Alles, was nicht die Herrschaft Gottes ist, bringt Schaden, wie harmlos es auch scheinen mag. Sie haben keine Trommeln benutzt?«

»Nein.«

Er blickt sie mit zusammengekniffenen Augen an. »Ich werde dem Lensmann davon berichten.«

Er geht ins Haus. Marens graublaue Augen leuchten mit großer Intensität, ein Anflug von Panik. Ursa unterdrückt das Bedürfnis, die Hände nach ihr auszustrecken.

»Ursula!« Absaloms Ruf durchbricht ihre Stille. Sie möchte sich von ihnen verabschieden, aber die beiden Frauen sind schon ums Haus herum verschwunden.

Der Schlamm ist in ihre Schuhe gedrungen, und sie stellt sich vor, sie würde bis zu den Knien, bis zur Taille und dann zum Hals einsinken, bis sie im Bauch der Erde feststeckt und dort sicher im Kühlen begraben liegt.

»Gattin?« Absalom steht in der Tür, das Feuer, wieder in Gang gebracht, flackert hell hinter ihm, und sein breiter Körper wirft dunkle Schatten. In der Hand hält er ein flaches Instrument, eine Art Meißel, und unter seinem anderen Arm klemmt ihre Sitzbank. »Mach Abendessen.«

Sie sieht ihn stumm an und dann wieder auf ihre im Schlamm steckenden Füße. Er seufzt, stellt die Bank auf die Erde, legt den Meißel daneben, greift mit seinen Händen unter ihre Achseln und hebt sie hoch. Dann setzt er sie in der Tür ab. Ihr Kopf dreht sich: Wie oft hatten sie und Agnete sich ausgemalt, dass ein Mann sie über die Türschwelle des gemeinsamen Zuhauses tragen würde? Wie anders es in Wirklichkeit ist, sie kommt sich so dumm vor. Ihre Schuhe sind ruiniert, und er schließt die Tür hinter ihr.

Benommen geht sie in die kalte Vorratskammer. Die Frauen hatten ihnen Fisch und Brot dagelassen, aber es ist kaum noch etwas übrig. Bald wird sie Teig herstellen müssen. Seit Agnetes Dienstmädchen entlassen wurde und Ursa die Pflege der Schwester übernommen hatte, war Siv nicht mehr dazu gekommen, ihr alles Wichtige über den Haushalt beizubringen. Ursa weiß, wie man Minzöl in Wasser erwärmt und wie man Agnetes Kopf in der Hand hält, damit sie den Dampf einatmen kann, aber sie kann kein helles Bier brauen. Sie kann Agnetes schlimmes Bein anheben und waschen, aber sie kann keinen Haushalt führen.

Und selbst wenn sie sich erinnern könnte, wie man Brot backt, wird Absalom damit allein nicht glücklich sein. Er wird doch nicht von ihr erwarten, dass sie das Fleisch aus dem Vorratsraum zerlegt? Sie zittert am ganzen Körper und dreht der Kammer den Rücken zu. Sie hatte zumindest mit einem Mädchen gerechnet. Ihr Vater auch, sonst hätte er sie nicht so schlecht für ihre Aufgaben ausgestattet. Sie hackt auf den harten Laib ein, aber ihre Finger sind eiskalt.

Sie wünscht sich, dass sie schreiben gelernt hätte und ihrem Vater einen Brief schicken könnte. Sie würde ihm mitteilen, dass Vardø kein schöner Ort, sondern eine Insel voller hinterbliebener, argwöhnischer Frauen ist, von denen einige nicht zur Kirche gehen. Sie würde berichten, dass es auch im Sommer kalt ist und die Sonne nicht untergeht. Und dass es kein Haus gibt, das einem Kommissar angemessen wäre, oder auch nur irgendeinen Bau, den er als Haus bezeichnen würde, sondern nur einen Raum mit Runen über der Tür, weil dort die Toten aufbewahrt wurden.

Sie drückt eine kalte Hand an ihren Mund, atmet die Luft in der hohlen Hand ein und aus, um sie zu erwärmen. Was könnte ihr Vater tun? Sie kann ihren Ehemann nicht verlassen: Die Schande würde ihr wie ein räudiger Hund bis nach Bergen folgen. Sie könnte nicht wieder heiraten, sie wäre eine alte Jungfer, eine Last. Agnete wird wahrscheinlich keinen Ehemann finden, und dankbar schickt Ursa ein Stoßgebet gen Himmel.

Kratzende Geräusche dringen von draußen herein, als Absalom mit dem Meißel die Runen bearbeitet. Der Lärm fährt ihr durch Mark und Bein: Alles verschwimmt vor ihren Augen. Sie umfasst das Messer fester in der Hand, bis das Schwächegefühl vorübergeht. Als Absalom hereinkommt, ist der Tisch mit dem nicht zusammenpassenden Steingutgeschirr gedeckt. Sie essen den Rest Brot.

Jeden Tag geht er fort, zum Beten und um mit Pastor Kurtsson Norwegisch zu lernen oder um an den Toren von Vardøhus auf Neuigkeiten zu warten. Ursa weiß, dass er auf einen Brief vom Lensmann wartet, auf eine Einladung. Auch sie wünscht sich, dass dieses Schreiben kommen möge, und nicht nur, damit sich seine üble Laune hebt. Sie muss aus dem Haus kommen, etwas anderes als *tørrfisk* essen, den getrockneten Kabeljau aus ihrer Vorratskammer.

Sie braucht etwas Frisches: eine Karotte, Kräuter. Sie träumt von Früchten, von Süße. Sie rationiert jeden einzelnen Anissamen, legt ihn sich unter die Zunge, bis er weich ist und kaum zwischen den Zähnen knirscht. Sie träumt von einem Mahl, das sie mit anderen Menschen als ihrem Ehemann teilt.

Doch wenn er das Haus verlässt, um zur Kirche zu gehen oder um sich nach dem Lensmann zu erkundigen, der nicht ankommt, ist es noch schlimmer. Dann ist sie allein. Und selbst seine Gesellschaft ist besser als ihre eigene.

18

Commissioner Cornet und seine Frau sind schon vor einer Woche angekommen, doch die zusammengenähten Felle liegen immer noch übereinandergefaltet neben Marens Haustür. Das kurze Gespräch mit dem Kommissar hat Unbehagen in ihr ausgelöst, obwohl Maren bewusst ist, dass es noch schlechter hätte ausgehen können, wenn sie zu langsam gewesen wäre und *mamma* nicht davon abgehalten hätte, die Trommel zu erwähnen.

Als sie *mamma* deswegen zu Hause schimpfte, war sie verschlossen wie eine Muschel, und plötzlich war Maren sich nicht mehr sicher, ob sie nur aus Versehen so viel über Diinna ausgeplaudert hatte. Sie wird sie im Auge behalten müssen, die Frauen, die sie ihre Familie nennt – sie haben sich so vollkommen auseinandergelebt, dass es sich gefährlich anfühlt. Beinahe so gefährlich wie das Gesicht des Kommissars, als die Riten der Sámi zur Sprache kamen.

Natürlich ist ihr bewusst, dass auf solche Bräuche herabgeblickt wird. Pastor Kurtsson hatte die Stirn gerunzelt angesichts der Leichentücher aus silberglänzender Birke, aber er hatte es zugelassen. Commissioner Cornet scheint nicht zu verstehen, dass das Leben hier anderen Regeln und Gewohnheiten folgt. Das hier war einmal das Land der Sámi, obwohl sie es nicht so bezeichnen würden. Immer wieder kommen Seeleute und bitten die Sámi um guten Wind, um Glück, und Toril hat sich an Diinna gewandt, wenn sie wieder ein Kind unter dem Herzen tragen wollte, auch wenn sie es jetzt abstreitet. Doch die Abneigung des Kommissars hat sie Dinge erkennen lassen, die sie bislang nicht bemerkt hatte: Die Sámi, die früher jeden Sommer ihre *laavus*, ihre Zelte, auf der Landzunge aufschlugen, sind schon seit Jahren nicht mehr gekommen, und Diinna ist die letzte Sámi, die in Vardø lebt.

Als sie Diinna von dem Gespräch erzählt, zuckt sie nur die Achseln, während Erik ihren dicken Zopf greift und mit seinem wunden Zahnfleisch auf dem Ende kaut.

»Ich bin an solche Dummheit gewöhnt«, sagt Diinna, die Augen auf *mammas* Rücken geheftet.

Maren fühlt sich alleingelassen in ihrer Unruhe, als ob sie die Einzige wäre, die einen Sturm heraufziehen sieht.

Erst als *mamma* es leid wird, auf die Felle zu treten, und sie sagt, dass sie sie selbst behalten werde, hebt Maren sie endlich auf und geht damit zum zweiten Bootshaus.

Es ist ein frischer Tag, und sie fühlt sich in ihrem Wollkleid wohl. Der Schlamm ist in seinen gewundenen Furchen hart geworden und gräbt sich in ihre Sohlen. Toril klopft auf der Stufe vor ihrem Haus eine Decke aus. Die beiden Frauen ignorieren sich geflissentlich, während Toril eine schlecht riechende Staubwolke in Marens Gesicht wedelt. Sie klopft das meiste von den Rentierfellen ab.

Das zweite Bootshaus ist verschlossen und ruhig, doch aus dem Schornstein steigt Rauch auf, und die Stelle, wo die Runen eingeritzt waren, ist frisch gestrichen, in glänzendem Weiß. Sie ist sich nicht sicher, woher die Farbe kommt: Abgesehen von Dags Mutter besteht niemand auf einer Aufgabe, die statt weniger nur mehr Arbeit bringt. Sie lauscht einen Moment, bevor sie an die Tür klopft, aber sie kann nichts hören.

Eine Minute später öffnet die Frau des Kommissars, Ursula, die Tür, die langen Haare hängen lose um ihr rundes Gesicht.

»Guten Morgen, Mistress Cornet.«

»Maren, richtig?«

Als sie ihren Namen aus dem Mund der Frau hört, bekommt sie eine Gänsehaut. Sie nickt. »Maren Magnusdatter.«

»Mein Ehemann ist nicht hier. Er ist mit Pastor Kurtsson in der *kirke*.« Sie blickt Maren nicht in die Augen. Ihre Wimpern sind so hellblond, dass sie auf der Haut fast weiß wirken. Sie trägt das dunkelblaue Kleid, das sie bereits in der Kirche anhatte und an dessen Saum immer noch Schlamm klebt. Maren fragt sich, warum sie es noch nicht gewaschen hat.

»Ich habe die hier mitgebracht.« Sie hält die Felle in die Höhe. Die Frau weicht einen Schritt zurück. »Der Lensmann hat die Felle für Sie bei Kirsten in Auftrag gegeben. Sie sind für den Fußboden.«

»Oh.«

»Ich habe sie zusammengenäht.«

»Vielen Dank«, sagt Ursula, nimmt ihr die Felle aber nicht ab. Sie mustert sie, als ob noch Fleisch an ihren Innenseiten haften würde, oder etwas, wovor man sich in Acht nehmen müsste.

»Ich kann sie für Sie auslegen, wenn Sie möchten.«

Ursula macht die Tür weit auf, damit Maren eintreten kann, und ihr Gesicht sieht so dankbar aus, dass Maren beinahe zusammenzuckt.

Die Männer aus Kiberg haben gute Arbeit geleistet. Auf einer Seite steht ein breites Bett, das durch einen Vorhang abgeschirmt werden kann. Es gibt einen stabilen Tisch und darunter sechs Stühle mit dekorativ geschwungenen Stuhlbeinen, und über dem Kaminsims hängen etliche Töpfe und Pfannen, die unbenutzt scheinen. Neben dem Kamin, wo Dag sie früher häufig küsste, befindet sich ein Holzregal in der Wand für die Waschschüssel. Daneben stapelt sich Geschirr. An der Tür zur Vorratskammer, wo er zum ersten Mal ihre Hand nahm, hängen Spinnweben. Sie gräbt ihre Fingernägel in die Handfläche. Obgleich das Haus gut eingerichtet ist, kommt kein heimeliges Gefühl auf. Abgesehen von dem Kruzifix, das über dem Feuer hängt, gibt es keinerlei Verschönerung. Das Feuer wurde schlecht gehütet, es raucht und gibt nur wenig Licht und Wärme ab.

Sie spürt, wie die Kälte des Bodens durch ihre Stiefel heraufzieht. Es wundert sie nicht, dass Ursula zittert, obwohl sie es zu verbergen versucht. Eine raue Wolldecke hängt über einer Stuhllehne, und sie fragt sich, ob Ursula sich darin eingewickelt hatte, als sie an die Tür klopfte, ob sie sie nur abgelegt hat, um anständig auszusehen. Als Maren sich umblickt, erkennt sie, dass das Wasser in der Waschschüssel grau ist. In den Ecken und über dem Bett sind noch mehr Spinnweben verborgen, und die Binsen auf dem Boden sind welk und schmutzig.

Dem Haus haftet ein modriger und stickiger Geruch an, aber von der Verwesung, die Maren roch, als sie das letzte Mal in diesem Raum stand, ist keine Spur geblieben. Natürlich nicht, schließlich ist es achtzehn Monate her, dass ihr Vater und ihr Bruder dort lagen – Marens Augen schnellen zu dem Platz vor dem Kamin, und sie hat den Eindruck, dass der Boden dort dunkler ist. Ursula folgt ihrem Blick.

»War es dort?«

Maren nickt, bevor sie sich eines Besseren besinnen kann, und Ursula gerät ins Taumeln. Sie ist noch blasser als zuvor, denkt Maren, und hat tiefe Schatten unter den Augen, auch wenn ihre Wangen noch rund sind. »Geht es Ihnen gut?«

»Es tut mir leid«, sagt Ursula. Sie legt eine Hand auf ihren Bauch. »Niemand hatte uns davon unterrichtet. Als wir erfuhren, dass hier Tote aufgebahrt wurden, waren wir bestürzt.«

»Da ist nichts Schlechtes dran«, sagt Maren. »Im Winter werden die Toten oft drinnen zur Ruhe gebettet. Im Allgemeinen hätten wir sie zu Hause behalten, aber ... Aber es waren zwei. Sie hätten den ganzen Platz eingenommen. Das hier war früher ein Bootsschuppen. Wir wussten nicht, dass es Ihr Zuhause werden würde.« Sie hätte aufgepasst, dass sich keine Spinnweben über den Türrahmen und an der Decke bildeten, und sie hätte Stoffvorhänge an den Fenstern angebracht und Töpfe mit Rentiereintopf über das Feuer gehängt.

Sie muss dieses Haus verlassen.

»Wo möchten Sie die Felle hin haben?«

Ursula blickt hin und her, als hätte sie etwas verlegt. »Ich ...« Sie deutet auf den Holzboden vor dem Kamin.

»Da kommen zwei hin, denke ich«, sagt Maren. »Und eines dort, und dann noch eins vors Bett, oder? Es ist nicht schön, wenn die Füße beim Aufstehen aus dem warmen Bett sofort den kalten Boden berühren.«

Ursula errötet, während sie nickt, und Maren überlegt, ob sie verlegen ist, weil sie das Bett erwähnt hat. Vielleicht ist man in Bergen zurückhaltender mit solcherlei Bemerkungen: Sie weiß, dass Dags Vater auf zwei Stockwerken in seinem Haus bestand, damit Eltern und Kinder getrennte Schlafzimmer hätten wie in ihrem Haus in Tromsø.

Maren nimmt einen der aus Fellflicken zusammengesetzten Teppiche und legt ihn vor das Feuer. Es ist feiner Pelz, und sie hat die Brust eines jeden Tieres in die Ecken eingearbeitet, sodass es fast wie ein Muster wirkt. Sie streicht das Fell glatt und sieht fragend zu Ursula, doch die Augen der Frau blicken in die Ferne, und sie hat immer noch die Arme um ihren Körper geschlungen.

Das zweite zusammengenähte Fell legt sie neben das Bett. Es ist gemacht, aber die Laken sind verkrumpelt. Bevor sie sich erhebt, mit dem Rücken zum Raum, legt Maren eine Hand darauf: Es ist immer noch warm.

Ursula schürt das Feuer, indem sie die rauchenden Scheite anstößt. Vielleicht steht es ihr nicht zu, aber Maren kann das nicht mit ansehen, ohne eine Bemerkung zu machen.

»Sie brauchen frisches Holz.« Sie zeigt auf die Vorratskammer. »Da wird jede Menge drin sein, dafür hat Kirsten bestimmt gesorgt.«

»Ja, ich …« Ursula steht auf, ihre Augenlider flattern. Maren hastet vorwärts, klemmt ihre Hand unter Ursulas Ellbogen und spürt, wie ihr Arm sanft nachgibt. Ursula legt eine Hand auf Marens Schulter, um sich abzustützen, und Maren wird in den Moment ihrer ersten Begegnung am Kai zurückversetzt, die Hand ruht weich und kalt auf ihr.

»Geht es Ihnen gut?«

Ursulas Augen sind geschlossen. Ihre Lider sind hellrosa, wie die Innenseiten von Meeresmuscheln oder die Fingernägel eines Neugeborenen. Ihr Atem geht etwas schnell und unregelmäßig: Immer noch schwingt dieser süße Geruch mit, und Maren wird ganz nervös.

»Ja, Entschuldigung.« Sie strafft ihren Körper, und Maren lässt ihren Ellbogen los, legt eine Hand auf Ursulas Rücken. »Ich fühle mich etwas schwach.«

»Möchten Sie etwas Wasser? Oder Brot?« Maren schiebt sie vorsichtig zum nächsten Stuhl und legt ihr die Decke über die Schultern. Dann dreht sie sich um, und bevor Ursula antwortet, steht sie schon vor dem Wasserkrug – er ist leer.

»Sie haben kein Wasser mehr.«

»Brot auch nicht.« Ursulas Stimme klingt matt und leise. »Ich weiß nicht, wie das geht.«

»Was geht?« Maren schaut sich die Wasserschüssel genauer an, auf dem Wasser liegt ein Schmutzfilm. Das Haus ist nicht nur schlecht in Ordnung gehalten – es ist verwahrlost.

»Wie man ...« Ursula bricht ab und zieht scharf Luft ein.

Das Kribbeln in Marens Brust wird stärker, als sie den Wasserkrug in die Hand nimmt. »Ich kann Wasser holen. Sie warten hier.«

»Es tut mir leid. Ich sollte ...«

Maren hört Röcke rascheln. Ursula stützt sich auf dem Tisch ab. Die weiche Haut an ihrem Handgelenk ist faltig, ihr Gesicht zerfurcht. Maren sieht wieder weg, spricht zu ihren Füßen. »Sie sollten sich hinsetzen. Ruhen Sie sich aus. Ich bin bald zurück.«

Der Stuhl knarzt, und Maren geht hinaus in das helle Tageslicht. Sie ist erleichtert, draußen an der frischen Luft zu sein, und wünscht sich gleichzeitig wieder zurück ins Haus. Sie atmet tief durch und eilt nach Hause. Toril ist ins Haus gegangen, und die Decke, die sie zum Lüften über ihr Tor gelegt hatte, ist heruntergefallen: Maren tritt darauf.

Mamma passt auf Erik auf, der neben dem Feuer spielt, und wirft Maren einen durchdringenden Blick zu, als sie zurückkehrt. »Du warst ganz schön lange fort.«

»Ich war im Haus und habe die Felle ausgelegt.«

»Sie ist sich zu fein, ihre eigenen Felle auf dem Boden zu verteilen? Wie ist das Haus?«

»Es geht ihr nicht gut. Sie fühlt sich schwach.« Maren durchquert den Raum, wo der Eimer mit Trinkwasser steht, und füllt den Krug. »Das Haus ist ...«

Sie hat keine Worte für die Traurigkeit, die von Ursula ausgeht, für den staubigen Fußboden und das warme Bett. Das ganze Haus schien verlassener als zu den Zeiten, als Dag und sie dort waren oder auch als Diinna und Varr ihre Männer bewachten. Erik grapscht nach ihrem Rock, als sie an ihm vorbeigeht, um einen Laib Brot aus dem Korb zu nehmen.

»Wofür ist das?«

»Sie haben kein Brot.«

Mamma schnaubt. »Der Kommissar, kein Brot im Haus? Wahrscheinlich hat seine dicke Frau alles aufgegessen.« Als sie die Augen zusammenkneift, sieht man ihre hohlen Wangen. »Wir haben nicht genug, um etwas abzugeben.«

»Wir haben genug für diese Woche«, entgegnet Maren, wickelt das Brot in ein Stofftuch und legt es über die Öffnung des Krugs. »Sie werden uns einen Laib geben, wenn sie Brot gebacken haben.«

»Faules Pack«, sagt *mamma* mit so viel Boshaftigkeit in der Stimme, dass Maren sie überrascht ansieht. »Was hat sie denn schon den lieben langen Tag zu tun? Sie ist ja nicht wie ihr Ehemann, der von morgens bis abends Besuche macht.«

»Er macht Besuche?«

»Toril und Magda haben erzählt, dass er mit ihnen gebetet hat. Und ich könnte mir vorstellen, dass er auch Diinna im Auge hat.« *Mamma* leckt mit der Zunge an den Mundwinkeln, wo die Haut trocken ist und nässt. »Vielleicht kommt er bald.«

»Vielleicht.« Maren verbirgt einen Schauder, indem sie sich eilig ihr Tuch um die Schultern legt. »Ich bleibe nicht lange fort.«

Sie macht einen großen Bogen um Torils Haus. Sie überlegt, ob er jetzt dort ist und mit der Familie betet, anstatt seiner Frau Gesellschaft zu leisten. Sie tritt wieder auf die am Boden liegende Decke und bohrt ihren Absatz hinein.

Die Tür zum Bootshaus steht halb offen, und die frische Brise zieht herein, weshalb das Feuer im Kamin flackert. Ursula sitzt immer noch an dem Platz, wo Maren sie zurückgelassen hat, ihre Fingerknöchel sind weiß und klammern sich fest an die Decke. Maren unterdrückt ihre Ungeduld – warum hat sie nicht die Tür geschlossen?

»Hier«, sagt sie und stellt den Krug geräuschvoll auf dem Tisch ab. Ursula schreckt zusammen, als Maren die Tür zumacht. »Wasser, Brot. Wo sind die Messer?«

»Dort.«

Maren wischt die harten Krümel von dem Schneidebrett. Das Messer ist stumpf, und sie sieht nirgendwo einen Schleifstein. Sie schneidet zwei dicke Scheiben von dem Laib ab, legt sie auf den saubersten Teller, den sie finden kann, und stellt ihn zusammen mit einem fleckigen Becher aus Narwalzahn auf den Tisch.

Maren fragt sich, ob sie Ursulas Hand zu dem Essen führen oder sie gar füttern muss, als die Frau des Kommissars blinzelt, sie zum ersten Mal anschaut und dann ihre Hand nimmt.

»Danke«, sagt sie. »Es tut mir leid, ich …« Sie bricht ab, schluckt schwer. »Was musst du nur von mir denken.«

»Es steht mir nicht zu, irgendetwas über Sie zu denken«, erwidert Maren und spürt, wie sie errötet. Ursulas Hand ist warm geworden in der Decke, und sie ist so weich, dass

Maren keinen Knochen spüren kann. Maren hat das Gefühl, selbst nur mager und knochig zu sein, hart und ausgetrocknet und kalt wie das Land um sie herum. Sie zieht ihre Hand fort. »Das ist nicht der Rede wert.«

»Ich kann dich bezahlen.« Ursula will aufstehen. »Mein Ehemann … ich kann ihn fragen …«

»Ich bitte nur um einen Laib Brot für uns, wenn Sie welches haben.«

»Ja, natürlich. Bitte setz dich zu mir.«

Maren könnte über diese Einladung zu ihrem eigenen Brot und Wasser lachen, doch sie setzt sich auf den Stuhl neben Ursula und nimmt sich eine Scheibe.

Sie beobachtet, wie Ursula immer nur wenig abbeißt, winzige Bisse wie ein Vogel. Ihre Zähne sind sehr weiß, und dank der wärmenden Decke hat sie rosige Lippen.

Maren zögert, als Ursula noch einen Bissen Brot nimmt und einen Schluck Wasser. »Wenn ich offen sein darf, Mistress Cornet.«

»Ursula, bitte. Oder Ursa.«

»Ursa?«

»Du kannst mich Ursula nennen, wenn dir das lieber ist. Doch für die Menschen, die mir nahestehen, bin ich Ursa, und jetzt, da wir zusammen Brot gebrochen haben …« Ein schwaches Lächeln, das Maren sich bemüht zu erwidern, aber ihre Gesichtszüge bleiben angespannt.

»Ursa.« Sie gibt sich einen Ruck. »Ich hoffe, Sie haben nichts dagegen, wenn ich offen spreche. In der Vorratskammer sind Mehl und auch mehr als genug frisches Fleisch.« Ursa setzt sich steif auf. Maren spricht eilig weiter. »Ich habe mich nur gefragt, ob alles in Ordnung ist.«

Lange Zeit kaut Ursa, bis das Brot nurmehr Brei in ihrem

Mund ist. Ihr Schlucken ist deutlich in der Stille zu hören. Sie sieht Maren wieder an. Ihre Augen sind hellbraun, fast goldfarben. »Du musst mich für sehr dumm halten …«

»Überhaupt nicht …«

»Aber ich kann kein Brot backen.«

Marens Lippen formen ein stummes Oh, als Ursa weiterspricht. »Ich kann kein Tier schlachten, habe noch nie ein totes Tier als Ganzes gesehen. Ich kann mich nicht einmal dazu überwinden, diese Kammer zu betreten. Ich kann kaum das Feuer in Gang halten, und wenn es ausgeht, muss mein Ehemann es neu entfachen. Ich kann keinen Haushalt führen.« Sie gibt ein kurzes, unbändiges Lachen von sich, und Marens Herz schlägt schneller. »Ich bin keine gute Ehefrau.«

»Ich bin sicher, dass es nicht so … nun, dass es nicht so …« Maren möchte sie beruhigen, aber wie? Tiere schlachten, dafür kann sie noch Verständnis aufbringen, ihre Mutter war auch immer zimperlich in diesen Dingen und überlässt es Maren meist sogar, die Fische auszunehmen. Aber Brot backen, das Haus kehren? Das sind keine allzu schwierigen Aufgaben.

»Es ist schlimm«, unterbricht Ursa ihre Gedanken, und in ihrem Gesicht blitzt Zorn auf, der ihr selbst gilt, das weiß Maren. »Aber ich weiß nicht, was ich tun soll.« Wieder nimmt sie Marens Hand und umschließt sie mit ihrer eigenen. »Ich brauche Hilfe, das ist klar ersichtlich. Und wir haben Geld. Könntest du … mir vielleicht helfen?«

»Ihnen helfen?«

»Mir alles beibringen. Du würdest kein Hausmädchen sein, eher eine Freundin, eine Lehrerin. Es sei denn, du hältst das für eine dumme Idee. Dann kannst du es mir sagen.«

Maren fragt sich, ob sie sich gekränkt fühlen sollte. Für sie klingt es genau nach den Aufgaben eines Hausmädchens. »Ich bin selbst nicht die beste Wirtschafterin.«

»Es wird nicht viel verlangt.« Ursa schenkt ihr noch ein schwaches Lächeln. Maren schaut sich um, das Feuer niedergebrannt, die Fenster rauchverschmiert, die Spinnweben. »Wenn du es nicht tun möchtest, ist das vollkommen in Ordnung. Ich weiß nicht einmal, ob Absalom …«

Sie verstummt, ihr Gesichtsausdruck verdüstert sich, sie lockert den Griff um Marens Hand. Maren aber hält Ursas Hand fest.

»Ja«, sagt sie. Sie hat das Wort ausgesprochen, bevor sie wirklich darüber nachgedacht hat.

»Bist du sicher?« Ursa lächelt. »Danke. Ich werde mit meinem Ehemann sprechen.«

Maren steht abrupt auf. »Ich werde es meiner Mutter sagen.«

»Ja.«

»Ich sehe Sie am Sabbat. Dann können Sie mir sagen, was der Kommissar dazu meint.«

»Das werde ich.« Ursa folgt ihr zur Tür. Ihre braunen Augen strahlen vor Erleichterung. Ein Brotkrumen klebt an ihrer Unterlippe, und Maren muss ihre Hände in den Röcken vergraben, um ihn nicht fortzuwischen.

»Vielen Dank, Maren.«

Die Tür wird hinter ihr geschlossen, und Maren hat das Gefühl, in einen luftleeren Raum einzutauchen.

19

»Ich weiß, dass wir nicht so vornehm sind wie sie, die Dame aus Bergen, aber wir sind keine Diener.« *Mamma* läuft unruhig durch ihr kleines Haus, leckt sich die aufgesprungenen Mundwinkel und funkelt Maren wütend an.

»Was ist in dich gefahren, dass du diesem faulen Stück die Arbeit abnehmen willst?«

Doch Maren kann es nicht erklären. Sie weiß, dass es zu Hause mit Baby Erik und Diinna genug zu tun gibt, dass in den Monaten der Mitternachtssonne noch viel Arbeit geleistet werden muss, damit sie den Winter überleben. Getreide muss gesät und die Ernte des letzten Jahres eingebracht werden. Sie müssen nach Kiberg gehen, um Fisch zu besorgen und ihre Felle an Händler zu verkaufen, sie müssen frische Heide und Moos aus dem Mittelgebirge holen, um die Stellen in ihren Häuserdächern auszubessern, wo letzten Winter Eis eindrang und es im Inneren feucht wurde, sobald es schmolz.

Von nun an wird Diinna Maren zu Hause ersetzen müssen, und *mamma* ebenso. Und *mamma* wird alt und gebrechlich, und in ihrem Inneren sammelt sich ein Groll gegen Diinna an, der Maren Angst einjagt, noch mehr Angst, als ihre Mutter ihr selbst macht.

Wenn *mamma* ihr unablässig vorhält, wie dumm sie sei,

dass es ihrer Meinung nach keinen Weg gebe, aus der Sache herauszukommen, ohne Mistress Cornet und somit auch den Kommissar zu kränken, kann Maren nicht widersprechen. Sie kann nicht erklären, was passiert ist, warum sie das Gefühl hatte, in dieser Angelegenheit keine Wahl zu haben. Sie hat nur eine Erklärung, die sie vorbringen könnte – obgleich sie das nicht tun wird: Sie könnte von dem Gefühl sprechen, das sie in dem Moment erfüllte, als Ursa ihre Hand losließ, das Gefühl, als würde ihr etwas sehr Wichtiges entgleiten, das sie unbedingt festhalten müsste. Sie musste Ja sagen. Sie hatte keine Wahl.

Auch wenn eine Vereinbarung getroffen wurde, ist Maren unsicher, wie ihre Hilfe für Ursa genau aussehen soll. Es fühlt sich seltsam an, Geld dafür zu nehmen, aber *mamma* wird nicht damit einverstanden sein, dass sie Ursa hilft, ohne etwas dafür zu bekommen. Sie weiß nicht, wie sie das Thema zur Sprache bringen soll oder ob sie unaufgefordert zum Bootshaus gehen soll. Es ist nur noch einen Tag hin bis Sabbat, und sie vermutet, dass sie dann Neuigkeiten erfahren wird.

Maren versucht ihre Aufgaben mit der gewohnten Sorgfalt und Aufmerksamkeit zu verrichten, aber die Vorstellung, aus dem Haus zu sein, lässt das Blut in ihren Adern pulsieren, ruhelos, heiß, beinahe schmerzhaft. Und auch wenn sie nicht zum Fischfang aufs Meer hinausfährt, wie sie es mit den anderen Frauen vor der Ankunft des Kommissars tat, ist es doch ein Szenenwechsel, ein Ort, an dem sie ihren Verlobten küsste und Totenwache für ihren Vater und ihren Bruder hielt. In einer anderen Version ihres Lebens wäre das Bootshaus ihr Zuhause, und jetzt hat sie eine Chance bekommen, ein wenig Anspruch darauf zu erheben.

Und Ursa – auch sie löst eine Bewegung in Marens Körper

aus. Fast wie der Schmerz, wenn sie Erik schlafen sieht, aber es ist lächerlich, solch eine Zärtlichkeit für eine erwachsene Frau zu fühlen, auch wenn sie unbedarft wie ein Kind ist. Ursa verblüfft Maren. Was für ein Leben muss sie in Bergen geführt haben, dass sie so unvorbereitet hierherkommt? Aber auch wenn sie den Gedanken so unvorstellbar findet wie *mamma*, fühlt sie keine Verachtung, nur ungeheures Mitleid.

Der Tag zwischen dem, an dem sie ihre Vereinbarung getroffen haben, und dem, an dem sie sich in der Kirche treffen, wird von dem Gedanken an Ursa allein in ihrem Haus beherrscht, von der Vorstellung, wie sie wie versteinert mit der Decke umgelegt am Tisch sitzt oder sich ins Bett legt, sobald ihr Mann fortgegangen ist. Maren malt sich aus, wie ihre nackten Zehen das Fell berühren, das sie zusammengenäht hat, die sanfte Aufmerksamkeit ihrer Augen, während sie das Brot schneidet, das Maren ihr gebracht hat. Ihre Lippen um die Scheibe wie der Schnabel eines Vögelchens.

Maren hat es eilig, zur Kirche zu kommen, dennoch klopft sie am Sabbat an Diinnas Tür und drängt sie, mitzukommen.

»Er billigt das nicht«, sagt Maren. »Dass man am Sabbat nicht hingeht.«

»Was kümmert mich das? Ich brauche seine Erlaubnis nicht.«

Maren kann ihrer teilnahmslos dreinblickenden Schwägerin nicht begreiflich machen, dass er nicht wie ihr Geistlicher ist, dass die Meinung dieses Mannes Gewicht hat, dass der Verlust seiner Gunst schwer wiegt.

Sie hat Diinna nicht gesagt, was *mamma* ihm über die Runen und die Riten erzählt hat, obwohl es sein könnte, dass

Diinna sie und *mamma* durch die Wand darüber sprechen gehört hat. Doch Diinna lässt sich nicht anmerken, ob sie etwas mitbekommen hat, ob es sie kümmert, was die Menschen sagen, Maren eingeschlossen. Die gegenseitige Abneigung zwischen ihr und *mamma* wird immer heftiger und bösartiger. Maren streckt die Hand nach Diinna aus. Sie ist klebrig.

»Bitte, Diinna. Du solltest mitkommen. Er könnte noch Fragen für den Zensus haben.«

Sie zuckt die Achseln. »Er weiß, wo er mich findet.« Ihre dunklen Augen wandern zur Wand. Vielleicht hat sie doch alles mit angehört, hat erfahren, dass Toril ihren Namen genannt und *mamma* bestätigt hat, wo sie wohnt.

»Dann lass uns wenigstens Erik mitnehmen«, sagt Maren voller Ungeduld, von hier fortzukommen.

Diinna hält ihn ihr hin, ein stummes *Nimm ihn*. Maren nimmt Erik und setzt ihn vorsichtig auf dem Boden ab. Er sitzt plump da, wie ein Kind, das sehr viel jünger als vierzehn Monate ist. *Er sollte mehr laufen und brabbeln,* denkt Maren, *oder es zumindest versuchen.* Sein kleines Gesicht blickt sie ernsthaft an. Er hat Diinnas Augen und die schmalen Züge von seinem Vater. Die Unterlippe zittert, aber er weint nicht.

»Hallo, Erik. Du kommst mit mir zur *kirke*. Möchtest du das?« Sein Blick gleitet zu ihrem Gesicht und wieder fort.

Diinna schließt die Tür. Maren setzt Erik auf ihre Hüfte und gibt ihm einen Kuss auf die Stirn. Der Geruch nach sauberer Baumwolle ist schon lange verblasst: Er riecht nach nasser Wolle, und sein Haar ist fettiger, als es sein sollte. Sie ruft nach *mamma*, sie solle sich beeilen und eine Decke für Erik mitbringen. Er trägt nur ein Hemd am Leib. Murrend tritt *mamma* aus dem Haus.

»Sie sollte ihr Kind selbst zur *kirke* bringen. Und ist sie noch ganz bei Trost, dass sie ihn so dünn angezogen nach draußen lässt?« Sie gibt sich keine Mühe, leise zu sprechen. »Der Teufel ist in diese Frau gefahren.«

»Psst, *mamma*«, fährt Maren sie an und blickt sich um. »Sag so etwas nicht.«

Mamma schnalzt missbilligend mit der Zunge, während sie Erik in die Decke hüllt, ihn wickelt wie ein Neugeborenes. Er wehrt sich kurz, um seine Arme freizubekommen, als *mamma* ihn hochhebt. Sie verhätschelt ihn, und Diinna behandelt ihn, als könne sie es kaum erwarten, bis er als Erwachsener das Haus verlässt.

Was wird aus ihm werden? Eriks Kind, das so ernsthaft ist wie sein Namensgeber. Sie und ihr Bruder sind von frühem Alter an getrennt aufgewachsen, Maren im Inneren des Hauses, Erik lernte draußen alles über das Land und später auch über das Meer. Manchmal spielten sie zusammen auf der Landzunge, in diesen kurzen Übergangsjahren, als sie alt genug waren, unbeaufsichtigt zu sein, und noch so jung, dass es sinnvoller war, sie aus dem Haus zu haben, als ihnen die Arbeit anzuvertrauen. Ganze Welten entsprangen Vardøs flacher Erde – Trollländer und Feenreiche.

Wenn er mit anderen zusammen war, blieb er immer still, und sie übernahm es, für ihren kleinen Bruder zu sprechen. Jetzt erinnert sie sich daran, dass Erik nicht sprach, bis er zwei oder drei Jahre alt war. Aber nur, weil Maren für ihn redete. Wer wird für seinen Sohn sprechen? Als Erwachsener war Erik ein Mann weniger Worte. Selbst Diinna, immer fröhlich lachend in jenen Tagen, konnte ihn nicht dazu bringen, mehr als ein paar Worte zu sagen. Und nun ist seine Frau so schweigsam, wie er es war, und mürrisch dazu.

Die Anwesenheit des Kommissars und seiner Frau in Vardø ist noch zu neu, als dass die Frauen sich sofort ins Innere der Kirche begeben. Sie haben sich wieder davor aufgestellt, Kirsten einen Kopf größer als alle anderen. Auch Pastor Kurtsson ist da. Als Maren näher kommt, kann sie einen schmalen Spalt zwischen den Gruppen ausmachen – die meisten gruppieren sich um den Geistlichen, aber einige wenige Frauen, die Mehrzahl von ihnen war mit auf See, sprechen mit Kirsten.

Mamma gesellt sich zu der Gruppe des Pastors, Maren geht zu der anderen. Sie hört, wie die Frauen lauthals, aber halbherzig Erik bestaunen, obwohl er dafür schon zu groß ist. Sie weiß, dass die meisten von ihnen Diinna genauso wenig mögen, wie *mamma* es anscheinend tut.

»Keine Diinna?«, fragt Kirsten und beobachtet *mammas* Rücken. Maren schüttelt den Kopf. »Du hättest dafür sorgen müssen, dass sie kommt.«

»Ich kann sie nicht zwingen. Ich habe es versucht.«

»Du hättest dir mehr Mühe geben müssen«, sagt Kirsten. »Edne hat es geschafft, ihren Vater mitzubringen, obwohl er fast blind ist. Der Zensus …« Sie senkt ihre Stimme. »Es wäre gut, wenn sie ihren Namen selbst sagen würde. Ganz besonders jetzt, mit den Tötungen in Alta und Kirkenes.«

»Tötungen?« Maren spürt, wie ihr ein Schauer über den Rücken läuft.

»Drei Sámi, alle Wetterzauberer.«

»Aber Diinna …«

»Es ist nicht entscheidend, was Diinna macht, sondern was sie ist. Dieser Lensmann ist entschlossen, mit den alten Sitten zu brechen.«

»Er ist nicht einmal in Vardøhus.«

»Auch nicht in Alta«, sagt Kirsten. »Aber er hat seine

Kommissare, und Cornet sollte Diinna beim Besuch in der *kirke* sehen.«

Maren begreift: Nicht zur Kirche zu kommen, stellt eine Gefahr dar; den Sámi anzugehören und nicht zur Kirche zu kommen, ist eine ungleich größere Gefahr. »Jetzt ist keine Zeit mehr, sie noch zu holen.«

»Vielleicht fällt es ihm nicht auf«, sagt Kirsten, aber Maren weiß genauso gut wie sie, dass er ein Mensch ist, dem das auffällt. Als sie ihn mit großen Schritten auf die Kirche zukommen sieht, gefolgt von Ursa in einem hellblauen Kleid, macht sie sich so klein, wie es geht.

»Guten Morgen«, sagt er. Die Frauen erwidern den Gruß im Chor, wie kleine Mädchen. Kirsten verzieht das Gesicht.

»Guten Morgen«, sagt eine leisere Stimme, die, so empfindet es Maren, nur für sie bestimmt ist. Ursa ist neben ihr stehen geblieben, und Kirsten lächelt nervös. Ihre Haare sind ordentlicher als am letzten Sabbat – sie muss sich an das Frisieren ohne Spiegel gewöhnt haben.

»Guten Morgen«, sagt Kirsten.

»Ich hatte gehofft, dass wir morgen beginnen können«, sagt Ursa mit fragendem Unterton.

»Natürlich.«

Ursa lächelt breit, zeigt sogar ihre Zähne. »Ich habe nicht vergessen, dass du mir den Mantel geliehen hast. Könnte ich noch Felle von Ihnen kaufen, Fru Sørensdatter?«

»Gewiss«, sagt Kirsten. »Ich bringe sie morgen vorbei, wenn Ihnen das recht ist.«

»Sehr recht sogar. Maren könnte Ihnen noch eine Liste mit Dingen geben, die wir benötigen – wie ich hörte, haben Sie einen Vorrat an Getreide und dergleichen. Sie verfügen über händlerisches Geschick.«

»Vielen Dank, Mistress Cornet.«

»Ursula, bitte.«

Maren bemerkt, dass die anderen sie beobachten, Torils Aufmerksamkeit schwankt zwischen dem Kommissar und ihrer Unterhaltung mit seiner Frau.

»Bis morgen«, sagt Ursa und folgt ihrem Ehemann in den dunklen Eingang der Kirche.

»Ihr habt eine Abmachung?«, fragt Kirsten und kann ihre Neugier kaum verhehlen.

»Sie braucht Hilfe im Haus«, sagt Maren. Sie spürt ein Kribbeln in der Magengegend. Es fühlt sich an wie ein seltsamer Triumph. »Ich habe es ihr angeboten.« Kirsten zieht die Augenbraue in die Höhe. »Sie zahlt. Gutes Geld. Geld aus Bergen.«

Kirsten nickt bedächtig. »Bring mir diese Liste nach der *kirke*. Und – Maren?« Sie sieht sie eindringlich an, ihre Worte sind so direkt wie ihr Blick. »Nimm dich in Acht.« Sie drückt Marens Oberarm und verschwindet in der Kirche, bevor Maren sie fragen kann, wovor sie sich in Acht nehmen soll.

20

Am nächsten Morgen macht sich Absalom früh nach Alta auf, noch bevor Ursa ihn fragen kann, ob er damit einverstanden ist, dass Maren ihr im Haus hilft. Er habe eine neue Taktik, erzählt er ihr.

»Ich habe genug davon, Tag für Tag am Tor der Festung zu warten. Ich werde mich nützlich machen, bis der Lensmann nach Vardøhus kommt. In Alta ist eine Menge passiert, und ich finde es wichtig, das genau einschätzen zu können.«

Ursa vermutet, dass er auch entschlossen ist, die anderen Kommissare kennenzulernen und etwas über deren Beziehung zu Lensmann Cunningham in Erfahrung zu bringen. Sie weiß, dass es ihn wütend macht, dass die anderen vielleicht in enger Verbindung mit dem Lensmann stehen, während er allein in Vardø sitzt. Ursa hofft, dass es den anderen Kommissaren ähnlich ergeht wie ihnen und Absalom nicht mit noch mehr Groll im Herzen zurückkehrt.

Er erklärt ihr, dass er ein paar Stunden lang in einem kleinen Ruderboot die Küste hinauf bis nach Hamningberg fahren müsse. Dort wird er in ein größeres Walfangschiff umsteigen, das ihn bis nach Alta bringt, das zwei Tage Fahrt gen Westen liegt. Auf ihrer Herreise von Bergen müssen sie an der

Stadt vorbeigekommen sein, aber Ursa kann sich nicht daran erinnern, dass sie dort Halt gemacht hätten.

Die Reise nach und der Besuch in Alta werden mindestens eine Woche in Anspruch nehmen, und sie spürt die gleiche Mischung aus Erleichterung und Angst wie in der Nacht auf dem Schiff, als er nicht zu ihr kam. Das Haus wird ihr allmählich vertraut, da sie es den ganzen Tag lang nicht verlässt, aber nachts – selbst wenn er neben ihr schnarcht – denkt sie an die Tierleiber in der Vorratskammer, die Runen über der Tür und den Platz vor dem Kamin unter Marens Fellvorleger, wo ertrunkene Männer lagen.

Sie hat ihm nichts von Maren und ihrer Abmachung erzählt, doch die Fellteppiche gefielen ihm, und er war einverstanden, als sie ihn um Geld für weitere Felle und Vorräte bat, die Kirsten ihr versprochen hatte. Sie veranschlagte etwas mehr, damit sie auch noch Maren bezahlen könnte. Sie will sich nicht ausmalen, dass er ihre Bitte abgelehnt hätte: Marens Besuch hat deutlich gemacht, wie unzumutbar der Zustand ihres Hauses ist. Sie hatte sich nicht daran gestört, solange sie allein in dem Schmutz gesessen hatte. Erst als Maren mit den Fellen gekommen war, die jetzt den Fußboden zieren, war ihr die Unordnung aufgefallen.

In der kurzen Zeit zwischen Absaloms Weggang und Marens Ankunft hatte sie so viel wie möglich erledigt, sie hatte mit dem Besen gekehrt und dabei Staub- und Schmutzwolken aufgewirbelt. Sie hatte Wasser vom Brunnen geholt und versucht, mit einer Bürste den Schlamm aus ihrem blauen Kleid zu entfernen. Sie stellte sich Agnetes hochgezogene Augenbrauen vor und auch Sivs schmales, müdes Gesicht, ihre aufgerissenen Hände, die Blasen, die Fingernägel, so kurz, dass die beiden sie als die eines Mannes verspotteten.

Ursa errötet, während die Erinnerung an die beiläufige Grausamkeit und absolute Dummheit ihrer Worte in ihr aufsteigt. Ihre Armen schmerzen von dem Schrubben am Waschbrett, ihre Hände fühlen sich von der Talgseife schmierig an und haben obendrein noch Ascheflecken. Sie sollte Absalom bitten, an Siv zu schreiben, damit Ursa ihr für ihre – strenge, aber liebevolle – Fürsorge und Pflege danken kann. Ursa sehnt sich nach diesem Wohlgefühl, nach dem Badezuber vor dem knisternden Kaminfeuer und der Wärme im ganzen Körper. Sie möchte wieder Agnetes spitze Knochen in ihrem Rücken spüren, während sie, die Gesichter voneinander abgewandt, zusammen in dem Zuber saßen und Agnetes mühsam summender Atem an ihre Ohren drang, als wäre ein Bienenschwarm in ihren Rippen gefangen.

Maren steht in der Tür, bevor Ursa sich die Tränen aus dem Gesicht gewischt hat. In den Händen hält sie einen Haufen Tücher und Lappen, beugt sich behutsam vor und legt den Stapel neben dem Tisch ab. Ursa bietet ihr Tee an.

»Womit?«, fragt Maren und blickt auf die fast leeren Regale.

»Mein Mann hat Blaubeerblätter aus Bergen mitgebracht. Ich bin sicher, dass er etwas davon erübrigen kann.«

Maren nickt und geht zum Kamin.

»Lass mich das machen«, sagt Ursa. »Ich weiß, wie man Tee zubereitet.«

Es ist eine einfache Aufgabe, aber sie wurde noch nie dabei beobachtet. Jetzt spürt sie Marens Augen auf sich ruhen, genau wie in der Kirche. Aus diesem Grund hält sie sich ein wenig aufrechter, nimmt behutsam die Becher aus dem Regal, schwenkt die Teeblätter darin, bevor sie kochendes Wasser hinzugießt. Sie genießt die Aufmerksamkeit dieser Frau: Darin liegt keinerlei Böswilligkeit, als ob sie auf einen Fehler von ihr lauerte, sondern die gleiche Fürsorge, mit der auch Siv Ursas Handarbeiten überprüfte.

Maren nimmt die Tasse in ihre kalten Finger – Ursa fällt auf, dass ihre Nagelbetten tiefrot und geschwollen sind, wie frisch geschrubbt. Die Handflächen sind so rau wie die ihres Mannes. Sie schämt sich ein wenig ihrer eigenen Hände, die so weich und ungeschickt sind wie die eines Kleinkindes, und versteckt sie in ihren Rockfalten. Maren und sie müssen ungefähr gleich alt sein, aber sie sind grundverschieden. Ursa fühlt sich viel zu groß in Marens Gegenwart, plump und geradezu lächerlich in ihren Unterröcken. Marens Augen sind groß und blass, aber ihr Blick ist scharf und intelligent.

Als sie das letzte Mal zusammen im Haus waren, hatte Maren sofort die Führung übernommen, und jetzt wartet Ursa darauf, dass sie es wieder tut. Doch Maren scheint sich unsicher zu fühlen, hält den Blick auf den dampfenden Becher gesenkt. Ihr Verhalten löst ein unbehagliches Gefühl in Ursa aus, ein Unwohlsein. Sie nimmt ihre eigene Atmung wahr, viel zu laut in der Stille. Sie versucht, flacher zu atmen, und in ihrer Brust macht sich ein Engegefühl breit.

Wortlos sitzen sie zusammen am Tisch, und Ursa begreift, dass sie, auch wenn sie die Grenzen ihrer Beziehung nur schwer abstecken kann, als Erste sprechen muss, denn Maren ist keine Dienerin wie Siv, und sie ist nicht ihre Herrin.

»Danke nochmals, dass du gekommen bist.«

Marens Augen sind immer noch auf ihren Becher geheftet.

»Ich bin froh, dass deine Mutter dich entbehren kann. Mit etwas Glück werde ich schnell lernen, und sie hat dich bald zurück. Sicherlich gibt es hier im Sommer jede Menge zu tun, vor allem, weil die Sommer so kurz sind.«

Maren ist so tief über ihren dampfenden Becher gebeugt, vielleicht, um ihr Gesicht zu wärmen, dass Ursa die feinen Härchen im Nacken sehen kann, wo ihre Haare fest zum Knoten zusammengesteckt sind. Der Kragen ihres Kleides ist zerknittert und abgenutzt, und unter der Haut treten die einzelnen Wirbel hervor. Das Bündel liegt zu ihren Füßen, unförmig.

»Was hast du mitgebracht?«

Maren beugt sich noch weiter vor, hebt das Bündel auf die Knie, ihre Arme spannen sich an, die Vertiefung in der Halsbeuge tritt deutlich hervor. Ursa streckt die Hand aus, um ihr zu helfen, das Bündel auf den Tisch zu hieven.

»Das ist schwer wie ein Stein«, sagt Ursa, die nun neben ihrem Stuhl steht, während Marens schmale Finger den Knoten lösen, der durch das Hochziehen der schweren Last noch fester geworden ist. Ein brüchiger Fingernagel bleibt hängen, und sie saugt scharf Luft ein. »Soll ich den Knoten aufschneiden?« Sie holt ein Messer, und schließlich beginnt Maren zu sprechen.

»Nein, bitte nicht, Mistress Cornet.« Ein eindringlicher Unterton schwingt in ihren höflichen Worten mit, und beides überrascht Ursa. Marens Wangen sind gerötet, und sie verbirgt das Bündel mit ihrem Körper, als wollte sie ein kleines Kind vor Ursas Klinge bewahren. »Es gehört meiner Mutter.«

Nun wird Ursa rot und nimmt sich Zeit, das Messer an seinen Platz zurückzubringen. Die Distanz zwischen ihnen wächst, doch das war nicht Maren, das war sie, als sie das Tuch als etwas abtat, das man leicht bekommen, wieder loswerden und ersetzen kann. *Das ist dein altes Leben*, weist sie sich selbst zurecht.

Als sie sich wieder umdreht, hat Maren die Dinge aus dem Tuch ausgepackt und es sorgfältig zusammengefaltet. Ursa hat mit ihrer Vermutung richtiggelegen: Neben einer glatten Steinsäule, in der sie eine Teigrolle erkennt, liegt ein grauer Stein in Form eines Hügels mit einer flachen Kuppe, ungefähr so groß wie der Bauch ihrer Mutter, als sie mit dem Bruder schwanger war, der nicht überlebte.

»Ist das ein Glättstein?«, fragt sie, und Maren schnaubt verächtlich, so plötzlich, dass sie sich schnell die Hand auf den Mund legt.

»Es tut mir leid, es ist nur …« Noch ein Schnauben, gefolgt von einem kurzen Gelächter. Sofort blickt sie reumütig drein, und auch Ursa muss lachen. »Es tut mir leid, wirklich sehr leid.«

»Muss es nicht«, sagt Ursa und spürt, wie die Distanz zwischen ihnen abnimmt. »Erklär mir bitte, was das ist. Und vielleicht auch«, sie lächelt, »warum es kein Glättstein ist.«

»Ein Glättstein ist zum Glätten oder Stärken. Er passt wie eine Hand in die andere, genau so …«, Maren streckt ihre Handfläche aus, und ohne lange zu überlegen streckt auch Ursa ihre Hand aus und legt sie auf die von Maren. Kaum spürt sie die kühle Trockenheit, die rauen Schwielen, da zieht Maren ihre Hand bereits fort und drückt sie erschrocken an ihre Brust, als hätte sie sich verbrannt.

»Ich …«

Es klopft an der Tür: Dreimaliges Pochen, mit einem Selbstvertrauen, das Ursa an ihren Ehemann denken lässt. Ihr Herz rast, aber Maren erkennt das Klopfen.

»Kirsten Sørensdatter«, sagt sie.

Sie klopft wie ein Mann an die Tür, denkt Ursa, als sie ihr aufmacht. Dort steht Kirsten, mehrere Bündel in den Armen, einen zugedeckten Eimer über den Arm gehängt und zwei miteinander verknotete Felle wie einen Umhang um den Hals. Sie wartet nicht auf eine Aufforderung, sondern ist mit zwei großen Schritten beim Tisch und legt dort alles ab.

»Guten Morgen, Ursula, Maren.« Sie lächelt sie beide an, als wüsste sie, besser als Ursa selbst, dass sie in einem besonderen Moment zu ihnen gestoßen ist. Ursa hat sofort wieder das Gefühl, eine Verbindung zwischen Kirsten und ihrem Mann ziehen zu müssen: Sie ist sich ihrer selbst so gewiss, steht so felsenfest in der Mitte des Raums, dass Ursa zu spüren meint, wie die Luft zurückweicht und ihr Platz macht. Und obwohl Maren augenblicklich aufschreit, dauert es noch einen Moment, bis Ursa begreift, dass die Frau eine Hose trägt.

»Kirsten, bist du verrückt? Ich habe dir doch gesagt, dass du damit aufhören musst.«

Maren steht vor ihrer Freundin, und Ursa hört die Angst in ihrer Stimme, auch wenn sie Marens Gesicht von ihrem Platz an der offenen Tür aus nicht sehen kann.

Kirsten blickt an sich hinunter. »Es wäre verrückt, in Röcken zu schlachten.«

Ursa bemerkt die dunklen Flecken auf ihren Oberschenkeln und den Hosenbeinen, die etwas kurz sind, der Hosenbund wird von einem Strick gehalten. Sie blickt nach draußen: Niemand schaut aus den Nachbarfenstern zu ihnen herüber, niemand steht vor ihrer Haustür. Sie schließt die Tür und geht leise zum Tisch zurück. Marens Mund formt stumm Worte, sie steht sehr nah bei Kirsten, als wollte sie sie gegen Ursa abschirmen. Die beiden verbindet etwas, denkt sie, eine tiefere Freundschaft als die zwischen zwei Frauen, die einmal in der Woche vor der Kirche miteinander plaudern.

»Niemand hat sie gesehen«, sagt Ursa in der Hoffnung, das Band zwischen den beiden zu zerschneiden.

»Irgendeiner wird schon etwas gesehen haben.« Maren presst die Hände fest aufeinander, als ob sie betete. »Einer bekommt immer etwas mit. Was passiert, wenn Pastor Kurtsson davon erfährt oder der Kommissar …«

Sie schnappt nach Luft und dreht sich zu Ursa, die zurückschreckt. Marens Energie fühlt sich gefährlich und verzweifelt an, wie ein Fuchs in der Falle.

»Mistress Cornet, Ursa, Sie werden doch nicht mit …« Sie nimmt sich zusammen. »Bitte, würden Sie bitte nicht mit …« Sie wendet sich wieder an Kirsten. »Du bist hier im Haus des Kommissars, Kirsten. Im Haus des Kommissars, in einer Hose!«

»Das ist meine beste Hose«, sagt Kirsten in scheinbar gekränktem Ton.

»Und dann schlachten Sie auch noch darin?« Ursa macht ihr Spiel mit. Maren sieht immer noch verzweifelt aus, und Ursa versucht sie zu besänftigen. »Ich werde meinem Mann nichts sagen, Maren. Fru Sørensdatter, ich gebe Ihnen mein Wort. Oder sollte ich lieber Herr Sørensdatter sagen?«

Marens Miene ist unverändert, aber Kirsten lässt ein dröhnendes Lachen hören und zieht einen unsichtbaren Hut. »Mylady.«

»Verstehst du nicht, wie gefährlich das ist?« Maren vergräbt die Hände in ihren Röcken. »Es ist eine Sache, dass du in deinem Haus eine Hose anhast …«

»Dein finsterer Blick ist gefährlich. Wenn der Wind in die andere Richtung weht, wird dein Gesicht einfrieren, und selbst die Trolle werden vor dir wegrennen.«

»Trolle sind für Kinder«, sagt Maren. »Das hier ist ernst.«

»Aber bei der Wintersonnenwende streust du draußen vor dem Haus Krümel?«

»Mit solchen Bräuchen haben wir nichts zu tun.« In Marens Stimme schwingt ein hysterischer Ton, und Ursa erkennt, dass wieder einmal sie der Grund für Marens Sorge ist. Maren hat Angst vor ihrem Ehemann, vor seiner Abneigung gegen Runen und zweifellos auch gegen Trolle. In dem Moment verachtet Ursa ihn und wünscht sich, diese beiden Frauen wüssten, dass auch sie sich vor ihm fürchtet. Sie tritt zu Maren und legt ihr eine Hand auf die Schulter.

»Bitte, Maren, du musst dir keine Sorgen machen. Ich werde meinem Ehemann nichts davon erzählen. Er ist diese Woche in Alta, und sicherlich wird Pastor Kurtsson seine Abwesenheit nutzen, um sich von dem Norwegischunterricht mit ihm zu erholen. Außerdem …« – sie schenkt ihr ein zaghaftes Lächeln – »auch ich stelle bei Wintersonnenwende draußen Essen für die Trolle hin. Tatsächlich haben meine Schwester und ich stets auf einem ganzen Hering mit Kartoffeln und einem süßen Kuchen bestanden.«

»Ich wäre gern ein Troll in Bergen, wenn man dort so gut isst«, sagt Kirsten, und auch wenn Ursa es gut gelaunt hinnimmt, entgeht ihr doch nicht die Spitze in Kirstens Worten, und sie tadelt sich dafür, ihre Verschwendungssucht zur Schau gestellt zu haben.

Maren sieht sie prüfend an, und schließlich scheint sie sie beim Wort zu nehmen. Sie nickt bedächtig, ihr spitzes Kinn ist glatt und faltenlos. »Danke.«

»Trotzdem, Kirsten«, sagt Ursa, fest entschlossen, die Situation in die Hand zu nehmen, damit Maren weiß, dass sie sich auf sie verlassen kann. »Für den Rückweg sollten wir dir lieber etwas zum Anziehen borgen.« Sie hebt den Deckel ihrer Kirschholzkiste und holt ihr graues Wollkleid hervor. »Das ist mir sowieso etwas zu lang.« Sie hält es Kirsten hin und sieht zum ersten Mal so etwas wie Unsicherheit über ihr Gesicht huschen.

»Das kann ich nicht tragen«, sagt sie. »Das ist zu fein für mich.«

»Unsinn«, sagt Ursa. »Ich bestehe darauf.«

»Ich werde es mit meinen Stiefeln schmutzig machen.«

»Ich lerne gerade, wie man Schlamm aus Stoffen entfernt. Das ist nicht schlimm.«

Widerstrebend nimmt Kirsten das Kleid und zieht ihre Stiefel aus, bevor sie hineinschlüpft. Es ist ihr etwas zu kurz, aber die Hosenbeine waren noch kürzer.

»So viel Aufregung wegen einer Hose«, sagt Kirsten und bindet die Stiefel zu. »In diesem feinen Kleid werde ich wahrscheinlich genauso viel Wirbel verursachen. Seien Sie lieber vorsichtig, Mistress Cornet, oder die *Kirke*-Frauen werden Sie um etwas Zierborte anbetteln.« Sie richtet sich gerade auf. »Ich habe alles mitgebracht, worum du gebeten hattest«, sagt sie an Maren gewandt. »Mehl und so weiter. Ich habe sogar ein paar Fenchelsamen zwischen Mads' Sachen gefunden. Ich brauche sie nicht.«

Ursa holt das Geld, das sie Kirsten für die Vorräte schuldet, und diese steckt die Münzen in die Hosentasche unter dem Kleid. »Danke. Ich hoffe, Sie werden heute noch viel lernen, obwohl ich nicht weiß, warum Sie sich gerade diese Lehrerin ausgesucht haben.« Sie lächelt Maren warm an, auf deren Gesicht immer noch eine Spur Sorge zu erkennen ist. »Ich sehe dich dann am Mittwoch.«

21

Maren ist zum Weinen zumute. Verdammte Kirsten, mit all ihrer Arroganz, ihrer Dummheit und ihrem Bedürfnis nach Aufmerksamkeit. Sie nimmt ihr nicht ab, dass sie die Hose nur zum Schlachten angezogen hat. Sie wollte sich in Szene setzen und die Meinung der Frau des Kommissars hören. Nun hat sie bekommen, was sie wollte.

Die Tür fällt geräuschvoll zu, und Maren fährt erschrocken zusammen.

»Bitte«, sagt Ursa. »Du musst dir wirklich keine Sorgen machen.«

Maren versucht, ihre Gesichtszüge zu entspannen, und allein der Versuch ist schmerzhaft. So viel Aufmerksamkeit ist sie nicht gewöhnt. Doch Ursa blickt sie an, als könnte sie durch ihre Haut hindurch geradewegs zu ihrem pochenden Herzen sehen. Maren kreuzt die Arme vor der Brust und hält sich selbst fest.

»Ich mache mir keine Sorgen.« Sie räuspert sich, kneift sich unter dem Schulterblatt ins eigene Fleisch und geht dann wieder zum Tisch, wo der Stein liegt. »Können Sie mir helfen, den Stein zum Feuer zu tragen?«

»Sollen wir ihn verbrennen?«

»Stein brennt nicht«, sagt Maren vorsichtig und betrachtet aufmerksam Ursas Gesicht. Sie erwidert das Lächeln. »Das ist ein Backstein zum Brotbacken.« Sie öffnet eines der Bündel auf dem Tisch, blickt hinein und holt ein dicht gewebtes Päckchen heraus. Vorsichtig macht sie es auf und reibt den Inhalt zwischen ihren Fingern, um die Getreideart zu ertasten. »Gut, dass Kirsten den Fenchel mitgebracht hat, denn das hier ist nur Kartoffelmehl.« Sie staubt ihre Hände ab. »Wir werden *flatbrød* backen.«

Ursa nickt. »Ich glaube, das habe ich schon gegessen, zu Weihnachten mit Hering und Zwiebeln.«

Maren zuckt leicht zusammen. *Flatbrød* ist eines ihrer Hauptnahrungsmittel, und sie essen es niemals mit Zwiebeln. Sie hofft, dass Ursa das Knäckebrot schmeckt, denn frisches Brot wird sie nicht häufig im Haus haben.

Maren erzählt Ursa nicht, dass sie dieses Brot für ihre erste Lektion ausgewählt hat, weil sogar Kinder es backen können, weil es eigentlich nie verbrannt oder bitter schmeckt. Solange sie zurückdenken kann, hat sie es zusammen mit ihrer Mutter gebacken, lange bevor ihr Bruder von *pappa* zum Jagen oder Fischen mitgenommen wurde. Alle paar Monate verbrachten sie einen ganzen Tag mit der Herstellung, *mamma* rollte den Teig aus, und Maren backte die Brote.

»Und man backt es auf einem Stein? Nicht in der Pfanne oder im Ofen?«

»Dieses Gestein hält Wärme sehr gut. In sehr kalten Nächten legen wir uns so einen Stein ins Bett.«

Früher wanderte sie mit *mamma*, manchmal auch mit *pappa*, zum Mittelgebirge und suchte dort nach diesen Steinen. Feuersteine nannte *pappa* sie, denn sie erwärmten sich schon mit wenigen Sonnenstrahlen. Sie streicht mit der Hand darüber. Das hier ist ihr zweiter Backstein, es ist etwa zehn

Jahre her, dass sie ihn gefunden haben. Der andere Stein, den sie zu Hause gelassen hat, ist noch besser, denn durch die jahrelange Benutzung hat sich eine Mulde, wie eine Schüssel, gebildet.

Sie hat daran gedacht, Ursa diesen Stein zu schenken, aber sie traut sich nicht, es auszusprechen. *Mamma* wird kaum bemerken, dass er fehlt. Ihr fällt fast gar nichts mehr auf, als ob sich ein Schleier über ihre Augen gelegt hat, der jeden Monat dichter wird.

»Wie eine Bettpfanne?«

Das weiß Maren nicht, nickt aber trotzdem. »Der Stein gibt gleichmäßig Wärme ab und verhindert, dass Luft in den Teig dringt. So hält sich das Brot mehrere Monate, sogar Jahre.«

Zusammen heben sie den Stein hoch, und Ursa äußert sich begeistert über Marens Fähigkeit, den Stein allein zu ihrem Haus getragen zu haben, dann legen sie ihn auf den Kaminrost. »Es dauert eine Weile, bis er heiß genug ist, aber wir können trotzdem schon mit dem Backen anfangen.«

Sie breitet alles aus, was Kirsten gebracht hat: jede Menge Mehl, ein Eimer voll *kjernemelk* mit einer dünnen Haut auf der Oberfläche, die Maren das Wasser im Mund zusammenlaufen lässt. Kirsten, das begreift Maren, als sie die Päckchen mit Samen und sogar einen kleinen festen Salzkristall auspackt, ist viel besser gestellt, als sie es vermutete.

Sie holt Ursas Mörser und Stößel herbei, beides aus kühlem grauen Stein, und lässt Ursa die Fenchelsamen zerstoßen, während sie selbst anfängt, das Mehl zu wiegen und zu sieben. Man kann die Fenchelsamen nicht im Ganzen belassen, denn dann wäre der Geschmack des Brots unausgewogen, der intensive Fenchel würde alles andere überdecken, und wo er fehlt, wäre das Brot geschmacklos. So fühlt sie sich, als sie neben Ursa steht: kreidebleich und dünn wie Knäckebrot.

Ursa schüttet die gemahlenen Fenchelsamen zum Mehl hinzu, und Maren beginnt von Neuem mit dem Sieben: Ursa hat sich nicht besonders viel Mühe gegeben, und die Samen sind nicht so fein gemahlen, wie Maren es gern hätte. Doch Ursa blickt sie ängstlich an, und daher nickt Maren und bedankt sich bei ihr für die Hilfe. Als das Mehlgemisch etwas weniger grobkörnig ist, liegt neben ihr ein kleiner Berg Samenschalen auf dem Tisch. Ursa will ihn gerade mit einer Hand wegwischen, als Maren ihren Arm ausstreckt. Dieses Mal ist sie auf die Berührung vorbereitet, keine Spur der leichten Panik, die in ihr aufstieg, als Ursas Hand sich auf ihre Handfläche legte.

»Behalten Sie sie. Wir können alles verwenden.«

Ursa reagiert sehr sonderbar. Sie bedeckt ihr Gesicht mit den Händen und stößt einen verärgerten Laut aus, ähnlich einem ausgeschimpften Kind.

»Es tut mir leid«, sagt sie. »Es ist furchtbar dumm von mir, so viel wegzuwerfen. Du musst mich schrecklich finden.«

»Ich denke nichts dergleichen«, sagt Maren. »Ich denke nur, dass Sie in Bergen ein anderes Leben geführt haben. Ich hoffe, Sie werden Ihr Leben hier irgendwann mögen.«

Sie spürt, wie ihr Hitze ins Gesicht steigt. »Aber glauben Sie bitte nicht, ich würde denken, Sie hätten damit zu kämpfen.«

Ursa lässt ein hohles Lachen ertönen, ein jämmerlicher Laut, der Marens Herz rührt. »Oh, aber ich habe zu kämpfen.«

Ein Moment des Vertrauens, der Maren mit Zuneigung erfüllt. »Es wird alles gut, Ursa.« .

Ursa sieht sie mit solch unverhohlener Dankbarkeit an,

dass Maren errötet. »Du bist so freundlich, Maren. Ich bin so froh, dass es dich gibt.«

Sie streckt den Arm nach Maren aus, und obwohl es Maren nicht leichtfällt, Menschen festzuhalten – das letzte Mal lag Diinna erschöpft von der Geburt in ihren Armen, während *mamma* den neugeborenen Erik hielt –, fühlt sie sich in diesem Moment gezwungen, die Berührung zuzulassen.

Ursa kommt in ihre Arme, ohne eine Spur von Widerstreben oder Befangenheit, schmiegt sich unter ihr Kinn, ihr Haar riecht nach Schlaf und Duftwasser. Ursa hat ihr gegenüber einmal eine Schwester erwähnt, und vielleicht vermisst sie das Gefühl, diese im Arm zu halten, denn sie klammert sich ungewöhnlich sehnsüchtig an Maren.

Maren ihrerseits wird mutiger und schließt Ursa fester in ihre Arme, spürt ihre weiche Haut unter ihrem schönen Kleid, die sanfte Wölbung ihrer Schulterblätter, die wie leichte Wellen über ihren Rücken spülen. Sie möchte gar nicht atmen, will keinen Raum für ihre Brust zwischen ihnen beiden schaffen. Doch dann lockert Ursa ihren Griff und nimmt ihre Arme fort.

»Danke«, sagt Ursa und wendet sich wieder den Fenchelsamenschalen zu. Die Umarmung scheint sie besänftigt zu haben, wohingegen Maren nun beunruhigter ist als zuvor. »Soll ich sie noch feiner mahlen?«

Marens Puls jagt. Sie nickt bejahend und beginnt, die Buttermilch zu dem Mehlgemisch hinzuzugeben, indem sie erst die Butterschicht abschöpft, um an die Flüssigkeit darunter zu kommen. Sie muss sich sehr konzentrieren, und das beruhigt sie. Dann wickelt sie die Butter in ein sauberes Tuch, das Kirsten für diesen Zweck mitgegeben hat, und der sahnige Geruch steigt ihr in die Nase. Letztes Jahr mussten sie ohne

Butter auskommen, und sie hat diese Reichhaltigkeit vermisst, den Geschmack von Salz, das, aus einem Eimer Meerwasser gewonnen, zusammen mit dem Rahm gebuttert wird, bis alles goldgelb und glatt und perfekt ist.

Nachdem sie genügend Buttermilch hinzugegossen hat, mischt sie alles vorsichtig und neigt die Schüssel zu Ursa, damit diese zusehen kann, wie sie die Masse rührt, bis ein kleiner Hügel entsteht, der die Form des Backsteins im Feuer hat.

Sie streut Mehl auf die Tischfläche, und Ursa reicht ihr die schwere Teigrolle. Sie ist aus einem anderen Stein als der Backstein, kühler, damit der Teig nicht festklebt. Sie portioniert je eine Handvoll Teig und legt eine Kugel vor Ursa hin.

»Der muss so dünn werden wie ein Keks.«

Ursa nickt, doch sobald sie mit dem Ausrollen beginnt, erkennt Maren, dass sie noch nie Kekse gebacken hat. Der Teig hat keine runde Form. Aber als Ursa sie fragend anblickt, einen Mehlfleck am Haaransatz auf der Stirn, lächelt Maren sie aufmunternd an, beobachtet, wie sie den Teig mit Bedacht zum Backstein trägt und darauflegt. Das Brot liegt nicht in der Mitte, eine Seite hängt in die züngelnden Flammen, und Maren weiß bereits, dass es an dieser Stelle anbrennen und anderswo nicht durchgebacken sein wird.

»Wie lange?« Ursa starrt auf den Backstein.

»Wir warten, bis keine Flüssigkeit mehr da ist, bis es knusprig ist und sich gut brechen lässt. Passt du darauf auf?« Zum ersten Mal traut sie sich, zum Du überzugehen

Ursa lächelt, und nachdem sie nun eine Aufgabe bekommen hat, nimmt Maren die Teigrolle in die Hand. Von der Wärme von Ursas Händen ist nichts mehr zu spüren. Sie rollt den restlichen Teig in gleich große Scheiben. Sie ist nicht so geschickt darin wie *mamma*, aber die Teigfladen sind ebenmäßig und voller Sprenkel, wie die Vogeleier, die sie manchmal in den Felsspalten des Kliffs unterhalb ihres Hauses finden. Seit dem Sturm haben sie nicht mehr dort gesucht. Vielleicht sollte sie *mamma* anbieten, dorthin zu gehen – nachdem sie mehr als ein Jahr nicht gestört worden sind, werden die Vögel die Gefahr, die von Menschen ausgeht, vergessen haben.

Nachdem Ursa das Knäckebrot ein paarmal zu früh oder zu spät vom Stein genommen hat, hat sie begriffen, wann sie das Brot mit der Zange fassen und zum Abkühlen auslegen muss. Einträchtig verrichten sie ihre Arbeit, sprechen kein Wort, verständigen sich nur mit Blicken und Nicken, und als der letzte Teig ausgerollt und auf den Backstein geschichtet ist, nimmt Maren ohne zu fragen den Topf zur Hand und bereitet noch mehr Tee zu. Der Kamin ist doppelt so breit wie üblich, das war Dags Idee, und sie können Schulter an Schulter nebeneinander davorstehen. Als der Tee fertig ist, sind auch die Brote trocken und abgekühlt.

Ursa stößt sie an. »Sind sie gut?«

»Das lässt sich leicht herausfinden.«

Sie setzen sich an den mit Mehl bestäubten Tisch. Ursa nimmt ein Brot und bricht ein Stück ab, woraufhin ihr Schoß mit Krümeln und Fenchelstückchen übersät wird. Unbekümmert fegt sie sie mit einer Handbewegung auf den Boden, während sie kaut.

»Mit der Zeit schmeckt das *flatbrød* immer besser«, sagt Maren.

»Es schmeckt auch jetzt schon gut.« Ursa schenkt ihr ein breites Lächeln, das Maren glücklich erwidert. »Es gibt keinen größeren Segen als Brot.«

»Was?«

»Das hat Siv immer gesagt.«

»Sie ist deine Schwester?«

»Unsere Dienstbotin.« Ursa scheint sich wieder zu fangen. »Aber sie ist auch meine Freundin. Agnete ist meine Schwester.« Sie blinzelt, und ihre hellen Wimpern streifen ihre Wangen. »Sie ist krank.«

»Das tut mir leid.«

»Bei ihrer Geburt wäre sie beinahe ertrunken. Die Ärzte meinen, das läge daran, dass meine Mutter sie in der Badewanne zur Welt brachte und sie bis heute immer noch Wasser in den Lungen hat. Ich habe sie gepflegt.«

Maren weiß nicht, was sie sagen soll. Sie nimmt sich noch etwas *flatbrød*, sammelt die Krümel säuberlich in den Händen und schüttet sie dann zu dem Mehl.

»Niemand glaubte daran, dass sie ihren ersten Geburtstag erleben würde, aber jetzt ist sie schon dreizehn. Wenn ich sie das nächste Mal sehe, wird sie erwachsen sein.«

Sie verfallen in Schweigen. Ursa isst ihr Stück Brot nicht auf, ihre Finger spielen damit, es wandert von einer Hand in die andere. Der Schmerz in ihrem Gesicht ist so offensichtlich, dass es wehtut hinzusehen.

»Mein Bruder war auch jünger«, sagt Maren schließlich. »Ein Jahr jünger. Trotzdem war er vor mir verheiratet.«

»Zumindest darin habe ich Agnete geschlagen.« Langsam hebt Ursa den Blick und schaut ihr in die Augen. »Du musst ihn vermissen.«

Dazu kann Maren nichts sagen. Sie spürt, wie ein dunkler Energiesog von dem Fleck vor dem Feuer ausgeht, wo Erik in seiner grünlichen Hülle lag und unter ihren Augen zu schrumpfen schien. In all den Wochen, die er dort lag, konnte sie sich nicht dazu bringen, ihn zu berühren, anders als *mamma* warf sie sich nicht auf ihn und beklagte seinen Tod.

In der Kirche wurde von der Seele des Menschen gesprochen, und Varr und Diinna flüsterten von Geistern, doch sie hatte vom ersten Moment an, als sie ihn tot gesehen hatte, das Gefühl gehabt, dass nichts mehr von ihm in dieser Welt war, hier nicht und auch in keiner anderen. Es gab nur einen Leichnam, der so leer war wie die Behältnisse in der Vorratskammer. Erik war nicht diese geschrumpfte Gestalt, er war nicht gefangen wie ein am Fenster flatternder Vogel, er war nicht im Meer oder in einem Wal oder im Himmel. Er war verschwunden, und Maren fand keinen Trost für ihren Schmerz.

»Es tut mir leid«, sagt Ursa. »Was ich gesagt habe, war völlig unpassend. Agnete und ich haben, außer mit Siv und meinem Vater, nicht viel mit anderen Menschen gesprochen.«

»Wir sprechen überhaupt nur sehr wenig bei uns zu Hause«, erwidert Maren forsch. »Diese Brote sollten wir wegpacken. Gibt es hier Brotfässer?«

»Nicht dass ich wüsste. Obwohl vielleicht …«

Ursa blickt zur Vorratskammer. Die Spinnweben sind fort, aber Maren vermutet, dass Ursa dort sauber gemacht hat, und nicht, dass sie hineingegangen ist.

»Ich hole sie«, sagt Maren und steht auf. Ursa erhebt sich ebenfalls.

»Lass mich das machen.« Ein entschlossener Zug erscheint um ihr Kinn, der Maren schon auffiel, als Ursa in ihrem gelben Kleid aus dem Boot stieg. »Ich kann das machen.«

Sie durchquert den Raum und legt ihre Hand auf den Türriegel. Maren beobachtet das leichte Hochziehen ihrer Schultern, als sie tief durchatmet und die Tür öffnet, wobei sie Mehlabdrücke auf dem Rahmen hinterlässt. Die Kammer hat einen kleinen Fensterschlitz auf der gegenüberliegenden Seite, das Licht fällt auf die aufgehängten Tierkörper und erhellt die feinen Haare über Ursas Ohren, die sich aus ihrem Knoten gelöst haben.

Einen Moment lang zögert Ursa, dann betritt sie die Kammer und verschwindet außer Sicht. Maren sieht die geschlachteten Rentiere, die dunkelroten, sehnigen Körper. Schmackhaftes, salziges Wildfleisch. Sie sollte Ursa anbieten, ihr zu zeigen, wie man die Tiere zerlegt, aber vielleicht wäre das zu viel verlangt von ihr, vielleicht ist es dafür noch zu früh. Ein scharrendes Geräusch ist zu hören, und Ursa kommt wieder aus der Kammer. Sie rollt ein Fass vor sich her und zuckt zusammen, als ein herabbaumelnder Rumpf es wieder in ihre Richtung schiebt. Sie zieht die Tür hinter sich zu, die Lippen zu einem schmalen Strich zusammengepresst, bewegt sie das Fass zum Tisch, stellt es aufrecht hin und legt ihre Handflächen darauf.

Maren und Ursa wickeln die Brote ein und stapeln sie in dem Brotfass übereinander. Als sie damit fertig sind, wischen sie den Tisch ab und kehren den Fußboden. Maren wäscht die Becher in der Schüssel mit dem grauen Wasser ab und fährt mit dem Zeigefinger ihrer schrumpeligen Hand über den Rand von Ursas Becher.

Mithilfe von Schürhaken rücken sie den Stein außerhalb des Feuers. »Lass ihn bis morgen dort liegen«, sagt Maren. »Dann ist er abgekühlt.«

»Soll ich ihn dir dann bringen?«

»Du kannst ihn behalten. Den Teigroller auch. Wir haben noch einen.«

Mit der ihr eigenen Ungezwungenheit streckt Ursa ihre Hand aus und nimmt die von Maren. »Vielen Dank.«

»Ich muss noch nicht gehen«, sagt Maren, obwohl das

nicht der Wahrheit entspricht. Sie hat *mamma* versprochen, dass sie rechtzeitig zurückkommen würde, um dort ihr eigenes Brot zu backen. Doch in ihr eigenes Haus zurückzukehren – ein kleiner, stickiger Raum voller Schweigen und Traurigkeit – scheint ihr in diesem Moment unmöglich, jetzt, wo sie hier in der Wärme sitzt und Ursas weiche Hände in ihren spürt. »Wir könnten mit den Fellen beginnen.«

»Wie gedankenlos von mir«, sagt Ursa. »Dein Mantel muss dir fehlen.«

»Ja.« Eine einfache Lüge, sie hat den Mantel ihres Vaters zu Hause. »Es wäre gut, wenn ich ihn zurückbekäme.«

»Aber deine Mutter braucht dich doch jetzt, oder nicht? Ich kann ohne Mantel auskommen. Ich muss nirgendwo hingehen, nur in die *kirke*. Aber es sind noch ein paar Tage hin bis Sabbat, und außerdem wird es immer wärmer.«

Maren spürt, wie ihr die Chance entgleitet. »Es wäre gut, wenn du deinen eigenen Mantel hättest. Es wird nicht lange dauern, dir das Nähen beizubringen. Natürlich wären wir zu zweit schneller. Wir könnten ihn fertig haben, bevor der Tag zu Ende geht.«

Warum sagt sie nicht einfach, dass sie gern noch bleiben würde? Doch so spricht man hier nicht, wenn man überhaupt spricht, dieses Hin und Her wie wirbelnde Luftströme, auseinander- und wieder zusammengetrieben von einem schnellen Wind.

»Es stört mich nicht, wenn du bleibst. Im Gegenteil, es wäre mir sehr lieb, jetzt wo Absalom in Alta ist.« Ursas Augen strahlen, und sie richtet sie auf Maren. »Wir könnten uns zusammen ans Feuer setzen und uns ein wenig unterhalten, während wir nähen. Wenn du das möchtest. Du musst nicht mit …«

Wieder spürt Maren ein Greifen tief aus ihrem Inneren heraus, wie einen dritten, gespenstischen Arm, der Ursa festhalten will, als ob sie am Ertrinken wäre und zwischen Wrackteilen ein rettendes Floß gefunden hätte.

»Ja«, bringt sie hervor. »Ja, ich kann bleiben.«

22

Maren und Ursa breiten die Felle auf dem Fußboden aus, und Maren holt ein Messer, um sie an den richtigen Stellen einzukerben. Sie muss Ursa eine Schnur um den Körper legen, um ihre Maße zu nehmen, und selbst dabei steigt ihr die Röte ins Gesicht. Sie schneidet die Felle in verschieden große Stücke, und während Ursas Blick auf ihr ruht, spürt Maren, dass sie ihr etwas sagen möchte.

»Findet dieses Mittwochstreffen regelmäßig statt?«

Maren hört auf, die Felle zuzuschneiden, sichtbar erstaunt.

»Die Zusammenkunft, von der Kirsten gesprochen hat«, sagt Ursa. Maren kann sich kaum an etwas von Kirstens Besuch erinnern, der ihrem Gefühl nach schon lange zurückliegt. »Ist dieses Treffen nur von euch beiden?«

»Nein. Einige von uns kommen im Haus von Fru Olufsdatter zusammen.«

»Sie ist unsere Nachbarin, nicht wahr? Vielleicht könnte ich dazukommen. Ich würde gern ein paar Menschen außerhalb der *kirke* treffen.«

Maren zuckt zusammen.

»Ich werde deine Hilfe nicht erwähnen, wenn du das nicht möchtest. Ich könnte so tun, als würde ich dich gar nicht kennen.«

Maren weiß, dass sie das zum Scherz sagt, aber es gelingt ihr nicht, ihren gekränkten Gesichtsausdruck zu verbergen. »Du kannst tun, was du willst.«

Ursa steht auf und geht zu der Kirschholzkiste.

»Anissamen?« Ursa schüttet zwei kleine Samen in ihre Handfläche und hält sie Maren hin. »Man legt sie auf die Zunge. Sie schmecken eigenartig, aber gut.« Sie nimmt einen, legt ihn sich in den Mund und streckt dann die Zunge vor, um Maren zu zeigen, wie es geht. »Wenn du es nicht magst«, Ursa legt sich eine Hand über den Mund, ihre Worte wirken durch den Anissamen auf der Zunge leicht gestelzt, »lass es bleiben.«

Maren nimmt einen Samen von Ursas Hand und umschließt ihn mit den Lippen.

»Das ist gut, oder?«

»So etwas habe ich noch nie probiert. Ist das aus Bergen?«

»Aus Asien. Kaptein Leifsson von dem Schiff, mit dem ich gekommen bin, hat sie mir gegeben.«

Sie machen sich wieder an die Arbeit, Maren legt die Ärmelteile auf dem Tisch aus, damit sie sie zusammennähen können, jede einen Ärmel. Mit einem spitzen Rohr bohrt sie Löcher ins Fell und zeigt Ursa den Kreuzstich, den es braucht, damit die Naht hält.

»Ich hoffe, du bist mir nicht böse, dass ich nach dem Treffen gefragt habe«, sagt Ursa. »Ich habe Verständnis dafür, wenn ich dort nicht willkommen sein sollte. Aber ich habe diesen Tag mit dir zusammen so sehr genossen, dass ich gern noch andere Frauen kennenlernen würde, wenn sie alle so nett sind wie du.«

Wie kann Maren ihr erklären, dass sich ihre Brust zusammenzieht bei dem Gedanken, Ursa könnte sich mit den anderen

Frauen anfreunden? Es ist kindisch, wegen dieser neuen Freundschaft eifersüchtig zu sein. Und es könnte schwierig werden, wenn die Frau des Kommissars sich zu dieser zwanglosen Frauenrunde dazugesellt. Maren vertraut darauf, dass Ursa niemandem von Kirstens Hose erzählen wird, doch welche Geheimnisse wird sie noch erfahren?

»Ich weiß, dass ich hier eine Fremde bin«, erklärt Ursa offenherzig, »aber ich würde das sehr gern ändern.«

»Du kannst kommen, selbstverständlich.«

»Holst du mich ab? Beim ersten Mal möchte ich nicht unangekündigt erscheinen.«

Maren bleibt nichts anderes übrig, als zu nicken.

»Gut.« Ursa lächelt. »Abgemacht.« Sie konzentriert sich wieder auf ihre Näharbeit. »Also, was habe ich hier falsch gemacht?«

Die Antwort kommt prompt, und Maren hilft Ursa, ihre Stiche zu lösen, und macht ihr nochmals langsam vor, wie sie die Nadel führen muss. Das Feuer brennt zweimal herunter, bevor sie die Arbeit abgeschlossen haben. Die Welt vor den kleinen Fenstern ist ruhig und grau, die Nacht sehr still, als ob alle Lebewesen den Atem anhielten.

Ursas Daumen ist rot und blutig geworden, weil sie die Nadel ohne Fingerhut durch die grobe Tierhaut gedrückt hat. Maren beschließt, ihr das nächste Mal ein Stück Leder für den Finger mitzubringen.

»Du solltest ihn anprobieren.« Sie hält ihr den Mantel hin, und Ursa fährt in die Ärmel hinein.

»Wie sehe ich aus?«, fragt Ursa und dreht sich im Kreis. »Wie eine Frau aus Vardø?«

Sie hat keinerlei Ähnlichkeit mit einer Frau aus Vardø, mit keiner von ihnen. Maren spürt ein Ziehen in der Brust. Vor

Verlegenheit senkt sie rasch den Kopf und beginnt, den restlichen Darmfaden aufzuwickeln.

Ursa zieht den Mantel aus und hängt ihn an den Haken neben der Tür. Dann nimmt sie den Mantel von dem benachbarten Haken und hält ihn Maren hin.

»Danke, dass du ihn mir geliehen hast.« Sie geht wieder durch den Raum zu der Kirschholzkiste. Diesmal hat sie zwei Anissamen in der Hand, und einige Münzen.

»Hier, bitte.«

Die Münzen liegen kalt und glänzend in Marens Hand. »Das ist zu viel.«

»Nein, mit dem Backstein und der Teigrolle und den vielen anderen Dingen ist es nicht zu viel«, erwidert Ursa. Sie schließt Marens Finger um die Münzen. »Wir haben viel mehr geschafft, als ich je gedacht hätte. Ehrlich, ich kann schon beinahe einen Haushalt führen.«

»Und die Anissamen ...«

»Einen für jetzt, einen für später. Bis Mittwoch?«

Maren möchte, dass Ursa sie nochmals zum Bleiben auffordert, dass sie sich ihr in den Weg stellt und sie nicht vor Tagesanbruch gehen lässt. Doch sie öffnet die Tür und lässt sie hinausgehen in die neblige, sonnenbeschienene Nacht.

Während sie mit Ursa zusammen war, hatte sie wieder das Gefühl, wahrgenommen zu werden, auf eine Weise, die sie so nicht mehr erlebt hat, seit Dag vor Aufregung zitternd um ihre Hand anhielt. Selbst ihre herzliche Freundschaft mit Kirsten fußt auf anderen Voraussetzungen.

Das Geld von Ursa ist mehr, als sie je in ihrem Leben gesehen hat; in ihrem Dorf wird mehr getauscht als mit Münzen bezahlt. Höhnisch klimpert es in ihren Röcken. Durch die Bezahlung ist ihre Zeit mit Ursa nicht mehr als ein Dienst,

Maren ist nicht mehr für sie als Kirsten. Dennoch, sie weiß, dass es zu viel ist, ein Vielfaches von dem, was sie für ihre üblichen Bestellungen bei den Händlern von Varanger bezahlen, wenn diese im Hochsommer nach Vardø kommen. Aber *mamma* würde es nicht gutheißen, wenn sie mit leeren Händen zurückkäme, dann würde sie ihr verbieten, wieder hinzugehen.

Würde Maren auf sie hören? Sie bezweifelt, dass die Missbilligung ihrer Mutter sie von diesem Haus fernhalten könnte, von Ursa. Sie ist der erste Mensch, mit dem Maren sich in vielen Jahren angefreundet hat, und sie ist vollkommen verschont geblieben von der Härte eines Lebens in Vardø. Auch vor dem Sturm war niemand so weich wie sie.

Ihr Haus kommt in Sicht, und Licht dringt durch die Fensterritzen nach draußen, sodass es aussieht wie ein Schiff auf dem vernebelten Meer. Maren nimmt drei kleinere, schwerere Münzen aus ihrer Tasche und steckt sie auf die andere Seite. Sie wickelt das Geld in ein Stück Stoff, um jeden Laut zu ersticken. Maren weiß nicht, was diese Münzen wert sind, sie kann ihren Aufdruck nicht entziffern, aber ihr Gewicht und ihre Farbe verraten ihr, dass sie die wertvollsten sind.

Diese Münzen wird sie für sich behalten, für einen noch unbestimmten Zweck. Vielleicht wird sie nach Trondheim gehen und dort Webstoff kaufen, um sich ein Kleid zu nähen wie das dunkelblaue von Ursa, mit einem gewagten, runden Ausschnitt, der bis an die Schultern reicht, und einem Spitzenbesatz am Ärmelaufschlag. Sie würde nicht so reizend wie Ursa darin aussehen, aber es wäre schön, etwas Neues zum Anziehen zu haben, etwas, das nicht an den Enden und am Saum ausgefranst ist. Sie drückt die Münzen, bis sie in ihrer Hand warm werden, und blickt in den Himmel. Die tief stehende Sonne wirkt leicht verschwommen, ihr Licht bewegt sich immer zu den Rändern ihres Sichtfelds hin. Vielleicht könnte sie eines Tages sogar ein eigenes Haus bauen.

Ihre Mutter ist auf und steht vor dem Feuer, der Backstein kauert sich in die Flammen wie eine Kröte, neben ihr ein Stapel *flatbrød* und noch mehr Teig auf dem Tisch. Sie blickt sich nicht um, als Maren die Tür schließt. Der Raum fühlt sich beengt an nach dem Tag im Haus des Kommissars, und obgleich alles sauber ist, liegt ein Geruch in der Luft, den sie noch nie zuvor bemerkt hat: Rauch und ungewaschene Haare. Sie räuspert sich, nimmt den Anisgeschmack wahr.

»*Mamma*?«

Die Hände ihrer Mutter langen nach dem gebackenen Brot, klopfen leicht dagegen und schnipsen es dann auf ihre Handflächen. Es dampft, aber sie geht ganz ruhig damit zu dem Gestell, und ihre Hände legen es so behutsam ab, als würden sie beten. *Es gibt keinen größeren Segen als Brot*, denkt Maren, als ihre Mutter den nächsten Teigfladen nimmt und auf den Backstein legt.

»Entschuldige, dass ich so spät komme«, sagt Maren und zieht ihren Mantel aus. Ein Ziehen in ihrer Brust, als sie sich an Ursa erinnert. Sie hat den neuen Mantel wie etwas Besonderes und Schönes aussehen lassen, so wie ein Vogel sein Federkleid trägt.

Ursa weiß nicht, dass Maren zwei kleine Runen in ihren Ärmel genäht hat, die Diinna ihr einmal beigebracht hat. Sie bedeuten Schutz vor Verletzungen und Fürsorge. Der Gedanke daran gefällt ihr, sie sind wie mit unsichtbarer Tinte geschriebene Nachrichten auf Ursas blassem Handgelenk, durchzogen von Venen grün wie Schmelzwasser.

Mamma spricht immer noch nicht, aber ihre Schultern

sind angespannt, fast bis zu den Ohren hochgezogen, und als Maren zum Feuer kommt, zuckt ihr Kinn grimmig, während sie das Brot wendet. Ihre Hände sind die Bewegung so sehr gewöhnt, dass sie gar nicht nach unten blickt, sondern nur stur geradeaus. Die Hitze treibt ihr den Schweiß ins Gesicht. Ihre Haut glänzt, der Schorf in ihrem Mundwinkel blättert ab. Sie sieht aus wie eine Fremde.

»*Mamma*?«

Maren hält ihr die Münzen hin, schließlich blickt *mamma* ihr ins Gesicht und dann auf ihre Hand.

Wortlos deutet sie mit einem Kopfnicken zu dem Topf, wo sie ihre wenigen Wertstücke aufbewahren, die Perlenschnüre, die sie anlässlich der Hochzeit mit Erik von Diinnas Vater bekommen haben, und die graue Perle, die ihr Vater in einer Muschelöffnung gefunden hat und die sie Dag als ihre Mitgift geben wollte. Maren legt ihre Münzen in den Topf und hilft *mamma* bei dem nächsten *flatbrød*.

Sie arbeiten Schulter an Schulter, und ihr Schweigen ist gleichzeitig drückender und leichter, als es mit Ursa war. Sie haben diese Arbeit schon so oft zusammen verrichtet, dass sich ihre beiden Körper wie einer anfühlen.

»Wie ist sie so?«

Maren denkt an Ursas weiche Hände, ihre glatten Wangen, ihr gekräuseltes Kinn, wenn sie nachdenkt oder verlegen ist. Sie denkt an den Anis in ihrem Atem, den sie jetzt mit ihr teilt, wie ein Geheimnis. »Sie ist nicht so, wie man es erwarten würde.«

Mamma schnaubt ungläubig.

»Du wirst sie schon sehr bald kennenlernen«, sagt Maren und legt das letzte noch ungebackene Brot auf den Stein, während *mamma* ein anderes zu dem Gestell bringt, wo die

Brote abkühlen. »Sie kommt am Mittwoch zu unserer Zusammenkunft.«

Als sie die Worte ausspricht, kehrt wieder dieselbe Verwirrung zurück, die sie spürte, als Ursa sie erstmals darauf ansprach. Ihre Freundschaft ist noch neu und ungeformt, noch ist das Band nicht stark genug, dass sie sich sicher fühlen würde. Und was passiert, wenn Ursa erkennt, dass sie jemand vollkommen Mittelmäßigen gewählt hat, um ihr zu helfen, wo sie doch jede Frau aus dem Dorf hätte haben können? Toril ist am geschicktesten in Handarbeiten, Gerda die Schnellste beim Buttern, Kirsten die Beste im Schlachten. Ihre Mutter ist besser als sie im Kochen, im Backen – Maren hat nicht einmal einen so guten Charakter wie die meisten.

»Kommt sie das nächste Mal?« *Mamma* zieht die Augenbrauen in die Höhe. »Das wird interessant. Was wird deine Kirsten dazu sagen?«

»Warum sollte sie irgendetwas zu sagen haben?«

»Sie möchte gern immer im Mittelpunkt stehen, nicht wahr? Wenn die Frau des Kommissars da ist, wird sie nicht so leicht die Führung übernehmen können.«

»Sie wird nichts dagegen haben. Schließlich hat sie die Zusammenkunft ihr gegenüber erwähnt.«

»Wir werden sehen«, sagt *mamma*. Sie beginnt, die Brote in die Fässer zu stapeln, und Maren hilft ihr. Durch die dünne Wand ist Erik endlich still geworden, und Maren hört ein leises Lied. Diinna singt in ihrer Sprache, es ist Eriks *joik*.

Sie gehen zu Bett, als die Morgengeräusche unter der Tür hereindringen, und Maren muss warten, bis *mamma* eingeschlafen ist, erst dann kann sie die verbleibenden Münzen und den Anissamen aus ihrer Tasche hervorholen und in den Schlitz ihres Kissens legen. Sie schiebt den Anissamen hin und her, bis er klein und hart an ihrer Wange liegt, und sie bildet sich ein, dass sie ihn durch den gräulichen Stoff riechen kann. Sie sollte einen der langen Sommertage ausnutzen und zum Mittelgebirge rudern. Seit dem Sturm hat sie das Heidekraut nicht mehr ausgetauscht, und es ist bröckelig wie verbranntes Brot. Vielleicht hätte Ursa Lust, mit ihr zu kommen, jetzt, wo sie einen Mantel hat.

Diinnas Gesang dringt immer noch durch die Wand. Erik muss wach sein, und Maren drückt ihre Handfläche gegen die Wand und schließt im Angesicht des heller werdenden Tages die Augenlider. Sie sinkt in die Tiefe, und der Wal, der ihren Vater und ihren Bruder geholt hat, kommt an die Oberfläche und ruft sie zu sich aufs Meer.

23

Mamma lässt Maren hart arbeiten an dem verbleibenden Tag vor der Zusammenkunft. Sie wird zu Toril geschickt, um ausgebesserte Winterhemden abzuholen, und die Begrüßung fällt noch steifer aus als je zuvor. Toril hat es anderen noch nie leicht gemacht, sie zu mögen, war kühl zu denen, die sie ihr ganzes Leben lang kannte, doch seit dem Sturm ist sie dazu übergegangen, ihren Glauben wie eine Rüstung zu tragen und ihre Frömmigkeit wie eine Klinge zu schwingen. Maren zählt fünf Kruzifixe auf dem Regal über dem Kamin, aufgereiht wie neu geschmiedete Waffen. Noch mehr Kruzifixe säumen die Wände, kunstvolle Arrangements aus geflochtenem Seegras und Zwirn.

»Ist das für Commissioner Cornet?« Maren deutet mit einer Kopfbewegung zur Wand.

»Das ist für Gott. Er kommt fast jeden Tag«, sagt Toril.

»Gott?«

»Commissioner Cornet.« Maren saugt ihre Wangen ein, sonst müsste sie über Torils wütenden Gesichtsausdruck lachen. »Heute kommt er allerdings nicht. Heute ist er in …«

»Alta.«

Torils Hände umklammern die Hemden, ihre Fingerknöchel sind kalkweiß. »Er hat es dir erzählt?«

»Du bist nicht die Einzige, die hier Neuigkeiten erfährt, Toril«, sagt Maren, die sich unweigerlich daran erinnert fühlt, wie Kirsten Toril den Wind aus den Segeln nahm, als sie besser über den Lensmann Bescheid wusste. Sie streckt die Hände nach dem Stapel geflickter Kleidung aus, doch Toril gibt ihn ihr nicht.

»Er hat euch nicht besucht.«

Maren zuckt die Achseln.

»Ich weiß, dass er nicht bei euch war. Das würde er niemals tun, nicht mit dieser Lappin und ihrem Bastard unter eurem Dach.«

Blitzschnell packt Maren ein heftiger Zorn. »Erik ist kein Bastard. Seine Eltern waren verheiratet, und du selbst hast auf ihrem Hochzeitsfest getanzt.«

»Ich habe nicht getanzt«, entgegnet Toril. »Ich würde niemals bei solch einem teuflischen Bund tanzen.«

Maren juckt es in der Hand. Sie hat den Wunsch, Toril ins Gesicht zu schlagen, sie an den Haaren zu ziehen. Aber sie reißt ihr nur die Hemden aus den Händen. »Pass auf, was du sagst, Toril Knudsdatter.«

Toril verliert das Gleichgewicht und stolpert, ihre Schulter stößt gegen das Regal neben ihr, und einige Kruzifixe fallen herunter. Mit pochendem Herzen dreht Maren sich um und geht hinaus, während Toril am Boden ihre Devotionalien zusammenklaubt.

Geschäftiges Treiben erfüllt Vardø, wie es nur zur Sommerzeit herrscht, Frauen sitzen mit Butterfässern vor ihren Häusern oder schuppen Fisch ab, der aus Kiberg gebracht wurde. Die Gerüche, die leisen Gespräche können sie nicht beruhigen, auch wenn sie ihr wohlvertraut sind. Sie geht geradewegs zu Diinnas Tür und klopft mit dem Ellbogen an.

Diinna braucht lange, bis sie die Tür öffnet. Ihre Haut ist fahl, der Mund eine schmale Linie, ihr offenes Haar strähnig. Maren muss an den Tag denken, als Kirsten sie im ersten Winter aus ihrem eingeschneiten Haus freischaufelte. Der Raum hinter Diinna ist dunkel und stickig, und es riecht nach saurer Milch. Maren kann den kleinen Erik sehen, er ist immer noch in seine Decken gewickelt, sacht hebt und senkt sich seine Brust.

Wortlos streckt Diinna ihre Hände nach den Hemden aus, doch Maren schüttelt den Kopf und bedeutet ihr, herauszukommen. Leise schließt sich die Tür hinter ihnen, obwohl Maren Diinna gern bitten würde, sie offen stehen zu lassen, damit das schlafende Kind drinnen etwas frische Luft bekommt.

»Ich war gerade bei Toril.«

»Das sehe ich.« Bei Tageslicht sieht Diinna noch elender aus. Ihre geschwollenen Augen blicken matt, und wenn Maren nicht sicher wüsste, dass sie keine Gelegenheit hat, an Branntwein zu kommen, würde sie denken, dass Diinna betrunken sei.

»Sie hat über dich geredet. Unfreundliche Dinge gesagt.«

»Was macht das schon?«

»Sie hat behauptet, Erik und du, ihr wärt nicht richtig verheiratet gewesen.«

Ein Ausdruck von Schmerz huscht über Diinnas Gesicht. Sie steckt sich ein paar Haarenden in den Mund und saugt daran. »Sie war dabei, sie hat gesehen, wie wir geheiratet haben.«

»Sie nannte es«, Maren senkt ihre Stimme, damit *mamma* sie nicht hört, »einen teuflischen Bund.«

Diinna zuckt die Achseln. »Sie war schon immer so. Selbst

als wir noch Kinder waren. Einmal hat sie einen Topf mit heißem Wasser nach mir geworfen.« Ihre Hand wandert zu der Stelle auf ihrer Schulter, wo die Narbe wie Zierborte verläuft, und Maren erinnert sich, dass es wirklich Toril war, die Diinna damals verletzte. »Warum kommst du mir jetzt mit den alten Geschichten?«

»Weil das hier kein leeres Geschwätz ist«, sagt Maren. »Commissioner Cornet hört auf sie. Er betet fast jeden Tag mit ihr zusammen.«

Diinna schnaubt verächtlich. »Das machen sie also die ganze Zeit?«

Maren lässt die Hemden auf den Boden fallen und fasst Diinna an den Schultern. Ihre Knochen bohren sich in Marens Finger. »Diinna, bitte. Komm am Sabbat zur *kirke*. Er sollte dein Gesicht sehen, dich dort sehen.«

Diinna schüttelt Marens Hände ab. »Ich schicke Erik hin, für dich und für deine Mutter. Das sollte genügen.«

»Es geht nicht um mich.« Maren möchte sie am liebsten schütteln. »Es geht um dich, und wenn du es nicht für dich selbst tust, dann wenigstens für Erik. Commissioner Cornet hat es im Zensus festgehalten, dass du nicht zur *kirke* gehst.«

»Zensus?«

»Sein Buch. Er hat es aufgeschrieben, und wenn es einmal dort steht, wird es auch nicht so schnell vergessen werden. Und du bist …«

»Eine Lappin?« Diinna verengt die Augen zu Schlitzen.

»Ich würde dieses Wort niemals benutzen. Aber ich habe dir erzählt, was Kirsten von den Sámi-Männern berichtete, die in Alta hingerichtet wurden, und noch einer in Kirkenes.«

»Sie waren nur Windzauberer.« Vor Traurigkeit legt sich

Diinnas sonst so glattes Gesicht einen Moment lang in Falten. »Unschuldige.«

»Das ist genau der Grund, warum du vorsichtig sein musst.« Maren beißt die Zähne zusammen. »Und als Commissioner Cornet zum ersten Mal in der *kirke* zu uns sprach«, fährt sie fort, denn plötzlich fällt es ihr wieder ein, »erwähnte er einen Prozess gegen eine Frau, an dem er beteiligt war. Vielleicht ist das nicht der einzige Grund für seine Anwesenheit hier, aber zum Teil sicherlich schon. Du musst mit in die *kirke* kommen.«

»Mir scheint, es wäre besser, ihm aus dem Weg zu gehen.«

»Aber er weiß von dir. Toril hat deinen Namen in der *kirke* genannt, und anscheinend flüstert sie ihn ihm immer noch ein.«

»Ich habe ihr einmal gedroht, ihr ein Loch in die Zunge zu machen, ich hätte es tun sollen«, sagt Diinna. »Das würde uns allen guttun.«

Maren hatte diese Warnung, die Diinna in jenen schrecklichen Tagen kurz nach dem Sturm ausgesprochen hatte, bereits vergessen, und bei dem Gedanken daran steigt jetzt erneut Übelkeit in ihr hoch.

»Du solltest so etwas nicht sagen.«

»Wieso, hältst du mich denn auch für eine Hexe?« Diinna sieht sie unverwandt an.

Maren gräbt ihre Fingernägel in die Handballen, ihre Verzweiflung droht in Verärgerung umzuschlagen. »Du kommst also nicht?«

Diinna blickt in die Ferne.

»Es wäre gut, wenn du wenigstens die anderen aus dem Dorf öfter sehen würdest«, sagt sie. »Früher hast du einige von uns gemocht.«

Früher hast du mich geliebt, denkt sie und sammelt die Hemden auf. Diinna macht keine Anstalten, ihr zu helfen. Immer noch hängt eine glatte Haarsträhne von ihren Lippen und sie saugt daran. Das Geräusch füllt Marens Mund mit Bitterkeit.

»Wie wäre es am Mittwoch? Früher bist du immer gekommen. Toril wird nicht da sein und die meisten anderen *Kirke*-Frauen auch nicht.«

»Aber deine Mutter wird da sein. Und ich dachte, ihr wärt jetzt alle *Kirke*-Frauen.« Diinna klingt gleichgültig.

»Du weißt, dass ich nicht eine von denen bin«, sagt Maren, während sie sich aufrichtet und ihr die Hemden hinhält. »Kirsten und Edne und viele andere von uns, wir sind nicht so wie sie.«

»Ja«, sagt Diinna und nimmt die weiche Kleidung entgegen. »Aber ich bin auch keine von euch.«

Drinnen beginnt Erik zu jammern.

»Dann kommst du also zu der Zusammenkunft?«, fragt Maren verzweifelt, als Diinna die Tür öffnet und hineingeht. Sie bekommt keine Antwort.

Unruhig läuft sie vor ihrer eigenen Haustür auf und ab. Sie fühlt es: Man stellt ihnen eine Falle, dieses Gefühl hat sie schon, seit Toril in der Kirche Diinnas Namen preisgab. Die Neuigkeiten aus Alta beweisen den Ernst der Lage. Denn die Tatsache, dass Seeleute die Sámi um Windzauber bitten, seit sie sich hier ansiedelten, hatte vor Gericht keine Bedeutung. Kirsten erzählte, dass die Männer innerhalb eines Tages hingerichtet wurden.

Sie weiß, dass es gegen Diinnas Glauben verstößt, gegen die Bräuche der Sámi, in die Kirche zu gehen, dennoch denkt sie, dass im Augenblick wichtiger ist, was sie zu glauben scheinen, als was sie wirklich glauben. Manchmal fragt sie sich, ob nicht auch sie selbst ein wenig heuchelt. Das Auge Gottes hat sich von ihr abgewandt, schon seit dem Sturm, und seit der Ankunft des Kommissars fürchtet sie Cornet weit mehr als irgendeinen Gott.

Im Haus wickelt *mamma* gesalzenen Fisch in saubere Tücher. Sie liegen auf dem Tisch verteilt, verschiedene Weißtöne, vom Salz geblichen. Die Gräten liegen auf einem kleinen Haufen, damit jene aussortiert werden können, die als Nadeln oder Kämme zu gebrauchen sind, und andere, aus denen Suppe gekocht wird.

»Worum ging es?«

Maren legt die Hemden ins Regal und geht zu *mamma* am Tisch. »Diinna will nicht mit in die *kirke* kommen.«

»Das ist nichts Neues.« *Mamma* sieht sie eindringlich an. »Warum hast du es versucht?« Maren nimmt einen Fisch in die Hand und eine Pinzette. Sie will nicht wieder darüber sprechen.

»Ach, Toril?« Maren nickt, und *mamma* schnalzt leise. »Ich habe Erik vor der Heirat gesagt, dass es Gerede geben würde. Und jetzt ist er nicht hier, um sie davor zu beschützen.«

Und du tust nichts, um ihr zu helfen, denkt Maren, während sie einen Kabeljau entgrätet. »Ich habe sie gebeten, zu unseren Zusammenkünften am Mittwoch zu kommen.«

Mamma zieht erstaunt die Augenbrauen hoch. »Sie und die Frau des Kommissars? Hältst du das für eine gute Idee?«

»Urs... Mistress Cornet ist nicht wie der Kommissar. Das ist in Ordnung.«

»Wir werden sehen.« Ein Anflug von Aufregung liegt in *mammas* Stimme, und nicht zum ersten Mal stellt Maren fest, dass die Abneigung ihrer Mutter gegen Diinna sich in so etwas wie Hass gewandelt hat. Früher machte *mamma* sich Sorgen, wenn Diinna im Gebirge verschwand, jetzt, so vermutet Maren, wäre es *mamma* recht, solange nur Erik bei ihnen bliebe.

»Außerdem ...«, *mammas* Zunge schnellt zu ihren Mundwinkeln, »was auch immer passiert, du kannst sicher sein, dass Diinna es sich selbst zuzuschreiben hat.«

24

Ursa hatte Angst gehabt, allein zu schlafen, aber ihr Körper ist Anstrengung nicht gewöhnt, und sie fällt in tiefen Schlaf, sobald sie die Tür hinter Maren geschlossen hat. Als sie am nächsten Morgen früh in ihrem sauberen und ordentlichen Haus erwacht, wo der neue Mantel wie ein Geschenk hinter der Tür hängt, ist sie durcheinander, und ihr Kopf dröhnt.

Sie überlegt, den Mantel anzuziehen und einen Spaziergang zu machen, vielleicht Maren aufzusuchen. In Bergen wäre es undenkbar gewesen, dass sie ohne Begleitung auf die Straße geht, aber in diesem Ort scheint es kein Anlass für Gerede zu sein. Doch sie kennt nur den Weg zur Kirche, und sie verspürt kein Bedürfnis, dort hinzugehen.

Ab Mittwoch, sagt sie zu sich selbst, wird sie mehr Menschen hier kennen, denen sie vielleicht Besuche abstatten kann. Mit dem Mantel und den Stiefeln fühlt sie sich sicherer. Sie bereitet sich Tee und isst ein Stück Knäckebrot, das sie mit der Butter bestreicht, die Maren aus der *kjernemelk* gewonnen hat. Ein Tag mit Maren hat sie die Dinge mit anderen Augen sehen lassen. Vorher hat sie die Arbeit nicht bemerkt, aber jetzt weiß sie, dass sie Heizmaterial auffüllen muss, und mit dem übrig gebliebenen Mehl kann sie frisches Brot backen, das sie und Absalom nach seiner Rückkehr aus Alta zusammen essen können.

Er ist viel früher zurück, als sie es erwartet. Am Mittwochmorgen, sie ist früh aufgestanden und bereits angezogen, als sie gerade Teewasser aufsetzt, wird unsanft die Tür hinter ihr aufgestoßen. Sie dreht sich um und denkt, dass Maren gekommen ist, um sie zu der Zusammenkunft abzuholen, doch in der Tür steht Absalom Cornet.

»Gatte.« Es gelingt ihr zu lächeln, bevor ihr ihre Züge entgleiten. »Schon so früh zurück?«

»Der Wind war gegen uns. Deshalb habe ich meine Einschätzung der Situation in Alta von Hamningberg aus vorgenommen.« Trotz der großen Anstrengungen war er nur bis zum nächsten Dorf die Küste hinauf gekommen.

Ursa betrachtet eingehend sein Gesicht, kann aber kein Anzeichen von Gereiztheit erkennen. Er mustert sie von oben bis unten. »Bist du in der *kirke* gewesen, Gattin?«

»Verzeih mir, Gatte, nein, ich war nicht dort. Ich wollte nur anständig angezogen sein.«

Er zieht seine dichten Augenbrauen hoch. »Für wen?«

»Später werde ich zu einem Treffen mit einigen Frauen aus dem Dorf gehen.«

Sie hatte seine Reaktion gefürchtet, aber er nickt. »Das ist gut. Ist Toril Knudsdatter hierhergekommen, um dich einzuladen?«

»Nein, Gatte.«

»Sigfrid? Sie haben mir gesagt, dass sie dich aufsuchen würden.«

Sie schüttelt den Kopf. »Ich kenne diese Frauen nicht.«

»Sie helfen in der *kirke*, und ich habe sie, zusammen mit Pastor Kurtsson, in der Lehre Gottes unterwiesen.«

Ursa gießt das kochende Wasser ein, die losen Teeblätter wirbeln in der Kanne.

Sie reicht ihm einen Becher des frisch aufgebrühten Tees, und er fragt stirnrunzelnd: »Wer denn dann?«

»Unsere Nachbarin, Fru Olufsdatter.« Sie möchte lieber nicht Marens Namen preisgeben und erst recht nicht Kirsten erwähnen.

»Ich verstehe.« Er trinkt einen Schluck Tee.

»Wie war es in Hamningberg?« Da er keinen Einwand gegen das Treffen erhebt, beeilt sie sich, das Thema zu wechseln.

»Gut, gut. Der Kommissar aus Kiberg, Larsen, war auch nur bis dort gekommen. Er ist ein recht guter Mann, aber manchmal spuckt er große Töne. Er hatte alle Neuigkeiten von Commissioner Moe in Alta bekommen. Das war ein eindeutiges Urteil.«

»Du solltest einem Prozess beiwohnen? Weshalb?«

»Der Prozess war schon vorbei – ich wollte mir meine eigene Meinung über die Situation bilden. In Alta sitzen noch zwei weitere Lappen im Kerker, deshalb habe ich vor, dort hinzufahren, wenn der Wind günstig weht.«

»Was haben die Lappen getan?«

»Es geht nicht darum, was sie tun, sondern wozu sie geboren sind. Hexerei.«

»Sie sind Hexer?« Ursa verschränkt die Arme vor dem Körper.

»Meistens«, antwortet Absalom. Sie spürt, dass ihr Interesse ihm schmeichelt.

»Wie wird das bewiesen?«

»Es gibt Befragungen, Proben.« Er beugt sich vor, und obwohl in seiner Stimme zweifellos Erregung schwingt, hört sie auch Angst heraus. »Unser König von Schottland hat ein Traktat darüber verfasst, wie man Hexen erkennt und sie überführt, aber die Lappen lassen sich leicht fangen. Sie haben Trommeln mit gespannter Tierhaut, und sie benutzen sie, um Dämonen herbeizurufen.« Er bekreuzigt sich, und Ursa fühlt, wie ihr ein kalter Schauer über die Haut läuft.

»Dämonen? Ist das sicher, dass sie das können?«

»So sicher wie ein Geistlicher Gott anrufen kann«, sagt Absalom andächtig. »In früheren Zeiten, vor dem Erlass von König Christian, waren sie nicht einmal per Gesetz dazu verpflichtet, solche Instrumente zu zerstören. Commissioner Moe schreibt in seinem Brief, dass sie eine Trommel beschlagnahmt haben, doch sie trauen sich nicht, sie zu verbrennen, denn es könnte sich ein böser Zauber darin verbergen.«

Ursa schaudert. »Glaubst du wirklich, dass das möglich ist?«

»Ich habe gesehen, dass solche Dinge möglich sind.« Absaloms Stimme ist nurmehr ein Flüstern. Er erinnert sich an etwas, das ihm Angst macht, und das versetzt sie in Unruhe. »In Schottland gab es sehr viele Hexenprozesse. Ich hätte die weite Reise nicht antreten müssen, um noch einem Prozess beizuwohnen, aber ich dachte, ich könnte etwas über Commissioner Moes Prozessführung lernen. Larsen wird mir keinerlei Kenntnisse vermitteln können.« Er lehnt sich in seinem Stuhl zurück. »Er hatte nicht einmal daran gedacht, einen Zensus einzuführen, bis ich es ihm vorschlug.«

»Hat er den Lensmann getroffen?«

»Ja, er hat ihn in Alta getroffen.« Absaloms Gesicht nimmt wieder einen verschlossenen Ausdruck an. »Viele Kommissare sind alte Freunde, alte Seefahrer.«

»Dann ist es eine große Ehre für dich, Gatte, nicht wahr?«

Er blickt sie an. »Denn man hat dich allein aufgrund deines guten Rufs aus dem fernen Schottland hierhergeholt.«

Er strafft ein wenig die Schultern und sieht sie mit dem Anflug eines Lächelns in den Augenwinkeln an. »So ist es, Ursula.«

Er trinkt den Becher aus und steht mit neu gesammelter Kraft auf.

»Ich gehe zur *kirke*. Ich hoffe, du verbringst eine angenehme Zeit bei unserer Nachbarin – aber Gattin?« Sie sieht ihn aufmerksam an. »Halt Augen und Ohren offen. Wenn du irgendetwas hörst, das …« Er verstummt, dann geht er und schließt die Tür hinter sich.

Endlich kann Ursa wieder atmen. Ihr Verhalten ihm gegenüber war richtig, dass sie sich interessiert gezeigt hat an dem Prozess in Alta, auch wenn sich ihr Magen zusammenkrampfte. In Bergen hatte man das Gefühl gehabt, die Teufelskunst sei weit weg, aber hier? Vielleicht gibt es solche Dinge wirklich. Sie wäscht sofort seinen Becher ab und setzt frischen Tee auf. Sie möchte nicht von demselben Aufguss trinken.

Maren kommt zusammen mit zwei anderen Frauen kurz nachdem die Sonne ihren Höchststand am Himmel überschritten hat. Ursa erkennt Marens Mutter wieder und macht einen höflichen Knicks, den die alte Frau aber nicht erwidert. Stattdessen schaut sie an Ursa vorbei ins Haus, und in ihrem Blick liegt so viel Feindseligkeit, dass Ursa die Gruppe nicht hereinbittet, sondern nur in ihren Mantel schlüpft und den Türriegel hinter sich vorschiebt.

Die drei Frauen tragen jede ein Stoffbündel vor der Brust, und Ursa erkennt an Marens Mutter das Tuch, das sie neulich zerschneiden wollte. Sie hofft, dass Maren ihr nichts von ihrer Unkenntnis verraten hat. Die unförmigen Gestalten der Frauen zeichnen sich gegen den graublauen Himmel im Hintergrund ab, dessen Färbung an eine nicht mehr ganz frische Prellung erinnert.

»Das ist Diinna«, sagt Maren. Anspannung liegt auf ihrem Gesicht.

Die andere Frau sieht Ursa unverwandt an. Das Bündel vor ihrer Brust ist so groß wie ihr ganzer Oberkörper, sie hat ein breites Gesicht und hohe Wangenknochen. Ursa hat die Frau noch nicht in der Kirche gesehen und begreift, dass sie die Sámi sein muss, die Maren vor den Fragen ihres Ehemannes zu schützen versuchte. Die Frau, die die Runen in ihre Haustür geritzt hat.

Ihr Körper ist genauso dünn wie der von Maren und ihrer Mutter, aber bei ihr wirkt das natürlicher, sie bewegt sich mit einer Leichtigkeit, die den anderen beiden fehlt. Ihre Haare sehen strähnig und ungewaschen aus, an den Enden sind sie zusammengeflochten. Behutsam wippt sie das Bündel vor der Brust auf und ab, und es dauert noch einen Augenblick, bis Ursa begreift, dass sie ein kleines Kind trägt, das aber kein Baby mehr ist.

»Das ist Erik«, sagt Maren. »Der Sohn meines Bruders.«

»Und mein Sohn«, sagt Diinna, und ihre Stimme klingt leicht herausfordernd. Das Miteinander der drei Frauen wirkt beklemmend, und Ursa läuft das kurze Stück zum Haus ihrer Nachbarin neben Maren her.

Die Tür steht offen, und Geplauder dringt nach draußen sowie der neuerdings vertraute Geruch nach frischem Brot. Ursa bleibt keine Zeit, sich zu sammeln, bevor Maren die Tür weiter aufzieht und sie in das gelbe Licht eintaucht.

An den Wänden stehen Bänke, auf denen Frauen in Grüppchen zusammensitzen und, mit einer Handarbeit auf dem Schoß, miteinander plaudern. Ein Regal ist in die Wand eingelassen, auf dem sich eine Sammlung sehr heller Steine befindet. Der Tisch wurde vor den offenen Kamin geschoben und ist beladen mit Brot und Fisch, Krügen voller Wasser und hellem Bier. Ursa fragt sich, ob sie auch etwas hätte mitbringen sollen, ob sie vielleicht noch die kleinen Brote holen soll, die sie gestern gebacken hat.

Zunächst plaudern die Frauen munter weiter, doch als Ursa eintritt, wenden sie die Köpfe. Es sind Gesichter, die sie aus der Kirche kennt, denen sie aber keinen Namen zuordnen kann. Schließlich herrscht, abgesehen von den am Boden spielenden Kindern, Stille. Für Ursa fühlt sich dieser Moment wie ihr erster Kirchgang an, sie zieht den Kopf ein und blickt auf ihre Röcke.

Schließlich bricht Kirsten das Schweigen. »Hab ich dir nicht gesagt, dass sie kommt?«, sagt sie zu einer braunhaarigen Frau neben dem Feuer. »Wetten, dass du jetzt froh bist, so gutes Essen anbieten zu können?«

Die Frau steht auf, geht durch den Raum zu Ursa, die Hand als Willkommensgeste ausgestreckt. Fru Olufsdatter, die Hausherrin. »Ich bin sehr froh, dass Sie gekommen sind, Mistress Cornet.«

»Bitte nennen Sie mich Ursula. Ihr Haus ist sehr hübsch.«

»Der Vater meines Ehemannes hat es gebaut«, sagt sie. Sie rückt ein Stück nach rechts, und Ursa fragt sich, ob sie versucht, das Regal in der Wand zu verstecken. Neben Ursa tritt Maren von einem Fuß auf den anderen, aber der nahezu ehrfürchtige Blick der Frau ist fest auf Ursa gerichtet. »Danke fürs Kommen.«

»Maren hat mich dazugebeten«, sagt Ursa, die sich immer noch gern von der Richtigkeit ihrer Anwesenheit überzeugen möchte. Die Frau ignoriert Maren geflissentlich, und Ursa spürt eine Distanz zwischen den beiden.

»Schön, dass Sie da sind«, bekräftigt sie noch einmal und geht zum Tisch. »Würden Sie gern etwas essen oder trinken?«

»Ich habe ein wenig Durst«, sagt Ursa, und die Frau beugt sich über den Tisch und gießt ihr aus einem der Krüge ein. Sie nutzt die Gelegenheit, sich das Regal näher anzusehen – die Objekte sind nicht alle aus Stein, sie kann erkennen, dass zwei Figuren in der Mitte aus Knochen geschnitzt wurden.

Fru Olufsdatter richtet sich auf und bringt ihr einen Becher. Es ist weder Wasser noch Tee, etwas anderes hat sie in den vergangenen Wochen nicht getrunken, abgesehen von dem Aquavit auf dem Schiff. Vorsichtig schnuppert Ursa an dem trüben Getränk, denn sie möchte nicht unhöflich erscheinen.

»Das ist Sauerampferwasser«, erklärt Maren ihr. »Es schmeckt etwas herb, aber ich denke, du wirst es mögen.«

Maren steht so dicht bei ihr, dass Ursa den Anis in ihrem Atem riechen kann. Ein kleiner Trost. Sie nimmt einen Schluck und bemüht sich, nicht das Gesicht zu verziehen. Es schmeckt sehr bitter und am Ende ein wenig süßlich, wie die Kochäpfel, die Siv zur Weihnachtszeit kaufte. Agnete liebte diese Äpfel, bevor die Ärzte ihr eine Diät aus rein trockener Nahrung verordneten, sie kaute sie wie ein Pferd, mit weit von den Zähnen abgespreizten Lippen. Ursas Inneres schmerzt vor Sehnsucht.

Fru Olufsdatter späht ängstlich zu ihr, deshalb lächelt sie und bittet mit einem Nicken um mehr, auch wenn es einiger Anstrengung bedarf, sich daran zu gewöhnen. Rechts vom

Feuer wird Platz für sie auf der Bank gemacht, genug Platz, dass auch Diinna sich setzen könnte, aber sie bleibt neben der Tür stehen, nachdem sie Erik zu den anderen Kindern auf den Boden gesetzt hat. Ihre Anwesenheit hat eine ebenso große Wirkung auf die anderen wie die von Ursa. Ursa tut Diinna leid, dennoch ist sie froh, dass die Frauen ihr eher mit Vorsicht denn mit offener Ablehnung begegnen.

Sie fangen wieder an, sich zu unterhalten, aber diesmal leiser, jede spricht mit ihrer Nachbarin, keine ruft durch den ganzen Raum. Über den Rand ihres Bechers hinweg beobachtet Ursa Diinna. Herr Kasperson, der Angestellte ihres Vaters, hatte einige Zeit als Buchhalter einer Walfangstation in Spitsbergen gelebt und ihnen erzählt, dass die Lappen klein und wild aussähen, mit winzigen, nadelscharfen Zähnen, dass sie ineinandergeknotete Wolfsschwänze um den Hals trügen und spitze Hüte auf dem Kopf. Doch Diinnas Aussehen unterscheidet sich kaum von dem der anderen, abgesehen von ihrer dunkleren Haut und den hohen Wangenknochen. Allerdings behandeln die Frauen sie anders als den Rest von ihnen. Ursa denkt an den Prozess in Alta und fragt sich, ob Diinna davon weiß.

Auch Erik sitzt ein Stück von den anderen Kindern entfernt, die Beine kerzengerade vor sich ausgestreckt. Er ist offenkundig anders: Sein Kinn wirkt schlaff, kraftlos. Ursa fragt sich, ob etwas nicht mit ihm in Ordnung ist. Auch Agnete war ein langsames Kind gewesen. Doch trotz ihrer Krankheit entwickelte sie einen scharfen Verstand. Vielleicht ist das auch bei Erik der Fall.

Maren nimmt ein großes Stück Stoff aus ihrem Bündel, wickelt eine feine Nadel aus und ein Stück Faden. Kirsten hat ein Paar Stiefel – so groß wie die eines Mannes – auf einen

Hocker vor sich gestellt und schneidet Pelzstücke als Futter zurecht. Ursa begreift, dass sie sich auch eine Arbeit hätte mitbringen sollen.

»Kann ich dir helfen?«, fragt sie Maren, die sie überrascht ansieht. Ursa glaubt, dass sie sich daran erinnert, wie sie die Mantelärmel genäht hat. Aber ihr muss auch klar sein, dass Ursa etwas zu tun braucht, also reicht sie ihr ein kleineres Stück Stoff, vielleicht ein Kopfkissen, und eine dickere Nadel, die sie sich nicht so leicht in die eigenen Finger sticht.

Ursa ist sich bewusst, dass alle Augen auf ihr ruhen, während sie den Faden durch die Nadel zieht, die Stelle findet, wo der Stoff abgenutzt ist, und ein neues Stück Stoff darauflegt. Doch gerade als sie den ersten Stich machen will, wird die Tür wieder geöffnet.

Eine Frau mit verhärmtem Gesicht und zwei Kindern kommt herein, gefolgt von einer zweiten Frau in Begleitung eines jungen Mädchens mit den gleichen blauen Augen und schmalen Lippen. Dieses Schweigen kommt abrupt, anders als das Verstummen, mit dem Ursa begrüßt wurde. Kirsten schiebt den Hocker mit den Stiefeln darauf zur Seite und stellt sich mit vor der Brust verschränkten Armen hin.

»Was machst du hier?«

»Meines Wissen ist es nicht an dir, in diesem Haus solche Fragen zu stellen, Kirsten Sørensdatter.« Die Frau trägt zwei Körbe über den Armen, schlägt das darüberliegende Tuch von einem Korb zurück und hält ihn Fru Olufsdatter hin. »Ich komme nicht mit leeren Händen.«

Fru Olufsdatter nimmt den Korb nicht entgegen. Sie sieht aus, als hätte eine unsichtbare Strömung sie erfasst, blass und plötzlich verängstigt. Ihre Augen huschen zu dem Regal neben dem Feuer, wo die Knochenfigürchen und Steine aufgereiht sind. Die Frau schürzt die Lippen und stellt den Korb auf dem Tisch ab. Ursa bemerkt, dass sie ein Kreuz am Hals trägt, und begreift, dass sie eine der *Kirke*-Frauen sein muss, mit denen sich ihr Ehemann berät.

»Sigfrid und ich sind nur gekommen, um euch Gesellschaft zu leisten. Und wir wollen mit Mistress Cornet sprechen.«

Erst ein paar Herzschläge später fällt Ursa ein, dass sie Mistress Cornet ist. Sie hat immer noch nicht das Gefühl, dass der Name zu ihr gehört: Er ist ein Ding für sich, wie eine Nadel in ihrer Hand, und genauso scharf.

»Mit mir?«

»Was willst du denn von ihr, Toril?«

Maren sitzt starr neben ihr auf der Bank, und aus dem Augenwinkel kann Ursa unverhohlene Abneigung in ihrem Gesicht lesen.

»Das geht dich gar nichts an«, sagt Toril.

Ursa stupst mit ihrem Knie gegen Marens Bein, um ihr Einhalt zu gebieten. »Wie kann ich Ihnen helfen, Fru …?«

»Knudsdatter.« Toril legt die Stirn in Falten. »Ich dachte, Ihr Ehemann hätte meinen Namen Ihnen gegenüber erwähnt.«

»Und meinen«, sagt Sigfrid. »Er wollte, dass wir kommen und Ihnen Gesellschaft leisten.«

»Sie hat genügend Gesellschaft«, sagt Kirsten und deutet auf die anderen Frauen, die sich unsicher umblicken, sodass Ursa nicht sicher ist, ob sie Kirstens oder doch Torils Missbilligung fürchten. Offensichtlich herrscht ein Machtkampf zwischen den beiden Frauen, die ihrer Ansicht nach kaum miteinander zu vergleichen sind. Sie würde jederzeit an Kirstens Seite stehen wollen.

»Er wünscht sich bessere Gesellschaft für seine Frau«, sagt Toril, und Ursas Wangen röten sich angesichts Absaloms Einmischung. Sie hätte ihm nichts von ihrem Vorhaben verraten sollen. Toril steht vor Ursa, und schließlich rückt Marens Mutter auf der voll besetzten Bank zur Seite. Toril stellt ihren zweiten Korb auf dem Boden ab und zwängt sich neben sie.

Fru Olufsdatter blickt weiterhin verängstigt drein. Sie hat sich wieder vor ihr Regal gestellt, und Ursa beobachtet, wie sie einen Krug verrückt, um die Knochenfiguren zu verdecken.

Auch Sigfrid findet einen Platz auf der Bank, und als sie sich setzen will, stößt sie Torils Korb um, und einige Enden Zierborte und eine Rolle Zwirn fallen heraus.

»Entschuldigung«, sagt Sigfrid und geht in die Hocke, um die Sachen wieder einzusammeln. Während Toril ihrer Verärgerung Luft macht, stehen einige Frauen auf und helfen, die Sachen aus dem Korb zusammenzusuchen. Als Ursa bemerkt, dass weder Kirsten noch Maren helfen, bleibt auch sie an ihrem Platz sitzen.

Diinna findet einen Nadelköcher und hält ihn Toril hin. Toril nimmt den Köcher nicht entgegen, sondern sieht sie nur scharf an. »Willst du mir drohen?«

»Drohen?« Diinna schnaubt verächtlich und lässt die Nadeln in den Korb fallen.

»Ich habe nicht vergessen, dass du damit gedroht hast, mir eine Nadel durch die Zunge zu stechen«, faucht Toril, und ein Gemurmel geht durch den Raum.

»Toril«, sagt Kirsten mit drohend scharfem Unterton in der Stimme. »Sie wollte nur behilflich sein.«

»Ich brauche keine Hilfe von ihresgleichen«, sagt Toril. Maren, neben Ursa auf der Bank, ist stark angespannt. Diinna sieht so aus, als würde sie noch etwas sagen, aber sie fährt sich nur mit der Zunge über die Zähne und hebt Erik hoch. Sie verlässt das Haus, ohne sich zu verabschieden, und lässt die Tür krachend hinter sich zuschlagen. Maren fährt zusammen, kurz sieht es aus, als würde sie ihr hinterherlaufen, und Ursa ist sich sicher, dass sie allein ihretwegen bleibt.

Unterdessen macht Toril keinen Versuch, mit Ursa ins Gespräch zu kommen. Sie sitzt nur da, ein wenig zu nah, und holt ein Stück Stoff hervor, das ausgebessert werden muss. Sofort wird ersichtlich, dass sie sehr geschickt im Nähen ist, ihre schmalen Finger arbeiten flink, stopfen die Risse an den Kanten und säumen sie mit einem Stich, den Ursa noch nie gesehen hat.

»Also, Ursula.« Kirstens Stimme ist wie eine Glocke, die den Raum mit ihrem Läuten zum Schweigen bringt. »Was hat Maren Ihnen bislang beigebracht? Ich sehe, Sie haben einen schönen Mantel, aus den Fellen, die ich Ihnen neulich gebracht habe.«

Neben ihr zieht Maren den Kopf ein. Vielleicht ist es so, wie Ursa befürchtete, dass ihrer beider Abmachung ihr peinlich ist. Doch jetzt ist es zu spät.

»Sie ist eine ausgezeichnete Lehrerin. Ich habe einen Vorrat an *flatbrød*, der reicht für die nächsten Jahre, und der Mantel wird mir gute Dienste leisten.«

»Ein Mantel?«, sagt Toril. »Du?«

Sie spricht an Ursa vorbei, die sich wünscht, sie wäre so dünn wie Maren und könnte sich flach an die Wand pressen. Maren gibt keine Antwort, heftet die Augen weiter auf ihre Handarbeit, doch Ursa bemerkt ihre leicht zitternden Finger.

»Ja«, sagt sie. »Maren hat mir geholfen, damit ich etwas Warmes zum Anziehen habe. Ich habe nichts Passendes aus Bergen mitgebracht.«

»Mistress Cornet, es würde mich sehr freuen, wenn ich Ihnen bei der Anfertigung Ihrer Kleidung behilflich sein dürfte. Das ist meine Spezialität. Das ist im ganzen Dorf wohlbekannt.«

Keine der anderen Frauen tritt für sie ein, Sigfrid immerhin nickt kriecherisch.

»Ich bin sehr zufrieden mit dem, was ich habe, vielen Dank, Fru Knudsdatter.«

»Toril, bitte.« Sie rückt, wenn das überhaupt möglich ist, noch näher an sie heran, ihr Knie stößt beinahe gegen Ursas Oberschenkel. »Ihr Mann dachte, es wäre schön, wenn wir uns regelmäßig sehen würden. Und dass Sie sich geistreiche Konversation wünschen, Sie sind ja schließlich aus Bergen. Meine Mutter war aus Tromsø ...«

»Fru Olufsdatter ist aus Tromsø«, unterbricht sie Kirsten. »Wenn Mistress Cornett geistreiche Konversation wünscht, sollte sie sich nicht an dich wenden, Toril. Es sei denn, sie möchte die Bibel auswendig lernen.«

»Bei dir klingt das, als wäre es etwas Schlechtes, Kirsten Sørensdatter«, erwidert Toril schnippisch. »Du vergisst wohl, wer unser Kommissar ist. Er ist ebenso sehr ein Mann Gottes wie Pastor Kurtsson. Er wünscht sich eine bessere Gesellschaft als diese hier für seine Frau und wahrscheinlich auch einen besseren Mantel, als ihn Maren Magnusdatter anfertigen kann.«

Ursa denkt, dass sie Maren verteidigen sollte, doch ihre Stimme ist so gefangen wie ihre eingeklemmten Röcke unter Torils Oberschenkel. Die Frau scheint sich wieder zu sammeln, und ihre Stimme wird abermals unerträglich süßlich. »Vielleicht hätten Sie tagsüber gern etwas Gesellschaft, Mistress Cornet. Ich weiß, dass Ihr Mann häufig in der *kirke* oder stundenlang in wichtigen Angelegenheiten in der Gegend unterwegs ist …«

»Ich habe Gesellschaft, danke, Fru Knudsdatter.«

Sie spürt, wie sich Torils Blick durch sie hindurch in Maren bohrt, die immer noch kein einziges Wort zu ihrer Verteidigung vorgebracht hat.

»Nun gut«, sagt Toril, und ihre Stimme klingt brüchig.

»War's das jetzt, Toril?«, fragt Kirsten. »Dürfen wir jetzt ohne deine freundliche Gesellschaft auskommen?«

Toril wirft ihre Handarbeit in ihren Korb, dann hält sie inne und lässt ihre Finger über die Stofffetzen gleiten.

»Wer hat meine Bordüre genommen?« Sie mustert alle im Raum.

»Bordüre?« Kirsten klingt gelangweilt.

»Warst du das?« Toril stellt sich vor Kirsten hin, der Unterschied in ihrer Körpergröße ist wie der zwischen Eltern und Kind. »Ich hatte meine Bordüre hier drin.«

»Was soll ich denn mit deiner Borte?«

Ursa hält den Atem an, doch anscheinend findet Toril nicht, dass die fehlende Borte einen Streit lohnt. »Elsebe, Nils, wir gehen.«

Abrupt steht sie auf und sammelt ihre Kinder vom Boden auf, die ihr sofort folgen, stumm und tadellos wie ihre Nadelstiche. In der Tür dreht sie sich um, und Sigrid beeilt sich, ihre Sachen zusammenzupacken und ihre Tochter hinauszutreiben.

»Glaub bloß nicht, ich hätte nicht gesehen, was neben deinem Kamin steht, Fru Olufsdatter, und wer fluchtartig dein Haus verlassen hat, als wir ankamen. Die Zeit für solche Dinge ist abgelaufen. Commissioner Cornet kennt damit keine Nachsicht. In Alta wurden Männer verbrannt …«

»Mein Ehemann«, sagt Ursa in einem Anflug von Zorn, »kümmert sich nicht darum, wie es bei den Menschen zu Hause aussieht.«

Der ganze Raum scheint den Atem anzuhalten. Ursa ist sich des vollkommenen Schweigens bewusst, als Toril sich mit gebieterischem Gesichtsausdruck zu ihr wendet. Ursa muss an Siv denken, wenn sie nach der Kirche nach Hause kommt, die Gebete noch frisch im Gedächtnis: ungebeugt, bestärkt in ihrem Glauben.

»Wie Sie meinen, Mistress Cornet. Ich werde ihm sagen, dass Sie Ihre Gesellschaft gewählt haben.«

»Das kann ich ihm selbst sagen.« Ursas Herz pocht wild. Hexenverbrennungen? Absalom hat es versäumt, ihr dieses Detail mitzuteilen.

Toril steht seitlich der Tür, damit ihre Kinder vor ihr das Haus verlassen können, dann wendet sie sich nochmals an Fru Olufsdatter. »Du tust gut daran, mein Geschenk für dich zu benutzen.« Sie deutet mit dem Kopf zum Tisch. »Den Korb bekomme ich zurück. Gott segne euch.«

25

Nachdem die Tür hinter Sigfrid und ihrer Tochter zugefallen ist, nimmt Maren erleichtert wahr, dass sie wieder atmen kann. Kirsten klatscht in die Hände und johlt dazu.

»Mistress Cornet, Sie besitzen ein hitziges Temperament, das ich Ihnen, offen gestanden, gar nicht zugetraut hätte.«

»Ich habe nur meine Meinung gesagt«, sagt Ursa mit fester Stimme, obwohl sie am ganzen Körper zittert. Maren würde sie gern wie ein Kind in den Armen wiegen. »Es geht sie überhaupt nichts an, wie ich meine Zeit verbringe.«

»Die Figürchen«, sagt Fru Olufsdatter. Ihre brüchige Stimme erinnert Maren an einen zerfetzten Lappen, ihr Gesicht ist ebenso grau. »Ich hatte nicht mehr daran gedacht, Mistress Cornet. Das sind keine … Ich habe sie nach dem Tod meines Mannes und meines Jungen geschenkt bekommen. Viele von uns hatten solche …«

Sie blickt sich nach Unterstützung suchend um, alle Köpfe sind tief über die Handarbeiten gebeugt.

»Sie bedeuten rein gar nichts. Ich sollte sie ins Feuer werfen.« Doch sie macht keine Bewegung, sieht Ursa nur mit Verzweiflung in den Augen an.

»Es ist mir gleich, womit Sie Ihr Heim verschönern. Es

würde mir genauso wenig gefallen, wenn Sie über meine vier Wände bestimmen wollten.«

»Hört sich allerdings so an, als hätte Maren genau das bei Ihnen gemacht«, sagt Edne. Maren wirft ihr einen durchdringenden Blick zu.

»Ich helfe nur ein wenig aus.«

»Wer war diese Frau?«, fragt Ursa, und Maren ist froh, eine deutliche Abneigung aus ihrer Stimme herauszuhören.

»Sie hilft Pastor Kurtsson in der *kirke*«, sagt Kirsten. »Und ich habe den Eindruck, dass Ihr Mann sie als seine Kundschafterin auserwählt hat.«

Niemand außer Kirsten hätte sich solch eine Bemerkung zu machen getraut, aber Ursa kommentiert sie mit einem schallenden Lachen, dessen raunendes Echo sich von einer Bank zur nächsten fortsetzt und Maren einen Stich ins Herz versetzt.

»Machen Sie sich keine Sorgen um die Figürchen, Fru Olufsdatter«, sagt Kirsten. »Ursula stört sich nicht daran, und sie kennt die Ansichten ihres Mannes besser als Toril Knudsdatter.«

Diesmal lacht Ursa nicht. Eine tiefe Falte erscheint zwischen ihren Augen.

»Was hat sie dir mitgebracht?«, fragt Edne.

Fru Olufsdatter macht keine Anstalten nachzusehen, daher beugt sich Kirsten über den Korb, schnaubt leise und holt ein Kreuz aus mit Zwirn umwickeltem Stoff hervor, genau wie jene, die Toril bei Marens Besuch vom Regal gestoßen hatte. »Das müssen an die zwei Dutzend sein. Genug für uns alle.«

Sie wirft Maren eines zu, die das Kreuz ohne nachzudenken auffängt. Eilig packt sie es in ihr Bündel, sie möchte es so schnell wie möglich loswerden. Es fühlt sich mehr wie eine Drohung denn wie ein Geschenk an.

Gewöhnlich zieht sich das Treffen bis in den Abend hinein, doch heute mag Maren keine der guten Speisen und auch keine Unterhaltung. Sie ist erleichtert, als Ursa nach einem beklommenen Schweigen unruhig wird und sich zu ihr hinüberneigt: »Sollen wir gehen?«

Mamma plaudert gerade mit Edne, daher beschließen Maren und Ursa, zusammen nach Hause zu gehen, und als sie sich erheben, tritt erneut Schweigen ein. Beim Hinausgehen kommt allgemeines Geflüster auf, Fru Olufsdatter sitzt zusammengesunken an ihrem Platz und blickt Ursa wie ein gehetztes Tier nach.

Als sie Ursas Tür erreichen, bleibt sie zögernd mit zusammengepresstem Kiefer stehen. Maren lauscht und hört ein leises Grollen, das von Commissioner Cornet kommen muss, und eine weibliche Stimme, die Antwort gibt. Maren erkennt den süßlichen Unterton: Toril, im Gespräch mit der Amtsgewalt. Ursa weicht langsam zurück, doch ihr Fuß knarzt auf der Stufe, und die Stimmen brechen abrupt ab. Schwere Schritte poltern über die Holzdielen, dann steht Commissioner Cornet in der Tür, die Brauen tief über die Augen gezogen.

»Gattin«, sagt er, ohne Maren zu beachten. »Komm rein.«

Ursa wird blass, doch sie strafft die Schultern, bedankt sich bei Maren und tritt dann durch die Tür. Maren kann an Cornets mächtiger Gestalt nicht vorbeisehen, doch sie hört deutlich, wie Toril Ursa begrüßt. Der Kommissar schlägt Maren die Tür vor der Nase zu. Einen Moment lang bleibt sie stehen. Aber was kann sie tun? Sie wird weder die Tür aufstoßen noch an ihr lauschen. Die Runen über der Tür sind nicht vollständig verschwunden. Ihre Schatten sind immer noch sichtbar, treten unter dem weißen Anstrich wie Narben hervor.

Sie könnte wieder zurück zu der Zusammenkunft der Frauen gehen, aber Torils Hetzereien haben die Atmosphäre vergiftet. Früher konnte *mamma* Toril nicht leiden, aber in letzter Zeit hat Maren den Eindruck bekommen, dass sich das geändert hat. Der zufriedene Ausdruck im Gesicht ihrer Mutter, als Toril ihre Reden schwang und auch als Diinna das Haus von Fru Olufsdatter verließ, ist Maren nicht entgangen. Toril war von jeher dagegen, dass die Sámi zu ihnen ins Dorf kamen, und Kirsten war schon immer sehr halsstarrig. Doch die Kluft zwischen den beiden Frauen ist größer geworden, breit und tief und gefährlich wie ein gähnender Abgrund. Sie ärgert sich ebenso sehr über Kirstens Dreistigkeit. Maren hat ihr noch nicht verziehen, dass sie in Hosen zu Ursas Haus kam – immerhin hat Toril nichts davon erwähnt, mit etwas Glück wird sie es nicht mitbekommen haben. Sie hätte die Gelegenheit, darüber zu tratschen, nicht vorübergehen lassen.

Maren spürt kaum ihre Füße, die sie nach Hause tragen. Sie ist tief in ihrem Inneren versunken, nimmt nur das Wirrwarr ihrer Gedanken wahr, wie ein verheddertes Fischernetz. Kurz bevor Diinna die Zusammenkunft verließ, hatte sie Maren einen giftigen Blick zugeworfen, und wenn Maren den Geschichten der *Kirke*-Frauen über die Sámis Glauben schenkte, würde sie glauben, dass ihre Schwägerin sie verflucht hätte. Hoffentlich denkt Diinna nicht, dass Maren von Torils Kommen an diesem Mittwoch gewusst hat.

Sie stellt Diinna diese Frage durch die geschlossene Tür, doch sie bekommt keine Antwort. Auch von Erik ist nichts zu hören. Diinnas Schweigen ist eine Wand, die zu einer Welle wird und Maren von der Tür wegschiebt, weiter fort, vorbei an Baar Ragnvalssons Haus mit dem vermoderten, eingestürzten Dach und den wie von einem Troll umhergeworfenen Steinen. Früher einmal war es ein schönes Haus, aber als Baar anfing, die Sommer mit den Sámi im Mittelgebirge zu verbringen, blieb von dem Ort zum Leben nicht viel mehr als ein Dach über dem Kopf. Oft sah sie ihn in seiner reich bestickten Tunika draußen vor dem Haus sitzen, selbst im tiefen Winter, den Kopf mit dem Hut leicht geneigt, die Augen geschlossen, als würde er in die Ferne lauschen.

Die Erinnerung trifft sie wie ein Schlag, und sie presst sich die Faust gegen die Brust. Sie hat nie um Baar getrauert, obwohl sein Leichnam viele Monate lang neben Erik und *pappa* lag. Sie kann sich nicht einmal an seine Verletzungen erinnern, ob er überhaupt welche hatte. Vielleicht ist es besser so. Sie spricht ein kurzes Gebet in den Wind, heftige Böen kommen von hinten wie eine drängende Hand in ihrem Rücken und bauschen ihre Röcke vor ihr auf. Die Haare wehen ihr ins Gesicht, sie muss sich auf ihre Füße konzentrieren und kann weder das eingestürzte Haus noch die erinnerte Gestalt von Baar Ragnvalsson davor mehr sehen.

Sie läuft an der Grenzmauer vorbei auf das dahinterliegende grüne, sumpfige Land. Schnell verliert sich der Einfluss der Menschen, als ob nie jemand einen Fuß hinter die Grenzmauer gesetzt hätte und Maren tief in das Reich der Trolle eintauchen würde. Als Kinder machten Erik und sie Jagd auf Trolle, unter dem Vorwand, Wiesenklee sammeln zu wollen, der hier manchmal wächst und den ihre Mutter kochte, bis aus den weichen Blättern eine milchige Flüssigkeit austrat, die ihre knurrenden Mägen beruhigte. Sie durchkämmten das

Moos und das kurze Gras auf der Suche nach Markierungen und Steinkreisen, nach kleinen Öffnungen in Hügeln und Felsen. Sie raunten einander zu, sie seien auf eine Kuppe getreten und mit einem Todesfluch belegt worden, verloren sich in den Nebelschwaden, die manchmal vom Meer über die Landzunge herübertrieben.

Sie erinnert sich, dass sie einmal vollkommen allein im Nebel stand, um sie herum ein alles aufsaugendes, lautloses Grau, und die Kälte kroch ihr bis in die Knochen. Sie hätte sich an Ort und Stelle hinhocken sollen, um warm zu bleiben, doch sie lief immer weiter, bis sie glaubte, im Land der Trolle angelangt zu sein. Vor Angst hatte es ihr die Sprache verschlagen, und als der Nebel sich lichtete, so plötzlich, wie eine Vogelschar sich in die Luft erhebt, stand sie nur einen Schritt vom Küstenrand entfernt, und zwanzig Meter unter ihr schlug das Meer weiß schäumend gegen die Felsen. Erik kam laut nach ihr rufend über den matschigen Boden gelaufen: Er hatte sich so verhalten, wie sie es hätte auch tun sollen, er war stehen geblieben und hatte gewartet, bis der Nebel sich verzog. Seine Wangen waren rotzverschmiert und tränennass. Sie hatte ihn fortgeschubst und ihn einen Feigling genannt, obwohl er ihr Gesicht hatte, ihr ängstliches Herz in seiner schmalen Brust schlug. Es war eines der vielen Male, das sie grob zu ihrem kleinen Bruder gewesen war, und sie wünscht sich, sie könnte es rückgängig machen, gedankenlose Momente oder noch schlimmer, Augenblicke, die wehtun sollten.

Ihre Füße haben sie bis hierher gebracht. Der Himmel ist jetzt klar, das Licht wieder von jenem bläulichen Grau, das den Frost im Inneren ihrer Häuser ankündigt, obwohl der Winter noch Monate entfernt ist. Sie tritt so nah an den Rand heran, wie sie sich traut. In dem schrecklichen Jahr, als der

Schmerz so groß war, dass sie meinte, mit einem Messer in der Brust zu leben, kam sie manchmal hierher und stellte sich mit den Zehen weit über die Felskante, sodass eine heftige Windböe sie zum Fallen gebracht hätte. Es wäre ein schneller Tod, schneller als ein Stich ins Herz oder ein Trank aus schwarzen Tollkirschen. Vom Dorf aus kann man diesen Platz nicht sehen, und die Meeresströmung, die die Hafeneinfahrt von Eis freihält, würde ihren Körper sofort auf das offene Meer hinaustreiben. Jede von ihnen hatte es erwähnt: Sie hatten Glück gehabt, dass der Sturm nicht auf dieser Seite von Vardø getobt hatte, denn dann hätten die Wellen ihre Männer nicht zu ihnen zurückgebracht.

Wenn sie dort stand, war es sowohl eine Herausforderung als auch eine Opferung. Wie Baar Ragnvalsson wartete sie auf die Erlaubnis, nach Hause zu gehen und ihr Leben weiterzuführen, obwohl sie sich häufig fragte, ob sie das überhaupt wollte. Seit dem Sturm gibt es nur wenig, wofür es sich zu leben lohnt. Doch jetzt hat sich etwas verändert, das spürt sie, es ist so gewiss wie die Jahreszeiten. Jemand hat das verändert.

Kleine gelbe Blüten wachsen an zarten Stängeln zu ihren Füßen. Sie pflückt eine für ihren Vater, eine für Erik und noch eine dritte. Diese hält sie sich an die Lippen und hält schützend die Hand davor, während sie die anderen dem Wind überlässt, der sie weit über die Felskante fortträgt.

Die ganze Woche über hat Maren Angst, dass es an ihrer Tür klopft und man ihr sagt, dass sie nicht mehr gebraucht werde, dass Toril ihren Platz im Haus von Commissioner Cornet eingenommen habe. Diesen Gedanken muss sie ertragen, ebenso wie die wachsende Feindseligkeit zwischen ihrer Mutter und

Diinna, die am Freitag eine Auseinandersetzung über Eriks mangelnden Bewegungsdrang beginnen, die in einem erbitterten Streit mündet, sodass Maren Erik vom Boden hochnimmt und zehnmal mit ihm um Baar Ragnvalssons Haus laufen muss, bis sie endlich aufgehört haben.

Doch niemand klopft. Am Sabbat in der Kirche bleibt Ursa eng an der Seite ihres Mannes, und obwohl sie von Toril und Sigfrid mit Namen begrüßt wird, sucht sie Marens Gesicht in der Menge und geht nach der Predigt zu ihr, während ihr Ehemann sich mit einigen Frauen aus der Gemeinde unterhält.

»Kommst du morgen?«

Maren kann kaum sprechen.

»Meist geht er am Vormittag weg.« Ursas Hand berührt leicht Marens Finger, eine Geste, die beruhigend wirken soll. Ihr Handgelenk ist von Prellungen übersät, und als sie Marens Blick bemerkt, zieht sie schnell ihre Hand weg. Sie krempelt den Ärmel herunter und ist so schnell wieder bei ihrem Ehemann, dass Maren das Gefühl hat, sie habe sich das alles nur eingebildet.

Am nächsten Tag steht Maren mit ihrem Webrahmen unter dem Arm vor Ursas Tür und spürt, wie sich der Knoten in ihrem Inneren löst, als sie eintritt und nur Ursa und sie im Haus sind. Sie verbringen den Tag damit, Stoff für Vorhänge zu weben, langsam und mit vielen Fehlern, unbefangenem Schweigen und leichten Berührungen, sodass Maren sich frei fühlt, in gewisser Weise formlos wie Ursas Weberei.

»Was wollte Toril?«, fragt sie. Ursa blickt stirnrunzelnd auf den Webrahmen, als hätte er sie betrogen, ihre Zunge ein leuchtend roter Fleck zwischen ihren Lippen.

»Bei dem Mittwochstreffen hat sie etwas von ihrer Zierborte verloren. Sie hat gesagt, sie wolle sich etwas von der Borte leihen, die Kirsten mir gegeben hat, aber ich denke, ihrer Meinung nach hat Kirsten sie gestohlen.«

Maren lässt ihr Weberschiffchen sinken. »Hat sie das in Absaloms Anwesenheit gesagt?«

Ursa nickt, den Blick auf den Webrahmen geheftet. »Mach dir keine Sorgen. Ich habe das richtiggestellt. Es tut mir leid, dass Absalom unhöflich zu dir war.«

»Das ist nicht schlimm.« Sie hatte nichts anderes erwartet. »Hat sie ihm von den Figuren erzählt?«

»Vielleicht«, sagt Ursa. »Er war zweifellos ungehalten darüber, dass Diinna bei dem Treffen dabei war. Ich habe ihm gesagt, dass die Zusammenkünfte harmlos sind.« Sie stellt den Webrahmen auf dem Tisch ab und seufzt, ob über ihre Webkünste oder Torils Einmischung vermag Maren nicht zu sagen. »Ich habe auch gesagt, dass Toril ihre Bibelstunden mit ihm nicht aufgeben solle und dass sie ihre christlichen Pflichten schon dadurch erfülle, dass sie so viel für andere arbeite. Es wäre nicht gerecht, sie ganz für mich allein haben zu wollen. Du hingegen«, sagt sie mit einem verstohlenen Lächeln, »bist vollkommen abkömmlich. Und günstig. Und vielleicht können wir deine Seele retten, die verloren scheint, da du mit einer Lappin zusammenwohnst.«

Das Wort klingt hässlich aus Ursas Mund, aber der Rest ihrer Worte freut Maren so sehr, dass sie nichts einwendet.

»Außerdem hat er gemeint, du solltest von nun an zweimal in der Woche kommen. Findest du es nicht auch besser, wenn du so viel Zeit wie möglich fern von diesem Haus und diesem Einfluss verbringst?«

Marens Gesicht schmerzt vom ständigen Lächeln, die trockene Haut ihrer Lippen spannt, doch als Ursa erneut ihren

Webrahmen in die Hand nimmt, sieht sie wieder Prellungen wie dunkler Schmutz rund um ihr Handgelenk.

»Was ist passiert?«

Ursa blickt auf ihr Handgelenk, als gehörte es zu einem fremden Körper. »Nichts.« Maren starrt sie an. »Absalom, manchmal kann er seine eigenen Kräfte nicht richtig einschätzen.«

»Hat er das wegen Toril oder meinetwegen getan?«

»Nein«, erwidert Ursa und errötet. »Er hat das nicht in Rage getan.«

»Er sollte dich nicht so anfassen«, sagt Maren, die allmählich begreift. Ihr Zorn ist blitzschnell, furchterregend und lodernd wie ein Brand in ihrem Inneren.

»Ist es nicht die Pflicht einer jeden Ehefrau, sich von ihrem Ehemann anfassen zu lassen?«

Röte steigt Maren in die Wangen angesichts Ursas Freimütigkeit. »Ich weiß darüber nichts.«

»Du warst nicht verheiratet, vor dem Sturm?«

Maren möchte die Erinnerung an Dag nicht wachrufen, nicht jetzt. Sie schüttelt den Kopf. »Nein.«

Von diesem Tag an geht sie jeden Montag und Donnerstag zu Ursas Haus und achtet darauf, ob sie noch mehr Prellungen hat, aber sie entdeckt keine. Sie fragt sich, ob Ursas heller Körper noch an anderen Stellen Verletzungen aufweist, die Maren nicht sehen kann.

Mittwochs kommt Ursa zu der Zusammenkunft der Frauen, und bald schon legt sich die Aufregung um die Frau des Kommissars. Maren fällt auf, dass die Knochenfigürchen und Runensteine von dem Regal in Fru Olufsdatters Haus verschwunden sind, an ihrer Stelle steht eines der Kreuze, die Toril angefertigt hat, aber die Bänke leeren sich zusehends. Toril und

Sigfrid bleiben dem Mittwochstreffen fern, ebenso Edne und nach einigen Wochen kommt auch Marens Mutter nicht mehr dazu.

»Es gibt eine Zusammenkunft im Haus von Toril«, sagt *mamma*. »Commissioner Cornet wird da sein, um mit uns die Gebete zu verrichten. Du solltest dahinkommen, Maren. Seine Frau wird sicherlich auch da sein.«

Doch Maren weiß, dass Ursa nicht mit Toril und ihrem Mann beten wird, und so geht sie mit ihr zum Haus von Dags Mutter, wo Kirsten die Runde mit geschmacklosen Witzen über die *Kirke*-Frauen unterhält. Maren möchte sich gar nicht vorstellen, was die *Kirke*-Frauen wohl über Kirsten, sie und die anderen reden. Ursa scheint der Zwist im Dorf nicht aufzuregen, vielleicht bemerkt sie ihn gar nicht oder hat das Gefühl, über den Dingen zu stehen. Sie spricht nicht schlecht über Toril, nur Maren gegenüber lässt sie hin und wieder eine Bemerkung fallen, sodass diese vermutet, dass nur sie allein Ursas wahre Gedanken kennt.

Zweimal in der Woche ist zu viel für ein Haus mit nur einem Raum und zwei Bewohnern. Maren richtet selbst so viel Unordnung an wie sie zu beseitigen hilft. Sie lassen sich Zeit bei der Arbeit im Haushalt. Inzwischen kann Ursa immer mehr Aufgaben allein bewältigen, und in Kürze wird sie Marens Hilfe nicht mehr benötigen, dennoch erwähnt sie mit keiner Silbe ein Ende ihrer Abmachung. Sie zerlegen zwei der Rentiere aus der Vorratskammer und bereiten Fleischeintöpfe mit Moltebeeren zu, die Ursa zu lange auf dem Feuer lässt, sodass sie die Töpfe anschließend stundenlang mit Sand scheuern müssen. Maren bringt Ursa bei, die Glut des Feuers zu bewahren, dann muss sie am Morgen nur die Kruste aufbrechen, um genügend Hitze zum Wasserkochen zur Verfügung zu haben.

Abgesehen von den Prellungen, die allmählich blasser werden, ist kaum etwas von Absaloms Anwesenheit im Haus zu spüren: Sie sieht ihn nur in der Kirche. Ursa erzählt ihr ein wenig von ihm, dass er zunehmend enttäuscht sei über die ausbleibenden Nachrichten aus Vardøhus, aber Maren fragt nicht nach, denn sie will nicht mehr hören. Sie wechselt die Bettlaken und hilft Ursa beim Wäschewaschen, daher weiß sie, dass Ursa regelmäßig ihre Monatsblutungen hat. Leise Hoffnung keimt in ihr auf, dass die beiden nicht oft zusammenliegen, doch es gibt nur ein Bett und keinen Platz, wo ein Mann sonst schlafen könnte.

Wenn sie mit Ursa allein ist, stellt sie sich vor, dass nicht der Kommissar und seine Frau – und auch nicht sie und Dag in einer anderen Version ihres Lebens – hier wohnen, sondern dass Ursa und sie in dem Haus leben. Und als ob sie wüsste, dass dies ein falscher, ein gefährlicher Gedanke ist, taucht sie immer tiefer in diesen Traum ein. Aus ein paar Wochen wird ein Monat, und wenn Absalom nach Alta oder anderswohin gereist ist, bleiben sie bis in den späten, hellen Abend hinein zusammen. Maren ist es gleich, wo er ist, sie wünscht sich nur, er würde nie zurückkommen.

In diesen Tagen wandern sie oft durch das Dorf, wenn die meisten Bewohner im Haus sind oder bereits schlafen, und der Abstand zwischen ihnen bohrt sich wie ein Haken in Marens Seite. Sie sprechen über ihre Kindheit, und Ursa erzählt Maren, dass ihre Familie, der es früher einmal sehr gut ging, den größten Teil ihres Reichtums verloren hat, und wenn sie Agnete erwähnt, spürt Maren den Kummer aus ihrem Herzen strömen wie Eiseskälte. Als sie Ursa von den Trollen erzählt, auf die sie früher gemeinsam mit Erik Jagd machte, bricht diese in Gelächter aus.

Maren nimmt Ursa mit zur Landzunge und beobachtet, wie sich die Farbe der dünnen Haut an ihrem Hals in dem endlosen schwachen Licht verändert, wie der Wind den Stoff ihres Kleids an ihren Körper presst, genau wie an dem Tag, als Ursa in Vardø ankam und Maren sie für ebenso einfältig hielt, wie ihre Mutter es immer noch tut.

Ursa erzählt ihr von dem schwarzen Felsen am Ende der Welt, der die Meeresströmungen anzieht.

»Kaptein Leiffson, der Kapitän auf der *Petrsbolli* – du weißt schon, das Schiff, mit dem wir hergekommen sind –, er glaubt, dass es dort keine Wasserfälle, vielleicht nicht einmal einen großen Felsen gibt.« Sie wendet sich zu Maren, ihre Augen leuchten. »Aber ich glaube, dass das stimmt. Dieser Felsen ist dort im Meer, und ich würde ihn gern eines Tages sehen.«

Maren möchte ihre Arme nach Ursa ausstrecken und sie festhalten, aber nicht so flüchtig, wie sie sich inzwischen zur Begrüßung und zum Abschied umarmen, sie möchte ihren ganzen Körper an ihren drücken, so wie mit Dag im Bootsschuppen.

Manchmal taucht nachts dieser Gedanke in ihr auf und sie spürt ein schwaches Pochen in ihrem Unterleib, dann muss sie sich beherrschen, sich nicht selbst zu berühren. Auch wenn ihre Mutter neben ihr im Bett schnarcht, fällt es ihr nicht leicht, sich zurückzuhalten. Ihre Träume sind voller sinnlicher Münder, die stöhnend ihren Namen sagen, manchmal ist es Dags Stimme, aber öfter die von Ursa, deren weiches Gesicht sich an ihr eigenes drückt und deren beinahe knochenlosen Hände sich an Marens hervorstehende Rippen schmiegen.

Sie denkt, dass sie ihre Gefühle gut vor ihrer Umwelt verbergen kann, mit *mamma* spricht sie so wenig wie möglich über Ursa, und Diinna gegenüber erwähnt sie sie noch seltener, denn ihre Schwägerin würde etwas in ihrem Gesicht oder in ihrer Stimme entdecken, dessen ist sich Maren sicher.

Doch vor allem versteckt sie ihre Gefühle vor Ursa, denn sie weiß um die Widersinnigkeit ihrer Empfindungen. Doch sie betet nicht, dass es vorübergehen möge, sie betet überhaupt nicht, nur für *pappa* und Erik in der Kirche. Ihr Geheimnis quält sie nicht, sie fühlt sich bestärkt, hineingezogen in ein glanzvolles und seltenes Erleben. Sie sagt sich nicht, dass sie Ursa liebe, aber sie weiß, dass ihre Gefühle mehr der Liebe ähneln als alles, was sie je empfunden hat. Mit dieser Zuneigung im Herzen fühlt sie sich mutig wie Kirsten in Hosen, und obwohl sie das Gefühl genießt, ist ihr bewusst, wie leichtsinnig, wie gefährlich es ist.

26

Der Brief des Lensmanns kommt beinahe vier Monate nach ihrer Ankunft in Vardø an. Ursas Zeit teilt sich in die Tage, die sie mit Maren verbringt, und die anderen, an denen sie ohne sie auskommen muss. Wenn ihr Mann sich auf sie legt, fliegen ihre Gedanken zu Maren, zu ihren gemeinsamen Spaziergängen gegen den Wind auf der Landzunge, der Boden unter ihren Füßen so uneben, dass sie jedes Mal stolpert und – keuchend vor Lachen – die Hand nach ihrer Freundin ausstreckt. Marens starke Hände halten sie fest, während sein harter Griff neue Prellungen auf ihrem Handgelenk hinterlässt.

In den Nächten, in denen er sich ihr nähert, ist er nicht mehr von dieser anfänglichen Wut erfüllt, auch wenn ihr Zusammensein für Ursa keineswegs angenehm ist. Er macht auch nicht viele Geräusche, und sie fragt sich, ob es für ihn zur Pflicht geworden sei und ob es nicht besser für sie beide wäre, wenn sie ein Kind bekäme, denn dann könnten sie einander fernbleiben.

Sie versucht sich ihr Leben mit einem Baby vorzustellen, aber das ist wie ein fremdes Land, und ihre Gefühle ähneln denen, die sie vor ihrer Ankunft in Vardø hatte. Sie nimmt an, dass sie sich an diesem unbekannten Ort genauso eingewöhnen würde, wie sie das jetzt getan hat, und wenn Maren ihr auch mit dem Kind helfen würde, könnte sie den Alltag bewältigen, aber bei der Vorstellung, dass etwas in ihrem Inneren heranwächst und ihr weicher Bauch hart wird, steigt ein ungutes Gefühl in ihr auf, und ihr wird schwindelig.

Außerdem weiß sie nur wenig darüber, wie Kinder zur Welt kommen, nur das bisschen, was sie bei den Geburten ihrer toten Geschwister und bei Agnetes Geburt mitbekommen hat. Selbst wenn das Baby lebt, hat die Mutter starke Blutungen. Ab und zu überlegt Ursa, Maren darauf anzusprechen, aber deren Reaktion auf ihre Prellungen hält sie davon ab, obwohl sie Maren nicht für prüde hält. Sicherlich besitzt Maren einiges Wissen über eine Geburt und war dabei, als Diinna Erik zur Welt brachte, aber es gibt immer etwas Wichtiges zu besprechen oder sie verfallen in ein Schweigen, von dem sich Ursa wünscht, es möge ewig andauern.

Maren hat niemals einen Verlobten oder auch nur den Wunsch zu heiraten erwähnt. In Bergen blieben nur wenige junge Frauen unverheiratet, aber es kam auch nur selten vor, dass sie früh Witwen wurden. Männer, meist Seeleute, steuern den Hafen von Vardø an, um Fisch zu verkaufen, ihre Boote vor Unwetter in Sicherheit zu bringen oder ihre Waren gegen Pelze und Handarbeiten einzutauschen. Aber sie bleiben hinter der Grenzmauer, manche steigen nicht einmal aus ihren Booten, dann läuft Kirsten zu ihnen hinunter. Ursa glaubt, dass es Gerüchte über diese Insel und die vielen ertrunkenen Männer geben muss, die die Lebenden fernhalten.

Absalom wird wissen, was die Leute reden. Seine letzten Fahrten in umliegende Gemeinden sind erfolgreich verlaufen, und bei seiner Rückkehr spricht er manchmal von neuen Prozessen, neuen Verhaftungen von Sámi, dann weiß Ursa, dass

Menschen verbrannt wurden, und fragt nicht nach. Beinahe könnte sie vergessen, dass es eine Welt außerhalb von Vardø gibt, besonders an Tagen, wenn das Meer die Landschaft mit einer dichten Nebelschicht überzieht, dann müssen Maren und sie sich unterhaken und dicht zusammenbleiben, während sie langsam über die Landzunge wandern. Es ist eine sonderbare Landschaft, auch an klaren Tagen. Keine Wälder, nur hüfthohe Sträucher, und selbst in den Tagen der Mitternachtssonne war es so kalt, dass sie meist ihren Mantel tragen musste.

Jetzt ändert sich das Wetter, bald kommt der Winter. Ursa kann das Ausmaß seiner Grausamkeit nicht einschätzen, aber sie bekommt eine Vorstellung davon, als die Tage kürzer werden und die Kälte sich so tief in ihre Gelenke bohrt, dass sie bei jeder Bewegung knacken. In Bergen hatten sie in der kalten Jahreszeit die Hälfte aller Zimmer verschlossen und die verbleibenden Räume so stark geheizt, dass Agnete und sie im Unterhemd herumgelaufen wären, wenn Siv es ihnen erlaubt hätte. Hier in Vardø wird sie den ganzen Winter lang ihren Mantel tragen, selbst wenn sie mit ihrem Ehemann im Bett liegt und sie beide sich mit den Rentierfellen zugedeckt haben.

Ursa erhält keine Nachricht von ihrem Vater oder ihrer Schwester. Sie könnte ihnen etwas gepresstes Heidekraut von der Landzunge schicken oder eine ihrer missratenen Webarbeiten, auch könnte sie Absalom bitten, eine Nachricht für sie zu verfassen, aber sie lässt es bleiben. Inzwischen haben sie sich monatelang nicht gesehen, und beinahe wünschte sie, dass sie ihre Gesichter vergessen könnte und Agnetes rasselnde Lungen, wenn sie zusammengerollt neben ihr im Bett lag, die angewinkelten Knie bereit, sie heftig zu stoßen. Sie möchte vergessen, dass ihr Bett jeden Abend sauber war und dass es Käse zum Abendessen gab und Fleisch, das sie nicht selbst vom Rumpf eines toten Tieres abschneiden musste. Sie vermisst ihr Leben in Bergen mit dem Schmerz des Unmöglichen, so wie in dieser Landschaft niemals ein Baum wachsen würde.

Absalom schreibt viele Briefe, an die anderen Kommissare und an den Lensmann, so vermutet sie, aber er selbst erhält nur wenige Schreiben, und als er eines Tages ein Blatt Papier schwenkend ins Haus kommt, rechnet sie nicht mit einer Einladung.

»Lensmann Cunningham ist endlich angekommen!« Sein Gesicht leuchtet, seine Augen strahlen triumphierend. »Er ist in Vardøhus, und wir sind in die Festung eingeladen, zum Abendessen.«

Sie werden mindestens eine Nacht dort verbringen, teilt Absalom ihr mit, man wird erwarten, dass sie dortbleiben, auch wenn es kaum mehr als eine Meile von ihrem Haus entfernt ist. Ursa hat keine passende Tasche, sie besitzt nur die Kirschholzkiste und ihre große Reisetruhe, deshalb gibt sie Absalom ihr feines Kleid, den Unterrock und die Unterwäsche, damit er alles zu seinen Sachen packt. Der Gedanke, dass ihrer beider Kleidungsstücke aufeinanderliegen, verursacht ihr Übelkeit. Sobald Absalom das Haus verlässt und zur Kirche geht, um Pastor Kurtsson die Neuigkeiten mitzuteilen, läuft Ursa eilig zu Marens Haus.

Maren sieht mitgenommen aus, als sie die Tür öffnet, aber ihre Züge werden weich, als sie sieht, wer dort steht. »Gott sei Dank. Ich war kurz davor, meiner Mutter den Hals umzudrehen. Spaziergang?«

Ursa wünschte, sie könnte Ja sagen, aber sie schüttelt den Kopf. »Ich bin nur gekommen, um dir zu sagen, dass wir beim Lensmann eingeladen sind. Wir bleiben über Nacht.«

Maren zieht die Augenbrauen in die Höhe. »In der Festung? Aber die ist doch ganz nah.«

»Ich weiß«, sagt Ursa, »aber Absalom ist furchtbar aufgeregt.«

Ein Schatten huscht über Marens Gesicht, wie jedes Mal, wenn Ursa Absalom erwähnt.

»In Ordnung«, sagt sie. »Gibst du mir Bescheid, wenn du wieder da bist?«

Ursa nickt. »Das mache ich selbstverständlich.«

Maren wirft einen Blick zu ihrem Haus, und Ursa greift nach ihrer Hand, damit sie sich ihre Worte gut einprägt: »Du solltest unbedingt einen Spaziergang machen. Das würde dir sicherlich guttun.« Sie zieht die Augenbrauen hoch, als von drinnen laute Stimmen zu ihnen dringen. »Besser als wegen Mordes angeklagt zu werden.«

Ein kurzes Lächeln liegt auf Marens Gesicht. Der Blick ihrer meerblauen Augen ist unergründlich. »Mach's gut«, sagt sie.

»Du auch.«

Am nächsten Morgen weckt Absalom sie früh auf und sagt ihr, sie solle ihre Stiefel für den Fußmarsch anziehen, aber nur wenige Schritte von ihrem Haus entfernt vernimmt Ursa ein Geräusch, das sie seit ihrer Abreise aus Bergen nicht mehr gehört hat: das Klappern von Hufeisen, das Rattern einer Kutsche. Absalom ist voller Freude, als sie vorfährt.

»Wir sind gemachte Leute, Ursula.«

Sie wechselt noch schnell die Stiefel gegen ihre leichten Schuhe, dann gehen sie zu der Kutsche. Die Pferde sehen halb verhungert aus und taumeln in ihrem Geschirr: Sie müssen auf einem der vorbeifahrenden Schiffe übers Meer hierhergebracht worden sein, und das hat ihnen nicht gutgetan. Doch die Kutsche ist aus hellem Holz gefertigt und hat ein Dach und ist daher bequemer als ein einfacher Wagen. Die Nachbarinnen kommen aus ihren Häusern gelaufen, um zuzusehen, wie Absalom Ursa beim Einsteigen behilflich ist. Sie beugt sich vor und sieht hinaus, versucht, irgendwo Maren zu erblicken. Sie wünscht sich, dass sie sie jetzt sieht, damit sie später gemeinsam über die unsinnige, eine Meile lange Kutschenfahrt lachen können. Doch Maren ist nicht da. Sie entdeckt nur Toril, die böse blickend dasteht, und Fru Olufsdatter, sie sich bereits wieder in ihr schönes Haus zurückzieht.

Sobald sie aus dem Dorf herauskommen, ist die Festung gut sichtbar, ein Erdwall und grün bewachsene graue Steinmauern, der gesamte Bau erhebt sich auf einem vollkommen ebenen und eintönigen Stück Land. Es ist alles andere als überwältigend, obwohl Kaptein Leifsson ihr erzählt hat, dass an diesem Ort einmal ein kurzer Kampf zwischen Nowgorod und dem Königreich Norwegen-Dänemark stattfand, dass dieses Land umkämpft war, was auch zu der Einsetzung des Lensmanns führte.

»Wenn es die Fischerei und den Walfang nicht gäbe, hätten sie die Festung nicht erobern wollen«, sagte er. »Doch wer in Vardøhus die Macht hat, kontrolliert die Nordostpassage durch die Barentssee, und im Sommer kann man damit einen hübschen Batzen Geld verdienen.« Für Ursa sieht es nicht nach einem reichen Ort aus, aber schließlich ist der Lensmann auch gerade erst angekommen.

Die Fahrt zur Festung ist zu Ende, kaum dass sie begonnen hat. Der Lensmann ist nicht da, um sie zu begrüßen. Absalom verliert kein Wort darüber, aber sie spürt, wie seine bittere

Enttäuschung sie einfängt wie eine dunkle Regenwolke. Der Wall, fällt Ursa auf, ist mit den gleichen grauen Steinen gebaut wie die Festungsmauern. Ihre Spaziergänge mit Maren haben sie nie hierhergeführt, und Ursa wird bewusst, dass sie sich vor der gewaltigen Anlage fürchtet, seit sie sie zum ersten Mal vom Schiff aus erblickte. Ein Schauder läuft ihr über den Rücken, als sie durch eine Öffnung in die Wehranlage eintreten, die mit zwei Wachposten besetzt ist. In den letzten Minuten hat sie mehr Männer gesehen als in den gesamten vergangenen Monaten. Man führt sie über einen Wassergraben auf einen Steinplattenweg, der sehr glatt ist, obwohl es in den vergangenen zwei Tagen nicht geregnet hat. Ursa muss sich an Absaloms Arm festhalten, um nicht auszurutschen.

Am Grund der Mauer befindet sich ein Tor mit schweren Metallangeln. Ein Gitter versperrt den Durchgang, und sie werden eingehend gemustert, bevor es geöffnet wird. Sobald sie über die Schwelle getreten sind, schlägt die Tür krachend hinter ihnen zu, und Ursa fährt zusammen.

»Man fühlt sich wie im Gefängnis«, sagt sie.

»Es ist ein Gefängnis«, erwidert Absalom.

Vardøhus ist nicht die Burg, die sie sich vorgestellt hat. Im Inneren stehen mehrere Gebäude entlang des Walls. Absalom deutet mit dem Finger auf ein Gebäude und wendet sich an den Wachposten, der ihnen den Weg zeigt: »Das ist das Gefängnis, richtig?«

Der Mann nickt kurz. »Die Hexengrube.«

»Sind jetzt welche drin?«

Ursas Aufmerksamkeit ist geweckt, und sie schaut sich das Gebäude an. Noch nie in ihrem Leben hat sie ein Gefängnis gesehen. Ein langer, schmaler Bau. Gitterstäbe vor den kleinen, hohen Fenstern.

Der Mann nickt wieder, diesmal bedächtig, und dreht sich zu Absalom. Er antwortet in dem holprigen Englisch, das viele Seeleute sprechen. »Zwei. Zauberer. Lappen aus Varanger.«

»Kann ich sie sehen?« Anspannung schwingt in Absaloms Stimme. Aufgeregtheit.

Der Wachposten zeigt auf den größten Bau der Anlage. »Lensmann Køning möchte Sie gern begrüßen, und dann ist es Zeit für das Abendessen. Der Lensmann legt großen Wert auf Pünktlichkeit.« Der Mann nimmt Haltung an. »Er war der Kapitän unserer Flotte. Hat die Piraten aus Spitsbergen vertrieben.«

»Wir haben miteinander korrespondiert«, entgegnet Absalom abwehrend. »Das ist mir bekannt.«

Der Wachposten nickt ehrerbietig, und Ursa muss an Maren denken, die sich in Gegenwart ihres Ehemannes stets kleinmacht.

Sie lassen das Gefängnis hinter sich und laufen über die glitschigen Steinplatten zum Haupthaus. Es ist höher als die anderen Gebäude, in einem ihr unbekannten Stil erbaut, eine breite Vorderseite mit Türen in der Mitte, die Mauern aus den gleichen Steinen wie der Wall, die Fenster mit Holz gefertigt und aufwendig geschnitzte Giebel unter dem Dach. Die Wache klopft nicht an, sondern öffnet die Tür und führt sie in einen großen Gang. Das Haus macht nicht den Eindruck, als würde es erst seit Kurzem bewohnt. Unter Ursas Füßen liegt ein wunderbar weicher Webteppich mit einem grellen rosagelben Muster.

Der Mann führt sie nach links in einen Raum mit einem prasselnden Kaminfeuer und Porzellantassen auf einem niedrigen, dunklen Holztisch. Die Wandbehänge haben Rauchflecken, und die schweren roten Vorhänge und Schärpen beißen sich mit dem Teppich. Sogar eine Vase mit Flieder steht auf dem Tisch neben der Teekanne.

»Bitte warten Sie hier.« Der Mann zieht leise die Tür hinter sich zu. Die Sitzbank ist in den Farben des Teppichs gepolstert, aber das Muster ist ausgeblichen, der Stoff abgenutzt, und als sie sich hinsetzt, quillt Füllung aus den Armlehnen. Das Sitzmöbel ist hart wie eine Kirchenbank.

Sie sieht sich den Flieder von Nahem an: Es sind Papierblumen. Jetzt erkennt sie, dass kein Wasser in der Vase ist und dass Staub die Blütenblätter bedeckt. Dennoch freut sie sich über den Anblick der Blumen, über diesen Sinn für Gemütlichkeit.

Absalom setzt sich nicht und schenkt auch keinen Tee ein. Mit trockener Kehle, die Zunge geschwollen vom Meersalz in ihrem Mund, sieht Ursa zu, wie ihr Mann im Raum auf und ab läuft und das Feuer jedes Mal aufflackert, wenn er in seinem langen schwarzen Mantel den Kamin passiert.

Er ist nervös, fährt es ihr durch den Kopf, und sie überlegt, ob sie ein paar beruhigende Worte zu ihm sagen sollte, bis ihr aufgeht, dass ihr die Kraft dazu fehlt. Ihre Mutter konnte ihren Vater beruhigen, indem sie ihre Fingerspitzen auf sein Handgelenk legte oder einen sanften Atemhauch von sich gab. Dann beugte er sich zu ihr wie ein im Wind gebogenes Schilfrohr, und die Falten in seinem Gesicht verschwanden. Absalom bemerkt ihren Blick. Er runzelt die Stirn und wendet sein Gesicht ab.

Die Tür wird geöffnet, und sie steht hastig auf, doch es ist nur der Wachposten.

»Entschuldigen Sie bitte, Commissioner Cornet. Der Lensmann muss eine dringende Angelegenheit erledigen. Vielleicht …« Er wirft einen Blick zu dem unberührten Teegeschirr. »Möchten Sie ein paar Kekse, während Sie warten?«

»Nein«, sagt Absalom, und unter seinem gestutzten Bart tritt deutlich sein mahlender Kiefer hervor.

»Mistress Cornet?« Der Wachposten blickt sie an.

Ursa dürstet es nach Butter und Zucker und vielleicht auch einigen Rosinen …

»Nein danke. Keine Kekse.« Ihr Ehemann wirft ihr einen strengen Blick zu. Die Tür wird geschlossen.

Ursa fragt sich, ob sie beide je einträchtig schweigen werden, ob sie je so wohltuende Momente teilen werden wie sie und Maren. Absalom setzt sich hin und gießt ihr eine Tasse hellbraunen Tee ein, der nach feuchtem Holz und ein wenig auch nach Medizin riecht. Sie trinkt ihn in kleinen Schlucken – er ist schon kalt, aber zumindest hat sie etwas zu tun –, während Absalom unverwandt die Tür anstarrt, sodass Ursa sich fragt, ob er versucht, den Lensmann herbeizurufen. Sie denkt an die Häftlinge im Gefängnis … was hatte die Wache noch gesagt? Zauberer. Windzauberer. Absalom rutscht unruhig auf seinem Platz hin und her, nimmt einen kräftigen Schluck Tee, verzieht das Gesicht und stellt die Tasse ab.

»Schmeckt dir das Zeug?«

Er sagt das auf Norwegisch, sein Akzent hat sich verbessert. Jedes Mal, wenn er sie anspricht, erschrickt ihr Körper, ihr Herz fängt an zu rasen, und ihre Hände werden feucht. Sie stellt die Tasse ab, vorsichtig, damit sie nicht gegen die Untertasse klirrt. Beruhige dich, ermahnt sie sich selbst.

»Es ist ganz gut.«

»Warum machst du das?« Er lehnt sich im Stuhl zurück und sieht ihr ins Gesicht. Sie wünscht sich, dass er seine Aufmerksamkeit wieder auf die Tür richtet. »Wenn du ein Getränk nicht trinken magst, solltest du es stehen lassen.«

In seiner Stimme klingt Missbilligung. Sie kann es nicht richtig machen, sie kann ihm nicht gefallen. Sie nimmt wieder die Tasse in die Hand und trinkt sie aus. »Jetzt schmeckt mir der Tee.«

Er verschränkt die Arme und starrt wieder unverwandt auf die Tür. Sie bleiben noch ungefähr eine halbe Stunde lang allein – es gibt keine Uhr in dem Raum –, und als sich die Tür das nächste Mal öffnet, kommt nicht die Wache herein, sondern eine Frau, gefolgt von einem jungen Burschen.

»Commissioner Cornet, ich bin Christin Cunningham.« Sie neigt den Kopf, als Absalom und Ursa sich erheben. »Sie müssen meinen Ehemann entschuldigen. Ich vermute, es gibt Schwierigkeiten mit den Steuern. Das kommt häufiger vor.« Ihre Stimme hat nur einen sehr leichten Akzent, Dänisch, denkt Ursa, wie der frühere Geschäftspartner ihres Vaters, Herr Brekla. Ihre großen Augen, eingerahmt von dichten, geraden Wimpern, huschen jetzt zu Ursa.

»Sie müssen seine wunderbare Frau aus Bergen sein.« Sie streckt beide Hände aus, und Ursa umfasst sie, Christins Vertrautheit macht sie verlegen, muntert sie aber auch auf. »Verzeihen Sie mir, ich weiß nicht, wie Sie heißen.«

»Ursula, Fru Cunningham. Ursula Cornet.«

»Eine Schönheit«, sagt Christin lächelnd. Sie strahlt eine mütterliche Wärme aus, findet Ursa, auch wenn sie kaum älter als dreißig Jahre sein kann. Sie trägt eine weiße Haube, ähnlich denen, die Siv trägt, aber diese ist mit weißer Spitze verziert und kunstvoll gestärkt und so weit aus der Stirn geschoben, dass ihr schöner dunkler Haaransatz zu sehen ist.

»Das haben Sie gut gemacht, Commissioner Cornet.« Sie wendet sich an den Jungen. »Oluf wird Sie ins Arbeitszimmer meines Mannes bringen. Und wir …« Sie klemmt sich Ursas Hand unter ihren Arm. »Wir gehen in die Küche, dort ist es gemütlicher als hier.«

Die Hausherrin führt ihre Gäste zurück in den Gang, und der Junge geht mit Absalom weiter geradeaus und dann nach rechts, während Ursa und Christin einige Stufen in einen viereckigen Raum hinabsteigen, der nur wenig kleiner als das Empfangszimmer ist. Zwei Frauen, die Karotten schälen, blicken von ihrer Arbeit auf. Auf dem Feuer brodelt ein Eintopf, und ein köstlicher Geruch liegt in der Luft.

Christin wechselt zu Norwegisch, das sie mit stärkerem Akzent spricht. Ursa ist erleichtert, dass sie nicht auf die wenigen Brocken Dänisch zurückgreifen muss, die sie in den kurzen Unterhaltungen mit dem Geschäftspartner ihres Vaters aufgeschnappt hat.

»Es ist sehr schön, dass Sie unser Gast sind. Viele Kommissare sind Kirchenmänner und haben wenig Interesse an Ehefrauen, oder sie sind alt und leben weit weg.«

Christin führt sie zu einer Sitzbank neben dem Kaminfeuer. Eine der Frauen bringt ihnen frischen Tee und – sehr zu Ursas Freude – runde, dunkle Kekse, die sie auf einem niedrigen Tisch vor ihnen abstellt.

»Ich hoffe, es ist Ihnen recht hier«, sagt Christin und setzt ihre Haube ab. Ihre Haare sind zu einem hübschen Knoten gedreht. »Ich bin viel lieber hier unten als oben. Wir hatten jemanden vorgeschickt, um den Raum zu dekorieren, aber die Atmosphäre ist bedrückend, finden Sie nicht auch?«

Ursa fängt sich gerade noch. »Ein sehr schöner Raum, Fru Cunningham.«

Christin winkt – übertrieben freundlich – ab. »Nennen Sie mich bitte Christin.« Sie nimmt den Keksteller in die Hand und hält ihn Ursa hin. »Pfefferkuchen? Eigentlich passen sie besser zur Weihnachtszeit, aber es ist immer noch so kalt hier wie im tiefsten Winter, nicht wahr? Es sind meine Lieblingskekse, und John bezieht einen guten Vorrat an Ingwer aus Bergen ...« Bei der Erwähnung ihrer Heimatstadt zieht sich Ursas Brust zusammen. »Nur im Moment wird der Ingwer knapp. Haben Sie Gewürze von zu Hause mitgebracht? Nein? Wie schade.« Sie nimmt auch einen Keks und beäugt ihn kritisch. »Die Kekse sind leicht verbrannt. Fanne, du musst beim Backen besser aufpassen.«

Doch der Ingwerduft zieht Ursa in die Nase, und sie ist so dankbar für das süße Gebäck, dass sie sich an der anfänglichen Bitterkeit nicht stört.

»Sie müssen mir alles über sich erzählen und über Ihren Ehemann auch. Ein gut aussehender Mann, wie so viele Schotten, wenn auch ein wenig ...« Sie kräuselt die Nase und lässt ein kurzes helles Lachen ertönen, das Ursa durch Mark und Bein geht. »Sie sind so hübsch. Wo hat er sie nur gefunden?«

»In Bergen.«

»Ja, in Bergen, das weiß ich, aber wo genau? Und wie?«

Ursa erzählt von ihrer ersten Begegnung.

»Hat er Ihnen gesagt, wie das Leben hier aussieht?«

Sie schüttelt den Kopf. »Ich glaube, er wusste selbst nur sehr wenig.«

Christin seufzt, ein theatralisches Geräusch, wie es Agnete machen würde, während sie den Kopf nach hinten wirft und sich die Hand auf die Stirn legt.

»Ich habe John gewarnt. Ich habe ihm gesagt, dass er allen reinen Wein einschenken muss. Aber er ist ein Seemann, er ist daran gewöhnt. Haben Sie von Spitsbergen gehört? Es macht keinen Unterschied, wenn Sie noch nichts gehört haben, beim Abendessen wird er Ihnen alles erzählen.«

Ihre dunklen Augen funkeln, aber es liegt keine Bosheit in ihrem Blick. Es ist seltsam, so einer Frau an diesem kargen Ort zu begegnen. Christin ist exzentrisch und scharfsinnig zugleich. Sie hätte sehr gut Gast bei einem der Abendessen in ihrem Elternhaus in Bergen und eine Freundin von Ursas Mutter sein können.

»Er ist der Liebling des Königs, wenn Sie das glauben können. Und seine Lieblinge schickt der König hierher – können Sie sich vorstellen, wo seine Feinde landen?«

Ursa beobachtet, wie die zwei Dienerinnen sich anschauen, und vermutet, dass sie die Worte ihrer Herrin nicht gutheißen.

»Wie lange sind Sie schon hier?«, traut sie sich zu fragen, denn der Raum voller Frauen und der belebende Zuckergeschmack auf ihrer Zunge verleihen ihr Mut. »Wir haben Ihr Schiff nicht ankommen gesehen.«

»Wir sind nachts angekommen, vor zwei Wochen«, erwidert Christin. »Sie sind überrascht?«

Ursa hofft, dass ihr Ehemann nicht weiß, wie viel Zeit der Lensmann zwischen seiner Ankunft und der Einladung hat verstreichen lassen. »Das Haus sieht fertig eingerichtet aus.«

»Burg«, sagt Christin mit leicht scharfem Unterton. »Der König nannte es eine Burg: Vardøhus Festning.« Ihre Augen schweifen in die Ferne. Es geht ihr nicht wirklich gut, denkt Ursa. Ihre strahlende Begeisterung wirkt übertrieben, sonderbar. »Wir haben in Kopenhagen geheiratet. Ein Kapitän, was für ein Glück, dachte ich …«

Ursa weiß, wovon Christin spricht, denn sie hatte den gleichen Gedanken. Sie hat das starke Bedürfnis, beide Hände nach ihr auszustrecken, so wie Christin Ursa ihre Hände im Empfangszimmer hingehalten hatte. Männerstimmen dringen durch den Gang im oberen Stockwerk, und in Windeseile scheint sich Christin zu sammeln. »Es gibt bald Abendessen, in Ordnung?« Sie steht auf und streicht ihre dunklen Röcke glatt. »Ich muss John etwas fragen.«

Sie gehen in den Gang hinauf und sehen, wie sich die Haustür schließt. Absalom steht dort neben einem Mann, vielleicht zehn Jahre älter als er, mit einem wettergegerbten, bärtigen Gesicht wie das von Kaptein Leifsson. Er lächelt breit.

»Sie müssen Ursula sein.« Sein Norwegisch ist fehlerlos. Absalom wendet den Kopf nicht zu seiner Frau, sondern blickt mit gespannter Aufmerksamkeit zu dem Lensmann. Ursa vermutet, dass er nichts von den zwei Wochen weiß, die der Lensmann sich Zeit gelassen hat, ihn zu kontaktieren. »Es ist sehr schön, Sie kennenzulernen.« Cunningham wechselt ins Englische. »Sagen Sie, können Sie singen?«

»Singen?«

Absalom lässt ein affektiertes Lachen vernehmen. Es passt so gar nicht zu ihm, dass sie ihn überrascht anstarrt, aber seine Augen sind unverwandt auf den Lensmann geheftet, der ihm jetzt kichernd auf den Rücken klopft.

»Macht nichts, macht nichts. Sie müssen bereits auf das Abendessen warten. Ich esse gern um Punkt sieben, so wie wir es auf der *Katten* gehalten haben. Mein zweites Schiff, müssen Sie wissen. Das Schiff, mit dem ich bis Spitsbergen gefahren bin. Es ist gut, Gewohnheiten zu pflegen. Fanne wird Ihnen Ihr Zimmer zeigen.«

Eine ausdruckslose Fanne führt sie ins obere Stockwerk. Ihr Zimmer befindet sich über dem Empfangszimmer im vorderen Teil des Hauses, die Einrichtung ist genauso verblasst, aber hochwertig wie unten, nur ein unangenehmer Geruch stört Ursa, ein Geruch nach verschlossenen, vergessenen Kellern, durchdringend, fettig und widerlich, wie eine vergessene Fettschicht auf dem Boden eines Kochtopfs.

Sie fühlt sich wie in einer anderen Welt, obwohl ihr Haus nur eine Meile die Straße hinunter liegt. In ihrer Frisierkommode findet sie sogar einen matten Spiegel. Es ist schon lange her, dass Ursa ihr Gesicht irgendwo anders als in dunklen Fenstern gesehen hat, und ihr fällt auf, dass es nicht mehr so rundlich ist wie früher und dass nach den Tagen an Deck des Schiffs und ihren Spaziergängen mit Maren ein paar vereinzelte Sommersprossen ihre Wangen und Nase zieren, die Siv als gewöhnlich bezeichnet hätte. Auch der Ausdruck ihres Gesichts hat sich verändert – zwischen ihren Augen hat sich eine Sorgenfalte gebildet, die sie mit dem Finger glatt streicht, aber die Falte bleibt da, schwach und leise wie ein Wispern.

Ursas Kleid liegt über einem Stuhl ausgebreitet, um auszulüften, und Absaloms leere Reisetruhe steht neben der Kommode. Ihre restliche Kleidung wurde sorgfältig gefaltet in die Schubladen geräumt, und der Gedanke, dass jemand sie berührt und die Flecken gesehen hat, die sie nicht auswaschen konnte, behagt ihr nicht. Früher war sie an die Dienerschar zu Hause gewöhnt, fand es äußerst lästig, als nur noch Siv für sie da war, aber jetzt wird sie unsicher bei der Vorstellung, dass ein fremder Mensch die schmutzigen Kleider, die dreckigen Habseligkeiten, das unordentliche Haus und den ungepflegten Körper sieht.

Absalom ist glücklich, vielleicht auch etwas angetrunken. Er sitzt auf dem Bettende und hält zwei Papiere in der Hand, die mit grünem Band und Siegellack verschlossen sind.

»Ist die Besprechung mit dem Lensmann gut verlaufen, mein Gatte?«

»Er hat mir den Zweck meines Daseins deutlich gemacht, Gattin. Er ist ein großer Mann, größer noch, als ich zu hoffen gewagt hatte.«

»Ich freue mich für dich.«

Dann tut Absalom etwas, was sie sehr erstaunt. Er steht auf, nimmt ihr Gesicht in seine Hände und presst seine Lippen auf ihre, sanft, keusch. »Das ist Gottes Werk, Ursula. Da bin ich jetzt vollkommen sicher.«

Sie wartet, bis er sich abgewendet hat, dann wischt sie sich mit der Hand über den Mund. Sie kann noch den kitzeligen Bart auf ihrer Haut spüren, den sanften Druck seines Daumens unter ihrer Lippe.

Diese Berührung war so zärtlich, dass sie weinen möchte.

27

In einer Ecke des Zimmers steht ein Paravent, der mit schwarzen Vögeln bemalt und einer Lackschicht überzogen ist. Ursa nimmt ihr Kleid und stellt sich dahinter, als Absalom beginnt, sein Hemd aufzuknöpfen. Der Blick in den Spiegel und das Licht im Zimmer haben ihr Bewusstsein für das eigene Aussehen geschärft wie schon seit Monaten nicht mehr. Undeutlich kann sie ihre Gestalt in der glänzenden Lackschicht erkennen. Absalom steht ganz in ihrer Nähe, dennoch zieht sie ihre Unterwäsche aus und betrachtet ihre Rundungen, ihre Brustwarzen, wie dunkle Löcher in der Mitte ihrer Brüste, den hellen Büschel zwischen den Beinen, den Bauch, der trotz des veränderten Lebensstils nur wenig runder ist als früher.

Sie hat das Gefühl, einen Geist zu sehen. Rasch zieht sie sich um, kommt hinter dem Paravent hervor und stellt sich vor den Spiegel, wo sie ihre Haare so einzudrehen versucht, wie sie es bei Christin gesehen hat. Die Nadeln stechen ihr in die Kopfhaut.

Sie gehen nach unten. Christin kommt gerade aus der Küche, sie trägt ein dunkelgelbes Kleid aus feinem Samt, der im Licht der Lampen beinahe golden schimmert. Sie fasst sich mit einer Hand ans Haar und nickt Ursa anerkennend zu, um ihr zu zeigen, dass sie ihre Frisur bemerkt hat.

»Ich muss mich für den Geruch entschuldigen«, sagt sie, während sie Ursa und Absalom ins Empfangszimmer führt. »Mein Mann hat Wale als Steuerzahlung von den Russen akzeptiert. Speck, Öl.« Sie verzieht das Gesicht. »Es stinkt.«

Daher stammt also der rauchige, ölige Geruch, den Ursa so schlecht ignorieren kann. Der verbrannte Ingwerkeks rumort in ihrem Magen. In Bergen benutzt man Talglampen, und der Geruch wird mit dem Duft von Nelken überdeckt.

»Ein kluges Geschäft«, sagt Lensmann Cunningham, der gerade aus einem Raum kommt, den Ursa für sein Arbeitszimmer hält. Er trägt eine kleine Halskrause über seinem schwarzen Hemd: Sie sitzt etwas eng, und Ursa beobachtet, wie sein Adamsapfel hervorquillt und dann wieder hinter dem Stoff verschwindet. »Die Preise steigen wöchentlich, seit die Seewege gesperrt sind.«

»Du hast sie gesperrt«, sagt seine Ehefrau.

»Genau.« Er öffnet die Tür und macht eine einladende Handbewegung. »Bitte hier herein.«

Das Esszimmer hat eine Holzvertäfelung, die so neu ist, dass Ursa noch den Waldgeruch wahrnimmt. In der Mitte befindet sich ein Tisch, an dem bis zu einem Dutzend Gäste Platz haben. Darauf stehen Kerzenleuchter, und Ursa ist dankbar, dass es hier keine Tranlampen gibt, nur gedämpften Kerzenschein. Sie spürt, wie die Kerzen alles in ein freundlicheres Licht tauchen, ihre trockenen Hände wirken glatt, ihr Ehemann mild und gütig.

Der Tisch ist zu beiden Seiten gedeckt, glänzendes Porzellangeschirr, Besteck an jedem Platz und in der Mitte ein viereckiger Laib Roggenbrot mit einem Messer daneben.

Der Lensmann sitzt am Kopf der Tafel, im Rücken ein großes Fenster. Die Vorhänge sind nicht zugezogen worden, und die Dunkelheit zieht allmählich in den Raum ein und drängt das Kerzenlicht zurück. Die Frauen sitzen nebeneinander, Absalom ihnen gegenüber.

Fanne trägt ein Tablett herein, auf dem kleine Gläser mit matt geschliffenem Rand stehen, bis zur Hälfte mit einer klaren Flüssigkeit gefüllt. Ein intensiver Geruch nach Kräutern. Sie stellt die Flasche, ein elegantes, langhalsiges Gefäß aus blauem Glas, auf dem Tisch neben dem Lensmann ab.

»Aquavit«, sagt Lensmann Cunningham. »Üblicherweise trinkt man ihn nach dem Essen, aber auf der *Katten* habe ich mir angewöhnt, mir ein Glas vor dem Essen zu genehmigen – das weckt die Zunge auf. *Skål!*«

Er erhebt sein Glas und trinkt es in einem Zug aus. Absalom tut es ihm nach und fängt an zu husten. Der Lensmann schlägt ihm zwischen die Schultern, während Ursa Hilfe suchend zu Christin blickt, doch auch ihr Glas ist bereits leer. Ursa nippt an dem Aquavit und zuckt zusammen. Der Branntwein brennt in ihrer Kehle.

Neben Absalom sind zwei Plätze frei. »Erwarten Sie noch weitere Gäste?«, fragt er, und Ursa überlegt, ob der Lensmann den Anflug von Enttäuschung in seiner Stimme bemerkt, den sie wahrnimmt.

»Ja, Commissioner Moe aus Alta«, antwortet Cunningham, nimmt das Messer in die Hand und beginnt, das Brot in Scheiben zu schneiden. »Stimmt es, dass Sie sich bereits begegnet sind? Außerdem erwarten wir auch Herrn Abhorsen, einen wohlhabenden Kaufmann aus Bergen.« Er nickt Ursa zu. »Ich dachte, es würde sie freuen, das Neueste aus Ihrer Heimatstadt zu hören.«

Ursa erwidert sein Nicken höflich. Sie hat nie etwas mitbekommen, als sie noch dort lebte und alt genug war, sich für

Klatsch und Tratsch zu interessieren. Agnete und sie stellten viele Vermutungen an, aber nach dem Tod ihrer Mutter konnte ihr Vater es sich nicht leisten, eine Anstandsdame einzustellen, deshalb blieben ihre Schwester und sie meist zu Hause, wo sie ihrer Fantasie und ihrem eigenen Geplauder überlassen waren.

»Aber anscheinend verspäten sie sich auf ihrem Weg von Alta hierher. Wir können ohne sie beginnen.« Er schenkt Aquavit nach, diesmal jedoch nur für Absalom und sich selbst.

»Bitte, Ursula«, beginnt Christin und legt sanft ihre Hand auf Ursas. »Erzählen Sie mir von Ihrer Familie. Was macht Ihr Vater?«

»Er ist Schiffseigner, meist sind es Holztransporte von Christiania.«

»Eichenholz, oder?«, unterbricht Cunningham. »Die *Katten* war ein Kiefernholzschiff, leichter und schneller.«

Christin spricht weiter, als hätte ihr Ehemann nichts gesagt. »Haben Sie Geschwister?«

Ursa hat einen bitteren Geschmack im Mund, sie nimmt noch einen kleinen Schluck Aquavit, um ihn fortzuspülen, und freut sich über das brennende Gefühl in der Kehle und die Wärme im Magen. »Eine Schwester.« Es herrscht Stille, deshalb bringt sie noch ihren Namen hervor. »Agnete.«

»Sie ist ein Krüppel«, sagt Absalom. Ursa fährt zusammen. »Mit ihrem einen Bein stimmt etwas nicht und auch nicht mit der Lunge.«

»Sie hat einen klaren Verstand«, sagt Ursa. »Sie ist dreizehn, beinahe vierzehn.«

»Sehr viel jünger«, sagt Christin nachdenklich. Fanne trägt einen Teller mit einer silbrigen Gallertmasse herein, beugt sich zwischen Cunningham und Absalom vor und stellt ihn in der Mitte des Tischs ab. Die Augen des Lensmanns folgen ihr, als sie den Raum verlässt. »Warum hat Ihre Mutter so lange gewartet?«

Ursa mustert das Gesicht ihres Ehemannes, aber er schaut nur über ihre Schulter in die Ferne, seine Aufmerksamkeit lässt nach, bis sie von seinem Meister wachgerufen wird.

»Sie hat mehrere Kinder verloren, soweit ich weiß.«

»Jungen?«, fragt Cunningham und streckt den Arm aus, um ein Stück Hering in Gelee aufzuspießen.

»Das weiß ich nicht«, sagt Ursa. Es fühlt sich seltsam an, die Fehlgeburten ihrer Mutter mit beinahe Fremden zu diskutieren, aber sie traut sich nicht, ihnen die Informationen zu verweigern.

»Was hält sie davon, dass Sie hier oben im Norden leben?« Mit der Rückseite seiner Gabel drückt er den Fisch auf einer Scheibe Brot flach. Ein glänzender Brei. Ursa wird übel.

»Sie ist tot«, wirft Absalom ein, aber nicht, um ihr zu Hilfe zu kommen, sondern nur, um sich in das Gespräch einzuschalten.

»Mein Beileid«, sagt Christin, zieht ihre Hand weg und greift nach Ursas Teller. »Hering?«

Ursa bedient sich, das Gelee rutscht durch die Zacken ihrer Gabel und durchtränkt das Roggenbrot. Sie essen, und Fanne bringt eine kleine Platte mit geschnittenen Zwiebeln herein.

»Das nächste Mal müssen die Zwiebeln zusammen mit dem Fisch hereingebracht werden«, sagt Christin. Fanne knickst, dann trägt sie eine Flasche mit einer honigfarbenen Flüssigkeit an den Tisch und schenkt jedem Gast ein großes Glas ein, obwohl der Aquavit noch auf dem Tisch steht und Absalom sein zweites, bis zum Rand eingeschenktes Glas noch gar nicht angerührt hat.

»Ihr Ehemann hat einige Mutmaßungen über Vardø angestellt«, sagt Cunningham. Im Kerzenlicht wandert das Essen in seinem Mund von einer Seite auf die andere. »Was ist Ihre Meinung?«

»Meine Meinung?«, wiederholt Ursa.

»Von den Frauen.« Er schluckt, sein Adamsapfel kämpft sich seinen Weg aus der Halskrause. »Frauen erkennen oft Dinge, die wir Männer übersehen, nicht wahr, Liebling?«

»Und auch Dinge, von denen ihr hofft, wir würden sie übersehen«, sagt Christin in verschmitztem Tonfall, als Fanne hinausgeht und Cunningshams Blick wieder an ihr hängt.

»Sie scheinen ...« Ursa sucht nach den richtigen Worten.

»Seien Sie nicht zu taktvoll, Mistress Cornet. Ich habe viele Frauen aus Finnmark kennengelernt und weiß, dass sie von hartem Schlag sind. Und die Frauen aus Vardø genießen einen ganz besonderen Ruf. Nach dem Sturm – Sie werden Ihrer Frau alles darüber erzählt haben, nehme ich an.« Der letzte Satz ist an Absalom gerichtet. Aber ihr Ehemann hat Ursa nichts erzählt. Das wenige, was sie weiß, hat sie den Äußerungen von Kaptein Leifsson entnommen oder auch dem, was Maren über ihren Vater und ihren Bruder erzählt hat.

»In Kiberg ist eine Handvoll Männer ums Leben gekommen. Die Frauen haben wieder geheiratet. Hier hat der Sturm am ärgsten gewütet. Aber diese Frauen aus Vardø ...« Er kaut, schüttelt den Kopf. »Ungefähr sechs Monate nach dem Sturm erhielt ich einen Brief von ihrem Geistlichen. Pastor Kurtsson – was halten Sie von ihm?«

Absalom zieht seine breiten Schultern hoch. »Er ist ein gutherziger Mensch, aber nicht besonders stark.«

Cunningham nickt mehrmals rasch hintereinander und

reißt ein Stück Brot vom Laib ab. »Er schrieb mir, die Frauen wollten zum Fischen aufs Meer hinausfahren. Können Sie sich das vorstellen?«

»Ich kann mir das tatsächlich vorstellen«, sagt Christin. »Die Frauen hier sind anders. Sie bestellen die Felder, versorgen das Vieh.«

»Das tun Bauern woanders auch«, sagt Cunningham. »Aber keiner von ihnen fährt aufs Meer hinaus.«

Ihr Gespräch scheint in glatten Bahnen zu verlaufen, als hätten sie bereits unzählige Male alle Unstimmigkeiten aus dem Weg geräumt.

»Was hätten sie denn sonst tun sollen?«, fragt Christin. »Verhungern?«

»Ich habe für sie gesorgt.«

»Wie?«

»Ich habe Geld nach Kiberg geschickt, damit sie den Frauen in Vardø Fisch und Getreide bringen.«

»Du warst nicht da«, sagt Christin. »Wie kannst du sicher sein, dass sie die Nahrungsmittel erhalten haben?«

»Ich musste nicht hier vor Ort sein, um meine Pflicht zu erfüllen.« Cunningham hat die Stimme erhoben. »Sie sollten sich meiner Autorität nicht widersetzen. Eine Frau hat auf einem Boot nichts zu suchen. Und außerdem« – er beißt noch einmal von seinem Brot ab und blickt zu Ursa – » war dieser Sturm kein gewöhnliches Unwetter.«

Ihr Herz klopft in der Brust, und aus dem Augenwinkel sieht sie, wie Absalom sich vorbeugt, die Ellbogen auf dem Tisch aufgestützt.

»Sind Sie sich da sicher?«, fragt er mit stockendem Atem.

Cunningham wendet seinen Blick nicht von Ursa ab, als er antwortet. »Ziemlich sicher. Ich habe mehr Zeit meines

Lebens auf dem Meer als an Land verbracht. Ich weiß, was das Wetter losbrechen kann und was nicht. Vierzig Tote auf einen Schlag?« Er schüttelt ungläubig seinen Kopf. »Und nach dem, was mir Ihr Mann über die Runen erzählt hat …« Er bekreuzigt sich, in seiner Hand hält er ein Stück Brot. Absalom folgt seinem Beispiel, und endlich richtet Cunningham seine Aufmerksamkeit auf Ursas Ehemann. Sie kann wieder atmen. »Sie werden bestimmt verstehen, warum ich Sie hierhergeschickt habe, ja? In Alta, in Kirkenes haben wir die Lage im Griff, aber hier …«

Ursa wartet, aber der Lensmann beendet den Satz nicht. Die Tür wird geöffnet, und Fanne tritt ein. Sie trägt ein großes, poliertes Tablett mit fünf Schüsseln des Eintopfs darauf, den Ursa schon in der Küche gesehen und gerochen hatte. »Commissioner Moe ist hier, Lensmann. Er macht sich noch für das Abendessen frisch.«

Fanne stellt die Schüsseln vor ihnen ab, die letzte auf den freien Platz am Tisch neben Absalom. Gastgeber und Gäste warten, und der angenehme Geruch des Eintopfs lässt Ursas Magen leise knurren, bis Commissioner Moe den Raum betritt.

»Ich bitte um Verzeihung, Lensmann Køning«, sagt er auf Norwegisch. »Die Überfahrt war ungemein stürmisch. Wir haben gewartet, dass das Wetter sich beruhigte, doch es wurde nur schlimmer. Daniel lässt sich entschuldigen, er ist nach Hamningberg gefahren. Sie kennen ja die Leute aus Bergen.« Er zwinkert Absalom zu, der ihn nur ausdruckslos ansieht. Er trägt einen Schnurrbart, wie ihr Vater, und die schief abstehenden Enden sind ein Beweis für die stürmische Überfahrt. Ursa schätzt ihn auf das gleiche Alter wie den Lensmann, aber er ist nur etwa so groß wie sie.

»Schön, Sie wiederzusehen, Commissioner Cornet«, sagt er auf Englisch, während er sich vor Absalom verbeugt, der nur einmal kurz nickt. »Und das muss Ihre reizende Frau sein.«

Ursa kann sich nicht vorstellen, dass Absalom sie so beschrieben hat. »Commissioner.«

»Nennen Sie mich bitte Moe. Wohlan …« Er klatscht in die Hände. »Was wird uns hier serviert?«

28

Die drei Männer unterhalten sich laut und lebhaft mit ihrem Gegenüber und mit ihrem Nachbarn, als wären sie zu zehnt. Christin rührt ihr Essen kaum an, trinkt ab und zu einen Schluck Met und beobachtet die Runde. Schließlich beugt sie sich zu Ursa und sagt: »Er spricht kein Norwegisch?«

»Er kann es ein wenig. Er lernt es zusammen mit unserem Pfarrer.«

»Könnten Sie ihm nicht helfen?«

»Ich bin nicht sicher, ob er das will.«

Christin nickt, und Ursa weiß, dass sie versteht, was sie meint. »Sagen Sie mir ganz ehrlich – wie ist es in Vardø? Mein Mann hat mir viele Gräuelgeschichten erzählt, um sicherzugehen, dass ich dem Dorf fernbleibe.«

»Es ist nicht so schlimm dort.«

»Sie haben keine Angst?«

»Wovor?«

»Cornet hat uns in seinen Briefen von den Runen und den Knochenfiguren berichtet. Also, er hat meinem Mann geschrieben, aber John liest mir viele Briefe vor. Er braucht immer Publikum.«

Ursa nimmt noch einen Bissen Schneehuhn. »Ich habe

keine Angst. Aber fürchten Sie sich nicht mit dem Gefängnis in unmittelbarer Nähe?«

»Ach, ja, das tue ich.« Die Frau nippt wieder an ihrem Met, aber ihre Stimme klingt weiterhin gleichgültig. Vielleicht muss man schnell sein Glas leeren, um hier zu überleben, denkt Ursa. »Die Lappen. Sie üben eine eigentümliche Faszination auf meinen Mann aus.«

»Mein Lebenswerk«, wirft der Lensmann dröhnend ein. Ursa schreckt auf, sie hatte nicht bemerkt, dass ihr Gespräch mit Christin belauscht wurde. »Aus dem Grund bin ich hier. Einer meiner Vorgänger hatte nicht so viel Glück.«

»Kofoed?«, fragt Moe. »Ich kannte ihn, als er noch ein Junge war. Böse Geschichte.«

»Was ist passiert?«, fragt Ursa.

»Lappen nahmen ihn gefangen«, erzählt der Lensmann mit düsterer Stimme. »Verfluchten ihn. Es heißt, dass er verkümmerte wie ein Strauch, den man mitsamt seinen Wurzeln ausgerissen hatte. Und das über Nacht.«

Commissioner Moe bekreuzigt sich. »Ich habe Olson auf dem Scheiterhaufen verbrennen sehen. Er war der Rädelsführer. Als sie ihn anzündeten, stieg schwarzer Rauch auf, wie im Höllenfeuer.«

Ursa legt ihre Gabel nieder, aber die anderen essen weiter, die Augen gespannt auf Commissioner Moe gerichtet.

»Gab es noch mehr Anzeichen? Ich meine, bevor die Lappen Kofoed in ihre Gewalt bekamen?«, fragt Absalom.

»O ja«, erwidert Moe mit finsterer Miene. »Vieh wurde getötet, was man zunächst den Wölfen zuschrieb, bis Olson gestand. Mädchen, die ohne Ehemann schwanger wurden. Und alle, die wir ihn brennen gesehen hatten, waren danach noch tagelang krank. Es fühlte sich an, als hätte ich Schandmale auf der Lunge.«

Ein bedrückendes Schweigen breitet sich aus. Ursa ist übel, der Aquavit verursacht ihr Magenschmerzen. Dennoch trinkt sie weiter davon.

»Sie haben zurzeit zwei Hexer hier im Gefängnis«, sagt Absalom an Cunningham gewandt. »Weshalb hat man sie eingesperrt?«

»Windzauber«, antwortet Cunningham. Ursa kann ein kurzes Auflachen nicht unterdrücken. Die anderen sehen sie mit undurchdringlichen Mienen an. Sie kann ihnen nicht sagen, dass sie gerade an Maren denken muss, die sie für ihre gewebten Stoffe tadelte, ungeeignet als Segel, denn sie seien so löchrig, dass der Wind nur hindurchpfiffe.

»Es tut mir leid«, sagt sie. »Aber so etwas höre ich heute zum ersten Mal.«

»Darüber sollte man nicht lachen«, entgegnet Lensmann Cunningham, und Ursa fühlt sich wie ein gescholtenes Kind. »Das Wetter ist schon immer ihre bevorzugte Waffe gewesen. Das sollten Sie wissen, wenn Sie in Vardø leben.«

»Vielleicht liegt es daran, dass wir in Bergen keine Hexen haben.«

»Das mag sein«, sagt Cunningham ernst. Sein Blick ist fahrig, seine Hand umklammert krampfhaft die Armlehne. »Aber es gab doch einen Hexenhügel in der Nähe von Bergen, stimmt's, Moe?«

»Ja, das stimmt. Lyderhorn, soweit ich mich erinnere.«

»Ich habe darüber gelesen«, sagt Absalom mit einem Nicken. »Mons Storebarn und Mons Andersen haben sich dort getroffen und ein Komplott gegen die *kirke* geschmiedet.«

»Ich habe doch gesagt, dass er ein Guter ist, oder, Moe?!

Wir Schotten kennen uns aus.« Er erhebt sein Glas, um mit Absalom anzustoßen, und geht zum vertraulichen Du über. »Aber meist lauern sie in den hintersten Winkeln der Welt. Das habe ich dir ja schon gesagt, Absalom.« Cunningham lehnt sich in seinem Stuhl vor. »In unseren Briefen. In den Ecken scheint das Kerzenlicht am schwächsten. Wir sind hier, um das Licht stärker leuchten zu lassen, die Finsternis aufzuspüren und niederzubrennen. Die Flammen der Liebe Gottes werden sie verschlingen.«

Seine Augen leuchten. Seine Worte wenden sich an Absalom, doch sein Blick ist fest auf sie gerichtet. Er sieht besessen aus, und plötzlich packt Ursa die Angst, er könnte sich über den Tisch auf sie werfen, ihre Kehle fassen und zudrücken. Doch er lässt sich nur wieder in seinen Stuhl zurückfallen und bedeutet seiner Frau, ihm noch ein Glas einzuschenken.

Keiner der anderen Gäste scheint zu bemerken, dass sie in diesem Raum zusammen mit einem Bären gefangen sind.

»Aus diesem Grund hat mich der König hier eingesetzt und über einen von Ihren eigenen Leuten gestellt.« Er nickt Moe zu. »In Schottland haben wir an Boden gewonnen, aber dort haben wir nicht mit solchen Schwierigkeiten wie den Lappen hier zu kämpfen. Ich wusste, dass wir uns lieber früher als später treffen sollten, besonders nach deinem letzten Brief, Absalom, in dem du über die Lappin und die Knochenfiguren berichtet hast.«

Ursa bekommt eine Gänsehaut. Sie hatte gehofft, dass Christin die Figuren eingangs rein zufällig erwähnt hatte, aber anscheinend hat Toril alles weitergetragen, so wie Maren es befürchtete. Sie muss ihr unbedingt sagen, dass auch über Diinna gesprochen wurde.

»Bis jetzt haben wir uns hauptsächlich um die Zauberer

unter den Lappen gekümmert, die Männer, sie selbst nennen sich *noaidi*, Sie kennen die Sorte. Schamanen, wie Olson und die zwei im Gefängnis. Aber inzwischen machen uns auch die Frauen Ärger, und nicht nur die vom Lappenvolk. Ihr Ehemann«, seine Augen sind wieder auf sie gerichtet, und ihr Herz pocht laut in ihren Ohren, »verfügt über besondere Talente, wie Sie zweifellos wissen.« Er zieht die Augenbrauen in die Höhe, als er ihr verdutztes Gesicht bemerkt. »Aber Sie kennen doch sicherlich den Grund, weshalb ich nach ihm geschickt habe? Er ist einer der besten, selbst von uns Schotten.«

»Es tut mir leid«, sagt sie und schaut sich Hilfe suchend nach Christin um, doch die sitzt mit halb geöffnetem Mund da und starrt die Wand an.

Cunningham wendet sich mit gespieltem Entsetzen im Blick an ihren Ehemann, und Commissioner Moe bricht mit vollem Mund in ein halb ersticktes Lachen aus. »Absalom, ist es wahr, dass Ihre Frau nichts von Ihren großen Taten weiß?«

Absalom zuckt bescheiden die Achseln, und Ursa möchte ihn am liebsten schlagen. »Ich habe nicht darüber gesprochen.«

»Nun gut, dann werde ich das tun. Sagen Sie, Ursa, haben Sie schon einmal von einer Frau namens Elspeth Reoch gehört?«

»Verzeihen Sie mir, aber den Namen habe ich noch nie gehört.«

»Nein, ich muss um Verzeihung bitten, denn ich werde es Ihnen jetzt erzählen.« Tiefe Befriedigung schwingt in seiner Stimme, und Ursa ist fest entschlossen, ihm in die Augen zu sehen und keine Angst zu zeigen. »Sie war erst zwölf Jahre alt, als sie dem Teufel Versprechungen machte, nicht wahr,

Absalom? Mit nur zwölf Jahren hat sie ihre Augen mit seinen Tränen benetzt, damit sie das Gottlose sehen konnte, was kein Mensch sehen darf. Sie hat einen Pakt mit dem Teufel geschlossen. Wissen Sie, was das bedeutet, Mistress Cornet? Wissen Sie, was eine Frau tun muss, um solche Zauberkräfte zu erlangen?«

»Ich bin sicher, dass sie sich das denken kann«, mischt Christin sich ein. »Sei bitte nicht so vulgär, John.«

»Aber es ist vulgär.« Cunningham schlägt mit der flachen Hand auf den Tisch. »Es ist verderbt, widerlich. Sie hat dem Teufel ein Kind geboren, stimmt's, Absalom?«

»Zwei«, sagt Absalom mit ernster Stimme. »Aber dieses Geheimnis wurde erst im Laufe des Prozesses aufgedeckt. Die Frau behauptete, ihre Stimme verloren zu haben, lebte nach dem Pakt viele Jahre als Stumme. Ihr Bruder versuchte, die Worte aus ihr herauszuprügeln – er war ein frommer Mann und unterrichtete Coltart von ihrem Tun.«

»Coltart«, stößt Cunningham mit kaum verhohlener Abneigung aus. »Ein Hochstapler vor dem Herrn. Du warst die treibende Kraft bei dieser Verurteilung, streite das nicht ab. Bescheidenheit ist eine schöne Eigenschaft, aber nicht in diesem Fall.«

»Wie haben Sie sie zum Reden gebracht?«, fragt Moe.

»Untertauchen bei der Wasserprobe. Und wir haben Eisen benutzt.«

»Sie haben sie mit Fußeisen gefesselt?«

»Brandmale, wir haben ihr Kreuze in den Hals und die Arme eingebrannt.« Absalom sieht Ursa nicht an. Sie hofft, dass er von Scham erfüllt ist, aber in seiner Stimme ist nichts davon zu hören.

»Erzählen Sie weiter.«

»Sie schrie laut in einer dämonischen Sprache auf, und dann sang sie wie der Teufelsvogel höchstpersönlich.« Ursa verspürt ein Engegefühl in der Brust, während sie zusieht, wie Absalom die Aufmerksamkeit des Lensmanns genießt. »Sie hat die ganze Geschichte gestanden, die Verführung von vier Männern, Diebstahl und mehrere Treffen mit dem Teufel.«

»Aber erst ihre Hinrichtung macht diesen Fall so außergewöhnlich – eine Meisterleistung«, sagt Cunningham.

»Sie haben sie nicht verbrannt?«, fragt Moe in einem Tonfall, als würde er sich nach dem Wetter erkundigen.

»Doch, das haben wir.«

»Das haben sie«, echot Cunningham. »Aber zuerst sollte sie für das Vortäuschen der Stummheit mit dem Tod durch den Strang bestraft werden. Richtig, Absalom?«

»Ja.« Jetzt wirft er Ursa einen Blick zu, als wünschte er, dass sie nicht dabei wäre, und sie begreift, dass sie das Schlimmste von dieser Geschichte noch nicht gehört haben. So fest sie kann, drückt sie die Handflächen auf den Tisch und stützt sich ab.

»Weiter«, sagt Cunningham lächelnd. »Erzähl ihnen, wie ihr es gemacht habt.«

»Mit einem Strick, Commissioner Moe«, sagt Absalom, und endlich entdeckt Ursa die Scham in seiner Stimme, die sie bislang vermisst hatte.

»Und was war deine Aufgabe dabei?«

Absaloms spricht mit kaum hörbarer Stimme. »Ich hatte ein Ende des Stricks in meiner Hand, Lensmann.«

»Seht ihr?«, sagt Cunningham und beugt sich vor, um Absalom auf die Schulter zu klopfen. »Ein erstklassiger Mann. Es gibt nicht viele, die ihre Bestrafungen selbst vornehmen.

Und ich wette, dass es nicht Coltart war, der das andere Ende des Stricks in der Hand hielt.«

»Nein, das war nicht er, Lensmann.« Er blickt nicht noch einmal zu Ursa, und darüber ist sie froh. Sie könnte ihre Gefühle in diesem Moment beim besten Willen nicht verbergen.

»Als ich das erfahren habe, wusste ich, dass du hierherkommen musst«, fährt Cunningham fort. »Mitten ins Geschehen. Einen Scheiterhaufen anzünden kann jeder – dann ist Töten nicht schwieriger als eine Tasse Tee zu kochen.«

»Der Kessel tönt schriller«, sagt Moe.

»Bitte«, schaltet sich Christin ein.

»Entschuldige, Liebling«, sagt Cunningham mit einem aufgesetzten Lächeln. »Moe, bitte denken Sie an die Damen in unserer Gesellschaft.«

Ursa hat es die Sprache verschlagen. Sie hasst ihn, das weiß sie jetzt. Sie hasst sie alle. Sie hatte von dem Prozess erfahren, als sie das erste Mal in der Kirche gewesen war, aber sie hatte nicht geahnt, dass die Frau hingerichtet worden war, dass ihr Ehemann sie mit seinen eigenen Händen getötet hatte. *Brandmale. Strang. Scheiterhaufen.* Die Worte wiederholen sich in ihrem Kopf wie ein Kinderreim. Sie schaudert, was ihrer Gastgeberin nicht entgeht.

»Es ist brutal, so etwas anzuhören, aber Sie müssen mit einer Hexe kein Mitleid haben, Ursula«, sagt Christin mitfühlend. »Sie bedienen sich der weichen Gemüter, der verletzten Herzen, des empfindsamen Geists. Auch in Tromsø, in Bergen müssen wir Frauen das lernen.«

»Und Sie müssen die Hexen weniger fürchten als die meisten anderen«, sagt Cunningham. »Mit solch einem Mann an Ihrer Seite.«

Ursa beobachtet Absalom über den Tisch hinweg. Sie hatte nicht vermutet, dass er so stolz sein würde, diese Geschichte erzählen zu können. Sie kann seine Freude über die Bewunderung der anderen spüren, sie ist so unverkennbar wie der Geruch nach Alkohol bei Lensmann Cunningham.

Das Gespräch wendet sich den Fischgründen, dem Walfang in Spitsbergen und schließlich, endlos lange, wie es Ursa scheint, Cunninghams Zeit als Kapitän auf der *Katten* zu. Zum Nachtisch gibt es *rømmegrøt*. Die Portion ist so riesig, dass die Kerzenleuchter auf dem Tisch zur Seite gerückt werden müssen, damit der Sauerrahmbrei zwischen ihnen Platz hat.

Ursa nimmt sich gerade so viel, dass sie nicht unhöflich erscheint, aber die Sahne fühlt sich nicht richtig in ihrem Mund an, zu gehaltvoll, nachdem sie sich monatelang mit dem Essen auf dem Schiff und anschließend mit der kargen Kost in Vardø begnügt hat. Diese ganze Zeit über hatte sie sich nach den Speisen von zu Hause gesehnt, dem Geschmack von Sahne, Zimt und Zucker, aber jetzt liegt ihr der Brei schwer im Magen.

Ihr fällt auf, dass auch Absalom die Nachspeise kaum anrührt. Seine Hände, groß wie Schinkenkeulen, liegen auf dem Tisch, die Härchen auf seinen Fingerknöcheln fangen die Lichtstrahlen auf wie Spinnenweben. Sie hat ein Engegefühl im Hals.

Commissioner Moe entschuldigt sich kurz darauf, er sei müde von der langen Reise, seine Nase ist rot. »Ich fühle mich in unserer Sache bestärkt«, sagt er und greift nach Absaloms Hand. »Machen wir uns an die Arbeit.«

Neben Ursa ist Christin sehr still geworden, und sie vermutet, dass es die Wirkung des Getränks ist, die den Lensmann so redselig werden lässt. Auch Ursa hat mehr getrunken, als vielleicht angemessen gewesen wäre. Der Alkohol hinterlässt ein Prickeln, ein leichtes Brennen in ihrem Mund. Nachdem die Teller abgeräumt wurden und der Lensmann und Absalom aufgestanden sind, um sich in das Arbeitszimmer des Hausherrn zurückzuziehen, streicht Ursa mit den Fingern über ihre Lippen. Sie fühlen sich sehr weich an, nicht wie ihre eigenen.

»Ursula?«

Christin steht hinter ihrem vorgeschobenen Stuhl und blickt sie an. »Ich hoffe, Sie haben nichts dagegen?«

»Dagegen?«

»Ich bin etwas müde. Möchten Sie, dass ich Sie zu Ihrem Zimmer begleite?«

»Oh ...« Ursa beeilt sich aufzustehen, ihre Röcke verfangen sich zwischen den Stuhlbeinen, als sie rückwärts geht, und Lensmann Cunningham schafft es nicht, ihr rechtzeitig zu Hilfe zu eilen, doch sie findet ihr Gleichgewicht allein wieder. »Vielen Dank. Vielen Dank für das Abendessen. Es war ausgezeichnet.«

»Wir haben Fanne in Alta gefunden«, sagt Lensmann Cunningham. Er steht sehr nah bei ihr, und sie kann seinen nach Saurem und Sahne riechenden Atem wahrnehmen. »Sie ist eine gute Köchin.«

»Das würde ich nicht unbedingt sagen«, sagt Christin spitz. »Aber ich bin froh, dass es Ihnen gefallen hat.«

»Haben Sie Hilfe im Haus?«, fragt Cunningham mit einem Seitenblick auf Absalom. »Wissen Frauen in Vardø, wie man einen Haushalt führt?«

In seiner Stimme schwingt ein lüsterner Unterton, und Ursa läuft es eiskalt über den Rücken.

»Meine Frau hat Hilfe«, gibt Absalom zur Antwort. »Auch wenn sie nicht meinen Vorstellungen entspricht. Sie ist mit einer Lappin verwandt.«

»Sie sind nicht blutsverwandt«, entgegnet Ursa, der die Angst Flügel verleiht. »Und sie geht zur *kirke*, Gatte. Sie ist eine gute Frau.«

Absalom sieht so aus, als wolle er noch mehr sagen, aber Cunningham winkt ab.

»Diese Angelegenheiten überlässt man am besten den Frauen«, sagt er. »Du hast mehr als genug Sorgen, vor allem wenn du alles in Angriff nehmen willst, was wir besprochen haben.«

»Gehen wir?« Christin tritt von einem Fuß auf den anderen. Offensichtlich möchte sie unbedingt ins Bett gehen, und Ursa ergeht es ähnlich. Sie sehnt sich nach der Gnade des Vergessens im Schlaf, nach dem Morgen und der Rückkehr in ihr Haus, zu Maren. In ihren verschwommenen Gedanken mahnt sie sich, Maren zu warnen, ihr zu erzählen, dass Diinnas Name fiel und auch von den Knochenfigürchen die Rede war. Sie bohrt die Fingernägel in die Handballen, damit sie das auf keinen Fall vergisst.

Sie treten hinaus in den Gang und wünschen ihren Ehemännern eine gute Nacht, die ihre lebhafte Unterhaltung nur für einen kurzen Moment unterbrechen: Lensmann Cunningham stößt mit seinem Mund gegen die hohen Wangenknochen seiner Frau, und Absalom drückt Ursa noch einen beunruhigend sanften Kuss auf die Wange.

»Es muss Sie stolz machen, mit solch einem tatkräftigen Mann verheiratet zu sein«, sagt Christin, während sie Ursa die Treppe hinaufgeleitet. Am liebsten möchte Ursa laut auflachen und sie fragen, worauf sie denn stolz sein solle – auf

Absaloms kriecherische Unterwürfigkeit dem Lensmann gegenüber, auf sein Mitwirken bei der Tötung der Frau oder auf die Befriedigung, die er daraus zog?

»Hatte Ihr Ehemann bei der Wahl Ihres Hausmädchens wirklich nichts zu sagen?«, fragt Christin anschließend.

»Sie ist mehr eine Gesellschafterin als eine Dienerin.«

»Es ist besser, diese Leute von sich fernzuhalten. Und von Ihrem Ehemann«, sagt Christin, als sie an Ursas Zimmer angelangen. Christin öffnet die Tür und macht einen Schritt zur Seite. Als Ursa an ihr vorbeigehen will, hebt Christin ihre Hand und streichelt Ursas Hals an der Stelle, wo die Nadeln aus dem Haarknoten gerutscht sind. Es fühlt sich weich an. »Aber Sie sind so hübsch, ich bin sicher, Sie müssen sich keine Sorgen machen.«

Ursa spürt, wie Röte ihre zugeschnürte Kehle hinaufsteigt. »Sorgen?«

»Trinken, Karten spielen.« Sie blinzelt Ursa zu. »Bedienungen. Auch große Männer haben Schwächen. Und wir Frauen müssen sie ertragen.«

Plötzlich möchte Ursa sich ihr anvertrauen, ihr von ihren Ängsten und ihrer Unsicherheit in ihrem Zusammenleben mit Absalom erzählen, doch Christin hat ihre Hand schon wieder fortgenommen und geht zum anderen Ende des Gangs. Sie geht nicht unsicher, nur sehr vorsichtig.

»Gute Nacht, Ursa. Ich werde für dich beten.«

Ursa schließt die Tür. Licht dringt zwischen den Ritzen der vorgezogenen Vorhänge hindurch, und auf dem Bett wurde die Tagesdecke zurückgeschlagen und gibt die weiche Bettwäsche frei. Ist es wahr, dass Fanne und der Lensmann miteinander ins Bett gehen? Vielleicht sogar in diesem hier, wenn keine Gäste im Haus sind?

Sie löst ihre Frisur und sammelt die Haarnadeln in einer Hand, dann geht sie zum Fenster und schiebt eine schwere Stoffbahn mit dem Finger zur Seite. In den anderen Gebäuden der Anlage brennt noch Licht, mit Ausnahme des Gefängnisses. Sie lauscht: Ist das der Klang stöhnender Männer, oder sind das nur der Wind und das Meer? Die dunklen Fenster scheinen sie anzustarren, und sie lässt den Vorhang wieder fallen, wäscht sich in aller Eile, ängstlich darauf bedacht, schon zu schlafen, wenn Absalom ins Bett kommt.

Bevor sie unter die sauberen Laken schlüpft, kniet sie neben dem Bett, so wie Agnete und sie es immer machten, und betet für die traurig blickende Christin, für Maren irgendwo dort draußen im Dunkeln und für sich selbst. Und sie betet, auch wenn es vielleicht eine unfassbare Gotteslästerung darstellt, für Elspeth Reoch, die durch Absaloms Hand gestorben war. Hexe oder keine Hexe, sie würde das niemandem wünschen.

29

Ursa dachte, das Schlimmste des Abends würde hinter ihr liegen, doch es gelingt ihr nicht einzuschlafen, bevor Absalom ins Bett kommt. Die Geräusche des Hauses sind ihr fremd, das Meer ist sehr viel näher als in Vardø, und das Geräusch der ans Ufer schlagenden Wellen wühlt sie auf. Sie glaubt viele Male zu hören, wie sich seine Hand auf die Türklinke legt, bevor er sie schließlich öffnet.

»Bist du wach, Ursula?«

Es ist sinnlos, ihm etwas vorzumachen. Sie richtet sich auf und zieht sich die Laken bis ans Kinn. Er streift die Schuhe von den Füßen und geht zu dem Stuhl neben dem Kaminfeuer. In der einen Hand hält er ein kleines Glas, in der anderen mehrere gefaltete Papiere.

»Ich hoffe, das Essen hat dir gefallen?«

»Es war sehr reichhaltig, ich bin nicht mehr daran gewöhnt.«

Er stellt sein Glas auf dem Kaminsims ab und beugt den Kopf, sodass sie ihn nur von der Seite sehen kann, während er in die Flammen blickt. Er spricht dem Feuer zugewandt, und sie versteht seine Worte nicht.

»Entschuldigung«, sagt sie.

Er spricht etwas lauter. »Ich wollte nicht, dass du es auf diese Weise herausfindest.«

Sie hatte gedacht, dass sie bei seiner Rückkehr Angst verspüren würde, aber nun erfüllt sie der gleiche gerechte Zorn, der sie bereits im Esszimmer gepackt hatte. Sie wird mutig.

»Dass du diese Frau ermordet hast?«

Das Schweigen dehnt sich, tut sich wie ein tiefer Abgrund auf. Ursa kann ihren eigenen Herzschlag in den Ohren hören, lauter als das Meeresrauschen. Sie wünscht sich, sie hätte mehr Kleidung an als nur ihr Baumwollnachthemd.

Endlich richtet er sich langsam auf, mit dem Rücken zu ihr, die Flammen leuchten an seinen Beinen. Er hat die Lippen zu schmalen Strichen zusammengepresst, und als sie ihre Augen auf ihn richtet, sieht sie seinen glasigen, unsteten Blick. Ist er betrunken, so wie der Lensmann?

»Eine Frau ermordet?«, wiederholt er, unfähig, den Worten einen Sinn zu entnehmen. »Nein. Nein …« Er schüttelt den Kopf, als würde er eine Fliege verscheuchen. »Ich habe einer Hexe den Prozess gemacht, Gattin. Sie wurde von dem Gericht meines Landes zum Tode verurteilt. Sie war schuldig, in den Augen des Gesetzes, in den Augen Gottes. ›Die Zauberinnen sollst du nicht leben lassen.‹ Gott befiehlt ihren Tod.«

»Aber du, Gatte, musstest du derjenige sein, der sie tötete?«

Sein Ausdruck ist gequält, als er das kleine Glas vom Kaminsims nimmt und, die Papiere noch fest in der Hand, schwerfällig auf den Stuhl daneben sinkt. »Es war eine gewichtige Angelegenheit. Ich habe keinerlei Befriedigung daraus gezogen, obwohl sie den Tod verdient hatte, und ich habe anschließend für sie gebetet. Gott hat mir vergeben. Ich bin kein überheblicher Mann, Ursula.« Sie muss sich zurückhalten, um nicht laut zu schnauben. »Aber ich bin stolz darauf,

Gott einen Dienst erwiesen zu haben. Ich hoffe, dass meine Frau ebenso stolz ist.«

Sie weiß, dass es das Klügste wäre zu sagen, dass sie stolz auf ihn sei, so wie Christin es von ihr erwartet. Es würde die Spannung zwischen ihnen beiden lockern, und vielleicht ist er so betrunken, dass er ihre Unterhaltung am nächsten Morgen nicht mehr in allen Einzelheiten erinnern wird. Doch sie sagt nichts, beobachtet ihn nur.

Er neigt seinen Kopf gegen die harte Rückenlehne des Stuhls, sodass seine Augen beinahe schwarz scheinen. »Es gefällt mir, dass du aus einer guten Familie stammst, Ursula. Ich konnte mein Glück kaum fassen, als dein Vater mir von dir erzählte. Die Tochter eines Schiffseigners.« Er zieht hörbar den Atem ein. »Du bist besser, als ich je zu hoffen wagte.«

Sie wünscht sich, er würde aufhören zu sprechen, aufhören, sie anzustarren. »Du bist ein Kommissar. Du hättest eine Frau aus einer besseren Familie als meiner wählen können.« Sie wünscht sich, dass er das getan hätte. In diesem Moment sehnt sie sich danach, wieder bei Agnete zu Hause zu sein, warm eingepackt in ihrem gemeinsamen Bett, unverheiratet und ohne Absalom Cornet je begegnet zu sein.

»Ich bin nicht von hohem Stand«, sagt Absalom. »Nicht wie der Lensmann, der sich schon von Geburt an über andere erhoben hat. Ich bin der Sohn eines Schafzüchters, wusstest du das?«

»Nein, das wusste ich nicht. Du hast es mir nie erzählt.« *Vorsichtig,* mahnt sie sich. *Sprich nicht in so scharfem Ton.*

»Du hast mich nie gefragt.« Er hält inne, als würde er darauf warten, dass sie jetzt frage, aber sie traut sich nicht zu sprechen.

Er trinkt einen Schluck aus seinem Glas. »Ich wurde auf

der kleinen Landzunge einer Insel geboren. Nur wenig größer als Vardø, das habe ich bereits einmal erzählt. Nichts als Schafe. Es stank. Dann wurde auf der Nachbarinsel eine *kirke* gebaut, dort war es sauber, und es roch nach Kerzen. Es war der schönste Ort, den ich je kennengelernt hatte.« Er schließt die Augen, als ob das Bild vor seinem inneren Auge entstünde. »Der Geistliche dieser Kirche, er sah etwas Besonderes in mir. Er hat mich Coltart empfohlen, als die Hexe gefangen genommen wurde.«

Galle steigt ihr die Kehle hinauf.

»Ist das nicht beinahe ein Wunder? Der Sohn eines Schafzüchters wird Hexenjäger und später dann Kommissar?« Seine dunklen Augen funkeln sie an.

»Das ist es, Gatte.«

Er setzt sich im Stuhl zurecht. »Warum nennst du mich nicht Absalom?«

»Wenn du das möchtest, werde ich das tun, Absalom.« Sie spürt eine große Gefahr heraufziehen und sucht nach einer Möglichkeit, sie abzuwehren.

»Weißt du, was mein Name bedeutet?«

Sie schüttelt den Kopf.

»Vater des Friedens.«

Beinahe lacht Ursa los, fängt sich aber gerade noch rechtzeitig.

»Das ist mein Ziel, die Welt von Hexen zu befreien, damit wir alle in Gottes Frieden leben können. Und wenn wir nur durch einen Krieg dorthin gelangen, dann nehme ich das in Kauf.«

Er schließt wieder die Augen und sagt lange Zeit kein Wort. Sie denkt, er sei eingeschlafen, und der Knoten in ihrem Magen beginnt sich allmählich zu lösen. Doch einen Moment später beginnt er wieder zu sprechen. »Ich bin dazu bestimmt, Ursula. Der Lensmann setzt großes Vertrauen in mich. Er hält mich für außergewöhnlich, genauso wie der Pfarrer in Orkney.«

Er steht so plötzlich auf, dass Ursa erschrocken zusammenfährt. Er trinkt sein Glas aus und stellt es ab, kommt zum Bett und setzt sich neben sie. Sein heißer Atem strömt ihr ins Gesicht. »Siehst du etwas Besonderes in mir, Ursula?«

Sie wendet ihm das Gesicht zu. Ihre Hände zittern auf dem Laken. »Ja, Absalom.«

Er legt eine Hand auf ihre Hände. Sie ist warm und stark und trocken. Er hält die zusammengefalteten Blätter in die Höhe. »Die hat der Lensmann mir gegeben. Sie sind in den vergangenen zwei Monaten in Vardøhus angekommen. Briefe, aus Bergen.«

Ihr Herz macht einen Sprung. »Von meinem Vater?« Sie möchte nach den Briefen greifen, aber seine Hand drückt ihre aufs Bett. Er nickt und lässt die Blätter auf die Bettdecke fallen.

»Sie sind geöffnet«, sagt sie und erkennt die Handschrift ihres Vaters, begreift aber nicht, was dort geschrieben steht.

»Ein Ehemann sollte die Angelegenheiten seiner Ehefrau kennen.«

»Das sind meine Briefe«, sagt Ursa und versucht, ruhig zu bleiben.

»Kannst du sie lesen?« Er weiß, dass sie nicht lesen kann, das verrät ihr sein Tonfall.

»Kannst du Norwegisch lesen?« Die Worte brechen so schnell aus ihr heraus, dass sie sie nicht mehr zurücknehmen kann. Seine Hand liegt auf ihrer Schulter und drückt fest zu, bevor sie sich ihm entziehen kann.

»Sei vorsichtig, Gattin. Sie sind in Englisch geschrieben.«

»Ich wollte dich nicht … natürlich wusste mein Vater, dass du mir die Briefe würdest vorlesen müssen.« Der Druck auf ihrer Schulter ist schmerzhaft. »Aber hättest du nicht warten können, bis du bei mir bist?«

»Es war meine Pflicht, sie zu lesen. Und wenn darin schlechte Nachrichten stünden, auf die ich dich vorbereiten müsste, was sollte ich dann tun?«

Ursas Herz pocht heftig. Der Gedanke verursacht ihr Übelkeit. »Gibt es schlechte Nachrichten?«

Er sagt nichts, lockert nur den Griff um ihre Schulter.

»Bitte.« Sie hat das Gefühl, gleich in Tränen ausbrechen zu müssen. »Absalom, ist etwas mit Agnete?«

Er greift wieder nach den Briefen, nimmt sie ihr aus den Händen. Er überfliegt die Seiten, und sie ist sicher, dass er nach dem Brief sucht, in dem etwas über ihre Schwester steht. Über ihren Tod.

Die Tränen laufen ihr bereits über das Gesicht, als er endlich langsam den Kopf schüttelt.

»Nein, nichts dergleichen. Alles ist noch so, wie es war.« Er blättert in den Briefen. »Deine Schwester hat einen neuen Arzt. Sie haben einen neuen Teppich für ihr Zimmer gekauft. Belangloses Zeug. Sie möchten etwas über dein Leben hier erfahren.«

Mit zitternden Fingern wischt sie sich die Tränen aus dem Gesicht. »Kannst du mir die Briefe vorlesen?«

»Es ist schon spät.«

»Wenigstens einen. Den letzten.« Ursa ist so verzweifelt wie ein ausgehungertes Tier. »Bitte, Gatte – Absalom«, verbessert sie sich, »würdest du mir bitte einen Brief vorlesen?«

Er sieht sie lange an, dann streckt er die Hand aus und

berührt eine ihrer letzten Tränen. Er reibt sie zwischen seinen Fingerspitzen, nachdenklich, dann nimmt er sich einen der Briefe vor. Am liebsten würde sie wieder zu weinen anfangen, vor Erleichterung, aber sie nimmt sich zusammen.

»Dieser hier ist vom dreiundzwanzigsten Mai.«

»Aber das ist Monate her«, entfährt es Ursa.

»Wir sind Monate entfernt. Briefe brauchen sehr lange, bis sie hier ankommen.« Er nimmt ihre Unterbrechung gelassen hin, aber sie ermahnt sich, nichts mehr zu sagen. »Dort steht: ›Liebste Ursa‹«, er hält inne. »Nennen sie dich so?«

Sie nickt.

»Das ist wenig elegant. ›Liebste Ursa, du bist noch nicht lange fort, aber wir vermissen dich bereits schmerzlich. Die Tage sind eintöniger, das Licht im Haus strahlt weniger hell.‹«

Ursa schließt die Augen und versucht sich die Stimme ihres Vaters vorzustellen.

»›Doch der Gedanke, dass dein Licht jetzt im Norden strahlt, spendet uns Trost. Ich glaube, dort oben benötigen sie dich noch mehr als wir hier. Agnete geht es so wie immer, nicht schlechter. Siv überlegt, ein Küchenmädchen einzustellen, damit sie mehr Zeit für Agnetes Pflege hat. Obgleich Agnete stets behauptet, dass es niemand mit dir als Krankenschwester aufnehmen kann. Sie möchte, dass du weißt, wie sehr sie dich liebt, auch wenn sie das blaue Tuch vermisst und es gern zurückhätte.‹«

Ursa lächelt, während Absalom ein Gähnen unterdrückt.

»Es geht immer so weiter.«

»Bitte, lies noch etwas mehr.« Sie legt ihre Hand auf seine und hasst sich dafür, dass sie ihn so sehr braucht. »Bitte, Absalom.«

Er blickt sie eindringlich an, und sie erkennt sein Verlangen, ihr Daumen fährt langsam über seinen. Er beginnt wieder zu lesen, und sie zieht, so schnell es geht, ihre Hand fort.

»›Ich hoffe, Kaptein Leifsson hat sich auf der Überfahrt gut um euch gekümmert. Anfang nächsten Jahres wird er wieder nach Finnmark fahren, und wir werden ihm Geschenke für dich mitgeben. Bitte lass uns wissen, ob du einen besonderen Wunsch hast. Sollten Absaloms geschäftliche Angelegenheiten ihn in den Süden führen, bitte begleite ihn und besuche uns. Ursa, ich habe erst jetzt erkannt, wie sehr ich mich auf deine Hilfe verlassen habe. Sei versichert, dass ich Agnete für uns beide liebe und fest entschlossen bin, ihr der Vater zu sein, den sie in Abwesenheit ihrer über alles geliebten großen Schwester braucht.‹«

Jetzt kann Ursa die Tränen nicht mehr zurückhalten. Die Worte sind so voller Liebe, dass Absalom sie sich nicht ausgedacht haben kann – ihr Vater hat geschrieben, was ihr Ehemann ihr gerade vorgelesen hat. Sie fühlt sich ganz benommen vor Erleichterung.

»Hab's dir ja gesagt, da steht nichts Berichtenswertes.« Absalom wirft den Brief auf das Bett und will sie umarmen. Doch ihre Reaktion ist zu langsam: Sie schreckt zurück, denn die Worte ihres Vaters, seine unverhohlene Liebe und Sorge um sie sind wie eine offene Wunde an ihrem Herzen. Absalom sieht sie scharf an, dann sammelt er die Briefe ein. Das Papier knistert in seinen Fingern.

»Vorsichtig«, fleht sie ihn an, aber in Windeseile ist er aufgestanden und hat den Raum durchquert. Sie weiß sofort, was er vorhat, erhebt sich vom Bett, läuft zu ihm und will ihn aufhalten – aber es ist zu spät. Er wirft die Briefe ins Feuer.

Sie presst eine Hand auf das heftige Pochen unter ihrer Brust, als er sich zu ihr umdreht. Er nimmt ihren Kopf in seine großen Hände, die auch ihre Wangen umfassen, und hebt ihn in die Höhe, sodass sich ihr Hals nach hinten beugt und sie zu ihm aufschaut. Sie stellt sich vor, dass er zudrückt, dass ihr Schädel zertrümmert wird, aber dann senkt er seinen Kopf, und sein Mund küsst ihren, so sanft, dass sie eine Gänsehaut bekommt.

»Ich werde für dich an sie schreiben«, sagt er und haucht seinen heißen Atem an ihre Wange, als seine Lippen erneut ihren Mund suchen. Seine ganze Manneskraft presst sich gegen ihren Unterleib, und sie weiß, dass es eine Bedingung für sein Angebot gibt.

Im Kamin verbrennen die Briefe ihres Vaters zu Asche und steigen wie Rauchsignale in die Nacht auf.

Jagd

30

Ursa ist zwar nur Mittwoch und Donnerstag fort, doch das ist einen Tag länger, als Maren gedacht hat, und jeder Moment fühlt sich an wie eine scharfe Klinge. Am Mittwoch stellen die Frauen alle möglichen Vermutungen über den Lensmann an, über die Neuigkeiten, die Ursa bei ihrer Rückkehr zu erzählen haben wird, und jedes Mal, wenn ihr Name fällt, läuft Maren ein Schauer über den Rücken.

Sie weiß nicht, wie sie ohne sie existieren konnte, jetzt, da bloße Tage, an denen sie sie nicht sieht, ihr endlos lang erscheinen. Sie ist ebenso launisch wie *mamma*, ebenso reizbar wie Diinna und ebenso still wie Erik. Mit unterdrücktem Zorn verrichtet sie eilig ihre Aufgaben im Haus, flüchtet dann auf die Landzunge, dem einzigen Ort, von wo aus sie über die Mauern der Festung blicken kann. Dort beobachtet sie die Lichter in den Fenstern. Ganz Vardø liegt vor ihr wie ein sanft abfallendes Tal, die beiden Hälften der Insel sind beinahe vollkommen deckungsgleich, wie ein aufgeschlagenes Buch. An beiden Abenden läuft sie am Felsrand auf und ab, bis das Gras platt getrampelt ist.

Am Freitagmorgen berichtet ihr Kirsten, dass Ursa und ihr Mann zurück seien, als sie mit Salz und Blut für *blodplättar*, die beliebten Pfannkuchen, zu ihnen kommt. *Mamma* weigert sich, mit Kirsten zu sprechen, und auch an Maren richtet sie kaum noch ein Wort.

»Pass ja auf, dass sie dir auch alles erzählt«, sagt Kirsten, die in der Tür stehen geblieben ist. »Ich möchte gern ihre Einschätzung des Lensmanns hören.«

»Wenn du zu der Zusammenkunft bei Toril kommen würdest«, sagt *mamma* zu Maren, während sie den Stößer des Butterfasses mit aller Kraft auf den Boden stampft und Maren schon an dem dumpfen Aufschlag hört, dass die Masse zu fest geworden ist, »dann hättest du schon alle Neuigkeiten erfahren. Commissioner Cornet spricht häufig über die Arbeit des Lensmanns, über seine Pläne für uns alle.«

»Aber mich interessiert, was Ursula über ihn zu sagen hat«, entgegnet Kirsten. »Ich sehe dich dann am Sabbat, Maren.«

»Was für Pläne?«, fragt Maren, nachdem sie die Tür geschlossen und den Eimer voll Blut auf dem Tisch abgestellt hat, auch wenn sie die Antwort im Grunde gar nicht interessiert. Das Geräusch der zu fest geschlagenen, in der Milch klebenden Butter hämmert in ihrem Kopf, und am liebsten würde sie ihrer Mutter den Stößer aus der Hand schlagen.

»Er plant gute Dinge, gottesfürchtige Dinge.« Ihre Augen huschen zu dem Stoffkreuz von Toril, das sie an einer Kerbe in der Wand aufgehängt hat. Sie hatte Diinna ein Kreuz vor die Tür gelegt, das Maren zwei Tage später aufgeribbelt in einem Wassereimer fand. Diinna musste es als Putzlappen benutzt haben.

Seit wann gleicht Diinnas Abneigung gegen *mamma* einem widerlichen Monster?, fragt Maren sich. Nicht dass ihre eigene Abneigung gegen ihre Mutter weniger heftig wäre. Sie versucht, sie zu unterdrücken, doch sie sieht nur noch ihre abstoßenden, aufgerissenen Mundwinkel, wo sie ständig mit der Zunge leckt, das schmale, harte Gesicht, das ihrem eigenen so ähnlich ist, und ihre schweißnasse Kleidung. Ist das die Frau, die in ihrer Kindheit ihre Schmerzen linderte, die lachte und sie herumwirbelte, als sie von Dags Heiratsantrag erzählte, die ihren Bruder gebar und seinen Sohn mit sanften Händen auf die Welt holte, ist sie dieselbe Frau wie die, die nun nörgelnd mit dem Stößer in der Hand dasitzt? Selbst ihr vor Anstrengung lauter Atem kratzt in Marens Ohren.

Maren stellt keine weiteren Fragen, sondern beginnt den Teig für die *blodplättar* zu mischen, ihr Herzschmerz lässt ein wenig nach, jetzt, da sie weiß, dass Ursa wieder zurückgekommen ist und ganz in ihrer Nähe weilt. Als sie das gesamte Mehl unter das Blut gemischt hat, geht sie mit einem Seil zur Felsküste und bindet es um einen Pfosten, den Erik vor fünf Jahren zu diesem Zweck dort in die Erde gesetzt hat.

Sie lässt einen Korb am Seil hinunter, und ihre Augen verweilen fast ein wenig zu lange auf den unterhalb liegenden Felsen. Der Wal kommt immer seltener zu ihr, doch nun sieht sie ihn ausgestreckt auf den zerklüfteten Steinen liegen, sein schwerer Körper hebt und senkt sich. Der Geruch nach Salz und Verwesung steigt ihr in die Nase, sie wischt ihn fort, blinzelt, und die Erscheinung ist verschwunden.

Sie beugt sich vor und bindet noch ein Seil um das bereits vorhandene, dann zieht sie den Knoten so fest sie kann. Das andere Ende bindet sie sich um die Hüfte, steckt ihre Röcke unter das Seil und nimmt den leichtesten Weg nach unten zu dem nächstgelegenen Lummen-Nest, denn ihre Gedanken sind zu wirr, um den schwierigeren Weg zu versuchen. Die Vögel erheben sich in die Luft, kreischend, und die Schreie hallen in ihrem Kopf wider. Sie arbeitet sich Stück für Stück vor, nimmt fünf Eier aus drei Nestern, verschont die kleinen mit den Punkten oder die, deren Schale noch blass ist. Unter ihr ist Ebbe, und sie erinnert sich daran, wie sie Torils Sohn aus den Wellen geborgen hat, sein schlaffer Körper aufgedunsen und wie mit einer Wachsschicht überzogen.

Schnell klettert sie die Klippen hinauf, zieht den Korb hoch und läuft zurück zum Haus. Sie schlägt die Eier auf und gibt sie zu dem Gemisch aus Blut und Mehl; die Eischale ist sehr zerbrechlich und bröselt auf den Teig, sodass sie die Stückchen mit ihren Fingernägeln entfernen muss, weil die Blutschlieren darunter in Windeseile trocknen.

Zum Mittagessen teilen sie sich einen Pfannkuchen, das ganze Haus ist von dem Geruch nach Salz und Eisen erfüllt. Zum Glück bleibt ihre Mutter während des Essens sehr schweigsam: Maren weiß, dass sie an Erik denkt, denn die *blodplättar* waren seine Lieblingsspeise. Als Maren einen Pfannkuchen in ein Tuch wickelt, um ihn auf ihrem Weg zur Landzunge bei Diinna vorbeizubringen, hat *mamma* keine Einwände.

»Dachte ich mir's doch, dass ich *blodplättar* gerochen habe«, sagt Diinna. Sie sitzt auf der Stufe vor ihrem Haus, und Erik spielt vor ihr in der Erde. Behutsam nimmt sie das Tuch entgegen. »Du bist zu den Klippen gegangen, ich hab dich gesehen. Hast du die Knoten gut überprüft?« Sie wickelt den Pfannkuchen aus und atmet den Duft ein.

»Kein Grund, sich zu bedanken«, sagt Maren, die vor Verärgerung jeden Moment platzen könnte. Sie wendet sich zum Gehen, doch Diinna streckt ihre kräftige Hand aus und umschließt sanft ihr Handgelenk.

»Danke, Maren.« Der Blick in Diinnas glänzenden Augen trifft sie wie ein Schlag. »Wenn du nächstes Mal meine Hilfe brauchst, sag Bescheid. Ich kann besser klettern als du.«

Maren nickt, schluckt schwer. Mit dem Daumen reibt sie über Diinnas Hand. »Das mache ich.«

Als sie aus dem Schatten ihres Hauses tritt, hört sie Diinna liebevoll mit Erik sprechen.

»Komm, *ráhkis*. Probier das mal. Dein Vater hat diese Pfannkuchen geliebt.«

Beim Gehen denkt Maren nur an Ursa: ob sie zu ihrem vereinbarten Treffpunkt kommt, was sie tun wird, wenn sie nicht da ist. Vorfreude und Angst nehmen ihr die Luft zum Atmen, und als sie Ursas Gestalt in dem hellgrauen Kleid auf der Landzunge entdeckt, wird ihr schwindelig, und sie muss langsamer gehen, um nicht zu stolpern.

Für einen kurzen Moment blendet sie die tief über dem Meer stehende Sonne, und sie ist sich nicht sicher, ob es wirklich Ursa ist, die da steht. Aus der Entfernung wirkt das Gesicht wie eine Maske, die hellblonden Haare wehen im Wind, die Augen gleichen zwei tiefen, dunklen Löchern unter eng zusammengezogenen Augenbrauen. Doch einen Augenblick später lächelt Ursa, wieder ganz sie selbst, und winkt ihr mit einer Hand zu, während sie mit der anderen die wehenden Röcke festhält, und Maren muss sich zurückhalten, nicht zu ihr zu laufen und sich ihr in die Arme zu werfen.

Sie umarmt sie nicht, denn obwohl Ursa sie breit anlächelt, ist ihr Blick angestrengt, und unter ihren Augen zeichnen sich Schatten wie blaue Flecke ab. Maren widersteht ihrem Verlangen, ihre Daumen auf die dunklen Stellen zu legen und sie sanft zu streicheln.

»Hat Kirsten dir Bescheid gesagt? Ich dachte, es ist besser, wenn ich nicht gleich zu dir komme, aber ich wollte auch nicht bis zum Abend warten.«

»Geht es dir nicht gut?«

»Sieht man mir das an?«, fragt Ursa zurück. »Gestern bin ich den ganzen Tag im Bett geblieben. Deshalb sind wir einen Tag später als geplant zurückgekommen. Ich hoffe, du hast nicht lange auf mich gewartet.«

Maren verliert kein Wort über den vergangenen Abend, als sie panisch an den Klippen hin und her lief. Das Gras unter ihren Füßen ist niedergetrampelt, und sie macht einen Schritt zur Seite, damit Ursa das nicht sieht.

»Was fehlt dir?«

»Ich habe mir den Magen verdorben, mehr nicht. Hier habe ich den Appetit einer Landfrau bekommen.« Sie lächelt weiterhin schwach. »Das Essen in Vardøhus war zu schwer für mich. Und vielleicht auch der Alkohol.«

Maren stellt sich vor, wie ihr Körper durch das Trinken in sich zusammensackte, so wie *pappa* an der Sonnenwendfeier.

»Bist du schockiert?«, fragt Ursa. »Du hättest in dieser Gesellschaft auch getrunken.«

»Dein Besuch war nicht erfolgreich?«

»Mein Ehemann würde sagen, dass er das war. Der Lensmann ist ein großer Bewunderer seiner Taten.«

»Das ist gut für dich. Heißt das, dass ihr hierbleiben werdet?« Ursa sieht sie stirnrunzelnd an.

»Der Lensmann ist eine Bestie in Menschengestalt. Alle dort waren Bestien, sogar seine Frau.« Sie zieht scharf Luft ein und stützt die rechte Hand auf die Hüfte. Maren tritt näher.

»Vielleicht sollten wir uns hinsetzen. Du siehst sehr blass aus.«

»Mein Mann ist zu Hause. Er verfasst gerade einen Erlass oder so. Wir werden alles darüber in der *kirke* hören. Aber ich wollte dir sagen, dass Diinnas Name gefallen ist.«

»Diinnas Name?«

»Absalom hat dem Lensmann von den Runen berichtet, und er war nicht sehr begeistert, das zu hören. Er hat auch die Knochenfiguren erwähnt. Ich werde Fru Olufsdatter davon erzählen, aber erst wollte ich, dass du über Diinna Bescheid weißt.«

»Glaubst du, das ist etwas Schlimmes?«, fragt Maren, obwohl sie genau weiß, dass dem so ist. Sie versucht, die Situation zu begreifen, zu erkennen, welche Schwierigkeiten das, was Ursa ihr anvertraut hat, mit sich bringt.

»Absalom hat mir nichts weiter gesagt, aber es wurde über Hexerei gesprochen. Zwei Männer saßen dort im Gefängnis. Lappen.«

»Das, was Diinna macht, ist keine Hexerei. Die Runen sind für sie so etwas wie Gebete für uns.«

»Du solltest eine bessere Erklärung finden«, sagt Ursa. »Es würde ihm nicht gefallen, so etwas aus deinem Mund zu hören. Ich habe meinem Mann nur Gutes über sie berichtet, aber der Lensmann hat seine eigene Auffassung, und ich habe herausgefunden, dass er in der Vergangenheit schon mit Hexen zu tun hatte.«

»Diinna ist keine Hexe«, fährt Maren sie an, ihre Angst lässt ihre Stimme harscher klingen als beabsichtigt.

Ursa gibt ihrer Stimme einen bewusst ruhigen Tonfall. »Vielleicht könnte sie zur *kirke* kommen?«

»Was das angeht, habe ich kein Glück.« Marens Kehle ist wie zugeschnürt. »Schon gar nicht seit Toril neulich bei unserem Mittwochstreffen auftauchte. Diinna vertraut nicht auf das, was ich sage.«

Ihre Freude über das Wiedersehen mit Ursa wird von diesen Neuigkeiten zunichtegemacht, und sie beginnt, ein kleines Stück des Pfades auf und ab zu laufen, wo sie vorher, als sie auf Ursa wartete, das Gras niedergetreten hatte.

»Ich könnte mit ihr sprechen, was meinst du?« Ursa legt ihre Hände auf Marens Arm, damit sie stehen bleibt. »Ich glaube, es ist wirklich wichtig.«

Maren kann sich nicht vorstellen, dass Ursa mehr bei Diinna erreichen kann als sie selbst, und durch die Berührung wird sie noch aufgeregter. »Was haben sie noch über sie gesagt?«

»Nichts. Aber dieses ganze Gerede … das war nichts Gutes.«

Plötzlich legt Ursa sich die Hände vors Gesicht und spricht mit erstickter Stimme. »Verzeih mir. Ich kannte den Mann nicht, den ich geheiratet habe. Wenn ich ihn besser gekannt hätte, dann hätte ich dich gewarnt, ich hätte dich nicht gebeten, in meinem, in unserem Haus zu helfen.«

Maren nimmt sich zusammen. »Wurde ich auch erwähnt?«

»Meine Güte, nein«, erwidert Ursa. »Ich würde niemals zulassen, dass so über dich geredet wird. Das hätte ich nicht erlaubt.« Sie nimmt Marens Hände und hält sie fest. »Du bist mir lieb und teuer, das weißt du doch, oder? Ich würde nie zulassen, dass man dir Schaden zufügt.«

In diesem Moment, als Ursa sie mit ihrem hübschen Gesicht entschlossen ansieht und sie einander in die Augen blicken, denkt Maren, dass sie sie küssen sollte. Der Gedanke ist erschreckend, doch Maren ist sich sicher: Wenn sie ein Mann wäre, würde sie ihren Mund auf Ursas Lippen drücken und ihre Worte mit Küssen ersticken. Stattdessen nickt sie nur. »Das weiß ich.«

»Wollen wir dann gehen?«, fragt Ursa, und der Moment ist vorüber. »Und mit Diinna sprechen?«

»Das wird nichts nützen«, sagt Maren. Sie möchte nicht, dass ihre gemeinsame Zeit so schnell vorbei ist und sie zurück ins Dorf zu anderen Menschen gehen. Doch sie erlaubt Ursa, sie fortzuführen, den Kopf in den Wind geneigt, sodass man die cremefarbene Haut in ihrem Nacken sieht.

»Was gibt es noch über Vardøhus, über die Frau dort zu berichten?«, fragt Maren.

»Nichts weiter. Es ist ein trister Ort, auch wenn die Anlage imposant wirkt. Und sie ...« Sie zögert und sucht nach den richtigen Worten, sodass Maren denkt, sie habe sich nicht viele Gedanken über die Frau des Lensmanns gemacht, was sie sehr freut. »Sie ist einsam dort, denke ich. Sie war mir nicht sehr sympathisch«, schließt Ursa.

Maren hatte sich nicht darüber den Kopf zerbrochen, ob Ursa Fru Cunningham mögen und ins Vertrauen ziehen würde, dennoch überkommt sie nun eine Welle der Erleichterung, als ob sie haarscharf einer tiefen Grube ausgewichen wäre.

»Sind Runen wirklich nichts anderes als Gebete?«, fragt Ursa. »Aber dienen sie nicht auch dazu, Dinge heraufzubeschwören? Die Männer haben von Windzauberei gesprochen.«

»So etwas macht Diinna nicht. Die Runen waren harmlos.« Die Runen sollten die Seele ihres Bruders und die ihres Vaters an einen sicheren Ort führen. Sie hatte daran geglaubt, weil sie in jenen Monaten nach etwas gesucht hatte, das Ordnung in das Chaos nach dem Sturm brachte. Varrs Trommeln hatte ihr ebenso Trost gespendet wie die Runen. Und auch wenn sie im Ernstfall vor Gericht das Gegenteil schwören könnte, wäre das eine Lüge.

Sie fragt sich, ob Commissioner Cornet auch von den

Runensteinen auf der Landzunge erfahren hat, von den gehäuteten Füchsen und dem Gerücht von dem Wal mit den fünf Finnen. Mit Torils Einflüsterungen muss sie davon ausgehen, dass er über alles Bescheid weiß. Diinna war an keinem dieser Vorkommnisse beteiligt, da ist sich Maren sicher, doch es wäre ein Leichtes, ihr die Schuld dafür zu geben. Natürlich kann man es als schlichten Aberglauben hinstellen, doch jetzt erkennt sie, dass niemand sich über die samischen Riten, genau wie über das Fischen der Frauen im Meer, Gedanken gemacht hatte, alles geschah unwissentlich. Und mit der Ankunft von Commissioner Cornet wurde dieser schützende Schleier gelüftet, etwas, was die Anwesenheit von Pastor Kurtsson nicht vermocht hatte.

Diinna sitzt immer noch auf der Stufe vor ihrem Haus, mit Erik auf dem Schoß. Er hat seinen Kopf an ihrer Brust vergraben, und plötzlich begreift Maren, dass sein Mund die Brustwarze seiner Mutter umschließt. Ursa bleibt abrupt stehen, ihr Vorhaben schwankt, während ihr die Röte in die Wangen steigt.

Diinna blickt zu ihnen beiden auf, und auf einmal sieht Maren sie mit den Augen eines Fremden, mit Ursas Augen. Sie sitzt mit weit gespreizten Beinen da, um das Gewicht ihres Sohnes tragen zu können, ihre großen Brüste schauen aus ihrer Jacke heraus. Dunkle Adern zeichnen sich gegen die dünne Haut ab wie Flüsse auf einer Landkarte. Ihre fettigen Haare liegen flach am Kopf, ihr Blick ist voller düsterer Herausforderung. Mit Erik im Arm sieht sie aus wie eine Göttin, mächtig und mysteriös. Immer wieder blickt Maren zu Diinnas Brust. Schließlich wendet sie sich ab, ihr Mund ist wie ausgetrocknet.

»Wir sollten nicht hier sein.«

»Sie sollte so etwas nicht draußen machen«, sagt Ursa mit schwacher Stimme. »Absalom könnte sie sehen.«

Maren schaut sich um. Sie sind vor Blicken aus den anderen Häusern geschützt, nur die Ruine von Baar Ragnvalssons Haus steht in unmittelbarer Nähe, sodass die über ihnen kreisenden Vögel ihre einzigen Zeugen sind.

Diinna hat Erik von der Brust genommen und stellt ihn mit den Füßen auf den Boden. Sie knöpft ihre Jacke zu und wirkt nicht im Geringsten beschämt.

»Ich dachte, du würdest länger fortbleiben«, sagt sie, während Erik seine Hände nach ihr ausstreckt. Sie schiebt ihn zur Seite und steht auf. »Für gewöhnlich bleibst du sehr lange auf der Landzunge.«

Ihrer Stimme wohnt eine Schärfe inne, die Maren Unbehagen verursacht. »Mistress Cornet möchte gern mit dir sprechen«, sagt Maren. Sie ist wütend, und sie weiß nicht einmal genau, warum. »Deine Tür ist heil und schließt gut, warum benutzt du sie nicht?«

»Was willst du damit sagen?« Diinna richtet ihre schläfrigen Augen auf Ursa. »Mistress Cornet?«

Ursa macht keine Umschweife. »Ich komme gerade aus Vardøhus zurück. Mein Ehemann war bei Lensmann Cunningham zum Abendessen eingeladen. Bei Tisch wurde über dich geredet.«

Damit hat Diinna nicht gerechnet, das kann Maren ihr ansehen, auch wenn sie ihre Überraschung gut verbirgt. Nur eine leichte Bewegung ihres Körpers, die Ursa nicht mitbekommt und deshalb weiter versucht, ihr die Situation zu verdeutlichen.

»In der Festung sitzen zwei Lappen im Gefängnis.« Sie presst die Kiefer noch fester zusammen. »Sie sind Windzauberer.«

»Ich beschwöre keine Winde herauf«, sagt Diinna.

»Aber es war die Rede von den Runen, Diinna«, sagt Maren. »Und von den Knochenfiguren auch.«

»Die hat Fru Olufsdatter selbst gefertigt«, entgegnet sie. »Ich habe ihr nur gesagt, welche Kräuter sie verbrennen muss, um die Erinnerung herbeizurufen.«

»Wahrscheinlich ist auch sie in Schwierigkeiten«, sagt Maren. »Aber wir müssen uns um dich kümmern.«

»Du musst dich überhaupt nicht um mich kümmern. Die Zeiten sind lange vorbei.«

»Ursa hat darauf bestanden, dir davon zu erzählen«, sagt Maren und wendet sich schnell ab, damit Diinna die Enttäuschung in ihrem Gesicht nicht sieht. »Sie glaubt, dass es wichtig ist.«

»Du solltest zur *kirke* kommen«, sagt Ursa. »Ich glaube nicht, dass die Lage vollkommen hoffnungslos ist.«

»Ach nein?«, entgegnet Diinna ungläubig, und Ursa tritt beiseite, um ihrem durchdringenden Blick zu entkommen. »Die Lage ist nicht hoffnungslos, wenn zwei Lappen im Gefängnis darauf warten, verbrannt zu werden?«

Maren rechnet damit, dass Ursa widerspricht, und als nichts von ihr kommt, schnürt sich ihr die Kehle zu.

»Ich glaube schon, dass mein Mann Gnade gewähren kann.« Doch Ursas Stimme klingt nicht überzeugend.

»Ich habe schon gehört, was passiert, wenn mein Volk sich auf die Gnade von Menschen wie Ihrem Ehemann verlässt, Mistress Cornet.« Sie beugt sich nieder und hebt Erik hoch, setzt ihn sich auf die Hüfte. »Ich wäre da nicht so sicher wie Sie.«

Diinna tritt über die Schwelle und schließt die Tür. Ein paar Augenblicke lang zögert Maren, dann folgt sie ihr ins

Haus. Sie klopft nicht an, sondern stößt die Tür ganz auf und erwischt Erik am Bein, der leise aufheult. Maren macht die Tür zu, und Ursa bleibt draußen. Es ist Jahre her, dass sie hier drinnen gewesen ist, vielleicht nicht mehr, seit der Raum neu gebaut wurde. Damals, als Erik und Diinna frisch verheiratet waren, schmückte sie alles mit kleinen weißen und gelben Blumen für sie und half ihnen, den geschenkten Kabeljau in ihr neues Heim zu bringen, wo die Fischleiber wie kleine Segel von den Dachbalken hingen.

Jetzt gibt es hier keine Blumen mehr. Dieser beschränkte Platz für ein frisch vermähltes Paar engt eine Mutter mit ihrem Sohn noch weit mehr ein. Das Feuer ist mit Asche zugedeckt, und vor dem Fenster hängt eine dicke Decke. Der ganze Raum liegt im Dunkeln, und Diinna blinzelt sie durch die Düsternis an wie ein Nachtvogel. Erik geht in eine Ecke, in der kleine Stoffklumpen verteilt liegen, und Stöcke, wie ein Nest. Es riecht nach saurer Milch und nach den *blodplättar*, die sie in ihrem Haus zubereitet haben. Die Stiefel ihres Bruders stehen neben dem Feuer, genauso wie *pappas* im Haus nebenan. Die Schnürsenkel von einem Stiefel sind offen, die Zunge weit vorgestreckt, das Innere dunkel wie ein Mundloch.

Maren war hereingekommen, um Diinna ihre Grobheit vorzuhalten, um ihr zu sagen, dass sie sich irre, wenn sie glaube, dass Maren sich nicht länger um sie sorge, doch in diesem Raum fehlt ihr die Kraft dazu. Sie haben Diinna enttäuscht, sie haben Erik im Stich gelassen, und sie haben Eriks Andenken verraten.

»Diinna …«

Dann sieht sie eine geknotete Figur über dem Feuer, umwickelt mit der Zierborte, die Toril vermisst. In ihrer Seite steckt eine Silbernadel. Der Anblick bringt Maren aus dem Gleichgewicht.

»Was ist das?«

Diinna folgt ihrem Blick und nimmt dann die Figur in die Hand. »Nichts Besonderes. Eine Puppe für Erik zum Spielen.«

»Das ist Torils Borte.«

Diinna zieht die Nadel aus dem Stoff und wickelt das Stück Borte ab. »Möchtest du sie ihr zurückgeben?«

Maren schüttelt den Kopf, und Diinna wirft das Stoffband ins Feuer. Maren schnellt vor, als wolle sie den Stoff retten, aber er hat schon Feuer gefangen, dreht und windet sich.

Sie sieht sich im Raum um, erspäht Runensteine neben dem Bett und eine Handvoll Kaninchenknochen neben den Stiefeln. Die Härchen auf ihren Armen stellen sich auf.

»Diinna, was ist das alles hier?«

»Was alles?« Diinna legt die Puppe in die Mitte eines quadratischen Tuchs, das auf dem Bett ausgebreitet liegt. Obendrauf packt sie einen Fuchsschwanzschal, dicke Handschuhe, ihr Messer, ein Oberteil.

»Was machst du da?«

»Du darfst es niemandem sagen«, sagt sie und packt weiter. »Nicht einmal ihr.«

»Du kannst nicht weggehen.« Maren verspürt einen Anflug von Panik. »Diinna, du bist keine Hexe.«

Doch Unsicherheit schwingt in ihrer Stimme, und Diinna sieht sie durchdringend an. »Du klingst nicht vollkommen überzeugt.«

Marens Hände zittern, und sie merkt, dass sie etwas Angst bekommt. »Die Puppe …«

»Zum Spielen«, sagt Diinna. »Für Erik. Ich habe die Borte

aus reiner Gehässigkeit genommen und auch, damit der Stoff der Puppe nicht so rau ist.«

Marens Augen wandern zu den Knochen, den Runensteinen, und Diinna stößt ein trauriges, tiefes Lachen aus. »Ich kann mich noch gut erinnern, dass Runen dir einmal Trost gespendet haben, dass Seeleute zu meinem Vater kamen, damit er ihnen etwas über ihre verbleibende Zeit auf Erden weissagte. Runen sind eine Sprache, Maren. Nur weil du sie nicht sprichst, ist sie noch lange kein Teufelswerk.«

Maren nickt beschämt. Gern würde sie sich entschuldigen, doch sie weiß, dass das jämmerlich klänge, deshalb wiederholt sie ihre eigenen Worte: »Du bist keine Hexe.«

»Es ist egal, was ich bin, wichtig ist nur, was sie von mir glauben.«

»Ursa glaubt, dass es keine Schwierigkeiten geben wird, dass er ...«

»Was weiß sie denn schon davon?« Diinnas Stimme schwankt. »Was weißt du schon? Ich bin wegen euch hiergeblieben, damit Erik seine Familie kennenlernt. Aber es ist nicht sicher hier.«

»Du nimmst ihn doch nicht mit?«

»Er ist mein Sohn«, erwidert sie. »Du kannst nicht ernsthaft glauben, dass ich ihn zurücklasse.«

»Wie soll er im Mittelgebirge überleben?«

»Wir werden noch weiter weggehen«, sagt Diinna. »Doch egal, wo es uns hin verschlägt, er wird dort ein besseres Leben haben als hier.« Sie blickt sich in dem schäbigen Raum um. »Das ist kein Ort für ein Kind. Er braucht Luft und Bäume, und er braucht keine Menschen, die ihn ansehen, als ob er irgendwie falsch oder unvollständig wäre.« Ihr giftiger Blick bohrt sich in die Wand, und Maren kann hören, dass ihre

Mutter auf der anderen Seite immer noch die Butter stampft. »Ich hätte ihn fortbringen sollen, als sein Vater starb.«

Maren greift nach Diinnas Hand, versucht sie aufzuhalten. »Bitte bleib.«

»Es ist nicht sicher hier.«

»Ich werde dich beschützen.«

Diinna schüttelt den Kopf und legt ihre Hand an Marens Wange. »Wir bedeuten ihnen nichts. Wir sind für sie nicht mehr als unsere Männer für das Meer, dessen Strömungen sie fortrissen.« Sie drückt ihre Stirn gegen Marens Stirn. Ihre Haut ist so trocken wie Sand.

»Du könntest auch mitkommen«, sagt sie. Maren reißt sich von ihr los. »Varr ist den Sommer über hinter dem Mittelgebirge, in den Wäldern im Süden. Dorthin werden sie uns nicht folgen, und wenn doch, wissen wir, wo wir uns verstecken können.«

»Ich kann *mamma* nicht allein lassen.« Sie kann Ursa nicht allein lassen. »Und für mich besteht hier keine Gefahr.«

Diinna sieht so aus, als würde sie noch etwas sagen wollen, doch dann verknotet sie nur das erste Bündel und nimmt eine weitere Decke vom Regal, die sie ebenfalls auf dem Bett ausbreitet.

Es gibt so vieles, was Maren gern sagen würde, doch sie bringt nur wenige Worte heraus: »Wann gehst du?«

»Heute Nacht. Ich nehme das Boot von Baar …«

»Das ist kaputt«, sagt Maren. »Nimm das von Kirsten. Sie wird nichts dagegen haben, das weiß ich.«

Diinna nickt. »Sie kann sagen, ich hätte es gestohlen. Ich werde es sicher am Ufer zurücklassen.«

Maren hebt Erik hoch, drückt ihn an sich und atmet seinen

milchigen, weichen Geruch ein. »Ich habe noch etwas für dich. Ein paar Münzen ...«

»Behalt sie«, unterbricht sie Diinna. »In den Wäldern kann ich nichts damit anfangen.«

»Aber was geschieht, wenn du gefangen genommen wirst ...«

»Sag niemandem, wo ich bin.« Diinna stellt sich wieder vor Maren und schlingt ihre Arme um sie und Erik, und Maren beißt ihre Kiefer so fest zusammen, dass sie etwas zerspringen hört.

»Nimm dich in Acht«, flüstert Diinna, und ihr Atem kitzelt Maren am Ohr. »Auch vor ihr.«

Sie tritt einen Schritt zurück und legt ihren Daumen auf Marens Stirn. »Falls du mich einmal finden musst.«

Maren schließt die Augen und erinnert sich daran, dass Diinna den Daumen für den Gedankenfaden auch auf Eriks Stirn gedrückt hatte, bevor er an jenem Heiligabend aufs Meer hinausfuhr. »Diinna ...« Maren greift nach ihrer Hand, bevor Diinna sie wegzieht. »Singst du es mir vor? Seinen *joik?*«

Sie ist sicher, dass Diinna sich weigern wird, doch sie kommt mit dem Mund ganz nah an Marens Ohr und beginnt zu singen. Eine heitere, sanfte Melodie, von der Maren schon einige Bruchstücke durch die Wand gehört hat, aber jetzt, so nah an ihrem Ohr, kommt ihr der Gesang noch ausgefallener und schöner vor. Danach hat Maren das Gefühl, dass ihr etwas entrissen wurde. Erik ist ruhig und lächelt, und Maren drückt einen letzten Kuss auf seine kühle Wange, saugt seinen Geruch ein und gibt ihn dann seiner Mutter zurück.

Verwirrt verlässt sie den Raum, ein ersticktes Schluchzen in der Kehle. Nach der Düsternis im Inneren des Hauses glänzen Ursas Haare hell im Tageslicht.

»Kommt sie am Sabbat in die *kirke?*«

»Sie kommt«, sagt Maren, weil es einfacher ist zu lügen, und Ursa strahlt übers ganze Gesicht.

In dieser Nacht hört Maren kein einziges Geräusch, obwohl sie in ihrem alten Bett schläft und ihr Ohr gegen die Wand drückt. Sie denkt, dass Diinna ihre Meinung geändert haben müsse, und geht bei Anbruch der Dämmerung zu ihrer Tür.

Sie ist nicht verriegelt, und ein leichter Stoß genügt, um sie zu öffnen. In dem Raum ist nichts mehr bis auf Eriks Stiefel, die neben dem erloschenen Feuer stehen. Maren geht zu dem ordentlich gemachten Bett. Sie möchte die Vorhänge beiseiteschieben, damit Luft und Licht an diesen Ort gelangen, der so lange im Dunkeln lag. Doch sie lässt es bleiben.

Sie schließt die Tür hinter sich und sinkt auf das Bett. Hier hat ihr Bruder gelegen, hier wurde ihr Neffe empfangen. Sie spreizt die Finger und drückt sie an den Bettrahmen, um etwas von den dreien zu sich zu rufen. Plötzlich fühlt Maren sich sehr allein, wie damals im Nebel auf der Landzunge, als sie Erik verloren hatte. Doch diesmal wird der Nebel sich nicht lichten. Niemand wird sie suchen. Nicht ihr lieber, stiller Bruder mit den dichten Augenbrauen und dem leisen Lächeln. Nicht *pappa*, und nicht einmal *mamma*.

Sie stößt einen Schrei aus, so durchdringend wie ein Stich ins Herz. Mit den Fingern berührt sie die Stelle, wo Diinna den Gedankenfaden gesponnen hat, um sie beide wieder miteinander zu verbinden, und spürt doch tief in ihrem Inneren, dass das Band, so wie bei ihrem Bruder, bereits zerrissen ist.

31

Am nächsten Tag bleibt Absalom zu Hause und setzt sich an den Tisch, um zu arbeiten. Ursa ist nicht an seine Anwesenheit gewöhnt, und es gelingt ihr nicht, sich ihren Aufgaben zu widmen. Ihr Aufenthalt in Vardøhus hat ihr die Augen geöffnet, aber ebenso Angst und Schrecken in ihr ausgelöst. Jetzt wird sie von dem Gefühl beherrscht, dass sie ihn niemals mögen, geschweige denn lieben wird.

Er ist vollkommen versunken, die zwei Briefe des Lensmanns liegen mit geöffneten Siegeln vor ihm ausgebreitet, während er den Zensus hervorholt, den er beim ersten Kirchenbesuch angefertigt hat, und mit dem Finger über die Namen fährt und ein weiteres Pergament mit seiner kleinen, krakeligen Handschrift füllt.

»Woran arbeitest du, Absalom?«

»An einer Liste.«

Sie kann die Erregung spüren, die ihn erfasst hat, genau wie bei dem Abendessen mit dem Lensmann, und sie bekommt Angst. Sie wünscht sich, sie könnte zu Maren gehen, aber sie will seine Aufmerksamkeit nicht auf diese Freundschaft lenken, nicht jetzt, wenn Diinna in Gefahr schwebt. Sie hat das Gefühl, als befänden sie sich alle an einem Abgrund, und ihr Ehemann stieße mit dem Fuß gegen den Stein, auf dem sie stehen.

»Eine Liste?«

»Für den Lensmann. Du wirst schon sehen.«

In dieser Nacht möchte er sie vollkommen nackt sehen, trotz der beißenden Kälte in der Dunkelheit des Raums, und als er in sie eindringt, legt er seine Hände unter ihre Schulterblätter und fährt sie mit den Daumen der Länge nach ab. Für sie fühlt es sich an, als betatschte er eine Wunde, ihre Haut wird rau. Sie denkt, dass er versucht, zärtlich zu sein, aber sie kann sich nicht genügend für ihn öffnen, und er muss stoßweise in sie eindringen, sodass sie sich noch mehr verkrampft.

Nachdem er fertig ist, beobachtet er, wie sie wieder das Nachthemd überstreift. Diesmal dreht er sich nicht sofort um und schläft ein, sondern nimmt ihre Hand, den Blick zur Decke erhoben. Sie überlässt ihre Hand seinem festen Griff und wendet den Kopf ab, während sein klebriges Sperma ihre Beine hinunterläuft.

»Wirst du bald ein Kind bekommen?« Sein Atem geht noch schwer. »Auf dem Schiff. Der Nachttopf. Dieses Kind hast du verloren, nicht wahr? Bist du wie deine Mutter?«

»Ich hoffe nicht, Gatte«, sagt Ursa.

»Ich hoffe nicht, Ursula«, wiederholt er. »Ich möchte Söhne haben, fünf Söhne. Ich hatte vier Brüder, die alle überlebten. Wir waren der Schrecken unseres Dorfs. Das war eine gute Art, aufzuwachsen.«

»Fünf Jungen könnten wir hier gar nicht unterbringen«, erwidert sie schwach.

»Das wird bald anders sein.«

Sein Tonfall gefällt ihr nicht, als ob er ein Geheimnis hätte.

»Gab es noch mehr?«

»Mehr was?«

»Abgänge.«

Ihre Wangen sind heiß. Sie möchte darüber nicht sprechen, nicht mit ihm. »Nein.«

»Ich hoffe, du betest für unsere Söhne.«

»Das tue ich«, antwortet sie, obwohl sie Gott nicht um fünf bitten wird. Sie hätte nichts gegen einen Jungen, hofft, dass er niemandem Angst einjagen wird. Wenn sie Absalom ein Kind gebären muss, wünscht sie sich eine Tochter, die Agnetes Lächeln hat und keinerlei Ähnlichkeit mit ihm. Auch wenn die Welt nicht gut zu Mädchen ist, hätte sie gern jemanden, der sie so gut versteht wie Agnete, der sie liebt, wie sie ihre Mutter liebte.

»Bete jetzt mit mir.« Er dreht sich auf die Seite, sodass sie sich ansehen, nimmt ihre Hände, schließt die Augen und spricht stumm die Worte. Sie mustert die rohe Gewalt in seinen Gesichtszügen, die in diesem Moment friedlich scheinen, und wiederholt sein abschließendes Amen. Er lächelt sie an. »Wir werden für meine Aufgaben hier ausreichend entschädigt werden. Und bald werde ich den Brief an deine Familie für dich schreiben«, sagt er. »Möchtest du ihnen etwas Bestimmtes mitteilen?«

»Das überlasse ich dir.«

»Gut«, sagt er und drückt ihr einen letzten Kuss auf die Stirn.

Sie lassen ihre Hände los und drehen sich jeder auf seine Bettseite. Ursa presst eine Hand auf ihren Unterleib und wünscht sich, sein Samen würde aus ihrem Körper verschwinden.

Als Ursa aufwacht, ist das Haus leer, auf dem Tisch steht eine benutzte Tasse, und sie schaudert bei dem Gedanken, dass er sie im Schlaf beobachtet hat.

Sie steigt aus dem Bett und schüttet Wasser, das auf dem Feuer warm gehalten wurde, in ihre Waschschüssel, schrubbt ihren Körper mit einem Lappen ab, reinigt sich so sorgfältig, bis sie sicher sein kann, dass sie vollkommen von ihm befreit ist. Schnell zieht sie sich in dem kalten Raum an und denkt daran, zu Maren zu gehen, um herauszufinden, ob Diinna ihre Worte beherzigt hat, als draußen, ganz in der Nähe, ein Schrei ertönt, sodass sie sofort aus dem Haus rennt.

Wieder ertönt der Schrei, draußen ist er noch deutlicher hörbar, aber sie ist unsicher, woher er kommt. Eine Frau läuft an ihr vorbei – Ursa kann sich nicht an ihren Namen erinnern: Edne, Ebbe? –, die zusammengerafften Röcke hält sie weit vom Körper weg. Sie rennt auf Marens Haus zu, und in ihrem Schrecken läuft Ursa ihr hinterher. Da ertönt in ihrem Rücken ein lautes, flehentliches Schluchzen.

Die Tür von Fru Olufsdatters Haus steht weit offen und schlägt gegen die Hauswand. Ursa kann nichts im Inneren des Hauses erkennen, doch während sie hinsieht, erscheint ein großer, schlanker, ihr unbekannter Mann auf der Türschwelle und schließt sie. Mehrere Frauen stehen im Halbkreis vor dem Haus. Ursa ist zu weit entfernt, um den Ausdruck auf ihren Gesichtern erkennen zu können, aber einige haben ihre Hände vor den Mund gelegt.

Ursa sieht noch andere Gesichter auf den Türschwellen anderer Häuser und auch noch mehr Schatten, die sich verstohlen zwischen den Büschen und Sträuchern in die Richtung bewegen, aus der das Geräusch kommt. Angst steigt in ihr auf, ihre Kniekehlen werden weich, ihre Beine geben nach, und einen Moment lang muss sie sich am Türriegel festhalten.

Als sie näher kommt, wenden die Frauen den Blick von dem Haus ab. Mit gesenkten Köpfen gehen sie auseinander, nur Toril kommt geradewegs auf sie zu und packt sie schmerzhaft am Oberarm. Freude strahlt aus ihrem schmalen Gesicht.

»Er ist eingeschritten, endlich! Mistress Cornet, dies ist wahrlich ein gesegneter Tag.«

Ursa schüttelt ihre Hand ab. »Eingeschritten? Was ist hier los?«

»Er hat es Ihnen doch sicherlich erzählt?« Toril gibt sich keine Mühe, ihr breites Lächeln zu verbergen. »Mistress Cornet, Ihr Mann ist dort im Haus bei Fru Olufsdatter. Er ist dabei, sie zu verhaften.«

Ursas Herzschlag schmerzt vor Erregung. »Er verhaftet sie? Was hat sie denn getan?«

»Wir wissen es nicht genau«, sagt Sigfrid, die näher gekommen ist und sich nun neben Toril stellt. Ihr Gesicht ist blass, der Ausdruck weniger triumphierend, aber ihre Stimme klingt vor Aufregung atemlos. »Zweifellos hat sie viele Verbrechen begangen. Die Folgen sind offensichtlich, wenn sie einmal aufgedeckt wurden.«

Toril drückt Sigfrids Schulter. »Ab jetzt können wir uns sicher fühlen, meine Gute.«

Ursa blickt zu den anderen Frauen. Sie kennt keine von ihnen näher – eine, Gerda, kommt zu den Zusammenkünften am Mittwoch, aber sie spricht nur wenig. Die anderen müssen die *Kirke*-Frauen sein, wie Kirsten sie genannt hat.

Die Tür wird aufgerissen, und Fru Olufsdatter kommt heraus, an ihrer Seite der fremde Mann. Sie ist an den Händen gefesselt, und auf ihrer weißen Schürze prangt ein Blutstreifen, ansonsten scheint sie unverletzt.

Dicht hinter ihnen folgt Absalom, sein Bündel Schriften fest an die Brust gepresst. Sein Gesicht ist ernst, nur seine Mundwinkel zucken aufgeregt. Er entdeckt Ursa – sie sieht, wie er scharf den Atem einzieht –, doch er richtet kein Wort an sie, läuft nur eilig weiter.

»Gatte«, sagt sie. »Absalom. Wohin wird sie gebracht?«

»Nach Vardøhus.« Er spricht nicht nur zu ihr, sondern laut und deutlich an alle gewandt. »In den Hexenkerker.«

»Sie ist keine Hexe«, sagt Ursa verzweifelt, als sie sich an das dunkle Gefängnis erinnert, wo die Lappen einsaßen. »Ich war häufig in ihrem Haus zu Besuch, habe dort mit ihr gebetet …«

»Ich habe es immer gewusst«, sagt Toril, und ihre Oberlippe glänzt feucht. Sie ist so aufgeregt, dass Ursa den Schweiß riechen kann, der ihr aus allen Poren bricht. »Hexerei. Ihr schönes Haus – das konnte sie doch nur mit den Hexenkünsten von ihresgleichen in Ordnung halten. Und dann waren da noch die Knochenfiguren …«

»Und denk mal an die Abdrücke auf meinem Arm«, sagt Sigfrid. »Zwölf kleine schwarze Löcher, wie von dem Biss eines wilden Tiers.«

Ursa blickt sie verwundert an. Sigfrid klingt wie eine Verrückte. Doch Absalom nickt den beiden Frauen mit gewichtiger Miene zu und legt ihnen eine Hand auf die Schulter, als wolle er sie segnen.

»Ihr werdet noch als Zeugen berufen werden«, sagt er. Er geht weiter, als der Fremde Fru Olufsdatter fortzieht. Sie weint und kratzt sich mit den verbundenen Händen über das Gesicht. Ursa kann sich nicht überwinden, zu ihr zu gehen. Stattdessen dreht sie sich zu Toril und Sigfrid um.

»Was sind das für Abdrücke? Zeigen Sie her.«

»Das gehört sich nicht«, antwortet Sigfrid und errötet.

»›Du sollst nicht lügen‹ lautet Gottes Gebot, Fru Jonsdatter.«

»Sie lügt nicht«, schaltet Toril sich ein.

»Haben Sie meinem Mann von den Figuren erzählt? Das waren nur Andenken, nichts weiter.«

»Das waren Hexenpuppen«, erwidert Toril. »Das haben alle hier gewusst.« Die anderen Frauen nicken. »Die hat sie von dieser Lappin bekommen. Die ist zweifellos als Nächste dran.«

Ursa rennt weg, die Röcke hoch über die Knie gezogen. Auch Marens Haustür steht offen, und eine Schrecksekunde lang fürchtet sie, dass es zu spät sei, dass Absaloms Männer schon im Haus seien, doch als sie ihren Namen ruft, kommt Maren heraus, und sie erkennt auch Ednes verängstigtes Gesicht. Daneben sitzt Marens Mutter. Die Erleichterung ist wie ein Seitenstechen, und sie fasst sich an die Rippen.

»Hat sie euch erzählt, was los ist?«

»Ja.«

»Du musst Diinna warnen. Ich dachte, sie hätte noch Zeit, ihr Verhalten zu korrigieren, ich dachte …«

»Sie ist fort.« Maren spricht so leise, dass nur Ursa sie hören kann.

»Fort?«

Maren legt sich einen Finger auf die Lippen. »Letzte Nacht. Dieses Mal werden sie sie nicht kriegen.«

Ursa taumelt, ihr Atem geht immer noch schwer, und Maren hält stützend ihren Ellbogen. Bei ihren Worten und ihrer Berührung fühlt sich Ursa so erleichtert, dass sie am liebsten Marens Hand nehmen und küssen würde.

»Komm herein.«

Sie kennen sich zwar schon seit mehreren Monaten, dennoch hat Ursa noch nie Marens Haus betreten. Der Grundriss gleicht ihrem eigenen, ein einziger Raum mit einer Feuerstelle auf der einen Seite und einem Bett auf der anderen, dazu noch eine schmale Bettnische in einer Ecke, doch insgesamt ist es etwa nur ein Viertel so groß wie ihr eigenes Haus. Zu viert haben sie kaum genug Platz, sich alle an den Tisch zu setzen, ohne dass ihre Knie aneinanderstoßen.

»Was ist passiert?«, fragt Marens Mutter. »Wir bekommen nichts aus Edne heraus, außer dass Ihr Ehemann auf dem Weg zu uns ist.«

»Fru Olufsdatter wurde verhaftet«, sagt Ursa. Die Worte fühlen sich unwirklich an, als sie sie ausspricht. »Wegen Hexerei.«

Marens Mutter holt tief Luft, ein lautes Zischen zwischen ihren Zahnlücken. »Weiß Toril davon?«

»Toril hat sie angeschwärzt.«

Marens Mutter streckt ihre Zunge seitlich aus dem Mund und leckt eine wunde Stelle. Ursa blickt weg.

»Du wusstest, dass das passieren würde«, sagt Maren, während ihre Hände krampfhaft die Tischplatte umklammern. »Oder etwa nicht?«

Das Schweigen ihrer Mutter ist Bestätigung genug, Maren springt auf und stößt ihren Stuhl um. Auch Ursa erhebt sich, sie ist bereit, dazwischenzugehen, doch Maren läuft nur unruhig in dem kleinen Raum auf und ab und zeigt anklagend mit dem Finger auf ihre Mutter. »Und du würdest zulassen, dass sie auch Diinna verhaften? Du würdest deinen Enkel ohne Mutter aufwachsen lassen?«

»Lieber gar keine Mutter als eine Hexe zur Mutter.«

Mitten in Marens fassungslosem Schweigen klopft es an der Tür, und Ursa ist die Einzige, die zur Tür geht, als das Klopfen lauter wird. Absalom steht dort und zieht erstaunt die Augenbrauen in die Höhe.

»Du bist hier, Gattin?« Er wartet ihre Antwort nicht ab, sondern geht an ihr vorbei ins Haus. Der letzte Rest Luft zum Atmen wird aus dem Raum gequetscht. »Wo ist die Lappin?«

»Nebenan«, sagt Marens Mutter und steht mühsam auf. »Ich werde es Ihnen zeigen, Commissioner Cornet. Mein Enkel wird aufgeregt sein. Ich werde mich um ihn kümmern.«

Edne folgt ihnen nach draußen und läuft eilig zu den anderen Häusern zurück. Maren steht wie zu Stein erstarrt neben der Tür, und Ursa kann Absaloms schwere Schritte hören, sein lautes Klopfen und das Öffnen des Türriegels.

Einen Moment lang herrscht Stille, dann stößt Marens Mutter einen hohen, qualvollen Schrei aus, ein paar Wortfetzen heben sich von dem sonst unverständlichen Gemurmel ab.

Diesmal sind Absaloms Schritte schneller, und dann steht er mit wütendem Gesicht wieder im Raum. »Wo ist sie? Wo ist sie hingegangen?«

»Ist sie fort?«, fragt Maren mit schwacher Stimme, und wenn sie es Ursa nicht vor wenigen Minuten zugeflüstert hätte, würde diese ihr das Entsetzen in ihrem Blick jetzt glauben. »Und Erik? Der Sohn meines Bruders? Ist er noch da?«

Die Tränen, die Maren vergießt, sind echt, und Ursa kann nicht anders, als über den Tisch hinweg die Hände nach ihr auszustrecken. »Absalom, bitte. Das ist ein furchtbarer Schock für die beiden.«

Er schnaubt vor Wut. »Sie kann nicht weit sein. Wir werden sie finden.«

Er stürmt aus dem Haus und lässt die Tür weit offen stehen. Endlich kann Ursa wieder atmen. Lange Zeit kann Maren nicht aufhören zu weinen, und durch die Wand dringt ein schrilles Klagen, wie von einem verletzten Tier. Maren hält sich die Ohren zu, die Kiefer fest zusammengepresst.

»Maren«, flüstert Ursa. »Lass uns gehen. Komm schon, gehen wir.«

Maren lässt sich von Ursa beim Aufstehen helfen, sie wiegt fast nichts. Maren ist die Größere von beiden, doch sie sackt neben Ursa zusammen, schlurft durch die offene Tür, wo Marens Mutter auf dem Boden sitzt und weint.

Ursa überlegt, welche Möglichkeiten sie haben. Sie könnten an dem eingefallenen Haus vorbei aufs freie Feld laufen. Doch Ursa kann in der Ferne schon einige Gestalten erkennen, weitere schwarz gekleidete Männer, die nach Diinna und ihrem Sohn suchen. Der Anblick jagt ihr einen Angstschauder über den Rücken, die ausschwärmenden schwarzen Männer sehen aus wie Insekten auf einem Kadaver.

Sie sehnt sich nach einem ruhigen Ort, wo sie allein sein können, dennoch geht sie, den Kopf gesenkt und Marens Hand schützend vor ihrem Gesicht, in Richtung ihres Hauses. Als sie dort ankommen, hören sie laute Stimmen, und als sie um die Ecke biegen, sehen sie dieselben Frauen, die auch zugeschaut haben, wie Fru Olufsdatter fortgebracht wurde. Die Gruppe japst und macht den Weg frei, als Kirstens kräftige Gestalt einen der schwarz gekleideten Männer auf den Boden wirft.

»Kirsten!«, schreit Maren. Sie richtet sich auf und hastet zum Haus. »Was machst du da?«

»Dieser Idiot glaubt, er könne sich an mir vergreifen.«

»Er gehört zum Kommissar, er ist eine Wache des Lensmanns!«

»Er ist nicht mein Ehemann«, sagt Kirsten und beugt sich drohend über den Mann, der mühsam versucht, sich wieder aufzurappeln. »Und er sollte mich nicht anfassen.«

Der Mann steht langsam auf. Kirsten ist einen Kopf größer

als er, und ihr rasender Zorn lässt ihn noch kleiner wirken. Währenddessen kommen immer mehr dunkle Gestalten aus Richtung Vardøhus, mehr Männer, als Ursa seit der Überfahrt auf dem Schiff gesehen hat. Sie müssen aus Alta oder Varanger hierhergeschickt worden sein.

Dann taucht, wie in einem schrecklichen Albtraum, ihr Ehemann zwischen zwei Häusern auf und schreitet mit triumphierendem Blick auf Kirsten zu. Wie hatte sie ihn je für gut aussehend halten können? Sein Gesicht ist ungeschlacht und verschlagen wie das eines Wolfs.

Er kommt auf sie zu, gefolgt von einer Truppe Männer. Wie lange hatte er das hier schon geplant?, fragt sie sich. Wie lange wurde die Schlinge zugezogen, ohne dass sie, die ihm am nächsten war, etwas davon ahnte?

»Du bist mir schon wieder einen Schritt voraus, Gattin?«, murmelt er, als er an ihr vorbeigeht.

»Sie dürfen keinen Widerstand leisten«, sagt der Mann, den Kirsten zu Boden geworfen hatte, während er sich den Staub von der Kleidung klopft. Absaloms Anwesenheit hat ihm neuen Mut verliehen. »Sie sind angeklagt.«

»Wer beschuldigt mich?«

»Ich, Kirsten Sørensdatter«, sagt Toril.

»Und ich«, sagt Sigfrid.

»Und ich«, sagt eine angespannte Stimme hinter ihnen. Als Ursa sich umdreht, sieht sie Marens Mutter, die mit tränenverschmiertem Gesicht zitternd die Hand hebt und mit dem Finger auf Kirsten zeigt. »Hexe.«

32

Maren kann sehen, dass die Neuigkeit wie von einer reißenden Strömung von einer Frau zur nächsten getragen wird. Eine nach der anderen erhebt anklagend ihren Finger, blanker Hass steht in ihren Gesichtern, sodass Maren der Atem stockt. Alle *Kirke*-Frauen, Toril, Sigfrid, Lisbet, Magda und selbst Edne, die gerade noch zu ihr gekommen ist, um sie von Fru Olufsdatters Verhaftung zu unterrichten, die im Boot neben ihr gesessen und mit ihr gerudert hatte, bis ihre Arme schmerzten und schließlich kräftiger wurden.

Maren versucht ihren Blick zu erhaschen, doch Edne sieht zu den Frauen, zu Kirsten und zu Absalom. Seine Augen heften sich auf sie, und dann hebt auch Edne die Hand, so schnell, als würde sie an einer Schnur hochgezogen. Kirsten steht allein, umgeben von hochgestreckten Armen, und ihr Kampfgeist versiegt augenblicklich.

»Was wirft man mir vor?«

»Sie werden die Anklage vor Gericht hören«, sagt Absalom. »Es sind schwere Verbrechen.«

Maren kann Kirsten nicht allein dort stehen lassen, sie macht einen Schritt auf sie zu, doch Ursa fasst sie am Handgelenk und gräbt ihre Fingernägel in Marens Fleisch. »Bitte, tu das nicht.«

Niemand außer Ursa hätte sie in diesem Moment aufhalten können. Doch Ursas Berührung macht sie hilflos, das dringliche Flehen in ihrer Stimme untergräbt ihr Vorhaben. Der Verrat pocht laut in ihrer Brust, während sie zusieht, wie Kirsten an den Händen gefesselt in Richtung Vardøhus abgeführt wird.

Als die Beschuldigte fortgebracht worden ist, lassen die Frauen die Hände sinken und blinzeln verwundert, als ob sie aus einer Benommenheit erwachten. Edne keucht schwer, legt die Hände auf ihre Knie und übergibt sich. Zufrieden reibt Toril ihr den Rücken.

»Das hast du gut gemacht, Mädchen.«

Edne weicht vor ihr zurück und richtet sich mit der gleichen ruckartigen Bewegung auf, mit der sie auch die Hand gehoben hat. »Ich bin kein Mädchen. Ich bin eine Frau, genau wie du.«

Edne blickt sich um, und Maren weiß, dass sie nach ihr Ausschau hält. Ihre Blicke begegnen sich, und Maren erkennt die elende Verzweiflung in ihrem Gesicht. Kalter Zorn überkommt sie, es juckt sie in den Fingern, aber da die Männer immer noch das Dorf umstellt haben, wagt sie sich nicht in Ednes Nähe.

»Komm weg von hier«, sagt Ursa. Vielleicht spürt sie Marens Absicht, denn sie zieht sie sanft fort.

Maren folgt ihr zum zweiten Bootshaus. Nachdem sie die Tür geschlossen hat, zieht Ursa Maren zu sich, legt sich ihr Kinn auf die Schulter und flüstert beruhigende Nichtigkeiten in ihr Haar.

Sie zittern beide, und Maren lässt sich von Ursas Stimme forttragen, legt langsam ihre Hand auf Ursas weiche Haare, die sich aus dem Knoten gelöst haben, so sanft wie feiner

Stoff zwischen ihren rauen Fingern. Sie atmet ihren Duft ein, ihre Lippen sind nur einen Hauch von Ursas Hals entfernt, und als ihre Freundin sie loslässt, streifen Marens Lippen kaum merklich Ursas Haut, als hätte sie sich die Berührung nur eingebildet.

Ursa lässt sich nichts anmerken, als sie Maren einen Stuhl anbietet und dann beginnt, Tee zu kochen. Ihre Hände zittern, und die Becher klappern laut. »Du musst vorsichtig sein.«

»Ich muss mit ihm reden.« Maren spricht den Gedanken aus, noch bevor sie ihn zu Ende gedacht hat.

»Mit wem?«, fragt Ursa, und ihre Stimme klingt herausfordernd.

»Mit deinem Mann«, fährt Maren fort. Die Idee nimmt Gestalt an. »Ich muss ihm sagen, dass er sich irrt.«

Sie steht auf. Ursa geht eilig zu ihr und legt ihre Hand auf die Schulter der Freundin, damit sie sich wieder hinsetzt. Maren gibt nach. »Das wäre ein Fehler.«

»Das alles ist ein Fehler.« Maren ballt ihre Hände zu Fäusten, damit sie aufhören zu zittern. »Es geht um Kirsten, Ursa.«

Ursa wendet sich ab und blickt wieder zum Feuer. »Du darfst keine Aufmerksamkeit auf dich ziehen.« Ihre Hände flattern wie weiße Vögel um die Teekanne herum. »Ich will nicht, dass du die Nächste bist, die ihnen in die Falle geht.«

»In dem Fall sollte ich nicht hier sein«, sagt Maren. »Nicht in diesem Haus.«

Mit einem Blick hält Ursa sie zurück. »Du bist hier sicher, hier bei mir.«

Maren gelingt es kaum, stillzusitzen. Ihr Bein wippt unter dem Tisch. »Was werden wir für Kirsten unternehmen?«

»Hast du nicht gehört, was ich gesagt habe, Maren? Wir können nichts anderes tun als zu warten.«

»Wenn so viele sie schwer beschuldigen?« Maren schüttelt den Kopf. »Jemand muss für sie eintreten.«

»Dann sollte ich für sie sprechen, nicht du.« Mit zitternden Händen bringt sie die Becher an den Tisch. In ihrer Verwirrung hat sie vergessen, Teeblätter in die Kanne zu tun, und sitzt nun vor dampfend heißem Wasser. »Deine Lage ist nicht gut, Maren. Das kann sogar ich sehen. Vielleicht solltest du fortgehen, so wie Diinna.«

Maren blickt sie durchdringend an. »Fortgehen?«

»Du könntest nach Bergen gehen, in das Haus meines Vaters. Dort wärst du in Sicherheit.«

Die Angst, Ursa verlassen zu müssen, ist ungleich größer als die Furcht, verhaftet zu werden. »Wie würde das aussehen, wenn ich einfach fliehe? Ich habe mir nichts zuschulden kommen lassen, Ursa.«

»Nicht mehr als Kirsten oder Fru Olufsdatter«, gibt Ursa zurück. »Und nun überleg mal, wo ihre Unschuld sie hingebracht hat.«

Es liegt etwas Wahres in ihren Worten, auch wenn Maren wünscht, es wäre anders. Sie wünscht sich, dass alles anders wäre.

»Sie können ihnen nichts antun«, sagt Ursa. »Nicht, wenn sie nichts getan haben.«

»Doch, das können sie. Und das weißt du«, sagt Maren voller Zorn über Ursas Vorschlag, sie solle fortgehen. »Du bist schließlich die Frau von einem Hexenjäger.«

Ursa zuckt zusammen, und Maren wünscht sich, sie könnte ihre Worte zurücknehmen.

»Er steht mir so fern wie Toril, Sigfrid oder eine der

anderen«, sagt Ursa. »Du kannst nicht wirklich glauben, dass ich davon wusste.«

Beschämt sinkt Maren in sich zusammen. »Natürlich nicht. Meine Mutter …« Sie zuckt zusammen, als sie einen stechenden Schmerz in der Brust verspürt. »O Gott, meine Mutter.«

»Sie ist nicht sie selbst«, sagt Ursa. »Das kann sogar ich sehen. Sie ist Toril aufgesessen. Toril ist das Herzstück des Bösen, zusammen mit meinem Ehemann. Und der Lensmann, der ihn hierhergeschickt hat. Er hatte schon lange den Plan, hier im Norden Hexen zu jagen. Er glaubt, dass die ganze Gegend hier verdorben ist.«

»Ich war vollkommen blind«, sagt Maren tief in Gedanken versunken. »Ich habe nichts von ihrem Hass auf sie geahnt.«

»Kirsten?«

Maren nickt. »Selbst Edne …«

»Unsinn. Du hast Kirsten gewarnt, aber es hat nichts genützt.«

»Und Fru Olufsdatter«, sagt Maren. »Warum ist sie angeklagt? Sie hat niemals etwas getan, das die anderen aufgebracht hätte.«

»Sie haben gesagt, dass sie sie gebissen hätte.«

Maren schaut sie verblüfft an. »Gebissen? Fru Olufsdatter?«

Ursa lässt ein unsicheres Lachen hören, dann hat sie sich wieder gefangen. »Es tut mir leid. Es ist nur … es ist so absurd.« Ursa legt ihre Hände um den Teebecher. »Auch das mit den Figürchen. Und sie haben von ihrem Haus gesprochen, dass es so groß sei und so sauber und ordentlich.«

»Toril war immer neidisch auf dieses Haus.«

»Du glaubst, dass sie das alles aus Neid losgetreten hat?«

Maren möchte es nicht aussprechen, auch wenn sie genau das denkt. »Sie ist keine Hexe. Das sind alles Lügen, was über sie und die Bissabdrücke gesagt wurde.«

»Ich hatte das Gefühl, dass etwas zwischen euch steht, zwischen dir und Fru Olufsdatter.« Ursa mustert Maren eindringlich.

»Dass etwas zwischen uns steht?«

»Ja, schlechte Stimmung, Abneigung.«

»Ich hatte nie etwas gegen sie«, sagt Maren. »Aber sie mag mich nicht, das ist wahr.«

»Warum?«

Maren seufzt. »Ihr Sohn, Dag Bjørnson. Er war mein Verlobter. Sie fand, dass ich nicht gut genug für ihn war.« Sie blickt zu der Stelle, wo jetzt das Bett unter den breiten Balken steht, und denkt an Dags sehnsüchtige Hände auf ihrem Körper. »Sie wollte nicht, dass wir dieses Haus bekommen.«

»Dieses Haus?« Ursa bleibt vor Schreck der Mund offen stehen. »Du meinst, das hier sollte dein Haus sein?«

Maren nickt.

»Meine Güte, wie dumm von mir. Dass ich dich hier wie eine Dienerin arbeiten lasse, wo du die Hausherrin sein könntest.«

»Ich dachte, ich wäre zuletzt als deine Freundin hierhergekommen«, sagt Maren.

»Das bist du.« Ursa streckt die Hände nach ihr aus. »Du bist die beste Freundin, die ich je hatte.«

Ihre Hände sind noch warm von dem Teebecher, und Maren kommt sich vor wie ein schmelzender Eisblock. Ihr Körper entspannt sich, und sie möchte, dass Ursa sie festhält, so wie vorhin, als sie das Haus betraten. Doch einen Moment später lässt Ursa sie los und blickt in ihren Becher.

»Keine Teeblätter«, sagt sie und stößt ein kurzes, hohles Lachen aus. »Warum hast du nichts gesagt?«

»Es ist mir nicht aufgefallen«, lügt Maren. »Außerdem hätte ich lieber Bier, wenn du welches da hast.«

Ursa schüttelt den Kopf. »Auch keinen Aquavit.«

Maren steht so plötzlich auf, dass sie selbst ganz überrascht ist. »Kirsten hat Bier im Haus.«

Ursa blickt sie mit großen Augen an. »Du kannst da nicht hingehen. Jetzt nicht.«

»Warum nicht?«, fragt Maren mit dem Mut der Unbesonnenheit. »Schließlich ist sie nicht zu Hause.«

Sie verfällt in ein hicksendes Lachen, und Ursa steht eilig auf, läuft um den Tisch herum und legt ihr beruhigend eine Hand auf die Schulter. »Maren …«

»Kommst du mit?« Maren schiebt ihre Hand fort. Ihre Haut kribbelt. Sie hat das dringende Bedürfnis, Kirstens Haus zu sehen, als wäre sie kurz vor dem Verdursten.

»Hast du denn kein Bier bei dir zu Hause?«

»Ich gehe nicht mehr zurück«, sagt Maren so vehement, dass Ursa erschrocken zusammenfährt. »Nicht, solange diese Frau dort ist.«

Der ausgestreckte Zeigefinger ihrer Mutter schwebt vor Marens geistigem Auge, und sie reibt sich grob mit der Hand über das Gesicht, um das Bild zu vertreiben.

»Die Männer sind überall …«, wendet Ursa ein.

»Dann wäre es besser, wenn die Frau des Kommissars mich begleiten würde, nicht wahr?«

Maren verlässt das zweite Bootshaus und blickt sich nicht mehr nach Ursa um. Sie weiß, dass die Freundin kommen wird. Ursa ist nur wenige Schritte hinter ihr, als sie zwischen den Häusern hindurchläuft. Die Tür zu dem Haus von Fru Olufsdatter steht weit offen, und drinnen kann Maren Männer umhergehen sehen, wie Insekten, die einen Kadaver beseitigen.

»Sie durchsuchen das Haus«, zischt Ursa. »Sie könnten auch bei Kirsten sein.«

Maren weiß, dass Ursa sie zurückhalten will, doch sie beschleunigt ihr Tempo und läuft an Torils hell erleuchtetem Haus vorbei, aus dem laute Stimmen dringen. Am liebsten würde sie hineingehen, eine Tranlampe umstoßen, die Asche aus dem Kamin auf dem Boden verteilen und das ganze Haus in Flammen setzen. Doch sie läuft eilig weiter, vorbei an der Kirche und an Sigfrids Haus, vorbei am Haus der Verräterin Edne, bis Peterssons Hof in Sicht kommt, wo auf der Weide die Rentiere wie Geister umherkreisen.

Ursas Atem geht schnell, und Maren merkt, dass sie zurückfällt, dass sie nicht mit ihr mithalten kann, doch sie bleibt nicht stehen, bis sie die Haustür zwischen den zwei Fenstern mit Blick aufs Meer erreicht hat. Die Tür ist noch fest verschlossen, und Maren späht kurz durch ein Fenster ins Innere. Abgesehen von dem Dämmerschein des heruntergebrannten Feuers ist alles leer und dunkel.

Auch Ursa ist angekommen, ihr Atem geht stoßweise. »Wir dürfen nicht hineingehen. Sie werden bald im Haus von Fru Olufsdatter fertig sein.«

»Du musst nicht mitkommen«, sagt Maren und legt ihre Hand auf den Türriegel.

»Was willst du da?« Wütend stampft Ursa mit dem Fuß auf. »Ich kann nicht glauben, dass du unbedingt etwas zu trinken brauchst.«

Marens Herz hämmert, und sie spürt, wie der Weg hierher auch ihr den Atem genommen hat. Der Riegel unter ihren Fingern ist eiskalt. »Ich will …« Sie sucht nach den passenden Worten, um auszudrücken, dass sie Kirstens Zuhause mit eigenen Augen sehen will, und die Gedanken nehmen eine klare Form an, während sie sie ausspricht. »Ich muss sicher sein, dass dort wirklich nichts ist. Dass die Männer nichts finden werden.«

Ursa zieht die Augenbrauen in die Höhe. »Du hältst so etwas für möglich?«

»Ich weiß sicher, dass Kirsten keine Hexe ist«, sagt Maren. Sie erinnert sich an die Runensteine in Diinnas Raum, die Knochenfiguren und die glänzende Nadel in Torils Borte. »Aber sie könnten Dinge finden, die sie nicht verstehen und die sie gegen Kirsten verwenden könnten.«

»Einverstanden«, sagt Ursa und nickt bedächtig. »Wir müssen schnell machen.«

Maren schiebt die Tür auf. Ursa folgt ihr vorsichtig, als würde sie in ein Boot einsteigen. »Wonach suchen wir?«

Maren bricht die Aschekruste des Feuers auf und legt ein Stück Torf darauf, sodass eine Flamme hell und heiß aufflackert. »Das weißt du besser als ich. Alles, was dir unpassend vorkommt, was du nicht kennst, sollte weg.«

»Wie diese Steine hier?« Maren folgt ihrem ausgestreckten Finger, der auf zwei Runensteine neben dem Bett zeigt.

Schnell durchquert sie den Raum und hebt die Steine auf. Auf einem ist ein Zeichen für Sicherheit aufgemalt und auf dem anderen ein sanft wogendes Meer. Maren weiß, dass diese beiden Steine dem Glauben der Sámi zufolge Albträume fernhalten. Sie umschließt die Steine mit ihren Händen, und bei dem Gedanken daran, dass Kirsten allein in diesem Raum gegen Albträume kämpfte, möchte sie weinen. Sie schien immer so stark und unbeirrbar, doch sie hatte genauso einen geliebten Menschen verloren wie die anderen auch. *Hat auch Kirsten den Wal gesehen?*, fährt es Maren durch den Kopf.

»Maren?«

Ursas Stimme ist sanft, und als Maren sich umdreht, hält die Freundin die Hose in der Hand, die Kirsten zum Schlachten der Tiere getragen hat. Überall sind rostrote Flecken, und im Feuerschein ist es ein makaberer Anblick. »Nimm die auch mit.«

»Was machen wir damit?«

Maren blickt zum Feuer. Es hat nicht genug Kraft, das Kleidungsstück als Ganzes zu verbrennen. Vielleicht würde es die Steine versengen, aber es würde die Zeichen darauf wohl kaum vollends verdecken. Sie streckt die Hände aus, um die Hose von Ursa entgegenzunehmen. Der Stoff ist weich vom vielen Tragen, und Maren lässt die Steine in die Hosentaschen gleiten.

Dann geht sie nach draußen, gefolgt von Ursa, und steckt noch mehr Steine vom Boden in die Hosentaschen. Anschließend lässt sie das Kleidungsstück ins Meer fallen. Einen Moment lang tanzt die Hose auf den Wellen, dann sinkt sie außer Sichtweite.

»Was nun?«, fragt Ursa mit schwacher Stimme.

Maren zieht die Schultern hoch. Sie knacken wie splitternde Knochen. »Jetzt holen wir das Bier.«

Auf ihrem Rückweg zum zweiten Bootshaus kommen sie an der Gruppe schwarzer Männer vorbei. Maren reckt den Kopf in die Höhe und wünscht sich, der Wein und das Bier würden schon in ihrem Körper zirkulieren und ihr Kraft verleihen.

Die Blicke der Männer scheinen durch ihre Kleidung zu dringen, und sie fragt sich, wie sie das hingenommen hat, als im Dorf noch so viele Männer wie Frauen lebten.

Ursas Begleitung gibt ihr Schutz, ein Balsam für ihr wundes Herz. Mit schnellen Schritten durchqueren sie das Dorf. Aus Torils hell erleuchtetem Haus dringt lautes Gerede, doch Maren quält sich nicht damit, hineinzusehen. Das Haus von Fru Olufsdatter ist still, die Tür steht einen Spalt offen, das Feuer geht langsam aus, und Maren überläuft ein Schauder.

Wenige Schritte vor dem zweiten Bootshaus bleibt Ursa stehen. »Lass mich nachsehen, ob er zu Hause ist.«

Sie öffnet vorsichtig die Tür und winkt Maren dann herein. »Er muss in Vardøhus sein. Wenn das stimmt, ist er sicher noch eine Weile fort.«

Maren stellt die Getränke auf dem Tisch ab, während Ursa die lodernden Flammen des Feuers neu entfacht und zwei Becher aus dem Regal nimmt, das Dag über dem Kamin angebracht hat. Maren greift nach dem Bier, doch Ursa deutet auf den Aquavit.

»Ich glaube, das ist das Beste.« Ursa verzieht den Mund zu einem Lächeln. Ihre Lippen sind sehr rot, leicht geöffnet, und Maren kann ihre schimmernden Zähne sehen. Wortlos schenkt Maren ihnen beiden einen Schluck Aquavit ein. Sie hat den Branntwein bisher nur einmal probiert, auf der Hochzeit von Erik und Diinna. Das brennende Gefühl im Hals hatte sie nicht gemocht, ebenso wenig die plötzliche Schwere in ihren Gliedern, doch jetzt sehnt sie sich danach. Sie kippt den Aquavit hinunter, und nach einem kurzen Zögern tut Ursa es ihr gleich.

Augenblicklich beugt sie sich vor und verschwindet heftig

hustend unter der Tischplatte. Maren steht erschrocken auf und will schon einen Eimer holen, als Ursa eine Hand auf den Tisch klatscht und kurz danach auch ihr Kopf wieder auftaucht.

»Mir geht's gut«, stößt sie hervor und reibt sich über den Bauch. Ihre Wangen sind so rot wie ihre Lippen. »Der Branntwein ist stark, daran bin ich nicht gewöhnt.« Sie klopft zweimal mit dem Becher auf den Tisch. Maren hat Männer schon häufig diese Geste machen sehen. »Noch einen.«

Maren lacht und schenkt ihnen abermals ein. Ursa setzt sich neben sie, während sie beide an ihrem zweiten Aquavit nippen. Maren kann schon die Wärme in ihren Gliedern spüren. Der Raum kommt ihr kleiner vor als gewöhnlich, und Maren kann nicht verhindern, dass ihr Blick immer wieder zu der Wand wandert, wo Dag häufig seinen Körper gegen ihren presste. Seit sie Ursa von ihm erzählt hat, fühlt es sich an, als wäre er wieder in ihrer Nähe, beinahe als könnte sie seinen heißen Atem in ihrem Nacken spüren.

Ursa sitzt dicht neben ihr, und Maren weiß nicht, ob das Feuer oder ihre Freundin diese Hitze ausstrahlt. Sie stellt sich vor, sie würde sich an sie schmiegen und ihren Kopf an Ursas Schulter lehnen. Es wäre nicht unpassend, nicht anders als die Berührungen, die es schon zwischen ihnen gegeben hat. Doch Maren ist unsicher, ob sie ihren Kopf so nah an Ursas bringen, ihren süßen Atem einsaugen, für einen flüchtigen Augenblick ihre weiche Haut an ihrer rauen Stirn fühlen könnte, ohne sie mit ihren Lippen zu berühren.

Mit einer Kopfbewegung versucht sie die Gedanken abzuschütteln und zwickt sich mit Daumen und Zeigefinger ins Kinn. Der Schmerz erinnert sie wieder an ihren eigenen Körper.

»Vielleicht wird Kirsten bald wieder freigelassen«, durchbricht Ursa die Stille, und Maren betrachtet ihr Profil, das sich gegen den Feuerschein absetzt. »Vor allem, wenn sie nichts in ihrem Haus finden.«

»Vielleicht«, erwidert Maren, aber sie glaubt nicht recht daran. Sie will jetzt nicht daran denken, sie braucht eine kurze Atempause von den schrecklichen Ereignissen des Tages, von den Schrecken, die sie in Zukunft erwarten. Sie nimmt noch einen Schluck Aquavit, und Ursa macht es ihr nach.

Ihre Hände liegen auf dem Tisch, der Abstand zwischen ihnen ist so gering, dass Marens kleiner Finger über Ursas Handgelenk streichen könnte, wenn sie ihn ganz ausstrecken würde. Doch Ursa kommt ihr zuvor, nimmt leichthin Marens Hand und drückt sie.

»Ich werde mit Absalom sprechen«, sagt sie entschlossen. »Wir werden Kirsten nach Hause holen.«

Vor Schuld steigt Maren die Röte in die Wangen. Sie sollte an Kirstens Schicksal denken, an Kirstens Heimkehr und wie sie ihr helfen können. Doch Ursas Hand ist so weich, schmiegt sich so fest an ihre, und der Aquavit ist wie ein loderndes Feuer in ihrem Inneren, ihr Kopf ist benommen …

Plötzlich wird ohne Vorwarnung die Tür aufgerissen. Die zwei Männer zögern. Ursa zieht ihre Hand fort, und Marens bleibt allein auf dem dunklen Holz zurück.

»Entschuldigen Sie bitte, Mistress Cornet. Wir dachten, das Haus sei leer.« Einer der Männer blickt sie beide an, unsicher, an wen er sich wenden soll. »Commissioner Cornet hat angeordnet, dass wir jetzt mit dem Umzug beginnen.«

»Umzug?« Ursa steht auf, und die beiden Männer sehen sie aufmerksam an. Maren nimmt den Aquavit und stellt ihn auf den Boden neben ihre Füße, außer Sichtweite.

»Entschuldigen Sie vielmals, Mistress Cornet. Ja. Das meiste möchte er behalten, aber das Bett muss verbrannt werden.«

»Bett ...«, bringt Ursa schwach hervor. »Wovon sprechen Sie?«

»Das Bett im Haus der Hexe«, erklärt der andere Mann. »Er möchte, dass wir stattdessen Ihres hinüberbringen.«

»Du ziehst ins Nachbarhaus, Ursa«, sagt Maren. Ihr ist übel: Der Alkohol schlägt ihr auf den Magen. »Oder etwa nicht?«

»Das stimmt, *mistress*«, sagt der erste Mann, der offensichtlich nicht weiß, wer sie ist und wie er sie ansprechen soll. Sie hält ihn für den Mann, den Kirsten zu Boden gestreckt hat: Seine Kleidung ist schlammverschmiert. »Sie ziehen in den *stabbur*. Es ist nur rechtens, dass Commissioner Cornet das schönste Haus bewohnt.«

»Das war's dann also«, zischt Maren, und Ursa geht einen Schritt auf die Männer zu, um sie abzulenken.

»Könnte ich bitte mit meinem Ehemann sprechen?«

»Er ist in Vardøhus, Mistress Cornet.« Den Männern werden die Erklärungen zu viel, ihre Augen wandern zu dem Bett, sie haben es eilig, ihre Pflicht zu erfüllen. »Wir haben unsere Befehle.«

Das Bett passt kaum durch die Tür, sodass die Männer es mitten durch die herabbaumelnden Rentierleiber in der Speisekammer tragen müssen. Auch die Kirschholzkiste und ihre Reisetruhen werden fortgebracht. Als die Männer das letzte Mal zum Haus von Fru Olufsdatter hinübergehen und die Tür hinter sich offen stehen lassen, holt Ursa sofort den Besen und beginnt den Schmutz von ihren Stiefeln auf dem Boden fortzufegen. Maren steht auf, um ihr den Besen abzunehmen, aber Ursa weigert sich, ihn herzugeben.

»Wir ziehen in das Haus von Fru Olufsdatter. Das bedeutet, dass sie nicht zurückkommen wird.« Ihre Fingerknöchel sind kreideweiß. Sie kehrt den Schmutz in kreisenden Bewegungen zusammen, wodurch er zerbröckelt und die Dielenbretter verschmiert. »Sie haben die Absicht, sie zu töten, wie die Sámi-Männer.«

Maren bringt kein Wort heraus. Sie denkt nicht an Fru Olufsdatter, auch nicht an Kirsten. Sie stellt sich Diinna und Erik vor, die schon tief in das Gebirge, oder sogar noch weiter, vorgedrungen sind. *Bleibt in eurem Versteck*, denkt sie. *Bleibt sicher.*

»Wie soll ich dort leben, Maren? Wie kann er nur ...« Ihr Atem stockt: Sie umklammert ihren Oberkörper und stützt sich auf den Besen.

»Du musst es tun«, sagt Maren. »Es ist genau, wie du gesagt hast – wir müssen jetzt vorsichtig sein.«

Ursa richtet sich auf. »Ich werde meine Tage nicht in diesem Haus dort verbringen. Wir werden hierherkommen, so wie immer. Ich kann nicht in dem Haus von Fru Olufsdatter leben.«

In ihrer Stimme schwingt eine Entschlossenheit, die Maren Hoffnung gibt. »Vielleicht könnte ich hier wohnen«, schlägt sie vor.

Ursa blickt sie verwirrt an. »Es gibt kein Bett.«

»Ich kann nicht zu mir nach Hause gehen. Ich kann nicht mehr neben meiner Mutter schlafen, und auch nicht in Diinnas Raum. Und ich wäre in deiner Nähe.« Ihr Plan nimmt Gestalt an. »Du könntest Absalom sagen, dass du in dem großen Haus noch öfter meine Hilfe brauchst.«

»Das wäre ein großer Trost«, sagt Ursa. Sie streicht ihre Haare zurück. »Ich glaube nicht, dass er mir das abschlagen wird.«

Selbst nach allem, was passiert ist, denkt Maren, glaubt Ursa, dass sie Macht über ihn hätte. Hexenjäger ja oder nein, Absalom ist schließlich auch nur ein Mann.

33

Beim Gottesdienst am nächsten Sabbat fehlen nur zwei Frauen, und vier fremde Männer sitzen in der hintersten Reihe, dennoch fühlt es sich an, als wäre ihre Gemeinde stark geschrumpft. Toril, Sigfrid und Edne sitzen in der ersten Bankreihe neben dem Ehepaar Cornet, und Maren setzt sich weit weg von ihrer Mutter. Maren ist bereits in das Bootshaus eingezogen, und beim bloßen Anblick ihrer Mutter kocht Wut in ihr hoch. *Mamma* versucht immer wieder, Marens Blick zu erhaschen, aber Maren hat ihr Gesicht resolut abgewendet. Kirstens Abwesenheit schmerzt.

Pastor Kurtsson sieht noch dünner aus als gewöhnlich. Maren fragt sich, was er von den Verhaftungen hält. Er sollte erfreut sein, so wie Commissioner Cornet, doch seine Haltung ist schlaff, er wirkt in sich zusammengesunken, tiefe Falten durchziehen sein Gesicht, als er Rechtschaffenheit und Barmherzigkeit predigt.

Am Ende der Predigt erhebt sich der Kommissar. Seine Größe ist immer beeindruckend, doch jetzt erscheint er wie ein Riese, und obwohl Maren versucht, ihm Hass entgegenzubringen, spürt sie doch nur Angst. Pastor Kurtsson hält sich im Hintergrund.

»Wie ihr sicherlich alle wisst, sind Fru Sørensdatter und

Fru Olufsdatter der Hexerei angeklagt. Ich werde Beweise gegen sie sammeln. Wenn ihr unter ihnen gelitten habt oder etwas über ihre Bösartigkeit wisst, kommt bitte unverzüglich zu mir in mein Haus.«

Er verneigt sich vor dem hölzernen Kreuz und schreitet dann den Gang entlang zur Tür, die die vier Männer für ihn aufhalten. Maren weicht vor ihm zurück, als er an ihr vorbeigeht. Toril folgt, zusammen mit den anderen *Kirke*-Frauen, dicht hinter ihm, und Maren wirft ihr einen zornigen Blick zu.

»Das war nicht klug von dir«, flüstert Ursa, als sie neben Maren in die Bankreihe gleitet.

»Man sollte Toril anklagen«, sagt Maren wütend.

»Du hältst dich da am besten raus. Ich komme zu dir, sobald ich sicher bin, dass er nichts bemerkt.«

Sie verlässt die Kirche, und Maren wartet, bis alle außer Pastor Kurtsson gegangen sind. Er schrickt zusammen, als er sich nach dem Kerzenausblasen umdreht und sie immer noch auf der Bank sitzen sieht.

»Maren Magnusdatter.« Er spricht ihren Namen aus, als handele es sich um zerbrechliches Glas.

»Pastor Kurtsson.«

Sie mustern einander. Der Pastor schluckt schwer. Maren trifft eine Entscheidung, sie steht auf und geht durch den schmalen Gang auf ihn zu. Er rührt sich nicht, und sie bleibt wenige Schritte von ihm entfernt stehen. Maren ist unsicher, wie sie das Gespräch beginnen soll, als er zu sprechen anfängt.

»Sie werden bei unserem Kommissar keine Anklagen erheben, oder?«

Maren schüttelt den Kopf. »Und Sie, Pastor Kurtsson?«

»Nein.« Seine hellen Augen blicken müde. Sie haben dunkle Ränder.

»Sie haben ihm nichts von den Fischfängen erzählt?« Maren kann ihre Überraschung nicht verbergen.

»Es ist keine Sünde, sich selbst zu ernähren«, sagt Pastor Kurtsson. Seine Arme hängen schlaff an ihm herunter, die Schultern sind zusammengesunken.

»Aber Sie haben sich dagegen ausgesprochen.«

»Es war kein anständiges Benehmen«, räumt er ein. »Doch ich halte es nicht für unchristlich.«

»Commissioner Cornet könnte es als eine Sünde betrachten, wenn er davon erfährt.«

»Von mir wird er es nicht erfahren.«

»Wird er irgendetwas sonst von Ihnen erfahren?«

Ein scharfer Zug zeichnet sich auf seinem Gesicht ab. »Was soll das heißen?«

Maren schluckt. »Werden Sie ein Wort für sie einlegen? Für Kirsten und Fru Olufsdatter?«

Pastor Kurtsson seufzt. »Ich kann nur die Wahrheit sagen, nur das vor Gott aussprechen, was ich weiß. Er sieht alles, aber ich nicht. Er ist mein Richter.«

»Aber Sie sind sein Diener«, sagt Maren mit eindringlicher Stimme. »Sie müssen doch einen Einblick haben, Einfluss …«

»Ich weiß nur, was der Herr mir zeigt.«

»Und was hat er Ihnen gezeigt?«

Pastor Kurtsson faltet seine Hände und verschränkt die Finger ineinander. »Er hat dafür gesorgt, dass ihr vor dem Sturm gerettet wurdet, und Er hat euch durch die schwierige Zeit danach geführt. Die Gnade, die Er euch gewährt hat – ich denke nicht, dass Er sich von euch abgewendet hat.«

Maren würde ihn am liebsten heftig gegen die Brust stoßen. »Sie halten es für Gnade, was hier passiert ist?«

»Etwas anderes zu denken wäre eine Sünde«, sagt Pastor Kurtsson und macht einen Schritt an ihr vorbei. »Es tut mir leid für deine Freundin. Aber ich kann nicht entscheiden, ob sie unschuldig ist. Das kann nur Gott.«

Aber fortgebracht wurde sie von einem Mann, denkt Maren. *Und beschuldigt hat sie eine Frau.* Es hilft nichts, diese Gedanken laut auszusprechen. Der Geistliche hat die Kirche bereits verlassen, und sie folgt ihm, bis sie zum zweiten Bootshaus abbiegt.

Vor dem Haus von Fru Olufsdatter stehen Frauen Schlange, und Maren erschaudert jedes Mal, wenn eine von ihnen in das sonnendurchflutete Innere des Hauses tritt, als würden sie über ihr Grab laufen. Sie weiß, dass Kirsten von vielen Seiten beschuldigt wird, und sie fragt sich, wie viele von ihnen noch zu Klägerinnen werden und wie viele zu Angeklagten.

Fast einen Monat lang herrscht Ungewissheit und Schweigen. Der Winter kommt heran und schließt sie alle ein. Die meiste Zeit bleibt Maren im Haus, auch wenn ihre Beine sich nach einem Spaziergang, ihre Lungen sich nach Luft sehnen.

Jetzt, wo das Bootshaus schließlich ihr gehört, hat es all seinen Glanz verloren. Sie schläft auf dem Fußboden auf der Felldecke, die sie selbst angefertigt hat, und sie genießt ihre steifen Glieder, wenn sie morgens aufwacht, denn sie hält sie für eine Strafe. Sie träumt von dem Wal und von Kirsten, deren stolze Gestalt in den Hexenkerker gepfercht wird, sie träumt davon, dass ihr Körper Kirstens Schmerzen fühlt und sie ihr somit hilft, diese besser zu ertragen.

Sie fragt sich, wie ihre Mutter mit dem Wetterwechsel zurechtkommt. Sie hat noch nie einen Winter allein durchgemacht, ebenso wenig wie Maren. Wird auch *mamma* von ihrem eigenen rauchigen Atem verfolgt, von der Kälte, die ihr unbarmherzig in die Knochen dringt? Maren ist es gelungen, sie vollkommen zu meiden, doch ein Gedanke quält sie: Was würde *pappa* davon halten, dass Maren *mamma* der bereits mittags einsetzenden Dunkelheit überlässt?

Maren beruhigt sich damit, dass *mamma* neue Freundinnen gefunden hat. Torils Ansehen ist größer als das aller anderen, ausgenommen des Kommissars, und am Sabbat sitzt *mamma* neben den *Kirke*-Frauen in der Kirche. Sie hat Maren noch nie im zweiten Bootshaus besucht, und sie hat aufgehört, ihren Blick erhaschen zu wollen. Sie werden sich fremd, und Maren hat das Gefühl, dass ihre ganze Familie tot ist und ihr nur noch Ursa bleibt.

Zwei Jahre sind seit dem Sturm vergangen, und ein neues Jahr beginnt. Es wird niemand mehr verhaftet, doch die schwarzen Männer ziehen in Kirstens Haus ein und umkreisen Vardø wie eine Horde Fledermäuse. Maren hatte vergessen, wie es sich anfühlt, unter Männern zu leben, ihr lautes Lachen und das lästige Gaffen. Einige Männer gehen tagsüber in das Haus von Commissioner Cornet, und Maren beobachtet, wie sie Ursa nachstarren, wenn sie den kurzen Weg zwischen den beiden Häusern zurücklegt und zähneknirschend die lüsternen Blicke erträgt.

Ursa kommt, sooft sie kann. Absalom will sie in seiner Nähe behalten, sie an sich binden, und Ursa erzählt Maren, dass sie Angst habe, seine Aufmerksamkeit auf die Freundin zu lenken, wenn sie sie zu häufig besucht. Trotz des drohenden Unheils, das wie eine dunkle Wolke über ihnen hängt, lebt Maren immer noch in Ursas Nähe auf und verzehrt sich nach ihren Berührungen. Sie hasst sich selbst dafür, für die kleinen Freuden, die Ursa ihr bereitet, ohne dass die Freundin es bemerkt, sie hasst sich dafür, dass sie Freude empfinden kann, während Kirsten kaum eine Meile entfernt im Kerker schmachtet. Aber sie ist machtlos. Ihre Gefühle sind so unnachgiebig und kraftvoll wie Ebbe und Flut.

Manchmal, wenn Maren und Ursa sich an den Händen berühren oder ihre Blicke sich treffen, stellt sie sich vor, dass Ursa ebenso empfindet wie sie. Sie malt sich aus, dass ihre Gefühle erwidert würden, wenn sie sie ausspräche. Was wäre dann? Was würde darauf folgen?

Maren versucht, unentbehrlich für Cornet zu sein und ihm gleichzeitig so wenig wie möglich unter die Augen zu kommen. Sie benutzt das zweite Bootshaus als Küche und bereitet mit den modrigen Kräutern, die sie dort in Gläsern findet, Eintöpfe zu. Eines der Kräuter sieht aus wie getrocknete Tollkirsche, die, in kleinen Mengen eingenommen, gegen Fieber wirkt, und sie fantasiert, wie sie damit kräftig sein Abendessen würzt, wie sein Gesicht dunkelrot, seine Zunge dick und schwarz wird und sein Atem versiegt.

Sie gibt sich gerade wieder einmal diesem Tagtraum hin, als Ursa am ersten Tag des Jahres 1620 mit Neuigkeiten zu ihr kommt. Maren sitzt an dem blank gescheuerten Tisch, als Ursa die Tür aufstößt und sich ihr gegenüber setzt, Maren aber nicht in die Augen sieht. Maren spürt, wie sich ihr Magen zusammenzieht.

»Fru Olufsdatter hat gestanden«, sagt Ursa. »Sie wird verurteilt werden.«

»Gestanden?« Das Wort hallt misstönend in Marens Kopf. »Was gestanden?«

»Hexerei. Sie hat gestanden, dass die Puppen eines ihrer Hexenwerkzeuge waren.« Ursa schluckt hörbar. »Ich glaube, sie haben ihr schwere Brandmale zugefügt. Absalom hat gesagt, dass sie ihr das Geständnis nur mithilfe des Feuers abringen konnten.«

»Und Kirsten?« Maren spürt, wie sich ihre Brust verkrampft. »Sie wird doch nicht …«

Ursa schüttelt den Kopf, und schließlich blickt sie ihr in die Augen. Ihr Blick ist so traurig, dass er Maren tief im Inneren berührt. »Kirsten hat nicht gestanden.«

»Dann werden sie sie freilassen?«, fragt Maren, obwohl sie weiß, dass das eine irrige Hoffnung ist.

Ursa beißt sich auf die Lippe.

»Erzähl's mir«, bittet Maren.

»Ich wünschte, es wäre nicht so. Sie wird untergetaucht werden.«

»Untergetaucht?« Das Wort klingt beinahe lustig in ihren Ohren, wie ein Kinderspaß. Doch Ursas Tonfall lässt erkennen, dass es kein Spiel ist.

»Ich kannte den Begriff auch nicht. Ich hatte gehofft, ihn niemals weitersagen zu müssen … Du musst auf das Schlimmste gefasst sein.« Ursa holt tief Atem. »Sie sollte ihre Verbrechen gestehen, aber das hat sie nicht getan. Deshalb werden sie sie einer Prüfung unterziehen und feststellen, ob sie eine Hexe ist und als solche verurteilt werden soll.«

Eine böse Vorahnung befällt Maren, wie der dunkle Schatten eines Vogels am Fenster vor dem Sturm. »Was für eine Prüfung?«

»Die Wasserprobe. Sie werden sie fesseln und ins Meer werfen.«

»Ins Meer?« Maren hat Mühe, die Worte über die Lippen zu bringen. »Es ist eiskalt. Sie könnte ertrinken!«

»Vielleicht wäre das besser für sie.«

Maren sieht sie erstaunt an. »Wie kannst du so etwas sagen?«

»Wenn sie oben schwimmt, werden sie glauben, dass sie eine Hexe ist. Sie behaupten, dass das Wasser rein sei und den Teufel abstoße. Diejenigen, die an der Oberfläche treiben, sind demnach Hexen.«

Maren würde sich am liebsten übergeben. »Wer sind sie? Dein Ehemann?«

»Er und der Lensmann. Pastor Kurtsson wird auch dabei sein, und jeder, der zuschauen will.«

Maren steigt die Galle hoch. »Die Probe ist öffentlich?«

Ursa nickt. »Es muss Zeugen geben.«

»Kannst du das nicht verhindern?« Maren weiß, dass sie hysterisch klingt. »Kannst du nichts dagegen tun?«

Ein Schluchzen schnürt Ursa die Kehle zu. »Was soll ich denn deiner Meinung nach tun? Sag es mir, und ich werde es tun.«

Maren drückt ihre Hand fest auf den Tisch, um sich selbst Halt zu geben. »Wann findet die Probe statt?«

»Nächste Woche.« Ursa sieht sie durchdringend an. »Du willst doch nicht etwa hingehen?«

»Ich muss«, sagt Maren. »Allein kann sie das nicht ertragen.«

»Wenn du zuschaust, bringt ihr das gar nichts«, entgegnet Ursa. »Es ist besser, es nicht zu sehen, wie auch immer es ausgehen mag.«

»Wie kann dieses Verhalten gottesfürchtig sein?«, fragt Maren mit Tränen in den Augen. »Wie können sie ihre Taten heilig nennen?«

Ursa hat keine Antwort auf diese Fragen. Maren lässt sie allein im Haus zurück, als sie nach draußen geht, um sich zu übergeben, bis ihr Magen vollkommen leer ist, bis sie nichts anderes mehr fühlt als den Schmerz ihres wild pochenden Herzens.

34

Am Tag der Wasserprobe ist der Himmel dunkel, die Wolken hängen tief. Als Maren zum Hafen geht, spürt sie die Blicke, die ihr folgen, und im Vorbeigehen hört sie das Gemurmel. Allein, ohne den Schutz von Ursas Begleitung, fühlt sie sich den anderen ausgesetzt. Eine kleine Gruppe hat sich schon an der Stelle versammelt, wo Land und Meer aufeinandertreffen. Ursa ist nicht dabei.

»Absalom sagt, dass das nichts für eine Frau ist«, hatte sie Maren erzählt.

»Hat er etwa vergessen, dass er beabsichtigt, eine Frau ins Meer zu werfen?«

Ursa hatte die Stirn in Falten gezogen. »Willst du nicht lieber bei mir bleiben? Du wirst dort nichts erreichen.«

Maren weiß, dass es besser gewesen wäre, zu Hause zu bleiben, aber das konnte sie nicht. Kirsten darf nicht allein bleiben mit den *Kirke*-Frauen und den Männern, die die Absicht haben, sie zu ertränken oder auf andere Weise zu verdammen. Nein, auch sie muss Zeugnis ablegen.

Als Ursa gesehen hatte, dass ihr Entschluss feststand, hatte sie geseufzt und ihre Hand genommen. »Versprich mir, dass du keine Aufmerksamkeit erregen wirst. Verhalte dich unauffällig, bleib still.«

Ursas Worte gehen Maren durch den Kopf, als sie sich etwas abseits der anderen stellt und achtgibt, dass sie nicht den Blick von Commissioner Cornet auf sich zieht. *Mamma* ist nicht dort, auch Edne nicht, wohl aber Sigfrid und Toril, die sich ins Gespräch mit dem totenblassen Pastor Kurtsson vertieft haben. Ihre Gesichter werden von dem schwachen Licht der im Hafen verteilten Lampen erhellt, und eine weitere Lampe signalisiert Kirstens Ankunft. Maren dreht sich in Richtung Vardøhus, das Licht schwankt mit der Bewegung des Wagens. Als das Gefährt näher kommt, sieht Maren Kirsten zum ersten Mal seit Monaten. Sie muss sich fest auf die Zunge beißen, um nicht laut loszuschreien.

Die Gestalt im hinteren Teil des Wagens wirkt so schlaff wie ein Sack. Kirsten trägt nur ein Baumwollkleid, dessen Röcke dunkle Flecken haben. Ihre Augen bleiben geschlossen, selbst als die Wachen und Commissioner Cornet sie auf die Füße hieven und dabei das Gesicht verziehen. Auch Maren kann ihre Freundin riechen, der Wind trägt den Gestank nach altem Blut und Urin heran. Pastor Kurtsson hält sich ein Taschentuch unter die Nase. Maren möchte Kirsten etwas zurufen, ihr bedeuten, dass sie da ist, doch ihre Zunge klebt am Gaumen, und sie bringt kein Wort heraus.

Kurz darauf fährt eine geschlossene Kutsche vor. Maren erkennt darin den Wagen, der Ursa letztes Jahr nach Vardøhus gebracht hat. Die Frauen fangen an zu tuscheln, als ein Mann aussteigt, und Maren mustert zum ersten Mal ihren Lensmann. Er ist ziemlich klein und untersetzt und trägt einen gut geschnittenen Fellmantel. Sein Gesicht wird von einem Bart bedeckt, der so dick ist wie der von Commissioner Cornet, allerdings weiß wie Schafswolle. Er geht zum äußersten Rand des Hafens, und obwohl Maren das

Bedürfnis verspürt, fortzulaufen, geht sie näher hin, um zu hören, was er sagt.

»Wirst du gestehen, Fru Sørensdatter, und uns diese Probe ersparen?«

Kirsten zittert am ganzen Körper, und die Wachen haben Mühe, sie aufrecht zu halten.

»Wirst du gestehen«, wiederholt er, »dass du eine Hexe bist und dass du den Sturm heraufbeschworen hast, der deinen Ehemann und viele andere das Leben kostete?«

Maren stockt der Atem. Der Lensmann kann doch nicht ernsthaft glauben, dass Kirsten das Wetter verzaubern kann? Sie hat hier im Hafen gestanden, genau wie Maren und alle anderen, und verzweifelt geschrien, als das Meer ihre Männer verschluckte. Das sollte Maren laut sagen, doch ihre Zunge klebt noch immer fest.

Die strähnigen Haare hängen Kirsten ins Gesicht, und Maren fragt sich, ob die Worte des Lensmanns in ihrer Angst überhaupt bis zu ihr vordringen. Er nickt den Wachen zu, und sie ziehen Kirsten das Kleid unsanft über den Kopf. Pastor Kurtsson wendet die Augen ab, Toril und die *Kirke*-Frauen spähen durch die Finger ihrer vors Gesicht gelegten Hände, nur Maren kann nicht wegsehen. Kirsten hat am ganzen Körper Kratzer und Schrammen, Prellungen und Verbrennungen. Am liebsten würde Maren sie in ihren Mantel hüllen, sie zieht das Kleidungsstück fester um den eigenen Körper.

»Das Seil.«

Commissioner Cornet holt ein Seil aus dem Wagen und bindet es um Kirstens Taille. Es schnürt sich tief in ihre weiße, schlaffe Haut. Maren hat einen Kloß im Hals, als sie begreift, dass man Kirsten an dem Seil wieder aus dem Wasser ziehen wird, nach der Probe.

Sie blickt aufs Meer hinaus. Es ist schiefergrau und hebt sich in sanft rollenden Wellen. Kirsten wird sich zu Tode frieren, und Maren wird ihr dabei zusehen und nichts tun, um es zu verhindern. Doch nicht nur das Versprechen, das sie Ursa gegeben hat, hält sie zurück: Maren hat Angst. Tiefe Furcht umklammert ihr Herz und packt sie am ganzen Körper, sodass sie wie erstarrt stehen bleibt.

Das Seil wird überprüft, zweimal wird fest daran gezogen, sodass Kirsten von einer Seite zur anderen taumelt. Sie zittert am ganzen Körper, hat Zuckungen, hält den Kopf gesenkt. Commissioner Cornet nimmt das Seil in die Hand, zwei Wachen tun es ihm gleich. Pastor Kurtsson tritt vor und segnet das Wasser. Er spricht zu leise, als dass Maren ihn hören könnte, doch er drückt die Handflächen fest aneinander, so wie an dem Tag, als Maren mit ihm in der Kirche sprach.

Er macht einen Schritt zurück, und so schnell, dass Maren es mit einem Blinzeln hätte verpassen können, wird Kirsten ins Wasser geworfen. Die kleine Menschenansammlung drängt auseinander, als Cornet und seine Helfer sich zurücklehnen, um festen Stand auf dem gefrorenen Boden zu haben. Maren rennt los und drängt sich zwischen den Menschen hindurch.

Kirsten verschwindet im Wasser, das weiß um sie herum aufschäumt. Die Kälte der Wellen schlägt Maren entgegen. Sie ist hin- und hergerissen zwischen der Hoffnung, Kirsten möge wieder auftauchen, und ihrem Bitten, sie möge so schnell sinken wie die Runensteine in ihren Hosentaschen. Doch als Kirsten durch die Wasseroberfläche bricht, mit weit aufgerissenen, rollenden Augen, verzweifelten, rasenden Atemzügen in der Brust und einem Schrei, so schrill wie die Seeschwalben über ihren Köpfen, erkennt Maren, wie froh sie ist, dass Kirsten noch lebt, auch wenn das letztlich ihren Tod bedeutet.

Sie wird zum Hafen hinaufgezogen, ihr nackter Körper ist weiß wie Schnee. Sie ist so dünn, dass Maren alle ihre Rippen sehen kann, die unter ihrer Haut hervorstechen wie Baumwurzeln aus der Erde. Maren tritt auf sie zu, als eine Hand, eiskalt wie die Luft, sie am Handgelenk packt. Es ist Edne, die doch noch dazugekommen ist. Ednes Augen sind schreckgeweitet, und sie schüttelt kaum merklich den Kopf.

Maren macht sich los und sieht wieder zu Kirsten. Sie wird in ein Fell gewickelt und wieder zum Wagen gezerrt. Sie soll nicht in der Kälte erfrieren, bevor sie vor Gericht gestellt wird. Die Haut an Hals und Handgelenken ist totenbleich.

»Eine Hexe, so wie die Anklage lautete«, sagt der Lensmann und streckt den Arm aus, um Commissioner Cornet auf die Schulter zu klopfen. Cornet, der Kirsten wieder nach oben gezogen hat, keucht noch immer vor Anstrengung. »Wir sollten ein Datum festsetzen.«

Seine Worte dröhnen wie Trommelschläge in Marens Ohren. Drei Männer sind nötig, um die durchnässte Kirsten wieder in den Wagen zu hieven, und die anderen Zuschauer fangen an sich zu zerstreuen, bevor die Pferde lostraben. Nur Maren tritt dicht an den Wagen, so nah, wie sie es unter dem prüfenden Blick der Wachen wagt, dann muss sie ihre Hände fest ineinanderdrücken, um sie nicht nach Kirsten auszustrecken. Die Pferde setzen sich in Bewegung, und Maren blickt dem Wagen nach, bis die Lampe im Inneren der Festung von Vardøhus verschwindet.

Kirsten hat gar nicht mitbekommen, dass sie da war. Und was hätte es ihr geholfen? Marens Anwesenheit war so nutzlos wie ein zerrissenes Segel. Sie hatte gedacht, dass sie von diesem Hafen aus das Schlimmste schon gesehen hätte, hatte gedacht, dass nichts es mit der Bösartigkeit jenes Sturms aufnehmen könnte. Doch jetzt weiß sie, wie es war, zu glauben, dass das Böse nur dort draußen herrsche. Das Böse war hier, unter ihnen, es hatte zwei Beine und fällte Urteile mit menschlicher Zunge.

Pastor Kurtsson steht immer noch im Hafen und zieht seinen Mantel fest um den Körper. Maren erinnert sich, dass Kirsten zu ihm hinging und ihm ihren Mantel um die Schultern legte, als sie auf Ursas Ankunft warteten. Er streift sich einen Handschuh ab und beugt sich zum Wasser hinunter, hält die Hand darüber. Augenblicklich zieht er die Hand zurück und vergräbt sie in seinem Mantel. Als er sich aufrichtet, scheint er Marens Blick zu bemerken und sieht zu ihr hin. Seine Augen leuchten im Dunkeln, aber das könnte an der Kälte liegen.

Er dreht sich um, und sie lässt ihn ohne Protest gehen. Es ist ihr gleich, dass Pastor Kurtsson ihr Überleben nach dem Sturm für ein Wunder hielt: Maren denkt jetzt, dass Gott mehr Gnade gezeigt hätte, wenn sie alle ertrunken wären.

Die Urteilsverkündung ist für das kommende Frühjahr angesetzt, zwei Monate sind es noch bis dahin. Ursa berichtet ihr, dass Männer von weither kommen werden, aus Tromsø oder Schottland, dass andere Kommissare anreisen werden, um der Verurteilung einer Hexe beizuwohnen. Die letzten Prozesse betrafen Sámi-Männer; soweit die Erinnerung reicht, sind Kirsten und Fru Olufsdatter die ersten norwegischen Frauen, die angeklagt wurden.

Maren kennt niemanden, der schon in der Festung Vardøhus war, bis auf Ursa, und auch die Freundin hat das Gericht dort noch nicht gesehen. Absalom, berichtet Ursa weiter, hat sich geweigert, ihr etwas darüber zu erzählen, obwohl er fast jeden Tag dort arbeitet und sich auf den Prozess vorbereitet.

»Es hat beinahe den Anschein, als hielte er es für ein Vergnügen«, sagt Ursa, und ihr Tonfall verrät ihre tiefe Abscheu. »Als ob er allen eine Überraschung bereiten wolle.«

»Es ist sein großer Augenblick«, sagt Maren, während sie einen schwarzen Teig knetet, indem sie heftig mit den Fäusten darauf trommelt. »Er möchte dir gefallen.«

Sie kann das erkennen, weil es etwas ist, was sie gemeinsam haben, sie und Cornet. Er wäre tief verletzt, wenn er von Ursas Verachtung für ihn wüsste, denkt sie. Für Maren wäre es ein Triumph, wenn er es herausfände.

In der Nacht vor der Urteilsverkündung kann Maren kaum schlafen. Ihre Gedanken wandern immer wieder zu Kirsten im Kerker. Weiß sie überhaupt, dass an diesem Tag ihr Urteil verkündet wird? Oder haben sie sie im Ungewissen gelassen, sodass die Tage für sie bereits ihre Form verloren haben? Leidet sie immer noch an den Folgen der Wasserprobe im Meer? Maren versucht sich die Kälte vorzustellen, aber es will ihr nicht gelingen. Schon als Kinder haben sie gelernt, dass man sich den Tod holt, wenn man nur mit einem Bein ins Eis einbricht. Doch was mit Kirsten geschieht – deren ganzer Körper ins Wasser geworfen wurde, die die kalte Luft ins Leben zurückholte, nur um letztendlich von menschlicher Hand in den Tod gestürzt zu werden – ist monströs.

Sie denkt auch an Diinna und Erik und betet, dass sie in Sicherheit sind. Sie wünscht sich, sie könnte den Jungen in den Armen halten und seinen Duft einatmen. Ob er schon sprechen kann? Wird Diinna ihm Marens Namen beibringen? Sie ist froh, dass er nicht mehr an diesem Ort lebt. Vielleicht wird er sich später überhaupt nicht mehr an das Dorf erinnern, vielleicht wird er sie vergessen. Sie hat keine Erinnerungen aus der Zeit, als sie so jung war. Der Gedanke ist ebenso tröstlich wie traurig.

Ursa muss ihren Mann zu dem Prozess begleiten, deshalb läuft Maren allein in der Menschenmenge mit, die auf Vardøs verschlungenen Wegen aufs Geratewohl auf die Festung zusteuert. Auch wenn sie ihr ganzes Leben mit diesen Frauen verbracht hat, scheinen sie jetzt eine Maske zu tragen, Angst und Aufregung haben ihre Gesichter erstarren lassen. Als sie die Häuser hinter sich lassen und vor ihnen der Steinwall der Festung in Sicht kommt, sieht Maren immer mehr Menschen, viele Fremde, und alle haben dasselbe Gesprächsthema. Sie hat das Gefühl, nicht zu ihnen zu gehören, und tiefe Einsamkeit steigt in ihr auf.

Die Menschen drängen in die Festung, eine Reihe von Wachen in tiefblauer Uniform mit dem Emblem einiger Kronen und Löwen und einem Kreuz in der Mitte, hält sie von dem schönen Haus fern, in dem der Lensmann wohnen muss.

»Soldaten des Königs.« Sie hört das Getuschel um sich herum. Sie hat sich niemals viele Gedanken um den König gemacht, hatte sich in Vardø immer so weit weg von Christiania und Bergen gefühlt und den anderen Orten, von denen Ursa berichtete, dass sie den Eindruck hatte, seine Macht reiche nicht bis zu ihnen, dass sie hier eher von der Gnade des Meeres und des Windes abhängig waren als von der des Königs und der Regierung. Ihre Augen begegnen einem der Männer, und sie blickt schnell fort, denn sie kommt sich dumm wie ein kleines Kind vor.

Der Gerichtssaal ist schon voll, als sie ankommt, eine Menschentraube pocht laut polternd draußen an die verschlossenen

Türen. Maren bleibt abrupt stehen und verflucht, dass sie so spät gekommen ist. Sie hätte schon gestern Abend herlaufen sollen, denn sie hat ja sowieso nicht geschlafen. Sie kann jetzt nicht wieder nach Hause gehen und dort auf Neuigkeiten warten, daher schaut sie sich nach einem freien Platz um. Als zwei Männer, die ein großes Bündel tragen, aus einem Nebengebäude heraustreten, bricht in ihrer Nähe Unruhe aus.

»Hexe!« Der Ruf kommt von einer Gruppe Frauen, zu der auch Sigfrid und Toril gehören. Das Bündel hebt den Kopf, und plötzlich ist es Kirsten, oder etwas, das einmal Kirsten war. Sie ist nur noch ein Schatten ihrer selbst, eine Nachäffung. Das Gesicht ihrer Freundin ist blass, dunkler Schmutz an den Schläfen, das blonde Haar verfilzt. Maren bezweifelt, dass sie sich waschen durfte, und schaudert bei dem Gedanken, dass sie nach so vielen Wochen immer noch das Meersalz auf der Haut hat.

Einen Moment später sind sie in ihrer Nähe, ihr Weg führt sie an Maren vorbei, und als sie sieht, wie Kirstens nackte Füße sich an ihr vorüberschleppen, blickt sie auf, hofft gleichzeitig, dass sie bemerkt und nicht bemerkt wurde. Dann schließt sie sich ihnen an, die Menge drängt von allen Seiten herbei, spuckt und tritt, auch Maren bekommt einiges ab, und während die Wachen Kirsten festhalten, ertönt fortwährend das Fauchen, Rufen, Schreien: *Hexe! Hexe! Hexe!* Die meisten der dort versammelten Menschen sind Fremde, und sie schreien einen Menschen an, den sie nicht kennen, der ihnen niemals etwas zuleide getan hat. Sie erinnern Maren an eine Horde in Panik geratener Rentiere.

Dann werden die Türen zum Gerichtssaal geöffnet, und Kirsten verschwindet im Inneren, während Maren, zusammen mit vielen anderen, zurückgedrängt wird und man ihnen den Eintritt verwehrt. Schließlich kommt sie wieder zu Atem, holt tief Luft und schreit: »Kirsten!«, und sie mag es sich nur einbilden, dass ihre Freundin den Kopf wendet, bevor die Tür zufällt und Maren gegen das Holz gedrückt wird, als die Menge hinter ihr nach vorn drängt. Maren betet laut, dass Kirsten sie gehört, dass sie sie erkannt hat, dass sie gefühlt haben möge, dass Maren ihr alle Hoffnung schickt, die sie aufbringen kann.

35

Absalom hat Ursa aufgetragen, das gelbe Kleid anzuziehen, obwohl sie eingewendet hat, dass es nicht passend für einen Gerichtssaal sei.

»Ich möchte, dass du dein bestes Kleid trägst«, sagt er. »Die anderen Kommissare werden auch da sein.«

Er ist früh auf und pfeift fröhlich, während er ihr mit den Verschlüssen hilft. Seine Berührung verursacht ihr eine Gänsehaut. Das Kleid ist um die Taille noch enger als beim letzten Tragen, auch wenn sie sich inzwischen an das nagende Hungergefühl gewöhnt hat, das sie immer wieder überkommt.

Sie betet, dass sie nicht schwanger ist: Inmitten der Katastrophen der letzten Monate kann sie sich nicht erinnern, ob ihre Blutungen regelmäßig waren oder nicht. Und ihre Angst vor dem Prozess, vor dem, was sich vor ihren Augen abspielen wird, ist so groß, dass sie immerzu von Blut und von ihrer Mutter träumt. Das erzählt sie nicht einmal Maren, denn sie weiß, dass die Freundin mit ihrem eigenen dunklen Grauen zu kämpfen hat. *Brandmale. Strang. Scheiterhaufen.* Und diese Hände berühren sie, und dabei hat vielleicht ein Kind in ihrem Inneren zu wachsen begonnen.

In mancher Hinsicht haben Kirstens Leiden ihre eigenen verringert. Die Vorbereitungen haben Absalom abgelenkt, und er ist dadurch fröhlicher gewörden. Seine Macht hat ihn stärker werden lassen, und er ist seitdem freundlicher zu ihr. Er ist glücklich und möchte sie daran teilhaben lassen. Sie hasst sich dafür, aber sie verstellt sich, sagt ihm, dass sie stolz auf ihn sei, flüstert stöhnend in sein Ohr, wenn er auf ihr liegt. Sie hasst ihn, aber sie will sein Wohlwollen nicht verlieren. Sie muss Maren beschützen.

Sie fragt sich, wie Maren es in ihrer Nähe aushalten kann, da sie mit Kirstens Peiniger zusammenlebt. Doch Maren scheint sich mehr denn je an Ursa zu klammern, und Ursa ergeht es nicht anders. Es verwirrt sie, wie stark ihre Gefühle für Maren sind. Noch nie hat sie einen Menschen so sehr geliebt, abgesehen von Agnete, und sie hat den Eindruck, dass die Bindung an die Freundin sogar noch enger ist als an ihre Schwester.

Auf dem Weg zum Gericht fährt die Kutsche durch viele tiefe Schlaglöcher, und sie wird heftig hin und her geschüttelt. Vor der Festung steht eine dichtgedrängte Menschenmenge. Müde Gesichter beobachten die Ankunft des Kommissars, und ganz vorn entdeckt Ursa die *Kirke*-Frauen. Ursa weiß, dass Absalom häufig mit ihnen zusammen gebetet hat, im Tausch für ihre Zeugenaussagen. Die Menge strebt auseinander, als die Kutsche heranfährt, und sie zieht sich in die Dunkelheit des Wageninneren zurück, bis die Türen geöffnet werden und sie auf die rutschigen Steinplatten treten muss, ohne den Blicken der anderen zu begegnen.

Absalom hakt sie unter und führt sie zum Gerichtsgebäude, als würde er sie zu einem Tanzabend begleiten. Der Raum ist karg und sauber wie die Kirche, alles ist auf den erhöhten Sitz des Lensmanns hin ausgerichtet. Der Platz davor wird durch ein Holzgitter abgetrennt – dort, so erzählt ihr Absalom, werden die Angeklagten stehen. Dahinter erstrecken sich viele Sitzreihen, ähnlich den Bänken in der Kirche, und ganz hinten gibt es eine Galerie, wo gewöhnlich die Frauen Platz nehmen müssen. Da aber diesmal, trotz der vielen Besucher auf der Insel, überwiegend Frauen anwesend sind, wird man diese Regel nicht einhalten.

Absalom führt Ursa eine kleine Galerie hinauf, die sich seitlich der Anklagebank befindet, dort sitzt sie ein Stück entfernt von der Menschenmenge unten im Saal, deren Gesichter sie im Profil sieht – wer sind sie? Zuschauer? Zeugen?

»Christin wird gleich hier sein«, sagt Absalom zu ihr. »Vielleicht auch noch ein paar Ehefrauen von anderen Kommissaren.« Er küsst sie keusch auf die Wange, und sie hat wirklich das Gefühl, in der Kirche zu sein. »Ich muss mich jetzt vorbereiten.«

Er hält inne, als warte er auf eine Antwort, aber sie weiß nicht, was sie sagen soll. *Viel Glück, hoffentlich läuft's gut:* Solche Worte würden sich falsch anfühlen. Sie kann nichts sagen, was ihn freuen würde, und daher geht er ohne ihren Segen.

Nicht lange, dann gesellt sich Christin zu ihr. Sie trägt ein Kleid in dunklem Lila, das Ursas Kleid noch heller scheinen lässt, wie kontrastierende Krokusse auf einer Wiese.

»Diese Sitze sind so schrecklich unbequem«, sagt sie zur Begrüßung, nachdem sie voreinander geknickst und sich anschließend wieder gesetzt haben. »Ich hätte ein Kissen mitbringen sollen.«

Zwei Frauen kommen dazu, und Ursa bleibt die weitere

Unterhaltung mit Christin erspart. Beide sind älter als Christin. Fru Mogensdatter ist die Ehefrau von Commissioner Danielsson aus Kirkenes und Fru Eidisdatter ist mit Commissioner Andersson aus Kunes verheiratet. Sie werden Ursa vorgestellt, aber keine scheint sich für sie zu interessieren. Fru Mogensdatter sieht genauso unwohl aus wie Ursa sich fühlt. Kurz überlegt sie, ob die Ehefrau des Kommissars genauso entsetzt über die Vorkommnisse ist wie sie selbst, doch dann erfährt Ursa, dass sie nur an Reisekrankheit leidet.

»Ich verstehe nicht, warum sich der Sitz der Macht unbedingt auf einer Insel im Nirgendwo befinden muss.« Sie schaudert. »Ich weiß nicht, wie du das aushältst, Christin.«

Christin winkt leichthin ab. »Wir waren sehr viel unterwegs, bevor diese Angelegenheit dringend wurde, und ich beabsichtige, wieder zu reisen, sobald sie erledigt ist. Ich setze keinen Fuß vor die Mauern von Vardøhus, wenn ich es irgendwie vermeiden kann. Man gewöhnt sich daran.«

Unten im Raum versammeln sich die Kommissare. Absalom überragt die anderen Männer. Er ist auch jünger, und Christin zeigt ihn Fru Mogensdatter und Fru Eidisdatter.

»Das ist Commissioner Cornet, der diesen Prozess möglich gemacht hat. Er ist ein Ausnahmetalent. Ich glaube, mein Mann hat seinen Nachfolger bereits gefunden.« Die anderen Frauen tauschen Blicke aus, und Ursa wünscht sich, sie könnte sich in den ausladenen Röcken ihres Kleides verstecken.

Der Lärm draußen wird lauter, und um zehn Uhr werden die Türen geöffnet. Sofort strömen Frauen in den Saal, die wenigen Männer werden zu den vordersten Reihen geführt.

Die Menschen verteilen sich auf die Bänke und auf die Galerie. Sie stehen dichtgedrängt, grölen und pöbeln, rufen laut durch den Saal. Die Männer stecken die Köpfe zusammen und krächzen wie Krähen.

Maren ist nirgends zu sehen. Vielleicht hat sie es nicht geschafft hereinzukommen, man kann hören, dass draußen noch viele Menschen stehen. Ursa spürt ein Druckgefühl im Kopf, krampfartige Schmerzen hinter ihren Augen, die sich im Rhythmus ihres Herzschlages öffnen und zusammenziehen. Das Kleid schnürt ihr in die Rippen.

»Geht es dir gut?«, fragt Christin in einem Tonfall, der mehr Neugierde denn Besorgnis verrät. Ursa erkennt, dass sie nur stockend atmet, sie nickt und setzt sich auf ihrem Platz zurecht.

»Es ist warm hier drinnen.«

»Möchtest du etwas zu trinken?« Christin hebt ihre Hand, um der Wache am Eingang der Galerie ein Zeichen zu geben, aber Ursa schüttelt den Kopf.

»Mir geht es gut.«

Geräuschvoll werden die Türen ein weiteres Mal geöffnet, und der Lärm von draußen dringt in den Saal. Ursa glaubt den Namen »Kirsten« zu hören, und einen Moment später treten zwei Männer ein, die sie mit sich schleifen.

Es ist schlimmer, als Ursa befürchtet hatte. Kirstens Körper sieht eingefallen aus, schmutzig, die Augen sind gebrochen. Sie blickt zu Boden, als das Zischeln beginnt, sodass Ursa ihr Gesicht nicht sehen kann, nur die schmutzigen Haare, die ihr ins Gesicht hängen, und die gefesselten Hände, die sich auf dem Holzgitter abstützen. Sie taumelt, und Ursa, die sich nicht zurückhalten kann, fragt Christin: »Bekommt sie denn keinen Stuhl?«

Christin wirft ihr einen finsteren Blick zu und schüttelt den Kopf.

»Ihr Ehemann ist hier«, sagt Fru Eidisdatter zu Christin, und sie beugen sich vor, als der Lensmann in einer langen schwarzen Robe den Mittelgang entlangschreitet, gefolgt von einem schmalen Mann mit einem dicken Buch unter dem Arm. Die Menschenmenge verstummt, als er zu seinem Richterstuhl hinaufsteigt und sich umsieht. Er nickt in Richtung der Galerie, und Ursa beißt sich auf die Zunge, als Christin ihm zuwinkt. Er vergewissert sich, ob der Gerichtshelfer bereit ist, und Ursa richtet ihren Blick auf Kirsten, als Lensmann Cunningham zu dem Gericht spricht.

»Ich, Lensmann Cunningham, der ich von unserem König Christian IV. zum Lensmann über den Bezirk Vardøhus und Finnmark ernannt wurde, stehe nun diesem Gericht vor. Wir haben uns am neunundzwanzigsten März sechzehnhundertzwanzig im Beisein von Gott und den Kommissaren von Finnmark versammelt, um in dem Fall von Fru Kirsten Sørensdatter aus Vardø ein Urteil zu fällen …«

Tuscheln und Raunen im Saal, als Kirstens Name erwähnt wird. Ursas Ohren fangen an zu klingeln, als Lensmann Cunningham weiterspricht.

»… gegen Fru Kirsten Sørensdatter wird Anklage erhoben. Ihre zweifellos verabscheuungswürdigen Taten umfassen einen Zeitraum von beinahe drei Jahren, mit besonderem Augenmerk auf dem vierundzwanzigsten Dezember sechzehnhundertsiebzehn, sowie verschiedenen anderen Tagen vor und nach diesem Datum. Ihre Taten fallen unter das Dekret des Königs gegen Hexerei und Zauberei, das am fünften Januar sechzehnhundertzwanzig in unserem Bezirk in Kraft trat. Commissioner Cornet hat Fru Sørensdatter am achtzehnten Oktober letzten Jahres verhaftet. Man sagte ihr, dass man auf das Verhör verzichten würde, wenn sie sofort gestehen würde, doch sie erklärte sich für nicht schuldig und wurde am achten Januar diesen Jahres der Wasserprobe unterzogen. Seitdem hat sie mehrere Zaubereiverbrechen gestanden. Commissioner Cornet, bitte erheben Sie sich und verlesen Sie das Geständnis.«

Jemand gibt leise, weiche Laute, ähnlich dem Jaulen eines Tieres von sich, und Ursa blickt zu der anderen Galerie hinüber, bevor sie begreift, dass sie selbst diese Geräusche macht. Wieder blickt sie sich nach Maren um, doch sie kann sie nicht finden.

Ihr Ehemann steht mit gestrafftem Rücken da und verliest mit klarer, tiefer Stimme und englischem Akzent die Anklage.

»Fru Kirsten Sørensdatter hat am neunten Januar diesen Jahres gestanden, dass sie im Sinne der gegen sie erhobenen Anklage schuldig ist. Sie wurde von Pastor Nils Kurtsson beschuldigt, des Weiteren von Toril Knudsdatter, Magda Farrsdatter, Gerda Folnsdatter, Sigfrid Jonsdatter und Edne Gunnsdatter.«

Er holt Atem, liest noch mehr Namen vor und nennt dabei fast jede Frau aus Vardø. Sie hört den Namen von Marens Mutter, sogar Fru Olufsdatter wird erwähnt, und Ursa fragt sich, ob ihre Nachbarin durch die Denunzierung ihr eigenes Leben retten konnte. Nachdem Absalom alle Namen verlesen hat, nimmt er ein weiteres Pergament in die Hand.

»Sie gesteht, dass Satan sie aufsuchte, als sie zweiundzwanzig Jahre alt war und gerade ein Kalb versorgte. Sie fragte ihn, wer er sei, und er antwortete, er sei der Teufel. Er hielt ihr seine Hand hin, damit sie sie küsse, und sagte, dass er ihr die Macht über die Lüfte und die Kraft eines Mannes verleihen würde, wenn sie Gott und ihrem Taufgelübde abschwöre. Und sie nahm seine Hand und küsste sie und war darüber sehr glücklich. Sie blies ihren Atem in Richtung Kalb, und es starb.«

Die Erzählung setzt sich fort, eine Litanei solcher Absurditäten, dass Ursa Mühe hat, nicht mit den Gedanken abzuschweifen. Es hört sich an wie Weibertratsch, es geht um Streitereien um Trockengestelle für Stockfisch oder darum, dass man das Vaterunser rückwärts aufgesagt hat. Doch die Menschenmenge lehnt sich einmütig zu der taumelnden Angeklagten am Holzgitter vor, und nur die mahnenden Worte des Lensmanns halten sie in Schach. Mehrmals beobachtet Kirsten, dass jemand eine Hand durch das Gitter steckt und sie kneift, worauf Kirsten gar nicht reagiert. Sie sieht aus, als würde sie schlafen, die Augen halb geschlossen, die Mundwinkel hängen schlaff herunter. Was haben sie ihr alles angetan, damit sie so unterwürfig wird?

Absalom legt das zweite Pergament nieder und nimmt ein weiteres in die Hand. »Und sie gesteht, dass sie am Heiligabend sechzehnhundertsiebzehn zu dem Hexenberg von Ballvollen geflogen ist, wo sie, zusammen mit fünf anderen, ein Tuch geknotet hat, das den Sturm auslöste, bei dem vierzig Männer ertranken, darunter ihr eigener Ehemann …«

Das Zischeln und Tuscheln steigert sich zu einem Wutschrei, der im ganzen Saal widerhallt, und obwohl der Lensmann mit lauter Stimme zur Ordnung ruft, muss er seine Wachen nach vorne zu der Angeklagten beordern, damit sie nicht getreten und an den Haaren gezogen wird. Ursa hält sich die Hände vors Gesicht. Christin stößt sie leicht an. »Sieh dir das an, Ursula. Sie lächelt.«

Doch Ursa erkennt nur eine Grimasse in Kirstens Gesicht.

»Die Namen!«, ruft jemand von der Galerie herab. »Geben Sie uns ihre Namen!«

Der Lensmann steht auf und hebt den Arm. »Ich werde den Gerichtssaal räumen lassen!«

Widerwillig kehrt Schweigen ein. Absalom sagt: »Ich würde gern etwas zu den Namen sagen, Lensmann.« Er dreht sich zu den Menschen in den Bankreihen um. »Wir haben die Angeklagte nach den Namen gefragt, und sie sagte, sie habe die Gesichter der anderen Hexen nicht sehen können, da sie von Rauch verdeckt wurden. Doch eine von ihnen war Fru Olufsdatter, das wissen wir, das hat sie gestanden, und wir versuchen die restlichen Namen von ihr zu erfahren.« Er blickt vielsagend in die Menge, und Ursa schaudert, als er weiter das Pergament verliest. »Und sie haben dafür gesorgt, dass der Sturm losbricht, damit das Land ihrer Ehemänner ihr Eigentum werde. Fru Kirsten Sørensdatter hat die Herde von Mads Petersson gestohlen, das waren fünfzig Rentiere. Fru Gunnsdatter und acht weitere Frauen wurden von ihr verhext, damit sie mit ihr aufs Meer hinaus ruderten, wo sie keine Netze auswarfen, sondern wo Fru Sørensdatter die Fische mit ihrem Atem herbeirief. Und sie trug Hosen und besaß daher die Kräfte eines Mannes. Sie verübte Schadenszauber an Fru Knudsdatter und blies Fru Jonsdatter ins Gesicht, sodass diese eine schwere Krankheit bekam, die ihren Leib anschwellen ließ.«

Ursa sieht die *Kirke*-Frauen an. Verzückte Gesichter, als

ob ihr Ehemann ein großes Wunder wäre, schrecklich und schön zugleich.

Absalom rollt die Pergamente ein. »Das sind die Verbrechen, die sie gestanden hat, neben verschiedenen weiteren Handlungen, die charakteristisch für eine Hexe sind. Sie hat das Geständnis mit einem X unterzeichnet, und ich übergebe es hiermit dem hohen Gericht.«

Er legt die Schriftstücke mit einer kurzen Verbeugung vor den Lensmann und schreitet dann gravitätisch zu seinem Platz zurück. Einige der anderen Kommissare spenden Beifall, der allmählich im Saal verebbt.

»Das hat er sehr gut gemacht«, sagt Christin. »Du solltest stolz auf ihn sein.«

Ursa nickt kurz, als der Lensmann sich in seinem Stuhl vorbeugt und direkt zu der Angeklagten blickt.

»Haben Sie etwas dazu zu sagen, Fru Sørensdatter?«

Nichts. Eine der Wachen schubst sie, und die Menge johlt.

»Haben Sie etwas zu sagen?«

Die Wache stellt sich dicht neben sie und rümpft die Nase, während er zuhört.

»›Niemand‹ sagt sie, Lensmann Cunningham.«

»Niemand?«

»Sie sagt: ›Niemand‹.«

»Also gut«, sagt Lensmann Cunningham und lehnt sich zurück, um zu allen Anwesenden zu sprechen. »Fru Sørensdatter, Sie wurden der schweren Verbrechen der bösartigen Hexerei und der Zauberei angeklagt, und da ich nun Ihr schriftliches Geständnis vorliegen habe, muss ich die Vorschrift aus dem Dekret des Königs befolgen, die folgendermaßen lautet: ›Jeder Zauberer, der Gott sowie Sein heiliges

Wort und das Christentum opfert und einen Bund mit dem Teufel eingeht, soll mit dem Tode bestraft und auf dem Scheiterhaufen verbrannt werden.‹«

»Sie wird brennen«, sagt Christin.

Einmütig erhebt sich die Stimme der Menschenmenge, und diesmal fordert der Lensmann sie nicht auf, ruhig zu bleiben, sondern verkündet nur laut und deutlich das Datum der Urteilsvollstreckung, zwei Tage später. Die Wachen packen Kirsten, und in dem Moment rührt sie sich endlich und wirft die Arme in die Höhe.

»Möge Gott sich meiner Seele erbarmen.« Als ihre offenen Kleiderärmel zurückrutschen, erkennt Ursa, dass das keine Schmutzflecken sind, sondern unzählige Prellungen, lila und gelb wie die Kleider von Christin und ihr selbst, Blütenblätter, die in ihren ausgemergelten Körper gepresst wurden.

Ursa lässt sich beim anschließenden Mittagessen im Haus des Lensmanns entschuldigen, obwohl sie weiß, dass Absalom verärgert sein wird. Sie behauptet, sie habe Kopfschmerzen, doch in Wahrheit schmerzt ihr ganzer Körper. Sie geht in das Haus von Fru Olufsdatter, als das sie es immer noch betrachtet, und tauscht das gelbe Kleid gegen ein schlichteres, lockeres, dann läuft sie zum zweiten Bootshaus hinüber. Sie klopft, und da sie keine Antwort erhält, lässt sie sich selbst in Marens Haus ein, um dort auf sie zu warten.

Sie wird etwas ruhiger in diesem Raum, zwischen Marens wenigen Habseligkeiten, weit weg von dem Lärm des Gerichtssaals. Seit sie nicht mehr hier wohnt, fühlt sie sich hier mehr zu Hause als je zuvor. Ursa überlegt, was sie Maren sagen wird, sie ist sich sicher, dass die Freundin nicht im Gerichtssaal war. Doch als die Tür geöffnet wird und Maren eintritt, erkennt Ursa schon an dem Ausdruck ihres leichenblassen Gesichts, dass sie weiß, was geschehen wird.

Ursa streckt die Hand nach ihr aus, doch Maren zuckt zurück.

»Edne hat mir alles erzählt. Sie behaupten, Kirsten habe den Sturm heraufbeschworen«, sagt Maren. »Und das hat sie gestanden.«

»Sie wurde geschlagen, ins eiskalte Wasser geworfen«, erwidert Ursa. »Sie hätte alles gestanden.«

»Nein, das nicht«, widerspricht Maren tonlos. »Das ganz sicher nicht. Du hast den Sturm nicht gesehen, Ursa. Er kam so plötzlich, als würde eine Hand die Boote aus dem Wasser heben und zerquetschen.« Sie schließt die Augen. »Sie hätte das nicht gestanden, wenn es falsch wäre.«

Ursa wendet nichts dagegen ein, sagt nichts von den Prellungen auf Kirstens Armen.

»Und es ist wahr, was sie von den Hosen und dem Fischen im Meer erzählt haben«, sagt Maren. »Sie schien die Einzige von uns zu sein, die nicht trauerte.«

»Du kannst nicht ernsthaft glauben, dass sie eine Hexe ist«, sagt Ursa scharf. »So dumm bist du nicht.«

»Du hast das nicht gesehen«, sagt Maren. »Diesen Sturm. Alles ging so schnell wie ein Atemzug. Und der Fischfang war ebenso leicht.«

»Aber ihr hattet doch Netze, oder?« Maren nickt, und Ursa schlägt mit der Hand auf den Tisch. »Na bitte, siehst du? Sie haben gelogen. Edne und Toril und all die anderen. Und niemand hat sie verteidigt.«

»Denkst du, ich hätte mich für sie aussprechen sollen?« Maren schreit nicht, doch die Kälte in ihrer Stimme lässt Ursa zusammenfahren.

»Ich meinte nicht …«

»Du hast gesagt, ich solle nicht mit Cornet sprechen. Du hast gesagt, dass du das tun würdest, und nun sieh dir an, was passiert ist.«

»Maren.« Ursa findet keine Worte. Sie fühlt sich atemlos.

»Ich würde gern allein sein, *mistress.*«

»Maren, was tust du da?« Am liebsten würde Ursa sie schütteln, aber sie wagt es nicht, sie zu berühren.

»Dann werde ich gehen«, sagt Maren.

»Nein«, sagt Ursa. »Ich gehe.« An der Tür hält sie inne. »Ich werde zu Kirsten gehen, übermorgen.« Das hatte sie entschieden, sobald das Urteil gefällt wurde, auch wenn sich alles in ihr dagegen sträubt. »Das wird sehr schwer, aber sie muss das Gesicht einer Freundin sehen. Ich hoffe, du kommst mit mir, Maren.«

Maren sitzt wie zu Stein erstarrt da.

»›Niemand‹«, sagt Ursa, die endlich begreift. »Das sagte sie, als man sie nach den Namen der anderen fragte. Sie wollte niemand anderen mit sich ins Verderben reißen. Sie ist ein guter Mensch, und sie liebt dich.«

Maren blickt auf ihre ineinandergekrampften Hände.

Ursa geht nicht zu der Urteilsverkündung von Fru Olufsdatter am nächsten Tag. Sie hält sich die Hände an den Kopf und stöhnt leise, damit Absalom darauf besteht, dass sie sich zu Hause ausruht. Während er sich an diesem Morgen anzieht, spricht er mehr mit ihr als je zuvor. Er ist glücklich, und sie wünscht sich, er wäre tot. Es ist ein Wunder, dass er ihren Hass nicht spüren kann, den sie wie Hitze auf ihrer eigenen Haut fühlt.

Die quälenden Sorgen fesseln Ursa den ganzen Tag ans Bett, doch die jubelnden, fiebrigen Stimmen der Frauen, die am Nachmittag ins Dorf zurückkehren, verraten ihr, dass Kirsten nicht allein auf dem Scheiterhaufen brennen wird.

36

Absalom verlässt früh das Haus, und Ursa verzichtet auf die Kutsche, sagt ihm, dass ihr frische Luft nach dem Tag im Bett guttue. Er presst seine Hand auf ihre Stirn, und sie weiß, dass er ihre Haut warm finden wird – aus Nervosität hat sie angefangen zu schwitzen.

»Ich hoffe, du wirst nicht krank, Gattin. Oder vielleicht …« Seine Augen wandern zu ihrem Bauch. »Ich habe gehört, dass ein Baby den Pulsschlag beschleunigt.«

Sie schiebt seine Hand fort, sanft, und zwingt sich zu einem Lächeln. »Vielleicht, Gatte.«

Er küsst sie aufs Haar, wie an ihrem Hochzeitstag. »Kaptein Leiffson ist gestern auf der *Petrsbolli* angekommen. Womöglich kann er deinem Vater Erfreuliches von uns beiden berichten, wenn er wieder zurückfährt.«

»Kaptein Leiffson?« Ursa versucht, sich ihre Erleichterung nicht anmerken zu lassen. »Er ist hier?«

»Er hält sich in Vardøhus auf. Habe ich dir das nicht erzählt?«

Sie schüttelt den Kopf. In dem Brief ihres Vaters, den Absalom ihr vorgelesen hat, wurde sein Kommen erwähnt, danach hat sie nichts mehr darüber gehört. Ihre Erinnerung an die Worte ihres Vaters hatte sich, wie alle seine Briefe, in Rauch aufgelöst.

»Mit den Prozessen muss ich das vollkommen vergessen haben.«

Er reibt sich den Bart und stößt schnell Atem durch den Mund aus. Sie hat noch nie zuvor gesehen, dass er nervös war, und diese Tatsache macht auch ihr Angst. »Ich sollte gehen«, sagt er. »Achte darauf, dass du dich später gegen den Wind stellst.«

Er setzt seinen Hut auf und geht aus dem Haus.

Sie zieht wieder ihr gelbes Kleid an. An diesem Tag möchte sie gesehen werden, Kirsten soll sie bemerken und wissen, dass eine Freundin bei ihr ist, wenn sie in den Tod gehen muss.

Sie geht zum zweiten Bootshaus und klopft leise an die Tür. Lange Zeit kommt keine Antwort, doch dann tritt Maren heraus, rote Flecken im Gesicht. Sie umarmen sich nicht, doch Maren schiebt ihren Arm unter den von Ursa und klammert sich fest an sie, sodass ihre Hüften aneinanderstoßen und Ursas Finger von dem Griff um ihre Hand schmerzen.

Die Hinrichtungen werden auf dem verwilderten Stück Land hinter der Festung Vardøhus stattfinden, dort bleibt man vor heftigen Windböen verschont, und es gibt genügend Platz für Zuschauer. Eine riesige Menschenmenge hat sich bereits versammelt. Die Nachricht von Kirstens Geständnis hat sich schnell bis nach Kiberg und Kirkenes verbreitet, wo ebenfalls Männer und Boote untergegangen waren, wenn auch nicht so viele wie in Vardø. Die Gesichter der Anwesenden blicken gespannt auf die Kuppe des kleinen Hügels, doch sie gehen zur Seite und machen den Weg frei, als sie Ursa in ihrem gelben Kleid entdecken.

Oben auf dem Hügel wurde ein Holzpfahl, größer als ein Mann, aufgestellt, rund um seinen Fuß hat man Holzscheite und trockene Sträucher verteilt. Bei dem Anblick verlangsamt Maren ihre Schritte, doch Ursa, die das gleiche Zögern erfasst, zieht die Freundin mit sich, bis sie beinahe direkt vor dem Scheiterhaufen stehen, genau vor der Reihe Wachen, die in zwanzig Schritt Entfernung eine Grenze darum bilden.

Hinter dieser Linie stehen Pastor Kurtsson und die Kommissare, und Absalom spricht gerade mit dem Lensmann. Die *Petrsbolli* schaukelt auf einer ruhigen See, doch Ursa kann Kaptein Leifsson nirgends in der Menschenmenge erblicken. Absalom entdeckt sie und schenkt ihr ein kurzes Lächeln.

Ursa fühlt sich außerhalb ihres Körpers, als würde sie das Geschehen von hoch oben beobachten, während der Lärm der Menschen, verstreut vom Wind, an ihr Ohr dringt. Nur Maren empfindet sie als wirklich, solide, als einen Anker inmitten dieser unwirklichen Szenerie.

Sie mustert den Holzpfahl, er wurde aus einem einzigen Stamm gehauen und die Rinde entfernt, sodass er jetzt wie blasses Mondlicht schimmert. Was für eine Baumsorte war das? Wurde der Baum extra für diesen Anlass geschlagen und auf dem Schiff ihres Vaters hergebracht? Vor Nervosität bekommt sie eine Gänsehaut. War dieser Baumstamm der Grund, warum die *Petrsbolli* wieder hierhergekommen war?

Sie schließt die Augen angesichts dieses furchtbaren Gedankens und öffnet sie erst wieder, als Maren murmelt: »Sie kommen.«

Ein offener Karren wird die kurze Strecke von der Festung zur Wiese gezogen, darauf Fru Olufsdatter und Kirsten, Rücken an Rücken gefesselt. Eine Wache hält eine brennende Fackel in der Hand, deren Funken das Feuer auf dem Scheiterhaufen entfachen werden. Kirsten blickt in ihre Richtung, und Ursa sieht, dass man ihr die Haare gekämmt und das Gesicht gewaschen hat. Sie trägt – Ursa schnürt sich schmerzhaft die Brust zusammen – Ursas graues Wollkleid. Man sieht ihre blassen, mit Prellungen überzogenen Knöchel und Füße. Sie ist barfuß.

Als sie die Menschenmenge erreichen, werden sie mit Kübeln stinkender Flüssigkeit überschüttet, es wird gespuckt und geschrien, doch in den Stimmen schwingt keine Aufregung mehr wie noch vor der Verurteilung: Kirsten und Fru Olufsdatter werden mit ehrlichem, rasendem Zorn zum Scheiterhaufen gejagt. Ursa und Maren werden inmitten der Menschen hin und her geschubst, doch sie bleiben fest untergehakt, während die beiden Frauen hinter die Reihe der Wachen gebracht werden, wo man sie von dem Karren holt.

Sie werden auf die schmale Plattform gehoben. Fru Olufsdatters Körper ist kraftlos, und sie muss aufrecht gehalten werden, während das Seil um ihre Taille festgebunden wird. Ihr Oberkörper hängt weit vornüber, aber Kirsten steht aufrecht da. Sie blickt in die Menschenmenge, während Männer noch mehr Scheite und Feuerholz herbeibringen, um die Lücke zu schließen, durch die die Frauen auf den Scheiterhaufen gehoben wurden. Ursa erkennt etwas von ihrem früheren Trotz in ihrem Blick und unterdrückt ein Schluchzen.

Marens Finger graben sich in ihre Hand, und sie beißt sich so heftig auf die Lippe, dass die Haut aufreißt und es blutet. Kirsten sieht die beiden, und auch wenn sie sich kein Zeichen geben, wirken ihre Gesichtszüge ein klein wenig entspannter, und sie blickt gen Himmel.

»Es war richtig zu kommen«, flüstert Maren, mehr zu sich selbst als zu Ursa. »Es war richtig zu kommen.«

Sie flüstert weiter, während die Fackel von dem Karren herangetragen wird. Niemand fragt Kirsten und Fru Olufsdatter nach ihrem letzten Wunsch, und Pastor Kurtsson spricht auch kein Gebet. Die Fackel geht nicht aus, zum Zeichen der Verdammnis dieses Ereignisses. Sie wird an den Sockel des Scheiterhaufens gehalten, und Ursa kann sehen, wie die helle Schlange sich durch das Feuerholz windet, zu den größeren Scheiten gelangt und zu einer großen Flamme wird.

Das Feuer zieht einen Kreis um die Füße der beiden Frauen, als würde es tanzen, und Kirsten beginnt sich zu bewegen und den Kopf hin und her zu drehen, als Rauch aufsteigt und vom Wind erfasst wird, der sie in dichte Schwaden hüllt. Ursa kann jetzt nicht wegsehen, und die Menschen um sie herum sind beinahe vollkommen still. Fru Olufsdatter hängt immer noch in sich zusammengesackt über dem Seil, und auch als das Feuer ihre Haare erfasst, rührt sie sich nicht. Ursa betet, dass sie bewusstlos ist, vielleicht sogar schon tot, dass ihre Lungen schon voller Rauch sind.

Kirsten hingegen scheint zunehmend wacher zu werden. Sie hat die Lippen geöffnet, und vielleicht stöhnt sie, ihre Worte werden vom Wind und vom speienden Feuer verschluckt. Flammen züngeln an der Plattform, sie hebt einen Fuß, dann den anderen.

»Atme tief ein!«

Der Ruf ertönt in ihrem Rücken, es ist die Stimme einer einzelnen Frau, die Ursa nicht zuordnen kann, von der sie aber weiß, dass Kirsten sie hört. Sie dreht sich in die Richtung, aus der die Worte kamen, die Augen schreckgeweitet.

»Atme tief ein!«, hört sie erneut, und diesmal folgt Ursa dem Ruf bis zu der Gruppe der *Kirke*-Frauen. War das wirklich Sigfrid, die Kirsten noch vor zwei Tagen verleumdete, als sie beschuldigt wurde, die *Kirke*-Frau verflucht zu haben? Doch Ursa sieht Sigfrid, mit Tränen im Gesicht, ein weiteres

Mal rufen, und auch Toril stimmt laut ein. Die Worte werden wiederholt und steigern sich zu einem Sprechgesang unzähliger Stimmen. Ursa erinnert sich, dass sie stets dasselbe zu Agnete sagte, wenn die Schwester sich über die Dampfschüssel beugte. Doch sie sprach diese Worte, damit Agnetes Lungen frei wurden. Wenn Kirsten tief einatmet, werden sich ihre Lungen mit Rauch füllen, und sie wird ersticken, bevor die Flammen sie versengen. Ursa stimmt in den Chor ein. Alle rufen jetzt, Anklagende und Freunde zusammen.

Sie sehen, wie sich Kirstens Brust hebt und senkt, Rauch wirbelt um ihren Kopf, Tränen und Schweiß laufen ihr über das Gesicht. Sie spricht Worte, die sie nicht hören können, und Ursa hat das Gefühl, keine Luft mehr zu bekommen, als ob sich ihre eigenen Lungen mit heißem, beißendem Rauch füllten, und Marens Fingernägel zerreißen ihre Haut, als Kirsten einen unterdrückten Schrei ausstößt und doch immer weiter atmet.

Der Wind trägt einen Geruch herbei, Fleisch, Holz, Haar, alles brennt, und schließlich fällt Kirsten vornüber, das Seil um ihren Körper, und regt sich nicht mehr. Vögel kreisen über dem Scheiterhaufen, eine Art Erleichterung breitet sich aus, und die Menge drängt vorwärts. In dem Moment lockert Maren ihren Griff, und Ursa stolpert ohne ihren Halt, hat sie im Gewühl schon verloren, als sie sich umdreht und ihr folgen will. Sie stemmt sich gegen den Menschenstrom, der von hinten zum brennenden Scheiterhaufen vordringt, und als sie endlich frei ist, sieht sie gerade noch Marens schmale Gestalt forteilen.

37

Niemand folgt ihnen. Ursa fällt zurück, das Kleid rutscht unter ihre Schuhe, die schnellfüßige Maren verschwindet bereits zwischen den wenigen Häusern von Vardø.

Ursa folgt ihrem Instinkt, der ihr sagt, dass sie ihr Haus, das zweite Bootshaus, die verstreuten Überreste der eingefallenen Ruine hinter sich lassen und weiter bis zur Landzunge gehen soll. Vor ihr liegt die Klippe, und an ihrem Rand steht Maren. Sie ist vornübergebeugt und schreit, dunkle Adern zeichnen ihren Hals. Als Ursa bei ihr ankommt, übergibt sie sich, spuckt eine dünne weißliche Flüssigkeit aus, die zum Meer unter ihr getragen wird, dann schreit sie wieder.

Ursa stellt sich neben sie, nimmt ihre Hand, um sie einen Schritt wegzuziehen. Sie macht den Mund weit auf, und dann schreit auch sie, ihre Stimmen werden aufgegriffen und von demselben Wind fortgetragen, der auch die Flammen anfachte, die hoch in den Rauch aufstiegen und ihnen Kirstens letzte Worte fortnahmen.

Schließlich hält Maren inne. Sie schwankt, und Ursa zieht sie noch ein Stück vom Klippenrand weg.

»Komm dort weg, Maren.«

Sie lässt sich von Ursa führen. Das Dorf ist immer noch so leer wie ein Friedhof, und eine schwarze Rauchsäule wirbelt vor ihnen auf wie ein Vogelschwarm im Sturm. Ursa bringt Maren zu dem zweiten Bootshaus, auch wenn es im *stabbur* wärmer ist.

Sie setzt Maren auf einen Stuhl, bricht die Kruste des Feuers auf, schürt es und legt Holz nach. Die Hitze brennt auf ihren kalten Wangen, und sie weicht zurück. Maren sitzt leicht vorgebeugt, kann sich kaum aufrichten, deshalb geht Ursa zum *stabbur* zurück und holt alle Decken, die sie tragen kann. Sie wirft sie auf den Boden, wo früher das Bett stand. Dann holt sie ihren letzten Anissamen aus der Tasche und hält ihn Maren hin.

»Komm, Maren. Leg dich hin.«

Marens Zähne klappern. Ursa tritt nah an sie heran.

»Ich rieche nach ihr«, flüstert Maren. »Sie ist überall an mir.«

Es stimmt, seit der Wind nicht mehr um sie tost, riechen beide stark nach diesem Rauch mit der Übelkeit erregenden, süßlichen Note. Ursa kann ihn auf Marens Haaren riechen, auf ihrer eigenen Haut, schmierig wie Öl.

»Dann bleib hier«, sagt Ursa, und Maren greift nach ihrer Hand. Sie legt ihr den Anissamen zwischen die Lippen, als würde sie einem Kind Medizin verabreichen. »Ich bin bald wieder da.«

Der hölzerne Waschzuber ist schwer, und Ursa hinterlässt tiefe Spuren im Boden auf dem kurzen Stück zwischen den beiden Häusern. Vier Mal muss sie zum Brunnen gehen, erst dann reicht das Wasser, um den Zuber zu füllen. Auf jedem Weg schaut sie im zweiten Bootshaus vorbei, Maren rührt sich nicht, beobachtet sie aber wie ein gejagtes Tier, als sie das

Wasser über dem Feuer erhitzt. Kurz danach ist die Hälfte des Waschzubers mit dampfendem heißem Wasser gefüllt. Aus der Kirschholzkiste holt Ursa das Fliederwasser. Das Fläschchen ist so klein und fragil, dass sie Angst hat, es könnte zerbrechen, als sie den Pfropfen herauszieht und den Inhalt in das Wasser gibt.

»Mach schnell, bevor es wieder kalt wird.« Ihre Stimme kratzt im Hals.

Maren kreuzt die Hände im Schoß. »Ich kann nicht.«

»Du schämst dich doch nicht etwa vor mir?« Ursa schenkt ihr ein warmes Lächeln. »Ich habe eine Schwester.«

»Ich bin nicht deine Schwester«, erwidert Maren schroff.

»Ich liebe dich wie eine Schwester.« Ursa tritt zu ihr und legt ihre Hände auf Marens Schultern. Ein Ausdruck von tiefem Schmerz liegt auf ihrem Gesicht, und als Ursa mit den Daumen über ihre Arme streicht, zuckt sie zusammen.

Ursa seufzt. »Ich kann rausgehen.«

»Nein«, sagt Maren. »Schau einfach weg.«

Ursa dreht sich um, und während die Freundin sich auszieht, hört sie Kleider rascheln. Marens Bewegungen sind schnell huschende Schatten in ihren Augenwinkeln, dann ein sanftes Gluckern, als ein Körper ins Wasser eintaucht.

»In Ordnung«, sagt Maren, und Ursa dreht sich um. Mit gebeugtem Oberkörper und angezogenen Knien sitzt Maren da, das offene dunkle Haar fällt ihr bis auf die Hüften und bedeckt die Wölbungen der Wirbelsäule.

»Hier.« Ursa reicht ihr die Talgseife, und Maren streckt die Hand danach aus. »Ich kann das machen, wenn du willst.«

Maren nickt, und Ursa schiebt ihre Haare beiseite, dann beginnt sie, ihren Rücken von unten nach oben bis zum Nacken einzuseifen. Maren tut einen tiefen Atemzug, ihr Kopf neigt sich nach vorn, die Schultern sinken. Ursa riecht den Anis, während sie Marens Haare einseift und anschließend mit einigen Eimern Wasser ausspült, bis der Geruch nach Verbranntem zu Nichts verflogen ist, verborgen unter dem Duft alten Flieders.

»Hier.« Ursa steht neben dem Zuber und hält ihr die Seife hin. Maren hält den Kopf immer noch nach vorn gebeugt, ihre Haare kleben in langen, nassen Strähnen an ihrem schlanken Körper. Ihr Brustkorb hebt und senkt sich, und plötzlich hat sie das Bedürfnis, ihre Hand dorthin zu legen und den Atem der Freundin zu spüren.

»Maren?«

Unendlich langsam hebt Maren den Blick. Diesen Ausdruck in ihrem Gesicht hat Ursa noch nie zuvor gesehen, oder sie hat ihn nicht erkannt. Hunger. Ursa hält ihr immer noch die ausgestreckte Hand mit der Seife hin, und Maren hebt die Arme und wendet sich ihr zu, als würde sie sie entgegennehmen.

Doch statt der Seife umfasst sie sanft Ursas Handgelenk, mit leichtem, unmerklichem Griff, dann senkt sie ihre Lippen auf die Haut der Freundin und küsst sie. Sie sieht Ursa an, die sich nicht rühren, die kaum atmen kann. Maren bewegt sich im Waschzuber und geht auf die Knie.

Einen Körper wie ihren hat Ursa noch nie gesehen, dünn, an den Armen und Beinen treten Muskeln hervor, die Hüftknochen zeichnen sich deutlich unter der Haut ab, die Haare zwischen ihren Beinen und unter den Achseln sind dunkel, ihre Brüste klein und von einer schimmernden Wasserschicht überzogen. Ursa spürt ein Stechen tief im Unterleib. Ihr Atem stockt. Das Verlangen in Marens Gesicht ist so offensichtlich, dass sie sie nicht zurückweisen kann. Ist es das, was Ursa in diesen vergangenen Monaten, in denen sie sich eng angefreundet haben, gefühlt hat? Ursa hat es nicht benannt, ist sich nicht sicher, ob sie das könnte, doch dann nimmt Maren ihre beiden Hände und bedeckt jedes von Ursas Handgelenken mit kleinen, leichten Küssen. Die Seife gleitet ihr aus der Hand.

Ursa fühlt sich gefangen, an den Handgelenken und den Beinen und der Brust, während Maren immer wieder ihren Kopf senkt und ihn schließlich in Ursas Hände legt. Die Geste jagt ihr einen Schauder durch den ganzen Körper. Sie zieht ihre Hände weg und hält sie bei sich. Maren hockt immer noch auf den Knien, den Kopf gesenkt, als würde sie beten. Ihre schmalen Schultern heben und senken sich, und trotz ihrer Größe wirkt sie so schmächtig wie ein Kind.

»Hab keine Angst«, sagt sie plötzlich, wenngleich Ursa denkt, dass Maren ängstlicher aussieht als sie selbst. »Ich möchte dir keine Angst machen.«

Ihre Blicke treffen sich, und Ursa streckt den Arm aus. Ihre Hand kommt, nicht auf Marens Haut, aber etwas darüber, zum Stillstand und schwebt über der Stelle, wo Hals und Schulter ineinander übergehen. Sie kann die Hitze ihres Körpers spüren. Maren neigt den Kopf zur Seite und führt Ursas Hand an ihre Wange. Ursa kommt näher, ihre Röcke spannen sich um ihre Knie. Sie streichelt Marens Gesicht, immer wieder, und Maren legt ihre Hand an Ursas Wange, um es ihr gleichzutun. Ursa wendet den Kopf ab, und nimmt Marens Daumen in den Mund.

Marens ganzer Körper bebt, und Ursa fühlt etwas Weißes und Heißes zwischen ihnen, als Maren aufsteht und aus dem Zuber steigt. Sie hilft Ursa auf die Füße und begibt sich in ihre ausgebreiteten Arme, dann führt sie sie durch den Raum, bis Ursa die harte Tischkante in ihrem Rücken spürt.

Maren hebt Ursas Kopf hoch, sodass ihre Nasenspitzen sich berühren. Ursa kann Anis in ihrem Atem riechen sowie Talg- und Fliederduft auf ihrer Haut und dann noch etwas, das nur Maren ist. Ihr Keuchen kommt abrupt, drängend, und sie schiebt ein Bein zwischen Marens Beine, drückt ihre Hüften nach vorn, ihre Röcke rascheln. Auch Maren schiebt ihre Hüften vor.

Ursa zupft an ihren Verschlüssen, und Maren tritt einen Schritt zurück. Ursa spürt kalte Luft auf ihren Körper zuströmen, wo Maren sein sollte, und öffnet mit zitternden Fingern die Verschlüsse. Kaum hat sie ihr Kleid fallen gelassen, drängen ihre Körper wieder zueinander, getrennt nur noch von Ursas dünner Unterwäsche.

Sie küssen sich, und obwohl Marens Lippen rau sind, hat Ursa das Gefühl, dass sie der einzig gute und zarte Moment in den vergangenen Monaten sind. Das Begehren in Marens Berührung ist groß genug, auch ihr eigenes zu wecken, und sehnsüchtig gleitet Ursas Hand Marens Rücken hinunter und zieht sie fester an sich. Maren zittert, und Ursa macht sich los. Hastig führt sie die Freundin zu den Decken auf dem Boden und zieht sie unbeholfen auf sich, damit ihre Körper sich enger aneinanderschmiegen können.

Maren lässt ihre Hand über die Rundung von Ursas Taille gleiten, über ihren schneeweißen Bauch hin zu den hellen Haaren zwischen ihren Beinen.

Ursa wird sehr still, plötzlich ist sie unsicher. Maren nimmt ihre Finger fort, doch Ursa fasst sie und sagt: »Nein. Nur langsam. Sanft.«

Sie schickt ihre Gedanken nicht auf eine lange Reise. Sie ist nur ihr Körper, Marens Hand ist auf ihr, und sie könnte vor Zärtlichkeit und Sehnsucht weinen. Das hat sie nicht gewusst, denkt sie: Sie hat nicht gewusst, dass es so sein könnte.

38

Als es Nacht wird, hat sich der Schleier von Ursas Berührung gelüftet, Kirstens Geruch liegt überall in der Luft, und Maren kann nicht schlafen. Im *stabbur* brennt Licht, und sie fragt sich, ob Commissioner Cornet schon wieder zu Hause ist. Der Gedanke, dass er mit Ursa zusammen sein könnte, bringt Maren dazu, sich die Handballen auf die Augen zu drücken, bis sie tanzende helle Flecken sieht.

Sie bricht zu ihrem üblichen Spaziergang zur Landzunge auf. Bald werden die Nächte kürzer werden, und es wird wärmer werden, und alles, was tot schien, wird wachsen, doch Kirsten wird immer noch getötet worden sein. Entschlossen hält sie den Blick von dem Hügel abgewendet, wo der Scheiterhaufen in der Dunkelheit raucht und glüht.

Aber Ursa ... sie kann kaum glauben, dass es passiert ist. Dass ihre Lippen sich endlich berührten und das Stöhnen in Marens Kehle erwidert wurde. Ursas Haut ist so weich, wie sie sie sich vorgestellt hat, wie das samtene Innere einer Blüte. Wäre da nicht das pochende Verlangen zwischen ihren Beinen, Ursas gelbes Kleid auf dem Boden, sie würde es nicht glauben.

Die Bewohner sind ins Dorf zurückgekehrt, aus den Häusern dringt Lärm. Sie denkt an Kirstens Haus, wo viele Wachen sind, und an die Rentiere, die in der Dunkelheit röhren. Angst hatte sie erfasst, als sie vom Geständnis ihrer Freundin erfuhr, und einen Moment lang glaubte sie an Kirstens Schuld. Dieser Moment des Verrats ist ein Schmerz, den sie noch nicht fassen kann und in dem sie sich verloren fühlt.

Als sie am Haus ihrer Mutter vorbeikommt, sieht sie im Schein des Lichts, das aus dem Haus dringt, eine Gestalt auf der Treppe sitzen, die Tür steht offen.

»*Mamma*?«

Die Gestalt schreckt hoch – sie hatte vor sich hin gedämmert. Maren kommt näher. Ihre Mutter sitzt an den Türrahmen gelehnt. Hinter ihr lodert das Feuer, und neben ihr steht eine leere Flasche von *pappas* Aquavit.

»Den hättest du nicht trinken sollen. Der ist schon seit Jahren nicht mehr gut.«

»Den sollten wir auf deiner Hochzeit trinken«, sagt *mamma*. Ihre Stimme ist leise und schwer. Sie hebt den Kopf, und Maren erkennt, dass sie geweint hat.

Maren spürt einen Anflug von Boshaftigkeit. »Du solltest ins Bett gehen, *mamma*.« Sie wendet sich zum Gehen, aber ihre Mutter stößt ein Wehklagen aus.

»Maren. Erik ist fort.«

»Ja, *mamma*. Und wenn du nicht schlecht über Diinna gesprochen hättest, dann hätte sie vielleicht nicht weggehen müssen.«

»Nein«, sagt *mamma*. »Erik ist tot. Und dein *pappa*. Und …« Sie bricht ab, legt sich die Hand an den Kopf. »Und du wirst auch tot sein.«

Maren stockt der Atem. »Du bist betrunken.«

»Es ist wahr, mein Mädchen.« Wieder wird sie von heftigem Schluchzen geschüttelt. »Dein Name … er wurde genannt.«

Ihr Haus ist ein Schiff in der pechschwarzen Nacht: Die Dielen rollen unter Marens Füßen. *Der Wal*, denkt sie. *Der Wal ist gekommen.* Er wölbt seinen großen Rücken unter ihrem Fußboden und wartet darauf, durchzubrechen und sie zu verschlingen.

»Kirsten?« Ihre Stimme ist nurmehr ein Flüstern. »Hat Kirsten mich erwähnt?«

Mamma schüttelt den Kopf. »Fru Olufsdatter. Toril hat gesagt, dass sie deinen Namen genannt hat, und auch den von Edne. Kurz bevor sie zum Scheiterhaufen gebracht wurde. Sie hat gesagt, dass du mit Kirsten zu dem Berg gegangen bist.«

»Welcher Berg?«

»Das Mittelgebirge. Der Hexenberg.«

»Das Mittelgebirge«, faucht Maren. »Dort, wo Erik Heidekraut gesammelt hat, wo du mit *pappa* gewandert bist. Du glaubst, das ist ein Hexenberg?«

»Nein. Ja.« *Mamma* spricht undeutlich, Rotz läuft ihr aus der Nase. »Kirsten hat gestanden. Fru Olufsdatter hat gestanden.«

»Glaubst du, ich bin eine Hexe, *mamma*?« Maren fühlt eine seltsame Ruhe. »Glaubst du, ich habe Erik und *pappa* ertränkt, zusammen mit all den anderen armen Männern?«

Mamma heult laut auf, ein primitiver Laut, der Maren in der eigenen Kehle schmerzt. »Nein, das glaube ich nicht. Wir wussten es nicht. Wir wussten es nicht, und jetzt sieh dir an, was wir getan haben.« Ihre Stimme klingt gedämpft, als sie den Kopf in die Hände sinken lässt. »Wie sie verbrannt ist, Maren. Wie ihr Fleisch dahinschmolz. Der Geruch. Mein Gott.« Sie schlingt die Arme um ihren Körper und beginnt, vor- und zurückzuschaukeln. »O Gott, hab Erbarmen mit uns. Wir haben es begonnen, und wir können es nicht mehr beenden.«

Maren hat genug gehört. Sie rennt los, *mamma* ruft ihr hinterher. »Maren, mein Mädchen, mein Liebling. Es tut mir leid!«

Maren wird nicht warten, bis sie kommen, um sie zu holen. Sie hat noch das Geld, das sie mit ihrer Arbeit im zweiten Bootshaus verdient hat, sie kann ein Boot nehmen, so wie Diinna, vielleicht findet sie sie in den Bergen, oder sie geht in eine der Städte, von denen sie gehört hat, wo es so viele Menschen gibt, dass man sich vollkommen verlieren kann.

Aber Ursa. Wie kann sie sie verlassen, nach dieser Zeit, die sie gemeinsam verbracht haben? Sie kann Ursa nicht fragen, ob sie mit ihr kommt. Maren keucht und ringt nach Luft, ihre Gedanken jagen sie zurück zum zweiten Bootshaus, eilig läuft sie hinein und schließt fest die Tür hinter sich.

»Maren«, sagt Ursas Stimme.

Sie sitzt in einem dünnen Baumwollnachthemd am Tisch. Neben dem Feuer steht Absalom Cornet, seine Hand umklammert Ursas gelbes Kleid.

39

Maren ist ihm direkt in die Falle gegangen, genau wie Ursa.

Er kam spät aus Vardøhus zurück und roch nach Aquavit und einer Mischung aus Rauch und Fleisch, und als Ursa seine Hände auf ihrer Haut spürte, während die Erinnerung an Marens Berührung noch so lebendig in ihr war, konnte sie es nicht ertragen. Sie stieß ihn fort, und einen Moment lang musterte er sie im Zwielicht ihres gestohlenen Zuhauses. Es war so still, dass sie kaum zu atmen wagte.

»Warum möchtest du nicht bei mir liegen, Ursula?« Sie weiß keine Antwort, die sie nicht in Gefahr bringen würde.

»Liebst du mich?« Er ist sogar noch betrunkener, als man riechen kann. Er schwankt auf seinen Füßen.

»Ja.«

Er geht auf die Knie, beugt sich vor, bis sein Kopf in ihrem Schoß liegt. Sie nimmt ihre Hände fort, damit sie seine Haut nicht fühlen muss. Sein breiter Rücken hebt und senkt sich, und sie betet, dass er einschlafen und sich später an nichts erinnern möge. Doch er stemmt sich hoch und streicht sein stinkendes Hemd glatt.

»Ich muss noch eine dringende Angelegenheit erledigen,

und ich erwarte, dich bei meiner Rückkehr in besserer Stimmung vorzufinden.«

Mit pochendem Herzen lauscht sie, wie er das Haus verlässt. Doch seine Schritte verlieren sich nicht in der Ferne. Stattdessen hört sie seinen schweren Tritt auf den Dielen des Bootshauses, Marens Haus. Sie läuft zum Fenster und sieht ihn gerade die Tür öffnen und im Inneren des Hauses verschwinden.

Er kann nichts von ihnen wissen. Das ist unmöglich, dennoch läuft sie panisch im Unterhemd aus dem Haus und folgt Absalom durch die offen stehende Tür. Maren ist nicht da, aber ihr Ehemann steht neben dem Tisch und starrt ins Feuer.

»Was machst du hier, Absalom?«

»Was machst *du* hier, Gattin?« Er dreht sich um und mustert sie von oben bis unten. »Das ist nicht schicklich.«

Ursa hält sich die Hände vor die Brust. »Verzeih mir, aber warum bist du hier? Möchtest du nicht mit mir ins Haus zurückgehen?«

»Ich habe hier zu tun.«

Angst lodert in ihr auf. »Du bist betrunken.«

»Ich bin nicht sehr betrunken.« Er lallt. »Wenn du mit zum Abendessen gekommen wärst, wüsstest du das.«

»Es tut mir leid, dass ich nicht dabei war. Bitte lass uns ins Bett gehen.«

Sie hält ihm ihre Hände hin, aber er rührt sich nicht.

»Ich bin hier, um deine Freundin zu verhaften, Ursa. Ich weiß, dass du sie gern hast, deshalb wollte ich dich nicht in Verlegenheit bringen.«

»Maren?« Der Raum dreht sich, als hätte sie Alkohol im Blut. »Sie ist beschuldigt worden?«

»Von der Hexe Fru Olufsdatter persönlich. Es war ihr letztes Geständnis. Aber sag mir doch, Gattin, warum liegt dein Hochzeitskleid auf dem Boden?«

»Ich hatte es Maren gebracht, damit sie es sauber macht«, sagt Ursa. Ihre Hand beginnt zu zittern, und sie versteckt sie schnell hinter ihrem Rücken. »Siehst du, der Zuber steht schon bereit.«

Seine Augen wandern zu dem Waschzuber, der immer noch halb voll mit grauem Wasser ist. Der Fliedergeruch ist verschwunden, wurde von dem grässlichen Rauchgestank seiner Kleider überdeckt. »Warum bist du mir hierher gefolgt, Gattin?«

»Sollte eine Ehefrau ihrem Mann etwa nicht folgen, wenn er nachts zum Haus einer anderen Frau geht?«

»Soll ich denken, du seist eifersüchtig?« Absaloms Zähne schimmern im schwachen Feuerschein. »Das habe ich noch nie gedacht, und das denke ich auch jetzt nicht.«

»Kann die Verhaftung nicht noch warten, Gatte? Komm mit mir ins Bett.«

»Setz dich, Ursula. Ich möchte die Wahrheit hören.«

»Ich habe dir die Wahrheit gesagt.«

»Setz dich.« Er hebt das verschmutzte Kleid auf. »Los jetzt.«

Sie müssen nicht lange warten, auch wenn die Minuten Ursa unendlich erscheinen. Sie betet stumm, dass Maren nicht zurückkommt. Ihr Ehemann beobachtet abwechselnd sie und die Tür. Maren kommt herein, und obgleich Ursa versucht, sie zu warnen, ist es zu spät.

»Guten Abend, Fru Magnusdatter«, sagt Absalom sehr förmlich in ruhigem Ton. »Setzen Sie sich bitte.«

Maren rührt sich nicht. »Commissioner Cornet …«

Mit drei großen Schritten durchquert er den Raum und

zieht einen Stuhl heran. Marens Knie scheinen nachzugeben. Ursa spürt, dass Maren sie ansieht, aber sie wagt es nicht, ihren Blick zu erwidern. Absalom starrt auf Maren hinunter, als ob sie auf der Anklagebank säße. Sie sieht sehr klein neben ihm aus, eine flackernde Kerze in der alles verschlingenden Dunkelheit.

»Warum liegt das Kleid meiner Frau hier auf dem Fußboden, Fru Magnusdatter?«

»Ich habe es gewaschen, Commissioner Cornet.«

»Und warum liegt es dann auf dem Boden und ist kaum nass?«

»Es muss vom Stuhl gefallen sein. Ich habe noch mehr Wäsche gewaschen.«

»Wo ist diese Wäsche?«

Maren zögert, und plötzlich schnellen Absaloms breite Hände nach unten und umklammern ihren Hals.

Ursa springt auf, ihr Stuhl wackelt und fällt zu Boden. »Absalom, nein!«

»Du hast meine Frau verhext, stimmt's?« Spucke fliegt aus seinem Mund, und seine Augen funkeln wild. Maren gibt kurze, erstickte Laute von sich, wie ein sterbender Vogel. Er hebt sie vom Stuhl und zerrt sie von Ursa fort. »Sag es mir!«

»Absalom, sie kann nicht sprechen!«

Marens Gesicht wird dunkelrot, und ihre Füße suchen Halt auf den Dielen. Während sie an seinen Fingern zerrt, hat Ursa das Gefühl, sich durch eine Schlammschicht hindurchzukämpfen, langsam und vergeblich. Absalom lässt Maren unsanft auf den Boden fallen und versetzt Ursa eine schallende Ohrfeige, sodass sich ihr der Kopf dreht.

»Antworte mir«, sagt er, den Finger auf Marens schwankenden Körper gerichtet. »Antworte mir.«

Bevor Maren auch nur Atem holen kann, hat Absalom sie bereits wieder gepackt. Diesmal schleift er sie zum Zuber, und mit tränennassen Augen sieht Ursa, wie er Marens Körper über das Wasser beugt und mit dem Gesicht voran eintaucht. Sie strampelt mit den Beinen, Ursa kriecht auf die beiden zu und versucht erneut, seinen Griff zu lösen, aber er hält Maren erbittert fest und blickt schweigend auf die aufsteigenden Blasen.

»Du wirst sie umbringen!«

Ursas Gedanken drehen sich nur um Wasser. Sie langt nach dem umgefallenen Stuhl und haut ihn Absalom krachend auf den Rücken, doch der Stuhl streift ihn nur, bevor er entzweibricht. Absalom stöhnt, und Ursa denkt daran, nach draußen zu laufen und so laut zu schreien, dass ihre Nachbarn herbeigelaufen kommen. Doch was sind das für Nachbarn? Keiner von ihnen würde sich gegen ihren Ehemann auf ihre Seite schlagen.

»Bitte, Absalom«, ruft sie weinend und zieht mit aller Kraft an seiner Schulter. »Du darfst sie nicht töten.«

Er lockert seinen Griff und stößt Ursa noch einmal zurück. Diesmal schlägt sie mit dem Kopf gegen das Regal neben dem Feuer. Maren taucht hustend und würgend auf, und Absalom wendet sich der kauernden Ursa zu, der von dem Aufprall schwindelig geworden ist.

»Ursula«, sagt er und erhebt sich keuchend. Seine Stimme klingt bestürzt. »Bist du in Ordnung?«

Sie sieht zu ihm auf, ungläubig, der Blick verschwommen. Er hält ihr die Hand hin, Zärtlichkeit steht in seinem Gesicht und Verwirrung. Sie schreckt zurück und streckt den Arm in die Richtung, wo Maren zusammengekrümmt auf dem Boden liegt, doch Absalom hält sie davon ab, indem er sie am

Handgelenk fasst, und sie ist gezwungen, ihm in die Augen zu blicken. Ein ruhiger, düsterer Ausdruck legt sich auf sein Gesicht, genau wie in den Momenten, wenn er Ursa aufs Bett drückt und in sie eindringt. Er packt Maren an den Haaren und dreht seine Finger, bis sie Wasser spuckend aufstöhnt.

»Gestehen Sie?«, fragt Absalom. »Dass Sie meine Frau verhext haben, dass Sie zusammen mit Kirsten Sørensdatter den Sturm heraufbeschworen haben?«

»Nein«, keucht Maren. »Nein.«

Als er ihren Kopf das nächste Mal in das graue Wasser taucht, weiß Ursa, dass alles verloren ist. Ihre Hand langt zu dem Regal und legt sich um etwas Weiches und Kühles. Sie hebt es hoch – ihr Arm zittert vor Anstrengung – und lässt es mit seinem ganzen Gewicht auf seinen Kopf fallen.

Die Teigrolle knallt mitten auf seinen Schädel. Es hört sich an wie ein Vogelei, das zerbricht, Absalom lässt Maren los und steht schwankend da. Ursa nimmt undeutlich wahr, dass Maren fortkriecht, als sie die Teigrolle ein zweites Mal auf seinen Kopf schlägt. Diesmal klingt das Geräusch feuchter, weniger knackend, sein schwarzes Haar wirkt nass, und er fällt vornüber in den Zuber. Ursa hebt wieder die Teigrolle in die Höhe, doch Maren packt sie am Fußgelenk.

»Nein.«

Absaloms Mund ist unter Wasser, das sich mit seinem Blut rot färbt. Sein Hinterkopf ist gespalten, im Inneren sieht sie weiß und rosa. Seine linke Hand zittert, bebt, versucht zu greifen.

Ursa zieht Maren fort, beide kriechen über den Boden bis zu den Decken, wo ihre nackten, warmen Körper vor einigen Stunden gelegen haben. Ursas Zähne beginnen zu klappern, und Maren wiegt sie in ihren Armen, als wäre sie und nicht

Maren gerade beinahe ertrunken, umschließt sie mit ihrem schmalen Körper und küsst sie auf die Haare.

»Lass los, Ursa.«

Ursa lässt die Teigrolle fallen, die dumpf auf dem Boden aufschlägt und wegrollt. Von Absalom sieht Ursa nur noch den Rücken. Er bewegt sich nicht.

»Mich auch.«

Sie lockert ihren Griff, und Maren kriecht auf die andere Seite des Zubers.

»Ist er …«

»Ja.«

»O Gott, o mein Gott. Ich wollte ihn nicht töten.« Ihre Worte klingen wenig überzeugend, selbst in ihren eigenen Ohren, obwohl sie weiß, dass sie ihn im Grunde nicht töten wollte. Sie wollte ihn nur aufhalten. Sie musste ihn aufhalten. »Was soll ich nur tun?«

Maren gibt keine Antwort. Sie hustet Wasser aus der Lunge, steht dann unsicher auf und taumelt zum Tisch. Ursa umklammert ihre Knie. Sie stellt sich vor, dass Absalom sich jeden Moment aufrichten und sie beide packen könnte. Das Geräusch seines entzweibrechenden Schädels klingt ihr immer wieder in den Ohren, das feuchte Quatschen, als sie ihn zum zweiten Mal traf, das Wasser in seinem Atem, als er mit dem Kopf voran in den Zuber fiel. Sie schließt die Augen, und ihre Arme umschließen ihre angezogenen Beine. Ihre Wirbelsäule drückt gegen die harte Wand, und sie denkt an Agnete, an ihre im Schlaf aneinandergeschmiegten Rücken.

Maren wendet sich zu ihr. Ihr Gesichtsausdruck ist verändert, weicher. Ursa streckt die Hand nach ihr aus, und sie kommt zu ihr, doch ihre Umarmung ist steif. Maren zieht sich schnell zurück. Ursa wischt sich übers Gesicht – sie hat Blut auf den Wangen und schmiert es sich über die Hand.

»Vertraust du mir?«, fragt Maren in die zittrige Stille hinein.

Ursa schaut auf zu ihren harten Gesichtszügen. »Ja.«

»Geh wieder ins Bett.«

Ursa macht einen Schritt zur Seite.

»Geh wieder ins Bett«, wiederholt Maren und legt ihre Hände um Ursas Gesicht, genau wie in dem Moment, als sie sich geküsst haben.

»Was sollen wir tun? Können wir seine Leiche unter den Dielen verstecken?«

»Nein.«

»Sie ins Meer werfen, wie Kirstens Runensteine?«

»Und was, wenn wir dabei gesehen werden? Das ist nicht leicht zu bewerkstelligen.«

Ursa blickt sich suchend nach einer anderen Antwort um, doch Maren spricht weiter eindringlich auf sie ein.

»Und wenn der Kommissar erst vermisst wird, werden Fragen über Fragen auftauchen.«

»Was dann?« Ursas Gedanken sind vernebelt, voller Blut und dem Geräusch des zerberstenden Knochens.

Marens Gesichtsausdruck ist so traurig, dass sich Ursas Brust schmerzlich zusammenzieht. »Ich werde weggehen, Ursa.«

»Weggehen?«

»Wie Diinna. Wenn sie seine Leiche finden, werden sie denken, dass ich es war.«

»Sie werden dich töten.«

»Mein Name wurde genannt.«

Ursa fühlt die ganze Vehemenz des Schmerzes in ihrer

Brust. Sie hatte vergessen, warum ihr Ehemann ins Bootshaus gekommen war. »Das sind alles Lügen.«

»Das hat Kirsten nicht gerettet.« Mit einem Flattern schließt Maren die Augen. Ihre Lider sind dünn und rosafarben, und Ursa möchte ihre Lippen daraufpressen. »Ich kann nicht hierbleiben. Du musst jetzt gehen, bevor dich irgendjemand sieht.«

»Ich werde mit dir kommen«, sagt Ursa und greift nach ihrer Hand.

Maren sieht ihr direkt ins Gesicht. »Ich will nicht, dass du mitkommst.«

Ursa könnte schwören, dass in diesem Moment ihr Herzschlag aussetzt.

»Ich will, dass du ins Bett gehst und morgen früh deinen Ehemann als vermisst meldest. Ich will, dass du erzählst, du habest nichts gesehen und nichts gehört. Auch wenn sie mehrere Tage brauchen, um ihn zu finden. Und dann will ich, dass du nach Bergen zu deinem Vater zurückkehrst. Dieses Schiff, das im Hafen liegt, hat dich hergebracht. Es kann dich auch wieder zurückbringen.«

Ursa weiß, wie viel Wahrheit in Marens Worten liegt. Sobald man Absalom findet, gibt es nichts mehr, was sie noch an Vardø bindet. Man wird ihr erlauben, nach Hause zurückzukehren, und Kaptein Leifsson wird für eine sichere Überfahrt sorgen. Doch etwas in ihrem Leben hat sich verändert und sie versucht, es in Worte zu fassen.

»Dort gibt es nichts mehr für mich, wenn du nicht da bist.«

»Deine Schwester ist dort. Möchtest du sie nicht wiedersehen?«

Das kann Ursa nicht verneinen, Agnete hat ihr alles auf der

Welt bedeutet, doch das ist anders, seit Maren ihr Handgelenk küsste. Ursa hatte nie von einer solchen Begegnung geträumt, bis sie passierte, und jetzt kann sie sich ein Leben ohne Maren nicht mehr vorstellen. Es ist dieses Bewusstsein, dass ihr ganzes Glück in einem anderen Menschen liegt, und von Maren getrennt zu sein, würde bedeuten, den Rest ihrer Tage ohne Licht im Leben verbringen zu müssen. Bei diesem Gedanken schließt Ursa die Augen, sie kann Marens meeresgrauen Blick auf sich spüren. Dann schaut sie die Freundin durchdringend an und sucht nach dem Verlangen, das sie beide zueinandergeführt hat. »Ich komme mit dir.«

»Es ist einfacher«, sagt Maren mit einem entschieden kühlen Unterton in der Stimme, »wenn du das nicht tust.«

»Maren, bitte.«

»Geh, Ursa. Sonst verlieren wir nur Zeit. Verbrenn dein Nachthemd, wasch dein Gesicht.«

»Ich liebe dich«, sagt Ursa. Die Wahrheit flammt so plötzlich auf wie ein entbranntes Schwefelholz, hell und schmerzlich. »Willst du es nicht auch sagen? Ich liebe dich.«

»Ich kann das nicht aussprechen«, erwidert Maren. Sie steht auf, zieht Ursa hoch. Schickt sie weinend in die Nacht hinaus.

40

Es bleibt keine Zeit für Tränen. Der Morgen wird früh genug anbrechen. Maren wartet, bis Ursa gegangen ist und die Tür von Fru Olufsdatters Haus hinter sich geschlossen hat. So ist es leichter.

Maren wendet noch einmal den Blick zu dem toten Kommissar, aus seinem Kopf tropft immer noch Blut. Die dunkelrot gefärbte Teigrolle liegt zu ihren Füßen, sie hebt sie zusammen mit Ursas gelbem Kleid auf. Sie darf keine Spuren hinterlassen, nichts, was es zu einfach macht. Als Ursa die Hand hob, um ein zweites Mal zuzuschlagen, hatte Maren das Gefühl, ihre eigene Hand sauste durch die Luft und ihre Finger umschlössen die glatte Steinsäule. Es schien, als handelten sie gemeinsam, so wie sie es nur wenige Stunden zuvor in Liebe getan hatten.

Sie schließt die Tür des zweiten Bootshauses, und außer dem Kleid, der Teigrolle und dem Geld nimmt sie nichts mit. Sie wendet sich nicht dem Hafen, sondern der Landzunge zu. Der Landzunge von ihr und Ursa, von ihr und Erik. Das gelbe Kleid riecht nach dem Scheiterhaufen von Kirsten und Fru Olufsdatter, und sie atmet den Geruch ein. Sie kannte diesen Geruch schon vor dem heutigen Tag, aus ihren Träumen von dem Wal, dem Wal, der in der Nacht vor dem Sturm zu ihr kam.

Sie erinnert sich, dass sie lang ausgestreckt auf ihm lag, als er in Stücke zerteilt wurde. Sie erinnert sich, dass sein Tran bereits in Lampen brannte, als er sich noch rührte. Jetzt fühlt es sich wie eine Warnung an. Sie wird sich nicht gefangen nehmen lassen. Das hatte sie in dem Moment entschieden, als ihre Mutter ihr erzählt hatte, dass ihr Name genannt worden war. Sie wird sich nicht verbrennen lassen, so lange leben, dass sie den Geruch ihres in Flammen stehenden Körpers riechen kann.

Sie ist allein, als sie den vertrauten Weg zwischen den Häusern des Dorfs hindurch entlangläuft. Sie weiß, dass sie eine Ausnahme ist, weil sie die Monate der Mitternachtssonne nicht mag, aber sie findet in dieser Dämmerung keine richtige Ruhe. Es erinnert sie stets an das Gewitter, die grünlichen Leichen der ertrunkenen Männer. Hier, in der vollkommenen Dunkelheit, fühlt sie sich sicher.

Das Haus ihrer Mutter ist schwach erleuchtet und still. Sie betet, dass keine der verurteilten Frauen ihren Namen ausspricht, sie betet für sie alle – Edne und Gerda, sogar Toril und Sigfrid. Zu viele sind schon gestorben. Mit ihr wird es aufhören. Es muss aufhören.

Sie hält den Kopf gesenkt, als sie an dem verfallenen Haus und dem Boot von Baar Ragnvalsson vorbeiläuft. Sie blickt nicht nach vorn, nur auf den sich verändernden Untergrund, den aufkommenden Wind, der ihr verrät, dass sie am Ende der Insel angekommen ist. Das Meer schlägt gegen die zerklüfteten Felsen, und sie kann das Salz schmecken, es mischt sich mit Anis, vertreibt die Bitterkeit des dreckigen Wassers, in das Cornet sie eintauchte. Hier, wo die Strömung zu den nördlichsten Orten fließt, wo, wie Ursa erzählte, ein schwarzer Felsen alles zu sich hinzieht, betet sie sogar für ihn.

Sie legt die Teigrolle auf den Boden und steigt in Ursas gelbes Kleid, das Kleid, in dem sie sie zum ersten Mal sah, zum ersten Mal berührte, küsste, das sie trug, als Maren erkannte, dass Ursa ihr gehörte, genauso wie sie Ursa gehörte. Selbst über ihrer eigenen Kleidung ist es ihr noch zu groß, und als ihre Finger über Ursas Bauch, ihre Brüste geglitten waren, hatte sie es gespürt und begriffen, warum die Verschlüsse immer weiter gemacht worden waren. Das härter werdende Fleisch, das Platzschaffen. Ein Baby wird sie schützen. Das ist auch ein Grund, warum sie sie nicht mitnehmen konnte, sich kein anderes Ende als dieses vorstellen kann.

Sie wirft die Teigrolle ins Meer. Sie könnte ihr folgen, es ist nur ein Schritt. Sie würde nicht auf dem Wasser treiben wie Kirsten. Sie würde auf den Meeresboden sinken, wie in ihrem Traum. Die spitzen Felsen, die ihre Männer einklemmten, als sie angespült wurden, würden sie durchbohren, und dann würde das Meer sie forttragen, und wenn nicht die Felsen, dann das Meer allein, den ganzen Weg bis zum Ende der Welt. Sie hat immer gedacht, dass das alles ist, mehr gibt es nicht – das war alles, für jede und jeden von ihnen hier an diesem Ort.

Doch jetzt erinnert sie sich an etwas, das nach dem Wal, nach dem Ertrinken folgte – sie erinnert sich an das Aufsteigen am Ende des Traums. Die Luft in ihrem Nacken ist kühl. Das Geld wiegt schwer in ihrer Tasche. Sie blickt nach vorn, wo sich schemenhaft das Mittelgebirge erhebt. Als sie einen Schritt vortritt, denkt sie an Ursa, dass sie der erste und einzige Mensch ist, der sie je wirklich gekannt hat. Und dass das genügt.

Historische Anmerkungen

Am 24. Dezember 1617 kam vor der Küste der Insel Vardø, dem nordöstlichsten Punkt Norwegens, so unvermittelt ein Sturm auf, dass er laut Augenzeugen wie heraufbeschworen schien. Innerhalb weniger Minuten waren vierzig Männer ertrunken. Für diesen immer schon abgelegenen Ort mit geringer Bevölkerung war das ein katastrophales Ereignis.

Es war die Zeit großer Umbrüche im Land, das damals zum Königreich Dänemark-Norwegen gehörte. König Christian IV. hatte bereits die Hälfte seiner neunundfünfzig Jahre währenden Amtszeit hinter sich und suchte verzweifelt nach einer Möglichkeit, Eindruck auf die Welt zu machen. Er hatte einige unbedeutende Siege an seinen Grenzen errungen, doch er richtete seine Aufmerksamkeit mehr darauf, was seine Herrschaft ausmachte, denn auf das, was außerhalb davon lag. Er war ein strenger Lutheraner und wollte die Kirche dauerhaft etablieren, um endlich den Einfluss der Sámi im äußersten Norden seines Reichs auszumerzen, vor allem in Finnmark, einem weiten, wilden, in großen Teilen unregierbarem Gebiet.

Die indigene Bevölkerung, für die Wetterzauberei und Gespräche mit Geistern übliche Praktiken waren, weigerte sich, den religiösen Reformen des Königs zu gehorchen, und König

Christian erließ eine Anzahl immer härterer Gesetze, die letztlich auf staatlich erlaubte Verfolgung und Massaker hinausliefen. Sein Ziel war eine einheitliche Gesellschaft, geprägt von seiner eigenen Weltsicht, und diese wiederum war fest in seiner Kirche verankert.

Er wandte sich an Schottland. König James VI. hatte gerade seine Abhandlung über Hexerei und Zauberei veröffentlicht, die *Daemonologie,* in der er genau beschrieb, »wie man eine Hexe entdeckt, überführt und tötet«. Damit trat er eine Welle von Hexenprozessen auf dem schottischen Festland und den Inseln los. Hysterie und regelmäßige Kirchbesuche erreichten zu dieser Zeit ihren Höhepunkt. König Christian erließ 1618 Gesetze gegen Hexerei nach dem Vorbild derer von König James.

König Christian war auch persönlich eng mit einem hochrangigen Schotten befreundet, John Cunningham, der mehrere Jahre in der dänischen Marine gedient und Piraten aus Spitsbergen vertrieben hatte. Als der König beschloss, dass Finnmark unter Kontrolle gebracht werden müsste, setzte er John Cunningham in Vardøhus ein.

Es folgte eine Herrschaft von beispielloser Dauer und Brutalität. Obwohl es nicht seine einzige Aufgabe war, leitete Lensmann Cunningham, oder Køning, wie er genannt wurde, nicht weniger als zweiundfünfzig Hexenprozesse, die zum Tod von einundneunzig Menschen führten: vierzehn Männer und siebenundsiebzig Frauen. Doch Cunningham war weiter gegangen, als es die Absicht des Königs gewesen war: Die Männer waren alle Sámi, aber die Frauen waren Norwegerinnen. Für eine Region, in der es bis dahin nur eine Handvoll solcher Prozesse gegeben hatte und nur zwei Hinrichtungen, war das eine radikale und signifikante Veränderung.

Die angeblichen Verbrechen reichten von alltäglichen Problemen – Streitereien über Gestelle zum Fischtrocknen, harmlose Blasphemie – bis hin zu schicksalhaften Ereignissen. In dem ersten großen Prozess 1621 wurden unter anderem acht Frauen angeklagt, den schweren Sturm von 1617 heraufbeschworen zu haben, der damals schon einem Mythos glich, selbst bei denen, die ihn nicht einmal miterlebt hatten.

Die daraus resultierende Panik folgte demselben Muster wie auch überall sonst auf der Welt, während des gesamten siebzehnten Jahrhunderts und auch später noch. Peter Zumthor und Louise Bourgeois haben den Prozessen mit einer Installation auf der Insel Vardø ein Denkmal gesetzt, das zum zündenden Funken für diesen Roman wurde. Untersucht hat diese Hexenprozesse neben anderen Dr. Liv Helene Willumsen in ihrem wissenschaftlichen Werk *Witchcraft Trials in Finnmark and Northern Norway (2010)*, ihre freundliche Unterstützung und minutiöse Recherche sind von unschätzbarem Wert für den historischen Hintergrund dieses Romans, eines fiktiven Werks, das sich weniger mit den Prozessen selbst als mit den Bedingungen auseinandersetzt, die so etwas möglich machten. Selbst nach vierhundert Jahren kann man noch vieles wiedererkennen. Diese Geschichte handelt von Menschen und davon, wie sie lebten, bevor das Warum und das Wie ihres Todes zu dem wurde, was sie ausmachte.

Kiran Millwood Hargrave

Danksagung

Ich bin vielen Menschen sehr dankbar. Allen voran meiner Mutter Andrea, der dieses Buch gewidmet ist. Sie ist die tollste Frau, die ich kenne. Ich danke den unzähligen Frauen, die ich zum Schreiben und zum Überleben brauche, vor allem wenn Schreiben und Überleben eins werden. Ich bin Hellie dankbar, meiner Agentin, die mich versteht und ohne die ich dieses Buch nicht geschrieben hätte.

Ebenso dankbar bin ich meinem Vater Martyn und meinem Bruder John, die so anders sind als die Männer in diesem Roman. Ich bewundere meine Großeltern Yvonne und John für ihre Lebensfreude. Und ich freue mich über meine Familie, besonders über Debby, Dave, Louis, Rina, Sabine, Janis und Piers.

Ich bin auch meinen Freunden sehr dankbar, besonders denen, die dieses Buch gelesen haben und mir während des Schreibprozesses beigestanden haben: Daisy Johnson, Sarvat Hasin, Lucy Ayrton, Laura Theis, Hannah Bond, Katie Webber, Kevin Tsang, Anna James, Louise O'Neill, Cat Doyle und Elizabeth MacNeal. Aus meinen Schriftstellerkreisen danke ich Maz Evans, MG Leonard, Rachel Leyshon und Barry Cunningham.

Dr. Liv Helene Willumsen bin ich zu großem Dank verpflichtet. Ich hoffe, sie wird nicht zu entsetzt sein über die Freiheiten, die ich mir im Umgang mit der Geschichte im Namen des Romans genommen habe, und ich hoffe, sie weiß, wie sehr ich sie schätze und bewundere.

Ich danke auch Kirby Kim und dem ganzen Team von Janklow & Nesbit in Großbritannien und den USA. Für euch ist jedes Buch ein Herzensprojekt, und das schätze ich außerordentlich.

Mein Dank gilt auch Sophie Jonathan, einer ebenso unvergleichlichen wie wohlmeinenden Lektorin. Ich habe sehr viel von ihr gelernt, und ich weiß die Arbeit mit ihr sehr zu schätzen. Ich danke auch Judy Clain, die immer an dieses Buch und mich geglaubt hat, und Carina Guiterman für ihre Hilfe beim Strukturieren dieser Geschichte. Sehr hilfreich waren auch die Kollegen bei Picador und Pan Macmillan, der besten Verlagsheimat, die man sich wünschen kann: Gillian Fitzgerald-Kelly, Paul Baggaley, Kate Green, Katie Bowden, Christine Jone, Emily Bromfield, Laura Ricchetti, Mary Chamberlain und die wunderbare Grafikerin Katie Tooke. Weiterhin danke ich Alex Hoopes, Reagan Arthur und dem fantastischen Team von Little, Brown, Hachette.

Ich danke Ihnen, liebe Leserin, lieber Leser, dass Sie ein Teil dieser Geschichte geworden sind. Ich danke allen Menschen, die wütend sind und voller Hoffnung und immer ihr Bestes geben.

Ich denke an die Frauen und Männer, die in Vardø ermordet wurden.

Ich bin Tom dankbar, dass er mein Leben gerettet hat und mir hilft, etwas daraus zu machen.